Petra Schier, Jahrgang 1978, lebt mit ihrem Mann und einem Schäferhund in einer kleinen Gemeinde in der Eifel. Sie studierte Geschichte und Literatur und arbeitet mittlerweile freiberuflich als Lektorin und Schriftstellerin. Nach «Die Stadt der Heiligen» (rororo 24862) und «Der gläserne Schrein» (rororo 24861) folgt hier der dritte Band der Romanreihe um die Reliquienhändlerin Marysa.

Außerdem sind im Rowohlt Taschenbuch Verlag erschienen: «Tod im Beginenhaus» (rororo 23947), «Mord im Dirnenhaus» (rororo 24329), «Verrat im Zunfthaus» (rororo 24649) und «Frevel im Beinhaus» (rororo 25437) – die zweite historische Reihe der erfolgreichen Autorin, in deren Mittelpunkt die Kölner Apothekertochter Adelina steht – sowie «Die Eifelgräfin» (rororo 24956).

Mehr Informationen zur Autorin unter
www.petralit.de.

Petra Schier
Das silberne Zeichen

Historischer Roman

Rowohlt Taschenbuch Verlag

Originalausgabe
Veröffentlicht im Rowohlt Taschenbuch Verlag,
Reinbek bei Hamburg, April 2011
Copyright © 2011 by Rowohlt Verlag GmbH,
Reinbek bei Hamburg
Stadtkarte von Aachen, Seite 6/7 © Peter Palm, Berlin
Umschlaggestaltung any.way, Cathrin Günther
(Foto: akg images; Thomas Lumley Antiques,
London/The Bridgemanart.de)
Satz Kepler PostScript, InDesign,
bei Pinkuin Satz und Datentechnik, Berlin
Druck und Bindung CPI – Clausen & Bosse, Leck
Printed in Germany
ISBN 978 3 499 25486 4

Es gibt nichts Verborgenes,
das nicht offenbar wird,
und nichts Geheimes,
das nicht bekannt wird
und an den Tag kommt.
(Lukas 8, 17)

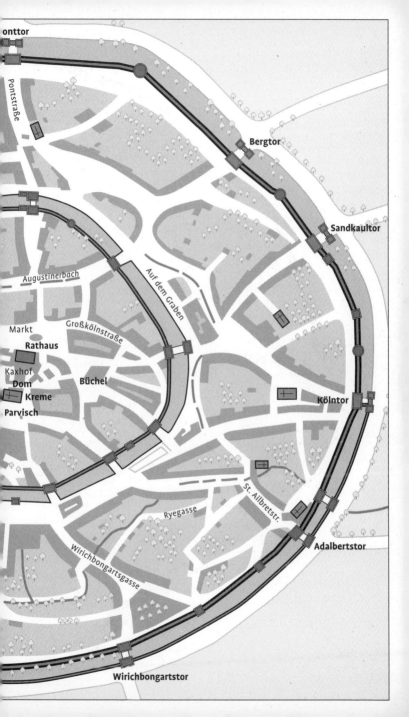

Frô Welt, ir sult dem wirte sagen,
daz ich im gar vergolten habe,
mîn grœste gülte ist abe geslagen,
daz er mich von dem briefe schabe.
(Walther von der Vogelweide, nach 1220)

Frau Welt, sagt es dem Wirt,
dass ich ihm alles bezahlt habe.
Meine große Schuld ist abgetragen,
er soll mich aus dem Schuldbuch streichen.
(Übersetzung aus: Stange, Manfred [Hg.],
Deutsche Lyrik des Mittelalters, Wiesbaden 2005)

Prolog

Frankfurt,
26. Dezember Anno Domini 1413

Langsam ritt Christoph Schreinemaker durch das Judenviertel seiner Geburtsstadt. Sein Pferd ließ er sich selbst den Weg über den unebenen Grund suchen. Nachdem es am Vortag heftig geregnet hatte, waren die Schlammfurchen auf den Straßen über Nacht steinhart gefroren. Atemwölkchen standen Tier und Reiter vor dem Gesicht, Christoph zog sich seine Wollgugel fester um Kopf und Hals.

Vor einem schmalen, dreigeschossigen Haus hielt er an und stieg vom Rücken des Pferdes. Er betätigte den schmiedeeisernen Türklopfer und wartete. Eine freudige Erregung ergriff ihn, denn dies war die letzte Station auf der Reise nach Frankfurt. Wenn er seine Geschäfte mit dem Hausherrn abgeschlossen hatte, blieb ihm nur noch, ein paar Schriftstücke beim Stadtrat abzuholen und ein, zwei weitere selbst zu erstellen. Danach würde er sich gleich wieder auf den Weg nach Aachen machen, wo ein neues Leben an der Seite der Frau, die er liebte, auf ihn wartete.

Er wollte schon ein zweites Mal klopfen, doch die Tür öffnete sich bereits, und ein dürrer, weißhaariger Diener blickte ihm misstrauisch entgegen. «Ihr wünscht?»

Christoph schob die Gugel ein wenig zurück, damit der Mann sein Gesicht erkennen konnte, und setzte ein Lächeln auf. «Ich möchte mit Meister Lehel Rotstein sprechen. Ist er da?»

«Nein.» Der Diener wollte die Tür sogleich wieder schließen.

Im letzten Moment schob Christoph seinen Fuß dazwischen. «Verzeih, aber es ist sehr wichtig. Meister Rotstein und ich haben in der Vergangenheit Geschäfte miteinander gemacht. Würdest du ihm bitte ausrichten, dass der Sohn von Beatus Schreinemaker vor seiner Tür steht?»

Der Alte musterte ihn von oben bis unten. Offenbar glaubte er nicht, dass ein Mann in schlichter Handwerkerkleidung mit seinem Herrn bekannt sein könnte. «Kann ich nicht», brummte er abweisend. «Meister Rotstein ist nicht da.»

«Und wann wird er anzutreffen sein?»

Der Diener zuckte mit den Schultern. «Gar nicht. Er ist vor einem halben Jahr mit seiner Familie nach Nürnberg gezogen, wo zwei seiner Brüder leben. Nur sein ältester Sohn wohnt noch hier und führt die Geschäfte in Frankfurt weiter.» Plötzlich stockte der Alte und kniff die Augen zu schmalen Schlitzen zusammen «Ihr sagtet, Ihr seid der Sohn von Beatus Schreinemaker, dem Tischler? Es heißt, Ihr seid vor vielen Jahren in den Konvent der Dominikaner eingetreten.»

«Nicht ich tat das, sondern mein Bruder Robert», erklärte Christoph.

In dem Alten arbeitete es, das war ihm deutlich anzusehen. Schließlich machte er einen Schritt zur Seite. «Tretet ein. Euer Vater war ein guter Freund von Meister Rotstein. Er wäre sicher erbost, wenn wir Euch nicht Gastfreundschaft gewährten. Mein Name ist Samuel.»

Dankbar folgte Christoph ihm in eine Stube, die mit vorzüglichem Mobiliar ausgestattet war und offenbar vom Küchenofen mitbeheizt wurde. Samuel rief nach einer Magd und gab ihr die Anweisung, kaltes Fleisch und Wein zu bringen. Dann wandte er sich wieder an seinen Gast. «Setzt Euch! Es tut mir leid, dass ich Euch nicht weiterhelfen kann. Denn auch Meister Rotsteins Sohn ist nicht hier. Er besucht derzeit seinen Vater und wird wohl nicht vor März zurück sein.»

«März!» Christoph schüttelte den Kopf. So lange konnte und wollte er nicht warten. «Kannst du mir sagen, wo genau Meister Rotstein in Nürnberg lebt?»

Samuel rieb sich das Kinn. «Das kann ich, Herr. Aber wollt Ihr wirklich zu dieser Jahreszeit eine so weite Reise antreten? Können Eure Geschäfte nicht bis zum Frühjahr warten?»

Christoph nahm sich ein Stück Geflügelfleisch und dachte nach, während er aß. Nürnberg war weit entfernt. Samuel hatte recht, im Winter würde die Reise dorthin lang und beschwerlich sein. Aber Lehel Rotstein verwaltete den größten Teil seines Vermögens und hielt überdies einige wichtige Schriftstücke unter Verschluss. Ihm blieb wohl nichts anderes übrig, als nach Nürnberg zu reiten. Das würde seine Pläne nicht unbeträchtlich verzögern. Marysa erwartete ihn im Laufe des Januar zurück in Aachen.

Entschlossen leerte Christoph den Weinkrug und schob den Zinnteller von sich. «Sag mir, wo ich Meister Rotstein finden kann. Ich werde noch heute aufbrechen.»

1. Kapitel

*Aachen,
23. Februar Anno Domini 1414*

Marysa zupfte die üppigen Falten ihres dunkelbraunen Surcots zurecht und wandte sich dann an ihre Mutter, die auf der Bettkante saß und sie aufmerksam musterte. «Gut so?», fragte Marysa und musste sich zwingen, mit ihrer Hand nicht über die sanfte Wölbung ihres Bauches zu streicheln. Sie drehte sich so, dass Jolánda sie von der Seite sehen konnte. Währenddessen schnürte sie ihre bestickte Leinenhaube enger, unter der sie ihre üppigen rotbraunen Locken aufgesteckt hatte. «Gottlob ist es ein kalter Winter. Niemand wird sich über dieses Kleid wundern.»

«Marysa …» In Jolándas Augen trat ein besorgter Ausdruck. «Es wird nicht mehr lange dauern, bis auch der reichste Faltenwurf deinen gesegneten Zustand nicht mehr verbergen kann. Was willst du dann tun?»

Marysa kräuselte die Lippen und setzte sich neben ihre Mutter. «Das weiß ich nicht. Aber ich gehe davon aus, dass ich bis dahin verheiratet bin.»

«Liebes, er kommt nicht mehr zurück.» Das sanfte Drängen in Jolándas Stimme ließ Marysa die Stirn runzeln, doch sie antwortete nicht. «Es sind nun schon fast drei Monate!», fuhr ihre Mutter fort. «Er behauptete, im Januar zurück zu sein.» Jolánda ergriff die Hände ihrer Tochter. «Wie lange kann eine Reise nach Frankfurt wohl dauern?»

Kopfschüttelnd entzog Marysa ihr wieder die Hände und verschränkte sie im Schoß. «Es wird einen guten Grund für seine Verspätung geben.»

«O ja, ganz bestimmt.» Jolándas Stimme wurde unversehens scharf, und ihre grünen Katzenaugen, die sie ihrer Tochter ebenso vererbt hatte wie die ungebärdigen Locken und die grazile Gestalt, blitzten auf. «Er hat dich belogen. Er hat sich auf und davon gemacht, nachdem er sich mit dir vergnügt ...»

«Nein!» Marysa wurde zornig. «Das hat er nicht getan. Er ist kein Lügner, Mutter.»

«Aber ein Betrüger», erwiderte Jolánda erregt. «Jahrelang hat er sich als jemand ausgegeben, der er nicht ist. Glaubst du, so etwas legt man einfach ab wie eine alte Heuke? Ich hätte es von Anfang an wissen und ihm den Hals umdrehen sollen, als ich noch die Gelegenheit dazu hatte!»

«Mutter ...»

«Nein, hör mir zu. Er hat uns alle an der Nase herumgeführt. Ich gebe zu, dass auch ich auf ihn hereingefallen bin. Er wirkte so aufrichtig, und ich dachte wirklich, dass er dich liebt. Aber nun ... *Átkozott!*», fluchte sie in ihrer Muttersprache. «Ich kratze ihm die Augen aus, wenn ich ihn in die Finger kriege! Was hat er dir nur angetan!»

«Nichts, Mutter.»

«Du bist schwanger, Marysa!» Jolánda fasste ihre Tochter fest an den Schultern. «Das hat er dir angetan! Und dann hat er sich aus dem Staub gemacht, dieser *Csaló*. Wenn er ...»

«Nein.» Marysa bemühte sich um Ruhe, doch ihre Stimme zitterte leicht vor unterdrückter Wut. «Dass ich schwanger bin, ist genauso meine Schuld. Ich habe meinen Gefühlen nachgegeben, das kannst du mir vorwerfen. Vielleicht habe ich in jenem Moment nicht an die möglichen Folgen gedacht, dennoch wusste ich genau, was ich tat.»

Jolánda stieß einen resignierten Laut aus und zog sie an sich. «Ich weiß, Marysa. Du bist zu sehr meine Tochter, als dass ich daran zweifeln könnte. Anscheinend ist es doch nicht gut, dass ich dir einen Teil meines Temperaments vererbt habe. Es verleitet uns zu unbesonnenem Handeln.» Plötzlich traten Tränen in Jolándas Augen. «Was soll jetzt werden, Kind? Du kannst nicht den Bastard eines Mannes austragen, der sich jahrelang als Ablasskrämer ausgegeben hat. Wenn das Kind ihm auch nur eine Winzigkeit ähnlich sieht – oh, ich darf gar nicht daran denken! Am besten wäre es, du würdest sofort heiraten. Doch welcher Mann würde dich schon nehmen mit dem Kind eines anderen unter dem Herzen? Marysa, du steckst in einer ausweglosen Situation. Die einzige Möglichkeit wäre ...» Sie stockte und senkte den Blick.

«Nein, Mutter.» Marysa starrte sie entsetzt an. «Ich werde nicht zu einer Engelmacherin gehen.»

Jolánda schluchzte leise. «Das will ich ja auch gar nicht. Aber was, wenn es der einzige Ausweg ist? *Isten ōizz!* Gott bewahre! Sieh den Tatsachen endlich ins Auge: Er hat dich sitzenlassen ... oder es ist ihm etwas zugestoßen. Vielleicht tun wir ihm ja unrecht, und er ist tot. Das macht deine Lage jedoch auch nicht besser.»

Marysa wurde blass. «Er wird zurückkehren.» Sie stand auf und zupfte erneut an ihrem Kleid herum. «Er hat es mir versprochen.» Um ihre aufgewühlten Gefühle zu besänftigen, atmete sie mehrmals tief ein und aus. «Und nun lass uns gehen, Mutter. Bardolf wird schon ungeduldig warten. Ich bin wirklich froh, dass ihr mich zu dem Fastnachtsbankett der Schreinerzunft begleitet. Allein wäre ich mir ein bisschen verloren vorgekommen.»

«Heyn und Leynhard hätten dich als deine Gesellen begleiten können.»

«Heyns Schwester ist gestorben, wie du weißt. Deshalb besucht er seine Familie in Kornelimünster und bleibt bis nach der Beerdigung. Und Leynhard habe ich ebenfalls erlaubt, bis Sonntag seine Eltern zu besuchen. In der letzten Zeit hat er sehr hart gearbeitet, um den Schrein für das Marienstift zu vollenden. Er hat sich ein paar freie Tage redlich verdient.»

Ohne noch weiter auf etwaigen Protest ihrer Mutter zu hören, verließ Marysa ihre Schlafkammer und stieg die Stufen ins Erdgeschoss hinab. Sogleich kam Bardolf aus der Stube. Ihr Stiefvater war ein großer Mann mit dichtem blondem, an den Schläfen bereits leicht ergrautem Haar, der in der Zunftkleidung der Goldschmiede eine stattliche Figur machte. Er musterte sie besorgt, sagte jedoch nichts zu dem faltenreichen Kleid, sondern half ihr in den Mantel. Augenblicke später kam auch Jolánda herunter, warf ihm einen schmerzerfüllten Blick zu und schlüpfte schweigend in ihren warmen Überwurf.

***

Als Marysa sich spät am Abend unter ihre Decke kuschelte und ihre kalten Füße aneinanderrieb, ging es ihr elend. So selbstsicher, wie sie ihren Eltern und auch den anderen Zunftmitgliedern gegenüber aufgetreten war, fühlte sie sich in Wahrheit keineswegs. Der Abend war einem Spießrutenlauf gleichgekommen. Schon im Dezember hatte sie dem obersten Zunftgreven ihre Verlobung bekannt gegeben. Nun wurde sie natürlich immer wieder nach dem Verbleib ihres Bräutigams gefragt. Vor allem, seitdem bekannt geworden war, dass die kunstvollen Schnitzereien für die Schreine, die das Marienstift bei ihr in Auftrag gegeben hatte, von Christoph Schreinemaker stammten. Nicht nur der Greve, sondern jeder der Zunftmeister wollte unbedingt diesen Künstler kennenlernen. Langsam gingen ihr die Ausreden aus.

Im Januar hatte Christoph zurück sein wollen. Nachdem dieser Monat jedoch ohne eine Nachricht von ihm verstrichen war, quälten sie Tag um Tag immer mehr Zweifel. Sie sehnte sich nach ihm, hoffte bei jedem durchkommenden Reiter, jedem Klopfen an der Haustür, er sei endlich wieder da. In ihrem Herzen wusste sie, dass er sie nicht belogen hatte, wollte sie darauf vertrauen, dass er sein Versprechen hielt. Das Versprechen, das er ihr in jener Nacht gegeben hatte, in der er vermutlich auch das Kind gezeugt hatte. Die Erinnerung ließ sie angenehm erschauern. Doch die wohlige Empfindung wurde gleich wieder von Sorgen überlagert.

Hatte er es sich anders überlegt? War ihm klargeworden, dass ein Leben als Schreinbauer an ihrer Seite nicht das war, was er wollte? Oder war ihm der Plan, den er geschmiedet hatte, um sich dieses Leben zu ermöglichen, zu riskant erschienen? Letzteres könnte sie ihm nicht einmal verübeln. Christoph war jahrelang als Bruder Christophorus durch die Lande gezogen, hatte gefälschte Ablassbriefe verkauft und damit ahnungslosen Christenmenschen das Geld aus der Tasche gezogen. Dass sie ihm begegnet war, hatte seine Ursache im Tod ihres Bruders Aldo. Dieser war vor mehr als drei Jahren zu einer Pilgerreise nach Santiago de Compostela aufgebrochen und hatte auf dem Weg ebenjenen zwielichtigen Ablasskrämer kennengelernt. Eine tiefe Freundschaft war zwischen den beiden Männern entstanden, nicht zuletzt, weil beide die Geheimnisse des jeweils anderen erkannt hatten. Aldo war dann auf dem Heimweg gestorben, hatte Christoph auf dem Sterbebett das Versprechen abgenommen, sich um seine Stiefmutter und seine Schwester zu kümmern. Christoph hatte dieses Versprechen gehalten. Ganz gleich, was man über ihn sagen mochte, Christoph war ein ehrenhafter Mann. Deshalb war Marysa in ihrem tiefsten Inneren auch davon überzeugt, dass er zurückkehren würde. Vor zwei Jahren war er nach Aachen gekommen, hatte ihr und ihrer Familie von Aldos Tod berichtet und zu ihrer Überraschung – und ihrem Argwohn, wie sie zugeben musste – darauf bestanden, sich um sie zu kümmern, soweit es ihm möglich war.

Damals hatte sie selbstverständlich noch an seine Verkleidung als Dominikaner geglaubt, auch wenn ihr manches an ihm von Anfang an seltsam vorgekommen war. Er hatte ihr in einer schwierigen Zeit beigestanden, als ihr Gemahl, der Schreinbauer Reinold Markwardt, des Mordes an seinem Gesellen sowie des Handels mit gefälschten Reliquien bezichtigt wurde. Und erst recht hatte Christoph ihr geholfen, als Reinold ermordet und sie selbst ins Gefängnis gekommen war. Danach war er für anderthalb Jahre aus ihrem Leben verschwunden und erst im November des vergangenen Jahres plötzlich wiederaufgetaucht. Wohl hauptsächlich, weil er sich gute Geschäfte mit den Pilgern erhoffte, die Aachen im Vorfeld der Einweihung der neuen Chorhalle des Aachener Doms erwartete. Doch anstatt seine gefälschten Urkunden unters Volk zu bringen, hatte er ihr erneut beistehen müssen, denn ihr Stiefvater, Bardolf Goldschläger, wäre durch eine hinterhältige Intrige beinahe als Mörder verurteilt worden. Auch sie selbst war in böse Bedrängnis geraten; noch heute bekam sie eine Gänsehaut, wenn sie an jene Ereignisse dachte. Ob es vorherbestimmt war, dass sie sich ineinander verlieben sollten? Marysa wusste es nicht. Aber zumindest argwöhnte sie, nachdem sie inzwischen mehr über Christoph wusste, dass ihr Bruder Aldo derartige Hintergedanken verfolgt hatte, als er seinen Freund zu jenem verhängnisvollen Versprechen gedrängt hatte.

Marysa war sich nicht sicher, ob sie ihrem Bruder dafür dankbar sein oder ihn für seine Art, Schicksal zu spielen, verfluchen sollte. Sie hatte Aldo geliebt, vermisste ihn auch jetzt noch schmerzlich. Deshalb fiel es ihr schwer, einen Groll gegen ihn zu hegen.

Wo mochte Christoph nur stecken? Er war Anfang Dezember nach seiner Geburtsstadt Frankfurt aufgebrochen, um Urkunden oder andere Schriftstücke zu besorgen, die bewiesen, dass er nicht Bruder Christophorus, sondern Christoph Schreinemaker, der Sohn eines angesehenen Tischlers, war. Was die Angelegenheit so delikat – und auch gefährlich – machte, war die Tatsache, dass Christoph – oder besser Bruder Christophorus – nicht nur als falscher Mönch und Ablasskrämer gelebt, sondern sich zuweilen sogar als Inquisitor ausgegeben hatte. Zwar hatte er einen ausgeklügelten Plan entwickelt, der alles glaubhaft erklären sollte, aber Marysa schauderte bei dem Gedanken, dass schon der kleinste Fehler in diesem Gespinst die schlimmsten Folgen nach sich ziehen könnte. Dennoch hatte sie dem Vorhaben zugestimmt, das Christoph ermöglichen würde, sie zu heiraten und als Meister ihre Schreinwerkstatt zu übernehmen. Weil sie ihn liebte.

Kein geringerer Grund hätte sie jemals dazu verleiten können, sich auf ein derart gefährliches Vorhaben einzulassen. Die tiefen Gefühle für ihn waren fast unbemerkt – und ungewollt – in ihr gewachsen. Irgendwann hatten sie sich nicht mehr leugnen oder unterdrücken lassen. Und sie wusste, dass es ihm ebenso ergangen war.

Nun lag sie hier, allein in der kalten Dunkelheit ihrer Schlafkammer, und sehnte nichts mehr herbei als seine Arme, die sie fest umfingen, und seine Stimme, die ihr ins Ohr raunte, dass alles wieder gut werden würde.

***

Wo steckte er bloß? Auch am Morgen des folgenden Tages ließ ihr diese Frage keine Ruhe. Sie versuchte, sich mit geschäftlicher Korrespondenz abzulenken. Die Briefe an ihre neuen Geschäftspartner in Ungarn beanspruchten ihre ganze Aufmerksamkeit. Dennoch konnte sie nicht verhindern, dass ihre Sorgen sich immer wieder in den Vordergrund drängten.

War ihm vielleicht etwas zugestoßen? Warum hatte er keine Nachricht geschickt? Sie war sicher, dass er es getan hätte, wenn es ihm möglich gewesen wäre. Er hätte sie nicht mehr als zwei Monate lang im Ungewissen gelassen. So weit war Frankfurt nicht entfernt. Ein berittener Bote wäre selbst bei schlechtem Wetter und vereisten Straßen innerhalb weniger Tage nach Aachen gelangt.

Was also war geschehen, dass Christoph so lange fortblieb, ohne ein Lebenszeichen von sich zu geben? Bei Tage weigerte Marysa sich strikt, auch nur einen jener Zweifel zuzulassen, die sie des Nachts immer häufiger heimsuchten. Eisern hielt sie an ihrem Vertrauen fest, dass er sein Versprechen halten würde.

Entschlossen beugte sie sich wieder über das Schriftstück, das vor ihr auf dem Schreibpult lag. Im Haus war es heute ungewöhnlich still. Die Arbeit ruhte, weil ihre beiden Gesellen nicht da waren. Milo und Jaromir, die beiden jungen Knechte, waren mit dem Holzkarren unterwegs zum Markt, die Köchin Balbina werkelte zusammen mit der Magd Imela in der Küche. Das stille Mädchen machte sich gut am Herd, wie Marysa staunend festgestellt hatte. Bisher war Imela hauptsächlich der alten Fita im Haushalt zur Hand gegangen. Doch Fita war kurz nach Weihnachten an Lungenfieber gestorben. Seither zog es Imela mehr und mehr in Balbinas Reich. Zwar vernachlässigte sie ihre übrigen Pflichten nicht, doch Balbina hatte bereits mehrfach angedeutet, dass Imela ihr in der Küche eine äußerst brauchbare und verständige Hilfe sei. Deshalb überlegte Marysa, ob sie sich nicht nach einer weiteren Magd umsehen sollte.

Um ihr Personal würde sie sich ein andermal kümmern müssen. Die Handelsbeziehungen zu den ungarischen Augustinern gingen vor. Nachdenklich schob sie ein paar der schwarzen und grünen Rechensteine an ihrem Abakus, dem Rechenbrett, hin und her und überschlug die Kosten für eine weitere Lieferung Stoffreliquien. Das Jahr hatte vielversprechend begonnen. Im Januar, am 600. Todestag Karls des Großen, war die Chorhalle des Doms sehr feierlich von dem Weihbischof Heinrich von Sidon eingeweiht worden. Unzählige Pilger waren zu diesem Anlass nach Aachen gekommen. Nicht so viele wie bei der Heiltumsweisung anno 1412, aber dennoch genug, um die Geldbeutel der Reliquienhändler, Schreinbauer und des alten Ablasskrämers, der von Bonn herübergekommen war, reich zu füllen. Im kommenden Herbst dann würde König Sigismund nach Aachen kommen, um sich endlich krönen zu lassen und danach zu dem großen Kirchenkonzil nach Konstanz weiterzureisen. Auch dieses Ereignis versprach einen großen Strom von Pilgern und Schaulustigen. Da die kleinen Amulette und Reliquiare, die in Marysas Werkstatt gefertigt wurden, bei den Feierlichkeiten zur Einweihung der Chorhalle fast vollzählig verkauft worden waren, mussten Heyn und Leynhard baldmöglichst mit der Herstellung beginnen, damit das Lager bis zur Krönung wieder ordentlich aufgefüllt wäre.

Marysa streichelte über ihren Bauch. Im Herbst wäre ihr Kind schon auf der Welt. Und sie hätte, so Gott wollte, einen neuen Ehemann und zugleich einen fähigen Meister für ihre Werkstatt. Sie musste heiraten, nicht nur um des Kindes willen, sondern auch weil im Sommer die Zweijahresfrist zu Ende gehen würde, während deren sie als Meisterwitwe die Schreinwerkstatt allein weiterführen durfte.

Marysa Schreinemaker, dachte sie. Kein schlechter Name. Und gewiss würde die Ehe mit Christoph ganz anders verlaufen als jene mit Reinold. Dieser hatte sie nur wegen ihrer Mitgift und der Werkstatt geheiratet und ihr weder Zuneigung noch Achtung entgegengebracht. Er hatte ihre Hilfe oder Einmischung in die Belange der Werkstatt immer strikt abgelehnt, obwohl sie zu Lebzeiten ihres Vaters oft in dessen Kontor ausgeholfen und vieles gelernt hatte.

Nach Reinolds Tod hatte sie die alten Geschäftskontakte ihres Vaters wieder aufgefrischt, der der bekannteste Reliquienhändler Aachens gewesen war. Inzwischen hatte sie sich einen guten Ruf im Handel mit Heiltümern erworben, und sie wusste, dass Christoph ihr dieses Geschäft nicht wieder verbieten würde. Im Gegenteil, sie argwöhnte, dass ihm der Gedanke gefiel, anstelle seiner Ablassbriefe fortan Reliquien unters Volk zu bringen. Anfangs hatte Marysa sich strikt gegen den Vergleich gewehrt, doch inzwischen musste sie zugeben, dass beide Tätigkeiten einander nicht unbeträchtlich ähnelten. Zwar gab es unter ihren Handelswaren durchaus echte Heiltümer, doch die meisten Reliquien, die sie verkaufte, waren nicht einmal in die Nähe von irgendwelchen Heiligen oder Märtyrern gelangt. Marysa hatte keine Gewissensbisse, Fälschungen zu verkaufen, solange sie von hervorragender Qualität waren. Sie rechtfertigte ihr Tun damit, dass sie eben Zeugnisse des Glaubens verkaufte, denn die meisten Menschen brauchten etwas Greifbares, woran sie sich festhalten konnten.

Christoph wiederum hatte ihr gegenüber seinen Handel mit gefälschten Ablassbriefen mit ähnlichen Argumenten verteidigt. Je länger sie darüber nachdachte, desto klarer wurde ihr, dass dies wohl auch einer der Gründe war, aus denen Aldo sich einst mit ihm angefreundet hatte. Und vermutlich hatte er auch deswegen Christoph nach Aachen geschickt.

Marysas Gedanken wurden unterbrochen, da jemand laut gegen die Haustür pochte. Sie hob den Kopf und vernahm die Schritte ihres Altknechts Grimold, Augenblicke später die aufgebrachte Stimme ihres Vetters Hartwig. Seufzend schob sie den Brief unter einige andere Papiere und wappnete sich innerlich für die vermutlich unerfreuliche Begegnung.

Ihre Befürchtungen bewahrheiteten sich umgehend. Hartwig kam mit wehendem Zunftmantel und grimmiger Miene in ihr kleines Kontor gerauscht und baute sich ehrfurchtgebietend vor ihrem Pult auf. «Es reicht mir jetzt, Cousine», wetterte er ohne einen Gruß los. «Welche Ausflüchte hast du diesmal vorzubringen? Verzögerung wegen schlechten Wetters, dass ich nicht lache! Ich habe mitbekommen, was du dem Greven gestern ins Ohr gesäuselt hast. Allmählich glaube ich, dass dieser Christoph Schreinemaker gar nicht existiert. Du willst dich nur um eine Ehe mit Gort herumdrücken, du hinterlistige Schlange!»

Bedächtig erhob sich Marysa, damit sie sich hinter ihrem Schreibpult weniger klein vorkam. «Zunächst einmal wünsche ich dir einen guten Morgen, Hartwig. Deine Kinderstube lässt sehr zu wünschen übrig. Und was fällt dir ein, mich der Lüge zu bezichtigen? Christoph Schreinemaker ist so lebendig wie du und ich. Dass seine Reise etwas länger als geplant ausfällt, ärgert mich sicherlich mehr als dich, doch bedeutet das noch lange nicht, dass deshalb unsere Verlobung nicht mehr besteht.»

«Verlobung, pah! Du hast ja nicht einmal etwas Schriftliches in der Hand! Da könnte ja ein jeder daherkommen und ...»

«Christoph ist nicht ein jeder, Hartwig», unterbrach Marysa ihn mit schneidender Stimme, «sondern der Mann, dem ich mein Eheversprechen gegeben habe. Vor Zeugen, wie ich anfügen möchte, denn meine Eltern waren dabei.» Dass dies nicht ganz der Wahrheit entsprach, darüber wollte sie im Augenblick lieber nicht nachdenken. Sie wusste, dass sowohl ihre Mutter als auch Bardolf in jedem Fall hinter ihr stehen würden.

«Ich verlange, dass du Gort heiratest. Er ist ein guter Schreinergeselle und wird einen ausgezeichneten Meister abgeben.»

Marysa verschränkte die Arme vor dem Leib. «Dieses Thema hatten wir schon, Hartwig. Und wenn ich dich daran erinnern darf: Ich habe Gorts Antrag abgelehnt, und dabei bleibt es.»

«Himmelherrgott nochmal!», fluchte Hartwig. «Dann nimm wenigstens Leynhard. Ich weiß, dass er dir einen Antrag gemacht hat. Er ist jung und tüchtig. Ich gebe ja zu, dass er ein gefälligeres Äußeres hat als Gort.» Angewidert schüttelte er den Kopf. «Dass ihr Weiber aber auch nichts als solche Nebensächlichkeiten im Kopf habt! Soweit ich weiß, ist Leynhard dir sogar recht zugetan. Was willst du mehr?»

«Ich werde Leynhard nicht heiraten, sondern Christoph. Das vor ihm und Gott gegebene Versprechen kann ich nicht einfach rückgängig machen, Hartwig. Du weißt selbst, dass ein Eheversprechen genauso viel wiegt wie der Ehevertrag selbst.»

«So ein Unsinn!», brüllte Hartwig. An seiner Schläfe trat deutlich eine Ader hervor. «Wir zahlen diesem Kerl eine Wiedergutmachung, und fertig. So scharf scheint er nicht auf eine Ehe mit dir zu sein, sonst wäre er doch längst wieder hier. Wenn du Leynhard heiratest, kommt die Werkstatt wenigstens nicht in fremde Hände.»

Marysa blitzte ihn zornig an. «Daher weht also der Wind. Sag es doch gleich, anstatt dich hinter deiner angeblichen Sorge um mich zu verstecken! Du willst nicht, dass Christoph Schreinemaker der neue Meister meiner Werkstatt wird, weil das nämlich bedeuten würde, dass du jegliches noch so eingebildete Recht daran verlierst. Das kümmert mich einen feuchten Kehricht, Hartwig. Mein Vater hat nie gewollt, dass seine Werkstatt in deine Hände fällt. Er wäre mit meiner Wahl ganz sicher einverstanden gewesen.»

«Dein Vater ist schon lange tot, Marysa.» Hartwigs Stimme schwankte. «Und nur, weil dein sauberer Stiefvater sich im Stadtrat Liebkind gemacht hat und ihm deswegen die Munt über dich zugesprochen wurde, heißt das noch lange nicht, dass meine Rechte verwirkt sind. Ich bin immerhin dein nächster männlicher Verwandter. Und das Erbrecht ...»

«Komm mir nicht mit dem Erbrecht», fauchte Marysa. «Das kannst du einklagen, sollte ich heute oder morgen überraschend dahinscheiden. Da die Wahrscheinlichkeit aber wohl sehr gering sein dürfte, lass mich gefälligst in Ruhe. Ich habe zu arbeiten, wie du siehst.» Sie deutete auf die Schriftstücke, die auf dem Pult verteilt lagen.

Hartwig schnaubte ungehalten. «Fast gönne ich diesem Kerl, dass er dich zum Weib bekommt. Es hat zwar lange gedauert, aber nun schlägt das ungarische Temperament deiner Sippe wohl doch durch. Ein bisschen Feuer unter den Röcken ist ja nicht schlecht, doch anscheinend hast du das lose Mundwerk deiner Mutter ebenfalls geerbt. Daran wird der Schreinemaker wahrlich seine Freude haben.»

«Auch das ist nicht dein Problem, Hartwig.» Nun setzte

sich Marysa wieder, denn just in diesem Augenblick verspürte sie zum ersten Mal ein leichtes Flattern in ihrem Bauch, das nur von dem Kindchen stammen konnte. Ein ungeahntes Glücksgefühl überkam sie, und sie hatte große Mühe, sich nichts anmerken zu lassen.

Doch Hartwig hatte scharfe Augen. «Was ist mit dir, Cousine? Deine Wangen haben sich gerötet. Bist du etwa krank? Das fehlte uns gerade noch. Aber wahrscheinlich isst du nicht genug, wie? Ich hab ja schon immer gesagt, dass du viel zu dünn bist. Ein Mann will neben sich im Bett keinen spillerigen Knochenhaufen, sondern etwas zum Anfassen. Dabei hatte ich den Eindruck, dass du in den letzten Wochen endlich ein bisschen was auf die Rippen bekommen hast.»

«Ich bin nicht krank, Hartwig. Wenn mir auch deine Gegenwart zuweilen Kopfschmerz verursacht», entgegnete Marysa und bemühte sich um Fassung.

«Bist du sicher?», knurrte er.

Marysa nickte. «Ganz sicher. Und nun verrate mir, warum du überhaupt hier bist. Ich nehme nicht an, dass du den Weg hierher nur gemacht hast, um mir mit der ewig gleichen Leier in den Ohren zu liegen.»

«Unverschämtes Weib», grollte Hartwig. «Du solltest dankbar sein, dass man sich um dich kümmert.»

«Das kann ich, wie du weißt, sehr gut selbst.»

«Hmpf. Ich soll dir eine Einladung überbringen. Komm am Samstagabend nach der Vesper ins Zunfthaus. Dann wird die Wahl des neuen obersten Zunftgreven stattfinden.»

«Am Samstag? Ist das nicht ein bisschen kurzfristig?», wunderte Marysa sich.

Hartwig zuckte mit den Schultern. «Wozu noch lange warten? Zweimal musste die Wahl schon verschoben werden, zuletzt wegen der Einweihung der Chorhalle. Nun konnten wir uns endlich auf ein Datum einigen, also sieh zu, dass du anwesend bist.»

«Selbstverständlich werde ich da sein, obgleich ich als Meisterwitwe kein Stimmrecht habe. Wenn die Wahl zu einem späteren Zeitpunkt stattfinden würde, könnte mein Gemahl sich beteiligen.»

«Darauf können wir keine Rücksicht nehmen. Auf seine Stimme bin ich auch nicht angewiesen. Du weißt, dass ich die besten Aussichten auf das Amt habe.»

«Es sei dir gegönnt. Und jetzt lass mich bitte allein.»

«Wir sprechen uns noch.» Hartwig drehte sich um und marschierte hinaus.

Gerade als er die Werkstatt durchquert hatte, klopfte es erneut an der Haustür. Ehe Grimold reagieren konnte, hatte Hartwig bereits die Tür geöffnet und trat überrascht einen Schritt zur Seite, als er den Besucher erkannte. «Herr van Oenne, guten Morgen. Was führt Euch hierher?»

«Meister Schrenger, seid gegrüßt.» Der schwarzgewandete Domherr aus dem Marienstift trat mit einem knappen Nicken ein. «Ich habe etwas mit Frau Marysa ... Ah, da seid Ihr ja!» Als er Marysa erblickte, die beim Klang seiner Stimme rasch aus dem Kontor geeilt war, glitt ein Lächeln über seine Lippen. «Ich wünsche Euch einen guten Morgen, Frau Marysa, und hoffe, es geht Euch wohl?»

«Ausgezeichnet, Herr van Oenne. Kommt nur herein und setzt Euch. Kann ich Euch etwas anbieten, heißen Würzwein vielleicht?» Während sie den Domherrn in ihr Kontor geleitete, warf sie ihrem Vetter über die Schulter einen auffordernden Blick zu, woraufhin er mit einem verärgerten Schnauben das Haus verließ.

«Danke, Frau Marysa, das ist nicht nötig. Ich komme

praktisch schnurstracks aus unserem Refektorium, durfte also Speis und Trank bis eben zur Genüge genießen.»

«Also gut, wie Ihr meint.» Marysa setzte sich ihm gegenüber und faltete die Hände auf dem Pult. «Dann sagt mir, was mir die Ehre Eures Besuchs verschafft.»

Rochus van Oenne lehnte sich bequem auf dem Besucherstuhl zurück. Er war ein Mann jenseits der fünfzig mit einnehmenden Gesichtszügen, dichtem grauem Haar und einem Kinnbart. In seiner Jugend hatte er gewiss mehr als ein weibliches Auge entzückt, und auch heute noch wusste er sich in der Gesellschaft von Frauen durchaus angenehm zu machen. Seine Erscheinung, gepaart mit ausgezeichneten Manieren, standen in deutlichem Gegensatz zur Wesensart jenes Mannes, dessen Posten er vor einigen Monaten übernommen hatte. Nachdem Johann Scheiffart, der Stellvertreter des Dechanten, im vergangenen November unter grausamen Umständen ums Leben gekommen war, war Rochus van Oenne auf seinen Platz aufgerückt.

Auch wenn Marysa nach anfänglichen Schwierigkeiten recht gut mit Scheiffart ausgekommen war, musste sie zugeben, dass die Geschäfte, die sie mit dem Marienstift tätigte, sich inzwischen wesentlich angenehmer gestalteten. Van Oenne war nicht so herrisch wie Scheiffart und vermittelte ihr immer den Eindruck väterlicher Fürsorge. Während Scheiffart zumeist übler oder zumindest gereizter Laune gewesen war, verbreitete van Oenne eine unerschütterliche Heiterkeit.

So lächelte er sie auch jetzt fröhlich an. «Meine Liebe», begann er, «ich möchte Euch noch einmal sagen, wie beeindruckt ich von den Fortschritten bin, die Eure Gesellen an dem Schrein für unsere Chorhalle machen. Die Schnitzereien sind köstlich! Schade nur, dass es mir bislang verwehrt war, den kunstfertigen Schnitzer, Euren zukünftigen Gemahl, höchstselbst kennenzulernen. Wisst Ihr inzwischen, wann Ihr ihn zurückerwarten dürft?»

Marysa senkte den Blick. «Es wird nicht mehr lange dauern, Herr van Oenne. Das Reisen ist um diese Jahreszeit nicht eben angenehm. Aber ich bin sicher, Christoph wird erfreut sein, wenn ich ihm bei seiner Rückkehr von Eurem Lob erzähle.»

«Ah, ich bestehe darauf, dass Ihr, sobald er hier ist, nach mir schicken lasst, damit ich es ihm selbst kundtun kann», sagte van Oenne. «Ich hoffe wirklich, er lässt Euch nicht mehr allzu lange warten – Wetter hin oder her. Eine junge hübsche Frau wie Ihr sollte alsbald als strahlende Braut vor die Kirchenpforte treten. Ich hoffe doch, dass ich das Vergnügen haben werde, Euch auch dazu persönlich gratulieren zu dürfen, wenn es so weit ist.»

Marysa errötete bei seinem schmeichelnden Tonfall. «Gewiss seid Ihr eingeladen, Herr van Oenne.»

«Schön, schön.» Er nickte ihr herzlich zu. «Und nun zum Geschäftlichen, meine Liebe. Ich habe Euch nämlich einen Vorschlag zu machen. Gerne hätte ich diesen sogleich mit Eurem zukünftigen Gemahl besprochen, denn er wird ja in Kürze der neue Meister Eurer Werkstatt sein, nicht wahr? Aber da ich Euch kenne und um Eure Tüchtigkeit in Geschäftsdingen weiß, nehme ich gerne zunächst mit Euch vorlieb. Es geht nämlich um eine Sache, die keinen Aufschub duldet.»

«Das klingt ja sehr spannend, Herr van Oenne», bemerkte Marysa. «Worum handelt es sich?»

Der Domherr richtete sich auf und setzte eine gewichtige Miene auf. «Wie Ihr wisst, erwartet Aachen im Herbst die Ehre von König Sigismunds Besuch. Nicht nur das, er wird sich hier nach altem Brauch seine Königskrone abholen. Das bedeutet große Feierlichkeiten, viele Besucher, Pilger und so fort.» Er hielt kurz inne und Marysa nickte. Daraufhin fuhr er fort: «Leider musste das Stiftskapitel den Auftrag an Euch über mehrere große Reliquienschränke vorläufig zurückstellen, wie Ihr wisst. Die Sabotage an der Chorhalle im vergangenen Herbst und die Beseitigung der Schäden, insbesondere die neuen Glasfenster, haben erhebliche Kosten verursacht, wie Ihr Euch denken könnt.»

Wieder nickte Marysa.

«Ja nun, und so kamen wir auf den Gedanken, zu den kommenden Feierlichkeiten etwas Neues zu versuchen, um unsere leeren Kassen wieder etwas zu füllen. Wir erwarten nicht nur viel Fußvolk und Schaulustige, sondern auch eine große Anzahl weltlicher und kirchlicher Würdenträger. Das gesamte Reich wird in diesen Tagen auf Aachen schauen, und nicht wenige Familien des Adels haben ihren Besuch bereits angekündigt. Und so, wie für die gewöhnlichen Pilger unsere Zinngießer Pilgerabzeichen in großen Massen herstellen und verkaufen, möchten wir, also das Marienstift, künftig ebenfalls Pilgerzeichen anbieten. Jedoch nicht solche aus Zinn, sondern aus weit edlerem Material, welches den hohen Herrschaften viel eher gefallen wird. Die Pilgerzeichen sollen aus Silber gefertigt werden, Frau Marysa.»

«Aus Silber?» Marysa runzelte überrascht die Stirn. «Damit dürften sie für den gemeinen Pilger ohnehin unerschwinglich sein. Doch was hat das nun mit meiner Werkstatt zu tun? Auf das Schlagen von Silber verstehe ich mich nicht. Und selbst mein Vater, der Goldschmied, dürfte nicht der richtige Ansprechpartner sein.»

«Gewiss nicht.» Der Domherr lachte. «Denn Abzeichen aus Gold wären dann doch ein wenig übertrieben, nicht wahr? Nein, es geht um Folgendes, Frau Marysa. Jene silbernen Zeichen sind natürlich viel zu wertvoll, um sie in Pilgermanier einfach an den Mantel zu nähen. Deshalb schwebt uns vor, sie in kleinen hölzernen Amuletten feilzubieten. Eure Gesellen fertigen ganz vorzügliche Reliquiare in Miniaturform. Jene, die Ihr während der Einweihung der Chorhalle verkauft habt, sind zwar einfach und schmucklos gewesen, doch nachdem ich die Kunstfertigkeit Eures zukünftigen Gatten bewundern durfte, bin ich überzeugt, dass in Eurer Werkstatt die passenden, würdigen Behältnisse gefertigt werden könnten.» Er legte den Kopf auf die Seite. «Nun, was sagt Ihr? Ist das ein Angebot, das Ihr in Betracht ziehen würdet? Es wäre eine gute Einnahmequelle für Euch wie für uns. Es dürfte Euch auch für die Verschiebung der anderen Aufträge zumindest teilweise entschädigen.»

«Ein außerordentliches Angebot, das Ihr mir da unterbreitet», antwortete Marysa vorsichtig. «Aber müsstet Ihr es nicht der Zunft vortragen, damit dort darüber entschieden wird, wer dafür in Frage kommt?»

Van Oenne kräuselte die Lippen. «Wenn ich dieses Angebot der Zunft abgebe, würdet ganz sicher nicht Ihr es sein, die den Auftrag erhält, Frau Marysa. Mit großer Wahrscheinlichkeit würde Euer Vetter ihn sich einverleiben. Auch wenn ich sehr genau weiß, dass er am kommenden Samstag wahrscheinlich zum Vorsteher der Zunft gewählt werden wird, besitzt er nicht mein Wohlwollen. Ich weiß um die Ungeheuerlichkeiten, mit denen er vergangenes Jahr versucht hat, Euch den Auftrag über die Reliquienschränke abspenstig zu machen. Verzeiht mir, wenn ich in Eurer Gegenwart so wenig freundlich von Eurem Verwandten spreche, aber ich halte ihn für einen selbstgerechten Schwätzer. Er ist zwar kein schlechter Schreinbauer, sein Können wird jedoch von dem Eurer Gesellen und – ich muss es noch einmal wiederholen – dem Eures zukünftigen Gatten weit übertroffen.»

Marysa schluckte und bemühte sich standhaft, das Zucken um ihre Mundwinkel zu unterdrücken. Ja, eindeutig, sie mochte Rochus van Oenne. «Ich möchte Euch ungern widersprechen», sagte sie. «Also danke ich Euch stattdessen für das Vertrauen, das Ihr mir, oder besser meiner Werkstatt, entgegenbringt. Es wäre uns eine Ehre, die Reliquiare für Eure Silberzeichen anzufertigen.»

«Sehr schön, anderes hatte ich auch nicht von Euch erwartet», rief van Oenne erfreut und erhob sich. «Ich schicke in den nächsten Tagen einen unserer Schreiber, damit er Euch genaue Zahlen nennen und unsere Wünsche in Bezug auf die Amulette unterbreiten kann. Sobald Ihr Euch mit ihm geeinigt habt, wird der Vertrag aufgesetzt. Eines darf ich Euch schon jetzt versprechen – dieser Auftrag soll Euer Schaden nicht sein, Frau Marysa.»

2. Kapitel

Wieder und wieder strich er über das zerknitterte Schriftstück und las die Worte, die in schwarzer Tinte und in gleichmäßigen Lettern darauf geschrieben standen. Eine solch kunstfertige Handschrift lernte man nicht bei weltlichen Lehrmeistern, ja nicht einmal in den gemeinen Lateinschulen. Nein, der Schreiber hatte ganz sicher eine Klosterschule besucht. Und das hatte seinen Argwohn geweckt. Es war reiner Zufall gewesen, dass er dem Boten begegnet war, und ein noch größerer Zufall, dass dieser ihm beim gemeinsamen Mahl in einer Schenke in Kornelimünster von dem Brief erzählt hatte, den er der Schreinbauerwitwe Marysa Markwardt aushändigen sollte.

Glaubhaft hatte er dem Burschen daraufhin versichert,

dass dieser sich den Weg nach Aachen hinein sparen konnte. Er selbst würde den Brief mitnehmen und ihn ihr überreichen, denn ihr Haus sei ohnehin sein Ziel.

Der Bursche war höchst erfreut und dankbar gewesen, denn so konnte er sich gleich wieder auf den Rückweg machen und hatte Zeit für einen kleinen Umweg zu seinem Liebchen.

Den Brief hatte er natürlich nicht überbracht. Einen solchen Dienst hatte Marysa Markwardt mitnichten verdient. Sollte sie doch glauben, ihr Bräutigam sei auf und davon oder – besser noch – es sei ihm etwas zugestoßen.

Sorgsam faltete er das Schriftstück wieder zusammen und schob es unter sein Wams. Auch wenn nichts an den Worten, die Christoph Schreinemaker an Marysa gerichtet hatte, irgendwie verdächtig schien, hatte er das Spiel der beiden längst durchschaut. Unsägliches hatten sie vor, da war er sich ganz sicher. Einen Betrug vor Gott wie vor den Menschen. Eine Untat, die er nicht würde dulden können – aus verschiedenen Gründen.

3. Kapitel

«Hältst du das wirklich für eine gute Idee, Marysa?», fragte Bardolf Goldschläger seine Stieftochter beim gemeinsamen Abendessen einige Tage später. «In wenigen Monaten wird deine Werkstatt von der Zunft geschlossen, sollte Christoph sich nicht allmählich wieder in Aachen einfinden. Und ehrlich gesagt, hege ich so langsam Zweifel daran.»

«Er wird zurückkehren», wiederholte Marysa beinahe gebetsmühlenartig, wie sie es auch ihrer Mutter gegenüber immer wieder getan hatte. «Es dauert eben nur etwas länger.

Vielleicht gab es Probleme mit den Schriftstücken, die er vom Frankfurter Rat haben will.»

«Und er hat keine Möglichkeit, dich darüber in Kenntnis zu setzen?» Bardolf schüttelte den Kopf. «Täglich reisen unzählige Boten durchs Land. Einem von ihnen hätte er längst Nachricht mitgeben können.»

«Vielleicht ist die Nachricht unterwegs verlorengegangen.»

Bardolf legte den Kopf auf die Seite, woraufhin Marysa seufzte. «Ich vertraue ihm, Bardolf. Ich weiß selbst nicht, warum. Du weißt, wie misstrauisch ich ihm gegenüber am Anfang war. Doch jetzt ...» Unbewusst wanderte ihre linke Hand hinunter zu ihrem Bauch. Sogleich hob sie sie wieder und griff stattdessen nach einem Stück Brot. «Mir bleibt doch auch nichts anderes übrig, oder?»

Sorgenvoll runzelte Bardolf die Stirn. «Um den Antrag eines anderen Mannes anzunehmen, dürfte es inzwischen zu spät sein.» Er wechselte einen kurzen Blick mit Jolánda. «Wenn er nicht zurückkehrt, werden dir schwierige Zeiten bevorstehen, Marysa. Selbst wenn er morgen vor deiner Tür steht, dürftet ihr einiges Aufsehen erregen. Wenn ein Kind so kurz nach der Hochzeit geboren wird, gibt das den Leuten immer Anlass zu Getratsche. Doch sollte er nicht wiederkehren – und das müssen wir befürchten, ganz gleich, was auch der Grund sein mag –, wirst du als Mutter eines Bastards die Achtung verlieren, die die Menschen dir bisher entgegenbringen. Die Werkstatt wird auch verwirkt sein ...»

«Das weiß ich alles!» Marysa funkelte ihn an. «Aber es lässt sich nun einmal nicht mehr ändern. Ich werde nicht zu einer dieser Frauen gehen, die mit irgendwelchen geheimen Mittelchen dafür sorgen, dass man ein Kind vor der Zeit verliert. Das kann ich nicht. Ich will es nicht, Bardolf. Es ist Christophs Kind!»

«Marysa, beruhige dich!» Jolánda ergriff die Hand ihrer Tochter. «Sollen die Dienstboten etwa alles mitbekommen?»

«Nein, selbstverständlich nicht.» Marysa zwang sich zur Ruhe und senkte ihre Stimme wieder. «Rochus van Oenne war mit den Musteramuletten sehr zufrieden. Das ist eine einmalige Gelegenheit für die Werkstatt. Ich musste diesen Auftrag einfach annehmen. Sie wollen bis Ostern dreißig Stück haben. Stellt euch das nur einmal vor! Sie bezahlen in Gold und guten Wechseln.»

«Hartwig wird dir den Hals umdrehen», folgerte Bardolf und verzog die Lippen. «Da er gestern einstimmig gewählt worden ist, dürfte er ohnehin zukünftig noch unausstehlicher sein. Und jetzt schnappst du ihm diesen lukrativen Auftrag vor der Nase weg. Marysa, auch das riecht nach Ärger, wenn du mich fragst. Van Oenne hätte den offiziellen Weg über die Zunft nehmen müssen.»

«Er wollte, dass ich diesen Auftrag erhalte», widersprach Marysa. «Ihm war klar, dass Hartwig das verhindern würde.»

«Tja, nun hast du den Auftrag», schloss Jolánda. «Aber auch ich weiß nicht, ob ich mich darüber freuen soll.» Sie hob die Schultern. «Lasst uns das Thema wechseln. Es führt zu nichts, wenn wir uns ständig im Kreis drehen. Das wird Christoph nicht schneller zurückbringen.» Sie nahm einen Schluck Wein und drehte den Becher dann zwischen den Fingern hin und her. «Weißt du schon, wann Heyn wiederkommen wird?»

Marysa hob die Schultern. «Ihn erwarte ich morgen oder übermorgen. Seine Schwester müsste inzwischen beerdigt worden sein. Derweil kümmert sich Leynhard allein um die Ausführung der Arbeiten. Ich bin sehr froh, zwei so treue Gesellen gefunden zu haben. Sie tun wirklich alles, um den Ruf der Werkstatt aufrechtzuerhalten.»

«Wie hat Leynhard es eigentlich aufgenommen, dass du seinen Antrag abgelehnt hast?», wollte Jolánda wissen. «Du hast gar nichts darüber gesagt. War er nicht sehr enttäuscht? Immerhin hat er sich Hoffnungen gemacht, selbst hier Meister werden zu können, nicht wahr?»

Marysa nickte, schüttelte dann aber den Kopf. «Leynhard ist ein guter Mann, Mutter. Wenn Christoph nicht gewesen wäre ... Nun ja.» Sie zuckte wieder mit den Schultern. «Natürlich war er enttäuscht. Ich fürchte, er hegt tatsächlich eine stille Zuneigung zu mir.» Nun errötete Marysa vor Verlegenheit. «Aber er war mir nicht böse, glaube ich. Fast hatte ich sogar den Eindruck, er ist erleichtert. Die Leitung einer Werkstatt ist nicht leicht und bedeutet eine große Verantwortung. Und, nun ja, ich vermute, er weiß selbst, dass er sich mit dem Denken ab und an etwas schwertut.» Lächelnd nahm nun auch Marysa einen Schluck verdünnten Wein. «Er ist nicht dumm, beileibe nicht. Aber etwas ...»

«Langsam», half Jolánda nach. «Ja, den Eindruck habe ich auch. Mag sein, er hat eingesehen, dass du ihm in vielen Dingen überlegen bist. So sanftmütig er sein mag – nicht jeder Mann verträgt es, mit einer klugen Frau zusammenzuleben.» Bedeutungsvoll blickte sie Bardolf von der Seite an.

Er lachte. «Schon gar nicht, wenn sie dein Temperament geerbt hat.» Seine Finger wischte er sich am Tischtuch ab und wandte sich an Marysa. «Dann wird Leynhard also trotz deiner Abfuhr in deinem Dienst bleiben?»

«O ja, ganz bestimmt. Natürlich habe ich ihm angeboten, sich einen anderen Meister zu suchen. Er meinte jedoch, woanders könne es ihm gewiss nicht bessergehen als hier.»

«Womit er nicht unrecht hat», befand Jolánda. «Bei den bedeutenden Aufträgen, die du immer wieder erhältst, vor allem durch das Marienstift, kann er sich ja immerhin einen ausgezeichneten Namen erarbeiten und damit dann möglicherweise die Tochter eines der anderen Meister für sich gewinnen.»

Marysa nickte. «So scheint er es auch zu sehen, und ich bin froh darüber. Er ist ein sehr fähiger Schreinbauer. Ohne ihn könnte ich die Werkstatt ganz sicher nicht über Wasser halten, solange Christoph fort ist.»

«Womit wir wieder beim Thema wären», sagte Bardolf trocken. Er sprach jedoch nicht weiter, da in diesem Moment Marysas junger Knecht Milo die Stube betrat.

«Verzeihung.» Er grinste in seiner typischen Straßenjungenmanier und fuhr sich mit den Fingern durch seinen braunen Haarschopf. «Ich wollt' nur sagen, dass es angefangen hat zu schneien – und nicht zu knapp, Frau Marysa. Wenn Ihr heute noch nach Hause gehen wollt, sollten wir gleich aufbrechen.»

«Ach herrje!», rief Jolánda erschrocken. «Nein, mein Kind. Du musst unbedingt hierbleiben. Du wirst krank werden, wenn du jetzt durchs Schneetreiben läufst. Und das ist ganz sicher nicht gut für ...» Bardolf stieß sie unsanft an, und sie verstummte erschrocken.

«Ach was, so schlimm wird es schon nicht sein.» Marysa trank den letzten Schluck Wein aus ihrem Becher und erhob sich. «Der Weg ist nicht weit, und ich möchte gern zu Hause sein, falls ...» Auch sie sprach nicht weiter, ihre Eltern hatten sie auch so verstanden.

«Sieh dich vor, dass du nicht ausrutschst», mahnte Jolánda, während sie neben ihrer Tochter die Stube verließ und ihr in den Mantel half. «Milo, du musst sehr gut achtgeben auf deine Herrin, hast du verstanden?»

«Klar, mach ich ja immer.» Milo nickte fröhlich und zog sich seine graue Gugel über den Kopf. «Kommt, Frau Marysa, ich gehe Euch voraus, dann könnt Ihr in meinen Fußstapfen laufen.»

Marysa lachte. «Das ist nicht ...» Sie blieb überrascht an der Tür stehen. «Oh! Tatsächlich, das ist nötig.» Nun doch etwas erschrocken, blickte sie auf das dichte Schneetreiben. Die weiße Pracht hatte sich bereits knöchelhoch über die Straße verteilt.

«Marysa, du solltest wirklich hierbleiben», protestierte Jolánda, als ihre Tochter trotz des Schneegestöbers ins Freie trat. «Es ist unvernünftig, durch dieses Wetter zu laufen!»

Marysa drehte sich noch einmal zu ihr um. «Ich weiß, Mutter. Aber was, wenn er heute eintrifft?»

«Um diese Zeit sind die Stadttore längst geschlossen», argumentierte ihre Mutter, doch dann seufzte sie. «Ich weiß. Das wird ihn vermutlich nicht abhalten. Also geh schon. Aber bitte sei ...»

«Vorsichtig. Ja, Mutter. Mach dir keine Sorgen.» Marysa hob zum Abschied die Hand, dann marschierte sie dicht hinter Milo los. Er hielt die brennende Pechfackel so, dass Marysa erkennen konnte, wohin sie trat. Immer wieder zischte es leise, wenn Schnee mit dem Feuer in Berührung kam. In den Straßen Aachens war es stockfinster. Nur durch die Ritzen fest verschlossener Fensterläden drang etwas Licht. Dicke weiße Flocken stoben um Marysas Gesicht und legten sich auf ihre Kapuze und ihre Schultern.

«Geht es, Herrin?» Milo blickte sich prüfend nach ihr um. «Ganz schön übles Wetter, was?»

«Das kann man wohl sagen», erwiderte sie.

«Nicht gut zum Reisen.»

«Nein.»

Milo blieb kurz stehen und blickte sie an. «Ihr glaubt trotzdem, dass er heute kommen könnte. Oder morgen oder ...»

«Das wird er, Milo.»

«Und Ihr wollt seine Ankunft nicht verpassen.»

Sie antwortete nicht, sondern gab ihm mit einer Geste zu verstehen, dass er weitergehen sollte. Sie hatten den Markt bereits erreicht. Bis zum Büchel, wo ihr Haus stand, war es nun nicht mehr weit.

Schweigend stapfte Milo wieder voran, und Marysa fragte sich nicht zum ersten Mal, wie viel ihr junger Knecht wohl von jenen Ereignissen im vergangenen Herbst verstanden haben mochte. Sie argwöhnte, dass er zumindest ahnte, dass Christoph Schreinemaker und der Dominikaner Christophorus ein und dieselbe Person waren. Immerhin wusste er von den Schnitzereien, die Christoph heimlich für sie angefertigt hatte. Doch bisher hatte er nie ein Wort darüber verloren. Marysa war ihm dankbar dafür, zugleich aber besorgt. Milo trug sein Herz normalerweise auf der Zunge. Sie hoffte, dass er ein Geheimnis auch langfristig würde bewahren können – vor allem gegenüber seiner Familie und seinem besten Freund Jaromir. Nicht, dass Marysa ihrem übrigen Gesinde nicht traute – im Gegenteil! Es waren allesamt treue Seelen, doch je weniger Menschen von Christophs gefährlichem Plan wussten, desto besser.

«Da wären wir, Herrin.» Milo pochte heftig an die Haustür und trat dann einen Schritt beiseite, damit sie als Erste eintreten konnte.

Der alte Grimold ließ sie ein und nahm ihr eifrig den nassen Mantel ab. «Herrin, Ihr hättet bei diesem Wetter nicht draußen herumlaufen sollen», schalt er freundlich. «Eure wohledle Frau Mutter hätte gewiss ein Gästebett für Euch frei gehabt.»

«Das hätte sie.» Marysa ging durch die Werkstatt in Richtung Küche, denn dort war vermutlich auch jetzt noch gut geheizt. «Aber ich schlafe lieber in meinem eigenen Bett.» Beiläufig drehte sie sich zu dem alten Knecht um. «Ist etwas vorgefallen, seit ich zu meinen Eltern gegangen bin?»

Bedauernd schüttelte Grimold den Kopf. «Nein, Herrin, alles ruhig.»

«Gut. Ich werde kurz mit Balbina sprechen – ist sie noch wach?»

Grimold nickte.

«Und dann werde ich zu Bett gehen.» Entschlossen, sich ihre Enttäuschung nicht anmerken zu lassen, betrat sie die Küche, in der die beleibte und rotwangige Köchin gerade dabei war, einen großen Topf mit Sand zu scheuern. «Guten Abend, Balbina», grüßte Marysa und trat an den großen gemauerten Herd, in dem noch ein Rest Glut die erhoffte Wärme verströmte. Dankbar hielt Marysa ihre Hände darüber.

«Herrin.» Balbina nickte ihr lediglich zu und schrubbte dabei unvermindert weiter.

«Wir müssen in den nächsten Tagen zum Markt», sagte Marysa. «Die Auswahl an Speisen wird während der Fastenzeit ein wenig eintönig, wenn wir uns nicht etwas überlegen.»

Balbina lächelte. Sie kannte ihre Herrin und deren Vorliebe für ausgesuchte Speisen. «Woran hattet Ihr denn gedacht?»

Auch Marysa schmunzelte. «Weißt du, wir hatten eine so hervorragende Apfelernte im vergangenen Herbst. Wie wäre es, wenn du uns für die kommenden Tage etwas Fruchtiges zubereitest. Apfelküchlein vielleicht oder ...»

«Krapfen», schlug Balbina vor. «Wir haben noch einen kleinen Sack Rosinen, den Herr Scheiffart Euch geschickt hat, bevor er ...»

«Ah ja, richtig, die Rosinen.» Marysa nickte und bemühte sich, nicht an den toten Domherrn zu denken. Noch immer sah sie sein bleiches Gesicht und seine schlimmen Verwundungen vor sich – immerhin war er in ihrer Gegenwart gestorben. «Du könntest sie in Wein einlegen und mit Zimt würzen.»

«Zimt ist leider keiner mehr da», erwiderte Balbina bedauernd. «Und bei den Preisen, die die Händler derzeit verlangen ...»

«Ich werde welchen besorgen», unterbrach Marysa sie. «Für die letzten Reliquienverkäufe nach Ungarn habe ich noch zwei Wechsel einzulösen. Die Summe sollte ausreichen, um die eine oder andere Zimtstange erwerben zu können. Ich werde ...» Sie hielt inne. «Ja, Milo, was gibt es?»

Der junge Knecht hatte vorsichtig den Kopf zur Tür hereingestreckt und trat nun ganz ein. «Entschuldigt, Herrin, wenn ich störe. Ich möchte Euch gern etwas fragen. Es ist wegen Imela.»

«Imela?» Erstaunt hob Marysa den Kopf. «Was ist mir ihr?»

Milo druckste ein wenig herum. «Also, ähm, es ist so ... Imela hilft doch Balbina jetzt immer in der Küche.»

«Und?» Marysa musterte ihren Knecht fragend. «Hat sie dir versalzene Suppe vorgesetzt?»

Um Milos Mundwinkel zuckte es. «Nein, Herrin, bestimmt nicht. Es ist vielmehr ... Na ja, braucht Ihr nicht noch eine Magd, wenn Imela sich nicht mehr wie sonst um alles kümmern kann? Fita ist ja jetzt auch nicht mehr da und ...»

Nun verstand Marysa. «Wen möchtest du mir gerne vorstellen, Milo? Deine Schwester Nese ist noch ein bisschen jung, oder? Außerdem arbeitet sie schon als Wäscherin, wenn mich nicht alles täuscht.»

«Ähm, nicht meine Schwester, Herrin, sondern meine Base Geruscha. Sie ist die Tochter der Schwester meiner Mutter. Wisst Ihr, sie ist ein nettes Mädchen und fleißig. Aber ihre Eltern können sie nicht verheiraten, deshalb muss sie sich langsam eine Stellung suchen. Und da dachte ich ...»

«Warum können sie sie nicht verheiraten?», wollte Marysa wissen.

Milo hob die Schultern. «Sie hat neun lebende Geschwister, Herrin. Da reicht das Geld nicht mal zum Leben. Sie können sich keine Mitgift leisten. Na ja, und dann, ähm ...»

«Was?», hakte Marysa nach, als sie merkte, wie Milo rot anlief. «Stimmt etwas nicht mit ihr?»

«O doch, alles stimmt mit ihr», beteuerte er hastig. «Sie ist, wie gesagt, lieb und auch hübsch und arbeitet hart, wenn es sein muss. Es ist nur ... sie ist vor zwei Jahren mal einer Bande Söldner in die Hände gefallen, wisst Ihr. Das war kurz vor der Heiltumsweisung. Und die Kerle haben sie ...» Die Röte auf seinen Wangen vertiefte sich noch. «Ich soll Euch das eigentlich gar nicht sagen. Aber Geruscha braucht wirklich eine Anstellung. Ohne Geld will sie ja kein Mann nehmen. Die meisten wissen, was mit ihr passiert ist. Wer will schon eine Frau, die von solchen Kerlen geschändet wurde? Da müsste man ordentlich was zahlen.»

Marysa runzelte die Stirn. «Wie alt ist sie?»

«Achtzehn Jahre wird sie im Sommer.» Milo hob hoffnungsvoll den Kopf. «Nehmt Ihr sie?»

«Das weiß ich noch nicht, Milo.» Abwehrend hob Marysa eine Hand. «Sag ihr, sie soll in den nächsten Tagen bei mir vorsprechen. Ich möchte sie erst einmal sehen, bevor ich eine Entscheidung treffe.»

«Ich sag es ihr gleich morgen!» Erleichtert grinste Milo. «Bestimmt werdet Ihr mit Geruscha zufrieden sein.» Damit verließ er die Küche.

«Das werden wir sehen», murmelte Marysa.

«Ihr seid zu gutmütig», sagte Balbina und stellte den inzwischen sauberen Topf auf seinen Platz in dem großen Küchenregal. «Das Mädchen kann einem zwar leidtun, aber ob sie hier so gut aufgehoben ist?»

«Kennst du sie?»

Balbina nickte. «Ein hübsches Dingelchen, da hat Milo recht. Seit ihr das ... damals passiert ist, ist sie ganz still und in sich gekehrt. Ein richtiges verhuschtes Mäuschen. Dagegen könnte man unsere Imela als geradezu lebhaft bezeichnen.»

Marysa lächelte amüsiert. Imela war jetzt etwa sechzehn Jahre alt und schon immer ein sehr zurückhaltendes Mädchen gewesen. «Wir werden sehen, Balbina. Wenn ich diese Geruscha einstelle, dann gewiss nicht, damit sie sich das Maul zerreißt. Zum Arbeiten muss man nicht viel reden, oder?» Sie ging zur Tür. «Wenn es ihr bisher so schlimm ergangen ist, dürfte es ein Werk der Nächstenliebe sein, sie zumindest einmal zur Probe einzustellen. Und nun gute Nacht, Balbina.»

4. Kapitel

«Ausgezeichnet, wie ich schon sagte», befand Rochus van Oenne und reichte seinem Schreiber, Bruder Weiland, eines der Amulette, die er von Marysas Gesellen Leynhard erhalten hatte. «Schade nur, dass die Schnitzereien nicht noch aufwendiger gestaltet sind. Offenbar müssen wir uns, was das angeht, ein Weilchen gedulden. Frau Marysa konnte mir nicht mit Sicherheit sagen, wann ihr künftiger Gemahl in Aachen eintreffen wird.»

«Um diese Jahreszeit ist das Reisen gefährlich», warf Bruder Weiland ein. «Vielleicht wartet er besseres Wetter ab. Der Schnee liegt hoch und ...»

«Das wäre möglich», bestätigte van Oenne. «Allerdings bin ich mir nicht ganz sicher, ob es Frau Marysa recht sein kann, wenn er sie noch länger warten lässt.»

«Ihr meint, weil die Frist, während deren sie die Werkstatt weiterführen darf, bald ausläuft?», fragte Bruder Weiland. «Es dürfte doch kein Problem sein, eine kleine Verlängerung zu erwirken. Immerhin ist sie ja mit einem passenden Handwerker verlobt. Außerdem ist ihr Vetter nun der oberste Zunftgreve. Der wird sicher etwas für sie tun können.»

«Meister Schrenger?» Van Oenne schüttelte den Kopf. «Der tut ganz gewiss nichts Gutes für sie. Ihm würde es vermutlich nur recht sein, wenn dieser Schreinemaker gar nicht mehr zurückkehrt. Ich meine auch nicht nur die Sache mit der Werkstatt, Weiland. Jüngst hatt ich den Eindruck, dass es noch einen anderen ... nun ja, delikateren Grund geben könnte, weshalb ... Aber lassen wir das. Ich möchte Frau Marysa ungern in Verruf bringen.» Er kniff streng die Augen zusammen. «Du hast nichts gehört, Weiland, verstanden?»

Der junge Schreiber nickte. «Kein Wort, Herr van Oenne. Sprachen wir nicht gerade von den hübschen Amuletten, die Frau Marysa Euch hat schicken lassen?»

«Ganz recht. Der Ausdruck hübsch ist jedoch meiner Meinung nach stark untertrieben. Vorzüglich möchte ich die Arbeiten nennen. Und die Fassung für die Silberzeichen ist akkurat gefertigt. Sieh her, das Abzeichen passt haargenau und wird von den Rändern festgehalten. Es kann nicht herausfallen, außer ...» Van Oenne hielt inne, als es an der Tür klopfte.

Ein Augustinermönch betrat das Schreibzimmer. «Herr van Oenne, verzeiht, dass ich Euch störe. Graf Seibold van der Haaren besteht darauf, sofort mit Euch zu sprechen. Ich habe ihm gesagt, dass Ihr beschäftigt seid, aber er wirkt sehr erregt. Anscheinend geht es um das Amulett, dass Ihr ihm verkauft habt.»

Van Oenne hob seine Brauen. «Lass ihn vor, Bruder Alswin. Graf Seibold ist ein guter Freund. Für ihn habe ich immer Zeit.»

***

Marysa war gerade auf dem Heimweg vom Markt, wo sie zusammen mit Jaromir einige Einkäufe erledigt und den seltenen Zimt erworben hatte. Das wertvolle Gewürz trug ihr Knecht nun unter seinem Gewand und schützte es somit vor den Blicken möglicher Diebe. Sie gingen hintereinander den Büchel hinauf, als Jaromir plötzlich stehen blieb. «Herrin, da steht ein Trupp Männer vor Eurem Haus. Einer von ihnen ist der Domherr van Oenne vom Marienstift.»

Auch Marysa blieb stehen und blickte verwundert an ihrem Knecht vorbei. «In der Tat. Zwei Schöffen sind ebenfalls dabei und ein Büttel.» Sie setzte sich wieder in Bewegung. «Lass uns sehen, was die Männer zu mir führt.»

Als sie ihr Haus wenig später erreichte, hatten die Männer sie bereits entdeckt. Van Oenne trat ihr entgegen. «Frau Marysa, wir müssen mit Euch sprechen», sagte er in einem ernsten Ton, den sie von ihm nicht kannte.

Neugierig und zugleich etwas argwöhnisch blickte sie von

van Oenne zu den beiden Schöffen. «Dann möchte ich Euch bitten, mir ins Haus zu folgen», antwortete sie förmlich. «Dort dürfte es sich weit angenehmer sprechen lassen als hier draußen in der Kälte. Herr van Eupen, Herr Volmer.» Sie nickte den beiden Schöffen zu. Nachdem sie die Männer in ihre Stube geführt und ihnen Wein angeboten hatte, wandte sie sich wieder an van Oenne. «Was führt Euch also zu mir? Ihr wirkt besorgt. Ist etwas geschehen?»

«Das kann man wohl sagen», antwortete der Schöffe Wolter Volmer an van Oennes Stelle. Er war ein vierschrötiger Mann mit dunkelgrauem Haar und ebensolchem Bart. Marysa kannte ihn flüchtig, da er mit ihrem Vater hin und wieder Geschäfte gemacht hatte. «Ihr seid angeklagt worden, falsches Silber für echtes ausgegeben und verkauft zu haben, Frau Marysa.»

«Wie bitte?» Entgeistert starrte sie ihn an.

Van Oenne räusperte sich vernehmlich. «Ich bitte Euch, Meister Volmer, haltet Euch bedeckt. Diese Anschuldigung entbehrt jeglicher Grundlage, wie Ihr wisst.» Er wandte sich mit einem begütigenden Lächeln an Marysa. «Verzeiht die unbedachten Worte des Schöffen. Selbstverständlich steht Ihr keineswegs unter einer Anklage.»

«Herr van Oenne, aus diesem Grund sind wir doch hier», widersprach Volmer aufgebracht. «Es dürfte vor allem in Eurem Interesse sein, wenn wir die Angelegenheit umgehend ...»

«Die Angelegenheit», schnitt van Oenne ihm das Wort ab, «würde ich gerne auf meine Weise regeln.» Wieder lächelte er Marysa entschuldigend zu. «Meine Liebe, es tut mir leid. Euch dürfte bekannt sein, dass die Zusammenarbeit zwischen Schöffen und Marienstift nicht ganz einfach ist. Zwar arbeitet Eure Werkstatt in unserem Auftrag, jedoch fallt Ihr als Aachener Bürgerin in den Zuständigkeitsbereich des Rates, also ...» Er zuckte mit den Schultern.

Marysa blickte die Männer zunehmend verwirrt an. «Worum geht es überhaupt? Gefälschtes Silber?»

«Versilbertes Messing», bestätigte van Oenne. «Kürzlich habe ich eines der Amulette, die Ihr für uns fertigt, an einen guten Freund verkauft. Es enthielt, wie wir dachten, eines der silbernen Pilgerzeichen. Nun stellte sich jedoch heraus, dass es sich bei dem Abzeichen keineswegs um reines Silber handelt, sondern lediglich um versilbertes Messing. Ihr, oder besser gesagt Eure Gesellen, haben die Zeichen von uns erhalten, um sie in die Amulette einzupassen, nicht wahr?»

Mit mulmigem Gefühl nickte Marysa. «Ich habe sie selbst entgegengenommen.»

«Seht Ihr, und genau das ist der Punkt», fuhr nun der andere Schöffe, Reimar van Eupen, fort. «Der Käufer beschuldigte zunächst das Marienstift, ihm eine Fälschung verkauft zu haben. Die letzte Person, die sich an den Amuletten zu schaffen gemacht haben kann, müsste zu Eurer Werkstatt gehören.»

Marysa wurde blass. «Ihr glaubt, ich habe die echten Silberzeichen gegen gefälschte ausgetauscht?»

«O nein, das glaube ich ganz und gar ...», setzte van Oenne an.

«Doch, das glauben wir», sagte Volmer gereizt. «Deshalb wird der Büttel umgehend Euer Haus durchsuchen, um herauszufinden, ob sich weitere gefälschte Abzeichen in Eurem Besitz befinden. Wido!» Er gab dem Büttel ein Zeichen, woraufhin dieser den Raum verließ und zur Werkstatt ging.

«Aber ...» Verunsichert blickte Marysa ihm nach. «Ich habe die Silberzeichen nicht vertauscht.»

«Es tut mir leid, Frau Marysa», entschuldigte van Oenne

sich erneut. «Wenn es so ist, wie Ihr sagt, habt Ihr ja gar nichts zu befürchten, nicht wahr?»

«Frau Marysa, was geht hier vor?» Heyn und Leynhard betraten die Stube. «Der Büttel durchsucht die Werkstatt. Was soll das?»

Marysa biss sich auf die Unterlippe. «Ist schon gut, Leynhard. Er tut nur seine Pflicht.»

«Und was sucht er?», knurrte Heyn, der Altgeselle.

«Gefälschte Pilgerabzeichen.»

«Was?» Entsetzt starrte Leynhard sie an. «Wieso gefälscht?»

Marysa hob die Schultern. «Ich weiß auch nicht ...»

«Hört zu, Frau Marysa», mischte van Oenne sich wieder ein. «Natürlich muss ich der Anschuldigung des Grafen Seibold nachgehen. Aber ich bin sicher, dass es eine andere Erklärung für das gefälschte Silberzeichen gibt.»

«Und welche wäre das?», fragte Volmer in hochfahrendem Ton. «Eben habt Ihr uns gegenüber noch betont, dass die Kanoniker des Marienstifts über jeden Verdacht erhaben sind. Ganz zu schweigen von den Augustinern. Also bleibt nur Frau Marysas Werkstatt. Hier wurde das silberne Zeichen ja schließlich in das Amulett eingepasst, oder etwa nicht?» Fragend blickte er Marysa an.

«Ja, Meister Volmer, das ist richtig. Wir erhielten vom Marienstift bisher zehn Silberzeichen, um sie bis Ostern in ebenso viele Amulette einzuarbeiten. Fünf Stück sind bereits fertig, die wir Herrn van Oenne umgehend geschickt haben. Ich versichere Euch, dass wir ausschließlich die Pilgerzeichen des Stiftes verwendet haben. Die restlichen fünf Stück befinden sich noch in meinem Kontor unter Verschluss.»

«Zeigt sie uns bitte», bat van Oenne.

Also führte Marysa die Männer in ihr Kontor und öffnete vor ihren Augen eine der Truhen. Sie entnahm ihr einen Samtbeutel und reichte ihn dem Domherrn.

Er zog die Verschnürung auf und warf einen prüfenden Blick in den Beutel, dann entnahm er ihm eines der Abzeichen und betrachtete es eingehend. Schließlich reichte er es an Wolter Volmer weiter.

Der Schöffe beäugte es kritisch, biss darauf und kratzte mit dem Fingernagel daran herum. «Habt Ihr einen Nagel?», fragte er in Marysas Richtung, woraufhin sie ihm eilig einen reichte.

Wieder kratzte er an dem Abzeichen herum, brummelte etwas in seinen Bart und nahm ein weiteres Abzeichen aus dem Beutel, um es auf die gleiche Weise zu untersuchen. Dann hob er den Kopf und fixierte Marysa. «Also gut, dies sind also die echten Zeichen. Und wo bewahrt Ihr die Fälschungen auf?»

Marysa blickte ihn verächtlich an. «Ich sagte Euch doch, dass es in meinem Haus keine Fälschungen gibt.»

«Wie ist das gefälschte Zeichen dann in Euer Amulett gelangt?»

«Ich weiß es nicht. Vielleicht ...»

«Lasst gut sein.» Genervt schüttelte van Oenne den Kopf. «Wir warten jetzt wohl oder übel das Ende der Durchsuchung ab. Da ich davon ausgehe, dass sie zu nichts führen wird, werden wir Frau Marysa anschließend in Ruhe lassen. Ich habe gleich gesagt, dass die ganze Sache Unsinn ist.» Er wandte sich wieder an Marysa. «Glaubt mir, nichts liegt mir ferner, als Euch Schwierigkeiten bereiten zu wollen. Um auch noch den letzten Rest an Zweifeln auszuräumen, die die werten Herren Schöffen hegen mögen, schlage ich vor, dass Ihr die nächste Lieferung Abzeichen gemeinsam mit Herrn van Eupen aus der Werkstatt des Silberschmieds abholt und hierherbringt. Außerdem wird ein Augustinermönch fortan jeden Tag in der Werkstatt zugegen sein und sich von der korrekten Arbeit Eurer Gesellen überzeugen.»

Fürsorglich tätschelte er Marysas Arm. «Bitte, Frau Marysa. Ich sehe leider keinen anderen Ausweg, den guten Ruf Eurer Werkstatt zu wahren. Es ist ja nur für eine Weile, um den Beweis zu erbringen, dass die Fälschung nicht hier stattgefunden hat, sondern auf anderem Wege.»

«Es gibt keinen anderen Weg», protestierte Volmer, aber van Eupen winkte ab.

«Belassen wir es dabei», entschied er. «Ohne Beweise können wir niemanden anklagen. «Ich schlage vor, wir kehren zur Acht zurück und warten dort den Bericht des Büttels ab. Das Schöffenkolleg hat schließlich noch anderes zu tun.» Er nickte van Oenne zu. «Ich erwarte, dass Ihr mir umgehend Bericht erstattet, sobald Ihr zu einer Erkenntnis gelangt seid. Frau Marysa.» Er warf ihr einen kurzen Blick zu, dann verließ er das Kontor. Die anderen Männer folgten ihm, verabschiedeten sich kurz. Augenblicke später war Marysa mit ihren Gesellen allein. Der Büttel hatte inzwischen die Wohnräume aufgesucht. Aus der Küche erklang Balbinas empörte Stimme, deshalb begab sich Marysa dorthin, um dem Mann vorsichtshalber auf die Finger zu schauen. Dabei überlegte sie fieberhaft, wie es zu der Vertauschung der Silberzeichen gekommen sein mochte. Sie war sich sicher, dass diese nicht in ihrem Haus stattgefunden haben konnte. Jedes der fünf Amulette hatte sie selbst überprüft, bevor Leynhard sie zum Marienstift gebracht hatte. Da die Reliquiare so wertvoll waren, hatte sie ihrem Gesellen sogar noch Milo zur Seite gestellt, obwohl die Straßen Aachens im Winter weniger gefährlich waren als sonst. Diebesgesindel, Bettler und andere zwielichtige Gestalten hatten sich in ihre warmen Verstecke zurückgezogen. Woher also kamen die gefälschten Abzeichen? Wollte man ihr damit schaden oder dem Marienstift? Wenn sich herumsprach, dass das Domkapitel mit Fälschungen handelte, würden die Aachener Bürger sicher mit Empörung reagieren und verlangen, dass die Verantwortlichen abgestraft wurden. Die Kanoniker unterstanden allerdings der Domimmunität, konnten also nicht so einfach von einem weltlichen Gericht angeklagt und verurteilt werden.

Nachdem der Büttel gegangen war, ohne einen Hinweis auf die gefälschten Silberstücke gefunden zu haben, setzte Marysa sich wieder in ihr Kontor und spann den gedanklichen Faden weiter: Falls jemand dem Marienstift schaden wollte, musste es sich um ein Mitglied desselben handeln, zumindest um einen Angehörigen der Domimmunität. Jemand Außenstehendes würde mit ein paar gefälschten Amuletten nichts bewirken können. Wollte jedoch ein Angehöriger des Marienstifts einen internen Aufruhr schüren oder sogar einen Prozess anstrengen, so könnte die Untersuchung in dieser Angelegenheit vielleicht der Auslöser sein. Rochus van Oenne war noch nicht lange im Amt. Er vertrat den Dechanten, der sich nur selten im Stift aufhielt, und kümmerte sich – wie zuvor Johann Scheiffart – auch um den Reliquienhandel des Domkapitels. Wollte ihn jemand in Verruf bringen und nahm dafür in Kauf, dass auch sie – Marysa – dabei zu Schaden kam? Oder war es ganz anders? War sie selbst das Opfer? Hatte jemand vor, den guten Leumund ihrer Werkstatt und ihres Reliquienhandels zu schädigen?

Marysa stützte nachdenklich den Kopf in ihre rechte Hand. Sie konnte sich nicht vorstellen, womit sie sich einen solchen Feind eingehandelt haben mochte. Zwar gab es in Aachen mehrere Männer, die sich dem Reliquienhandel verschrieben hatten, doch normalerweise kamen sie einander nicht in die Quere. Außerdem waren diese Männer Freunde ihres verstorbenen Vaters gewesen. Sie glaubte nicht, dass einer von ihnen einen Groll gegen sie hegte.

Und die Schreiner? In der Zunft herrschte natürlich ein Konkurrenzkampf. Allerdings gab es nicht allzu viele Kunstschreiner in der Zunft, die sich auf das Fertigen von Reliquiaren spezialisiert hatten. Hartwig war einer von ihnen. Wollte er ihr einen Dämpfer versetzen?

Marysa schüttelte den Kopf und stand auf. Das war absurd! Rasch holte sie ihren Mantel und rief nach Jaromir. Hartwig würde herumbrüllen und ihr drohen, aber diese Fälschungen passten ganz und gar nicht zu ihm. Es musste eine andere Erklärung dafür geben.

«Wir gehen zu meinen Eltern in die Kockerellstraße», sagte sie zu ihrem Knecht und war bereits zur Haustür hinaus, bevor er überhaupt seine Gugel überstreifen konnte.

***

«Versilbertes Messing, sagst du?» Besorgt wanderte Bardolf in seiner Goldschmiede auf und ab. «Und eingepasst in eure Amulette?»

Marysa nickte. «Graf Seibold war der erste Käufer, und ihm ist es auch gleich aufgefallen.»

«Dann muss es eine nachlässige Fälschung gewesen sein, sonst hätte er es ganz sicher nicht bemerkt», warf Jolánda ein, die ihren kleinen Sohn Éliás auf dem Arm trug. Der Säugling stieß leise glucksende Laute aus.

«Wer ist der Silberschmied, von dem die Abzeichen stammen?», wollte Bardolf wissen. «Hat man ihn bereits befragt?»

«Das nehme ich an», antwortete Marysa. «Es ist Willem van Hullsen, der seine Werkstatt beim Augustinerbach hat.»

«Ein angesehener Mann», bemerkte Jolánda. «Sitzt sein Vater nicht im Stadtrat?»

«Willem der Ältere», bestätigte Bardolf. «Natürlich beauftragt das Marienstift nur einen der besten und angesehensten Silberschmiede. Die van Hullsens haben es bestimmt nicht nötig, Fälschungen unter die Leute zu bringen. Schon gar nicht, wenn es sich um einen so bedeutenden Kunden wie das Stift handelt.»

«Kann man denn nicht herausfinden, woher die gefälschten Abzeichen stammen?», schlug Jolánda vor.

Marysa winkte ab. «Da gibt es unzählige Möglichkeiten, Mutter.»

«Aber in Aachen gibt es nur zwei Kupferschläger, die auch Messing herstellen», widersprach Bardolf ihr. «Ich könnte mich einmal umhören und persönlich mit ihnen sprechen. Vielleicht finden wir auf diesem Wege etwas heraus.»

«Glaubst du nicht, dass die Domherren auch schon auf diese Idee gekommen sind?» Zweifelnd blickte Marysa ihn an.

Bardolf hob die Schultern. «Versuchen werde ich es trotzdem. Es kann schließlich nicht angehen, dass man meine einzige Stieftochter des Betrugs bezichtigt und ich derweil die Hände in den Schoß legen soll. Jetzt gerade habe ich zwar noch einen Auftrag zu erledigen, aber gleich heute Abend werde ich die beiden Kupferschläger aufsuchen.»

«Ich danke dir», sagte Marysa. «Ich kann auch selbst zu ihnen ...»

«O nein, auf keinen Fall!», fiel Jolánda ihr ins Wort. «Du bleibst hier oder gehst nach Hause. Ich möchte nicht, dass du dich in Gefahr begibst. In der Vergangenheit mussten wir oft genug um dich bangen. Überlass diese Sache bitte den Männern.»

«Mutter, was soll an ein paar Fragen, die ich den Kupferschlägern stelle, gefährlich sein? Ich gehe ja nicht allein, sondern nehme Jaromir mit.»

«Nein, Marysa, deine Mutter hat recht», sagte Bardolf. «Ich möchte nicht, dass du dich damit befasst. Zwar geht es um deine Werkstatt und deinen guten Ruf. Ich kann verstehen, dass du dich selbst darum kümmern möchtest. Aber denk nur, wie es damals mit den gefälschten Reliquien ging. Erst hat niemand auch nur etwas davon geahnt, und kurz darauf war euer Geselle tot. Ganz zu schweigen von Reinold, Gott hab ihn selig. Ich möchte kein Risiko eingehen. Möglicherweise klärt sich alles ganz rasch auf, und das Marienstift findet den Übeltäter. Falls nicht, steht nach wie vor zu befürchten, dass man dir schaden will.»

Marysa seufzte ergeben. «Also gut, wenn ihr es so seht.»

«Wir sehen es so», bestätigte Jolánda. «Bardolf wird sich der Sache in deinem Sinne annehmen, nicht wahr?» Sie lächelte ihrem Mann zu und ergriff Marysas Hand. «Du bleibst doch zum Essen hier, oder? Orsolya hat Honigkuchen gebacken, und Anna bereitet eine gute Gemüsesuppe zu.»

Auch Marysa musste lächeln. «Da sage ich nicht nein. Orsolyas Honigkuchen sind unvergleichlich. Ich muss zugeben, dass ich tatsächlich hungrig bin.»

«Dann komm mal mit.» Jolánda hakte sich bei ihr unter und führte sie durch die Tür zu den Wohnräumen. «Wir lassen es uns so richtig gutgehen, das bringt dich auf andere Gedanken.»

5. Kapitel

Frohgemut überquerte Christoph den Marktplatz in Trier. Das Wetter hatte sich kurzfristig gebessert, und Vorfrühlingsluft wehte ihm um die Nase. Nur noch drei, höchstens vier Tage, dann wäre er endlich wieder bei Marysa in Aachen. Vier Tage, entschied er. Das milde Wetter hatte die bislang gefrorenen Straßen und Wege in beinahe undurchdringliche Schlammpfuhle verwandelt. Überall traten die Bäche und Flüsse über die Ufer, weil sie das Schmelzwasser nicht mehr zu fassen vermochten. Vernünftig wäre es, abzuwarten, bis die reißenden Fluten zurückgingen und die Erde ein wenig abgetrocknet war, bevor er weiterreiste. Aber zum Teufel – er wollte nicht vernünftig sein. Er wollte nach Hause.

Er blieb am Stand einer Hökerin stehen und betrachtete die Haarbänder, die sie feilbot. Noch vor kurzer Zeit hätte er vehement bestritten, ein Zuhause zu besitzen. Bruder Christophorus war ein heimatloser Herumtreiber gewesen, immer auf der Suche nach einem guten Geschäft.

Christoph Schreinemaker hingegen sehnte sich nach der Ruhe und Geborgenheit jenes Hauses am Aachener Büchel, nach der Herausforderung, die ihm das neue Leben als Schreinermeister bot, und – natürlich – nach Marysa. Sie war es, die seinem Leben plötzlich einen völlig neuen Sinn gab. Er dachte an Aldo Schrenger, Marysas Bruder, der ihn vor Jahren darum gebeten hatte, sich seiner Mutter und Schwester anzunehmen und ihnen beizustehen. Hatte Aldo damals schon geahnt, was aus diesem Versprechen erwachsen würde? Christoph wusste es nicht mit Sicherheit zu sagen. War es überhaupt möglich, dass ein Mann – noch dazu auf dem Sterbebett – dergestalt Schicksal spielte? War dafür nicht eher Gott, der Allmächtige, zuständig?

Letztendlich, überlegte Christoph, war es belanglos, wie er den Weg nach Aachen gefunden hatte. Wichtig war nur, dass er dort sicher ungeduldig erwartet wurde. Für die kommende Nacht hatte er ein Bett in einer der Herbergen ergattert. Gleich nach dem Öffnen der Stadttore am Morgen würde er sich auf den Weg machen.

Heute würde er allerdings nicht mehr viel ausrichten können. Die Sonne stand schon tief, bald würde die Abenddämmerung hereinbrechen. Die ersten Bauern und Händler auf dem Markt waren bereits dabei, ihre nicht verkauften Waren zusammenzupacken.

Ziellos wanderte Christoph zwischen den Buden und Schragentischen hindurch, bis plötzlich der Stand eines Hökers seine Aufmerksamkeit fesselte. Der Mann bot Ketten und diverse Schmuckstücke feil, von denen eines Christophs Neugier ganz besonders fesselte. Er trat näher und bat den Mann, das kleine Kunstwerk genauer betrachten zu dürfen.

6. Kapitel

Marysa gähnte und tappte, eine Öllampe in der Hand, vorsichtig die Stufen der Treppe hinunter. Aus der Küche vernahm sie ein leises Rumoren. Balbina war vermutlich schon dabei, die Morgenmahlzeit zuzubereiten. Es war sehr früh, die Sonne machte noch längst keine Anstalten, ihr Haupt über die Stadt zu erheben. Doch Marysa hatte es nicht länger im Bett ausgehalten. Zu viele Gedanken schwirrten ihr im Kopf herum, und zu lang war die Liste der Aufgaben, die sie heute zu bewältigen hatte. Das leichte Flattern in ihrem Bauch – dem Flügelschlag eines Schmetterlings ähnlich – hatte sie geweckt und ließ sie nun mit einer Mischung aus Freude und Besorgnis zurück. Ihre Eltern hatten recht – lange würde sie ihre Schwangerschaft nicht mehr verbergen können. Allmählich wandelte sich ihre Sorge um Christoph in einen ausgewachsenen Ärger. Wo blieb er nur? Konnte er sich nicht denken, dass sie sich um ihn sorgte? Hätte er nicht wenigstens eine Nachricht schicken können? Eines stand fest: Wenn er bei seiner Rückkehr nicht eine wirklich gute Entschuldigung vorbrachte, würde sie ihm die Hölle heißmachen.

Sie wollte gerade die Tür zur Küche öffnen, als ihr der schmale Lichtstreifen unter der Tür zur Werkstatt auffiel. Waren ihre Gesellen etwa schon bei der Arbeit? Normalerweise müssten sie zu dieser frühen Stunde noch in ihren Betten liegen.

Neugierig trat sie auf die Tür zu und öffnete sie. Überrascht erblickte sie die Öllampe auf einer der Werkbänke. Daneben hockte Leynhard, den Kopf auf seine Arme gebettet, und schlief. Leise ging sie auf ihn zu und berührte ihn vorsichtig an der Schulter. «Leynhard?»

Der junge Geselle fuhr mit einem erschrockenen Laut hoch, griff dabei nach einem der Reliquiare, an denen er vermutlich noch lange gearbeitet hatte, und fegte es ungeschickt zu Boden. «Frau Marysa! Verzeiht, ich habe ... ich bin ...»

«Du bist wohl eingeschlafen», vollendete Marysa lächelnd sein Gestammel. «Hast du gestern noch sehr lange gearbeitet?»

«Ich, ähm, ja.» Leynhard bückte sich nach dem Reliquiar und richtete sich wieder auf. «Ich konnte nicht schlafen, und da dachte ich, dass ich mich genauso gut nützlich machen könnte.» Beiläufig legte er das Amulett zu den beiden anderen. «Dieser Auftrag vom Marienstift ist sehr wichtig für uns ... für Euch, meine ich.»

«Deshalb musst du doch nicht Tag und Nacht daran arbeiten.» Sachte schüttelte Marysa den Kopf. «Solange die Sache mit den gefälschten Silberstücken nicht geklärt ist, wird uns Herr van Oenne ohnehin keine weiteren Reliquiare abnehmen.»

«Ihr habt aber die Abzeichen nicht vertauscht!», protestierte Leynhard. Die Empörung stand ihm deutlich ins Gesicht geschrieben.

«Das muss erst bewiesen werden», antwortete Marysa in beruhigendem Ton. «Wir sollten das Stift und die Schöffen in dieser Sache unterstützen, so gut wir können. Herr van Oenne sagte mir, dass er uns heute den Bruder Bartholomäus schickt. Er soll die Arbeit in unserer Werkstatt überwachen.»

«Das ist eine Frechheit! Eure Werkstatt ist eine der angesehensten in Aachen.»

Marysa schüttelte den Kopf. «Es ist eine ausgezeichnete Idee des Domherrn. Auf diese Weise können wir ganz leicht nachweisen, dass wir hier keine Fälschungen in die Amulette einbauen. Heute Mittag kommt Reimar van Eupen her und begleitet mich zu van Hullsens Silberschmiede, wo wir weitere zehn Abzeichen abholen werden.»

«Es ist nicht recht, dass sie Euch wie eine Angeklagte behandeln.»

«Das tun sie doch gar nicht», widersprach Marysa. «Wäre ich wirklich angeklagt, hätten sie mich längst in die Acht gesperrt – oder schlimmer noch, ins Grashaus.»

«Gott bewahre!»

«So weit wird es schon nicht kommen. Nun los, Leynhard, gehen wir in die Küche. Dort ist es viel wärmer, und Balbina hat vielleicht schon einen Happen zu essen für uns.»

Leynhard stand ächzend auf. Offenbar schmerzte ihn der Rücken, nachdem er in solch ungemütlicher Stellung eingeschlafen war. «Ich komme gleich», sagte er. «Will nur rasch die Werkzeuge wieder an ihren Platz räumen, damit sich Heyn nachher nicht aufregt.»

Marysa schmunzelte. Ihr Altgeselle Heyn war etwas eigen, was die Ordnung in der Werkstatt anging. Sie begab sich zu Balbina in die Küche, atmete den Duft des aufgebackenen Brotes ein und setzte sich neben den Ofen, um ihrer Köchin nicht im Weg zu stehen. Augenblicke später kam auch Imela herein. Sie trug ein Säckchen Hirse. Auf der Treppe erklangen weitere Schritte, dann hörte sie, wie Heyn etwas zu Leynhard sagte. Die gewohnten morgendlichen Geräusche wirkten beruhigend auf Marysas angespannte Nerven und gaben ihr Kraft, sich für den bevorstehenden Tag zu wappnen.

Bruder Bartholomäus traf bereits früh in der Werkstatt ein. Marysa hatte gerade die Haustür aufgeschlossen. Der Augustiner war ein ältlicher Mann von untersetztem Körperbau. Sein Hals war so kurz, dass es aussah, als ruhe sein Kopf direkt auf den Schultern. Zuvorkommend bot Marysa ihm einen Sitzplatz in einer Ecke der Werkstatt an, brachte ihm einen Krug Apfelmost sowie einen Holzbecher. Er bedankte sich freundlich und setzte sich; Marysa begab sich derweil in ihr Kontor, um ihre Geschäftskorrespondenz zu erledigen. Dabei vertiefte sie sich so sehr in ihre Arbeit, dass sie das Eintreffen des Schöffen van Eupen erst bemerkte, als Grimold in der Tür erschien und ihr den Besucher meldete.

Überrascht blickte sie von dem Brief an den ungarischen Kaufmann Barabás auf und legte ihre Schreibfeder beiseite. «Guten Morgen, Herr van Eupen», grüßte sie den Schöffen höflich und fügte nach einem Blick auf ihre Stundenkerze hinzu: «Ihr seid früh hier.»

«Ich grüße Euch, Frau Marysa. Dringende Verpflichtungen haben mich dazu gezwungen, die Pläne für den heutigen Tag zu ändern. Ich hoffe, ich störe Euch nicht bei etwas Wichtigem? Wäre es wohl möglich, dass wir jetzt gleich zu Meister van Hullsen gehen?»

«Sicher, warum nicht.» Marysa verschloss ihr Tintenhorn und legte den angefangenen Brief sorgsam in die kleine Lade unter dem Fenster. Sie gab Grimold die Anweisung, ihr ihren Mantel zu bringen, und rief dann nach Jaromir, der sie ebenfalls begleiten sollte.

Der Weg zu van Hullsens Werkstatt am Augustinerbach war nicht allzu weit; bei ihrem Eintreffen war der Silberschmied jedoch nicht im Hause. Ein schmächtiger rothaariger Geselle empfing sie und händigte ihnen den Beutel mit den neuen Pilgerabzeichen aus. Van Eupen prüfte jedes von ihnen sehr genau.

«Wie Ihr seht, liefern wir nur Ware allererster Güte», sagte der Geselle, der sich ihnen mit dem Namen Rudolf vorgestellt hatte. «Meister van Hullsen wollte Euch die Abzeichen eigentlich selbst übergeben, doch er wurde in der Nacht ans Krankenlager seiner Schwester gerufen und ist noch nicht zurück. Ich habe bereits einen der Knechte nach ihm ausgeschickt, denn es werden heute einige wichtige Kunden erwartet, mit denen der Meister persönlich sprechen wollte.»

«Die Abzeichen dürft Ihr trotzdem herausgeben?», versicherte van Eupen sich.

«Ja doch. Der Meister hat sie gestern selbst für Frau Marysa eingepackt. Darf ich?» Er nahm dem Schöffen den Beutel ab und entnahm ihm eines der Zeichen. «Seht Ihr diesen winzigen eingravierten Buchstaben auf der Rückseite? Es ist ein ‹H› – für van Hullsen. Daran könnt Ihr immer die Echtheit und Herkunft der Abzeichen erkennen.»

«Ein persönliches Erkennungszeichen auf einer Münze?», wunderte Marysa sich.

Rudolf lächelte. «Es handelt sich ja um ein Schmuckstück. Wir sind keine Münzschläger. Richtige Münzen tragen selbstverständlich das Zeichen des jeweiligen Münzschlägers, aber solche Abzeichen wie diese hier dürfen vom Schmied mit seiner eigenen Gravur versehen werden. Ich nehme an, dass Euer werter Vater, Meister Goldschläger, es mit den Schmuckstücken, die er fertigt, ähnlich hält.» Der Geselle ließ die Münze in den Beutel zurückfallen und gab ihn van Eupen. «Ich denke, Ihr konntet Euch hinreichend davon überzeugen, dass die gelieferten Abzeichen echt und von sehr guter Qualität sind.» Er wandte sich an Marysa. «Für Euch hoffe ich, dass sich alsbald aufklärt, wer Euch diesen ungeheuerlichen Streich gespielt hat. Glaubt mir – niemand, der Euch und Eure Werkstatt kennt, würde jemals glauben, dass Ihr einen solch lästerlichen Betrug begehen würdet.»

Marysa neigte leicht den Kopf. «Vielen Dank für deine freundlichen Worte, Rudolf. Ich denke, wir machen uns nun auf den Rückweg. Herr van Eupen möchte sicher zu seinen Geschäften zurückkehren, und auch auf mich wartet heute noch Arbeit.»

Sie verabschiedeten sich und gingen auf die Straße hinaus. Als sie schließlich den Marktplatz erreichten, kam ihnen an der Einmündung der Großkölnstraße eine aufgeregte Menschenmenge entgegen und hinderte sie am Weitergehen.

«Den Büttel, den Büttel!», hörten sie die Leute wiederholt rufen.

Eine Frau in einem pelzbesetzten Mantel eilte auf den Schöffen zu. «Herr van Eupen! Kommt schnell, Ihr müsst etwas tun. Schickt nach dem Büttel, es wurde ein toter Mann gefunden.»

«Ein Toter?» Van Eupen blickte die Frau erschrocken an. «Wo?»

Die Frau drehte sich um und wies vage die Großkölnstraße hinauf. «Irgendwo am Graben. Es ist furchtbar. Er soll erstochen worden sein. Tut etwas, ich bitte Euch, Ihr seid doch Schöffe.»

«Beruhigt Euch, gute Frau. Ich werde sogleich zur Acht gehen und jemanden ausschicken.» Van Eupen tätschelte den Arm der aufgelösten Frau. «Wisst Ihr, um wen es sich bei dem Toten handelt?»

Die Frau schüttelte den Kopf. «Ich muss weiter, meinem Mann davon erzählen. Es ist ungeheuerlich! Ein Toter auf der Straße, und das am helllichten Tag!» Und schon war sie weitergeeilt.

Mittlerweile liefen immer mehr Menschen zusammen und kesselten Marysa und van Eupen ein. Hilfesuchend blickte sich Marysa nach ihrem Knecht um, konnte ihn jedoch nirgends entdecken.

«Kommt, Frau Marysa, ich muss zur Acht.» Der Schöffe zog sie am Arm mit sich. Sie folgte ihm, musste mehrmals ihre Ellbogen einsetzen, um sich einen Weg zu bahnen. Stimmengewirr umgab sie, die Menschen waren erregt, und sogleich flogen Gerüchte von Mund zu Mund.

Beim Eingang des Gerichtsgebäudes angekommen, lichtete sich die Menge allmählich. Offenbar zog es die Menschen jetzt zur Fundstelle des Toten. Van Eupen wies Marysa an, auf ihn zu warten, und verschwand im Inneren der Acht. Kurze Zeit später öffnete sich die Tür wieder, und zwei Büttel rannten im Laufschritt hinter der in Richtung Großkölnstraße strebenden Menschenmenge her.

«Verzeiht, Frau Marysa.» Auch van Eupen trat nun wieder nach draußen. «Lasst mich Euch rasch nach Hause geleiten, dann muss ich selbst nach dem Rechten sehen. Leider haben wir heute nicht genügend Männer hier, um ...»

«Herrin, hier seid Ihr!» Vollkommen außer Atem kam Jaromir auf Marysa zugerannt. «Ich dachte schon, ich hätte Euch verloren. Unglaublich, nicht wahr? Da wird dieser arme Mann einfach so erstochen!»

«Schon gut, Jaromir», mahnte Marysa. «Lasst uns jetzt nach Hause gehen. Herr van Eupen muss schließlich so rasch wie möglich zur Fundstelle des Toten.»

«So ist es», bestätigte der Schöffe grimmig. «Wir müssen alsbald herausfinden, um wen es sich handelt. Falls es ein Fremder ist ...»

«Er ist kein Fremder», unterbrach Jaromir ihn. «Habt Ihr es noch nicht mitbekommen? Der Tote ist Willem van Hullsen.»

***

«Ein furchtbares Unglück», sagte Bardolf. Er und Jolánda saßen in Marysas Stube an dem großen Esstisch. Marysa hatte ihnen gegenüber Platz genommen und spielte gedankenverloren mit dem Zinnbecher, den Imela vor sie gestellt hatte. «Man hat ihm den Geldbeutel gestohlen», fuhr Bardolf mit unüberhörbarer Empörung fort. «Die Beutelschneider werden immer dreister. Mussten sie den Mann gleich umbringen – und das wegen ein paar Münzen?»

«Die arme Familie», fügte Jolánda bedrückt hinzu. «Seine Frau muss außer sich sein. Und dann die Kinder. Hat er nicht mehrere kleine Kinder?»

«Vier, soweit ich weiß», bestätigte Bardolf.

«Er hätte nicht des Nachts allein durch die Straßen gehen

sollen», befand Jolánda. «Warum war er überhaupt unterwegs?»

Marysa hob den Kopf. «Rudolf, sein Geselle, der uns den Beutel mit den Pilgerzeichen gab, erzählte uns, dass Meister van Hullsen zum Krankenbett seiner Schwester gerufen worden sei. Gewiss war er auf dem Heimweg von dort.»

«Und dann hat ihm jemand aufgelauert.» Jolánda war empört. «Schrecklich! Wie man hört, lag der Leichnam etliche Stunden neben der Straße am Graben, bis man ihn fand.»

Mit einem leisen Klacken stellte Marysa ihren Becher auf den Tisch zurück. «Haltet ihr es nicht für einen merkwürdigen Zufall, dass man Meister van Hullsen ausgerechnet jetzt umgebracht hat?»

Bardolf hob die Brauen. «Was meinst du mit *ausgerechnet jetzt*, Marysa?»

«Überleg doch mal! Jemand hat ein gefälschtes Silberzeichen in eines meiner Reliquiare eingebaut. Meister van Hullsen hat mir aber nur echte Silberzeichen geliefert. Und jetzt ist er tot.»

Jetzt schlug Jolánda eine Hand vor den Mund. «Du meinst, er könnte wegen dieser Fälschungen umgebracht worden sein? Aber ihm wurde doch die Geldbörse gestohlen.»

«Vielleicht nur, um einen Überfall vorzutäuschen», schlug Marysa vor. «Es könnte doch sein, dass er etwas über die Fälschungen wusste.»

***

«Ich fürchte, Ihr hattet recht mit Eurer Vermutung», sagte Reimar van Eupen zu Marysa. Er hatte sie am Mittag des folgenden Tages aufgesucht und gebeten, ihn zum Marienstift zu begleiten. Nun saß sie ihm und Rochus van Oenne in dessen Schreibstube gegenüber. «Als Euer werter Herr Vater mir gestern davon erzählte, war ich zugegebenermaßen nicht gleich überzeugt. Doch dann erfuhr ich, dass die Beginen, die sich der Leichenwäsche des Toten angenommen haben, in seiner Kleidung dies hier gefunden haben.» Er hielt Marysa ein kleines Stoffsäckchen hin.

Sie nahm es und öffnete die Verschnürung. Beim Anblick der beiden Silberzeichen stieß sie einen verblüfften Laut aus. Vorsichtig nahm sie eines davon zwischen die Finger und drehte es. Schon das geringe Gewicht verriet ihr, dass es sich nicht um echtes Silber handeln konnte. Auf der Rückseite erblickte sie denn auch die Spuren, die auf eine Überprüfung mit Nagel und Stein schließen ließen. Gelbliches Messing schimmerte unter dem dünnen Silberüberzug hervor.

Schweigend blickte sie die beiden Männer an.

Der Domherr räusperte sich vernehmlich. «Offenbar wusste Meister van Hullsen nicht nur von dem Betrug, sondern war selbst darin verwickelt. Und nur durch diesen Überfall, in den er geriet, kann es bewiesen werden. Wenn sein Tod nicht so tragisch wäre, könnte man den Räubern fast dankbar sein.»

«Dankbar?» Marysa verzog die Lippen. «Glaubt Ihr noch immer, es habe sich um einen einfachen Überfall gehandelt?»

«Davon müssen wir ausgehen», antwortete van Eupen. «Jedenfalls solange nicht etwas anderes bewiesen wird. Zeugen gibt es ja leider keine.»

Marysa schüttelte den Kopf. «Gerade dieser Fund zeigt doch wohl, dass hier keine gemeinen Straßenräuber am Werk waren.»

«Ach ja?»

«Natürlich.» Sie steckte das falsche Silberzeichen wieder in den Beutel. «Der oder die Täter haben Meister van Hullsens Geldbörse gestohlen.»

«Und seine Gürtelschnalle sowie seinen Dolch», ergänzte van Oenne, dann stutzte er. «Aber natürlich!» Er schlug sich gegen die Stirn. «Dass wir darauf nicht gekommen sind!» Anerkennend nickte er Marysa zu. «Ihr seid eine kluge Frau.» Er wandte sich an den Schöffen. «Wenn die Räuber nur hinter van Hullsens Geld her gewesen wären, hätten sie den Beutel mit den Pilgerabzeichen auch mitgehen lassen. Sie konnten ja nicht wissen, dass es sich um Fälschungen handelt. Selbst wenn – auch ein versilbertes Messingzeichen lässt sich irgendwo gewinnbringend verkaufen.»

Van Eupen richtete sich ein wenig auf. «Das würde also bedeuten, dass jemand von van Hullsens Beteiligung an dem Betrug wusste.»

«Oder ihm dabei sogar geholfen hat», ergänzte van Oenne. «Und dann hat dieser Jemand den Silberschmied getötet ...»

«Eine gewagte Theorie», konstatierte van Eupen. «Vielleicht haben die Räuber den Beutel mit den beiden Abzeichen auch einfach nur übersehen.» Ehe Marysa etwas darauf sagen konnte, hob er beschwichtigend die Hand. «Ich werde das Schöffenkolleg über Euren Verdacht informieren und veranlassen, dass Meister van Hullsens Familie, seine Gesellen und Lehrjungen allesamt noch einmal eingehend befragt werden. Für Euch, liebe Frau Marysa», er lächelte ihr zu, «bedeutet der Fund der gefälschten Zeichen immerhin, von dem Verdacht des Betrugs befreit zu sein. Oder doch zumindest beinahe.»

Der Domherr stand auf und trat neben sie. «Kommt, Frau Marysa, ich geleite Euch persönlich nach Hause. Herr van Eupen hat recht. Zwar hatte ich Euch von Anfang an nicht im Verdacht, aber so, wie die Dinge nun liegen, freue ich mich, dass sich mein Vertrauen in Euch bestätigt hat. Wenn auch durch ein so trauriges Ereignis wie den Tod eines guten Mannes. Dennoch möchte ich Bruder Bartholomäus ein paar Tage zur Aufsicht in Eurer Werkstatt lassen. Der Dechant und das Stiftsgericht werden darauf bestehen. In der Zwischenzeit muss ich mich nach einem anderen Silberschmied umsehen, der zukünftig die Abzeichen für Eure Amulette anfertigt.»

7. Kapitel

Verdrießlich spielte er mit einem der falschen Silberzeichen herum. Sie hatten den Beutel also bei van Hullsen gefunden und hoffentlich die richtigen Schlüsse daraus gezogen. Dennoch war sein Plan nicht aufgegangen. Dieser vermaledeite Domherr war offenbar schon wieder dabei, einen anderen Silberschmied für die Amulette zu gewinnen. Natürlich – das Marienstift brauchte Geld. Die Pilgeramulette versprachen beim Adel sehr gefragt zu werden. Wie man hörte, hatten sich bereits mehrere weitere Käufer gefunden. Wenn dann im Herbst erst all die Grafen, Fürsten und Würdenträger zu König Sigismunds Krönung nach Aachen kamen, würde der Verkauf der Reliquiare nur so florieren.

Das würde wiederum bedeuten, dass auch Marysa Markwardts Ansehen steigen und sich ihr Vermögen beträchtlich vergrößern würde.

Er knirschte mit den Zähnen. So viel Glück hatte sie nicht verdient. Irgendetwas musste ihm einfallen, ein neuer Plan, mit dem er sie zu Fall bringen konnte. Welche Genugtuung wäre es ihm, dieses hochmütige Weib in den Staub treten zu dürfen!

Wenigstens hatte ihm der Zwischenfall mit van Hullsen etwas Geld verschafft. Zusammen mit den Münzen, die er beim Verkauf zweier der gefälschten Abzeichen eingenommen hatte, besaß er nun eine erkleckliche Summe – so viel, wie er sonst in einem halben Jahr nicht einnahm. Sogar eines der Reliquiare aus Marysas Werkstatt hatte er entwenden und verkaufen können. Der Lagerraum dort war inzwischen wieder recht gut bestückt, sodass das Fehlen eines Einzelstücks gar nicht auffiel.

Das Geld verschaffte ihm ein wenig Genugtuung, aber seine trübe Stimmung ließ sich damit nicht vertreiben. Nicht einmal die wachsende Sorge, die er in Marysas Augen wahrgenommen hatte, weil Christoph Schreinemaker noch immer nicht zurückgekehrt war, heiterte ihn auf. Gewiss, wenn der Schreinemaker gar nicht mehr zurückkehrte – das wäre eine Freudennachricht. Mit etwas Glück war er auf seiner Reise irgendwo unter die Räder gekommen oder in der Kälte erfroren. Doch so recht glauben konnte er nicht daran. Wenn sein Verdacht stimmte, war dieser Mann das Reisen auch unter widrigsten Umständen gewohnt. Dann würden ein wenig Eis und Schnee ihn nicht von Aachen fernhalten. Seit der Nachricht, die er abgefangen hatte, waren schon viele Wochen vergangen. Gewiss würde der Schreinemaker nicht mehr lange auf sich warten lassen.

Wieder knirschte er mit den Zähnen, dann lächelte er wölfisch vor sich hin. Er würde diesem Betrüger einen herzlichen Empfang bereiten.

8. Kapitel

*H*eyn? Bist du da?« Suchend blickte Marysa sich in der Werkstatt um und ging dann zu der schmalen Tür, die zu dem kleinen Lagerraum führte, in dem die Holzvorräte und die fertiggestellten Schreine und Reliquiare aufbewahrt wurden. «Was machst du denn da?», fragte sie.

Der Altgeselle fuhr zu ihr herum. «Frau Marysa, ich habe Euch gar nicht kommen hören.» Rasch rückte er ein paar der Schreine, die den Kunden als Muster dienten, zurecht. «Ich habe gerade für Ordnung gesorgt. Hier liegt eine Menge Staub.»

«Ich sage Imela, dass sie morgen hier sauber machen soll», antwortete Marysa. «Wie weit seid ihr mit dem Schrein für den Kaufmann Boecke? Er will sich die Fortschritte morgen ansehen.»

«Sobald Leynhard mit dem Blattgold zurück ist, können wir mit den Verzierungen beginnen.» Heyn ging zurück in die Werkstatt. Dabei rieb er sich fahrig die Hände an seiner ledernen Arbeitsschürze ab. «Frau Marysa? Darf ich Euch eine Frage stellen?»

«Gewiss doch.» Ermunternd nickte sie ihm zu.

«Habt Ihr noch immer keine Nachricht von ... ähm ... Eurem zukünftigen Gemahl?»

«Leider nicht.»

«Wir könnten ihn hier gut brauchen», fuhr Heyn fort. «Er hat doch diese schönen Schnitzereien für den Stiftsschrein angefertigt. Wenn er uns bei den Amuletten helfen würde ...»

«Ich weiß.»

«Warum habt Ihr ihn uns eigentlich nicht vorgestellt, als er im Herbst hier in Aachen war?»

Marysa schluckte und spürte eine leichte Röte in ihre Wangen steigen. «Weißt du, es ergab sich einfach keine ...»

«Er ist ein guter Mann», unterbrach Heyn sie. «Das hab ich gleich gewusst.»

Erschrocken sah sie ihn an. «Wie meinst du das? Du kennst ihn doch gar nicht.»

Heyn lächelte. «Ich mein es so, wie ich es sage.» Mit einem Augenzwinkern fügte er hinzu: «Hoffe bloß, er lässt Euch nicht mehr so lange warten.» Damit griff er nach einer Feile und begann, ein ovales Holzstück zu bearbeiten.

Marysa sah ihm einen Moment lang dabei zu, ging dann in ihr Kontor. Wie es aussah, war ihr Geheimnis längst keines mehr. Zumindest innerhalb der Mauern ihres Hauses. Ein wenig mulmig wurde ihr bei dieser Erkenntnis, doch sie war sicher, dass Heyn darüber schweigen würde. Er war eine treue Seele, ebenso wie Leynhard. Ob dieser auch schon etwas ahnte? Bisher hatte sie angenommen, dass nur Milo Bescheid wusste.

Sie blickte sich um und erinnerte sich an den Brief an Meister Barabás, der noch immer unvollendet in ihrer Lade ruhte. Bevor sie jedoch dazu kam, ihn hervorzuholen, klopfte jemand zaghaft an den Türrahmen. Als sie sich umwandte, sah sie sich Milo gegenüber. Hinter ihm erblickte sie ein schlankes braunhaariges Mädchen mit hübschen blauen Augen und ängstlichem Gesichtsausdruck.

«Was gibt es, Milo?» Marysa ging einen Schritt auf die beiden zu.

«Verzeiht, Herrin, wenn ich Euch bei der Arbeit störe. Aber Ihr habt doch gesagt, dass meine Base Geruscha sich bei Euch vorstellen soll. Hier ist sie.» Ein wenig unsanft zog Milo das Mädchen näher, bis es vor Marysa stand. «Sie will wirklich gern in Euren Dienst treten, nicht wahr?» Er stieß Geruscha einen Ellbogen in die Rippen.

Das Mädchen zuckte zusammen und wurde puterrot. «Ja, ähm, ich ... also ...», stammelte sie.

Marysa betrachtete das verschüchterte Menschlein eingehend. «Geh bitte hinaus, Milo. Ich möchte gern allein mit Geruscha sprechen.»

Milo gehorchte und ging wieder an seine Arbeit. Marysa schloss die Tür und musterte das Mädchen erneut. Es trug ein abgetragenes braunes Kleid und Sandalen, die sie gegen die Kälte mit dicken Stoffstreifen umwickelt hatte. Die Hände hielt Geruscha krampfhaft ineinander verschränkt.

«Du bist also Milos Base», begann Marysa bedachtsam, da sie merkte, dass das Mädchen vollkommen verängstigt war.

Geruscha nickte zaghaft.

«Du möchtest als Magd in meinem Haushalt arbeiten?»

Wieder nickte Geruscha. «Ja, wohledle Frau, das möchte ich», sagte sie mit etwas zittriger, gleichwohl jedoch angenehm melodischer Stimme. «Milo hat gesagt ...» Plötzlich verstummte sie.

Marysa blickte ihr aufmerksam in die Augen. «Was hat Milo gesagt?»

Geruschas Wangen verfärbten sich wieder dunkelrot. «Äh, er hat gesagt, dass Ihr eine gute Herrin seid und ...»

«Und?»

Das Mädchen biss sich auf die Lippen. «Dass Ihr mich vielleicht auch nehmt, obwohl ich ...»

«Du hast bisher keine Anstellung gefunden?»

«Nein.»

«Wegen dessen, was dir geschehen ist?»

Geruscha senkte den Blick verlegen auf ihre Fußspitzen.

«Milo sagt, du seist fleißig und zuverlässig. Deine Aufgabe besteht darin, das Haus sauber und in Ordnung zu halten, Imela bei den täglichen Verrichtungen zur Hand zu gehen, die Wäsche für die Wäscherinnen zusammenzutragen. Auch musst du Balbina, falls notwendig, bei den Einkäufen helfen. Außerdem müssen die Hühner und die beiden Ziegen versorgt werden. Um die Pferde kümmern sich Milo und Jaromir.

Kannst du mit einer Axt umgehen, falls die Männer einmal nicht da sind, um Holz zu hacken?»

Bei Marysas ruhigen Worten hob Geruscha ihren Kopf wieder und sah sie beinahe ungläubig an. «Ihr nehmt mich?»

«Sechs Wochen zur Probe», antwortete Marysa lächelnd. «Wenn ich danach mit deiner Arbeit zufrieden bin, darfst du bleiben. Du kannst dir dein Schlaflager in Imelas Kammer aufschlagen. Dort stehen zwei Betten. Früher hat die alte Fita dort geschlafen.»

«Ein richtiges Bett?», rutschte es Geruscha heraus. Sie machte große Augen.

Marysa öffnete die Tür. «Geh jetzt in die Küche zu Imela und lass dir alles zeigen. Ach ja, besitzt du noch weitere Kleider oder Sachen, die du gern hier haben möchtest? Dann bring sie in den nächsten Tagen her.»

«Ich habe nur dieses Kleid und eine Überschürze für den Sonntag.»

Marysa kräuselte die Lippen. «Keine Gugel, keinen Mantel?»

«Nur einen alten Umhang von meinem Vater.»

«Und diese zerschlissenen Sandalen», ergänzte Marysa. «Mein Gesinde läuft aber nicht in Lumpen herum. Ich will nicht, dass du dich bei der Arbeit draußen erkältest. Außerdem macht es keinen guten Eindruck, wenn meiner Magd das Kleid in Fetzen vom Leib hängt. Ich werde sehen, ob sich eines meiner abgelegten Kleider für dich eignet. Kannst du nähen? Wahrscheinlich muss es ein wenig geändert werden. Und dann werden wir gleich morgen Beinlinge, Schuhe und einen Umhang für dich besorgen.»

Vor Verblüffung klappte Geruscha der Mund auf. «Ihr … wollt mir neue … Kleider geben?»

Marysa lächelte nur und machte eine leichte Bewegung

mit der Hand. «Geh und tu, was ich dir aufgetragen habe, Mädchen.»

Geruscha machte einen Schritt rückwärts. «Ja, natürlich. Sofort, Herrin!» Sie flog um ihre eigene Achse und rannte fast hinaus in die Küche.

«Neue Magd?», fragte Heyn, der noch immer konzentriert an einem Reliquiar arbeitete. «Hübsches Dingelchen. Bisschen blass.»

Marysas Mundwinkel zuckten. Wenn Heyn arbeitete, verlor er immer nur die nötigsten Worte. «Ich hoffe, sie wird sich gut machen», antwortete sie ihm. «Eine fleißige Magd können wir brauchen.» Sie wollte noch etwas hinzusetzen, doch in diesem Augenblick kam Leynhard herein. Er trug einen Holzkasten vor sich her, in dem sich offenbar das Blattgold für Boeckes Schrein befand.

«Das hat aber lange gedauert», grummelte Heyn.

Leynhard stellte den Kasten auf dem großen Arbeitstisch in der Mitte der Werkstatt ab. «Ich hab noch die neuen Scharniere von Meister Astened abgeholt», erklärte er. «Auch die bestellten Nägel waren schon fertig.» Sein Blick wanderte zu Marysa. «Er sagt, Ihr könnt wie immer einen Wechsel ausschreiben.»

Marysa schüttelte den Kopf. «Das wird nicht nötig sein. Es ist ausreichend Geld im Haus. Bei nächster Gelegenheit werde ich ihm die Sachen bezahlen. Dann kann ich gleich ...»

Sie brach ab, als es an der Haustür klopfte. Leynhard öffnete und trat einen Schritt beiseite, als er den Mann erkannte, der um Einlass bat. Es war Thys Hantsen, der Schöffenschreiber.

«Frau Marysa?» Als er sie erblickte, lächelte er und hielt ihr ein Schriftstück hin. «Reimar van Eupen bat mich, Euch dies zu überbringen – mit den besten Grüßen. Und der Domherr van Oenne, der zufällig gerade bei ihm weilte, lässt ausrichten, dass Ihr ab sofort die Pilgerabzeichen aus der Werkstatt des Meisters Aelaert van Lyntzenich erhalten werdet.»

«Vielen Dank.» Marysa drehte den Brief in Händen, ohne ihn zu öffnen. «Wisst Ihr zufällig, wann die Beerdigung des Meisters van Hullsen stattfinden wird?»

«Morgen Mittag», antwortete der Schreiber. «Doch nun entschuldigt mich, ich muss sogleich zurück zur Acht. Es findet heute eine Sitzung der Schöffen statt.» Er verbeugte sich knapp und verließ das Haus wieder.

Marysa blieb noch einen Moment lang unschlüssig in der Werkstatt stehen. Leynhard, der inzwischen die Kiste ausgepackt hatte, trat neben sie. «Werdet Ihr zu der Beerdigung gehen?»

«Das werde ich.» Sie blickte kurz auf den Brief in ihren Händen. «Selbst wenn Meister van Hullsen in diesen Betrug verwickelt war, will ich ihm dennoch diese letzte Ehre erweisen. Wer weiß, was ihn zu seinem Handeln getrieben hat. Ich kannte ihn nur als ehrenwerten Mann. Seiner Familie möchte ich gerne mein Beileid aussprechen.»

«Sollen wir Euch begleiten?», fragte Heyn.

Marysa überlegte kurz, dann schüttelte sie den Kopf. «Nein, ihr könnt hierbleiben. Wir haben zu viel Arbeit, als dass wir die Werkstatt für einen Tag schließen könnten. Außerdem kommt Herr Boecke morgen, um sich seinen Schrein anzusehen.»

Die beiden Männer schienen erleichtert, Beerdigungen gehörten nicht zu ihren liebsten Unternehmungen. Das konnte Marysa nur zu gut verstehen. Doch sie fand, dass es ihre Pflicht war, sich morgen dort zu zeigen. Rasch ging sie zurück in ihr Kontor, schloss die Tür und öffnete endlich den Brief. Der Schöffe van Eupen teilte ihr darin mit, dass der Verdacht gegen sie entkräftet sei, da man in einem Kellerraum van Hullsens noch ein weiteres der gefälschten Abzeichen gefunden hatte.

Seufzend legte sie das Schriftstück beiseite. Sie hätte froh sein müssen, dass ihr guter Leumund wiederhergestellt war. Doch etwas an den Umständen gefiel ihr nicht. Solange sie auch darüber nachdachte, sie konnte die Schwachstelle in der Geschichte einfach nicht finden.

***

Auch als sie am späten Abend unter ihrer warmen Decke lag, dachte sie weiter darüber nach. Sie wurde das Gefühl nicht los, dass jemand Meister van Hullsen zum Sündenbock machen wollte. Jemand aus dem Marienstift? Ein Mittäter oder Mitwisser? Sehr gut hatte sie den Silberschmied zwar nicht gekannt, aber sie konnte sich nach wie vor nicht vorstellen, dass er einen solchen Betrug nötig hatte. Er war ein angesehener Aachener Bürger gewesen, seine Werkstatt zählte zu den besten weit und breit. Sein Vater saß im Stadtrat. Er hatte schlicht und ergreifend keinen Grund gehabt, billige Fälschungen herzustellen. Irgendjemand wollte dies jedoch die gesamte Stadt glauben machen. Marysa nahm sich vor, noch einmal mit Rochus van Oenne darüber zu sprechen, wenngleich sie wusste, dass es vermutlich zu nichts führen würde. Für Stift und Schöffen war die Angelegenheit mit dem Fund des dritten Abzeichens in van Hullsens Haus geklärt.

Unruhig drehte Marysa sich auf die Seite und schloss die Augen, riss sie sogleich wieder auf, als der entsetzte Schrei eines Mädchens durchs Haus schallte. Sie fuhr hoch, griff im Dunkeln nach ihrem Hausmantel und warf ihn sich über. Schon ertönten aufgeregte Stimmen vor ihrer Kammer. Ohne darauf zu achten, dass ihr Haar nur geflochten, aber nicht bedeckt war, eilte sie hinaus. «Was geht hier vor?», fragte sie und drängte sich an Balbina und Jaromir vorbei in die Gesindekammer. Dort saß Geruscha heulend auf ihrem Bett, vor ihr kauerte Imela und redete beruhigend auf sie ein. Als sie Marysa bemerkte, erhob sie sich.

«Herrin!»

«Was ist hier los?», wiederholte Marysa ihre Frage und blickte auf das weinende Mädchen.

Imela legte Geruscha eine Hand auf die Schulter. «Verzeiht, Herrin, dass wir Euch geweckt haben.»

«Wer hat eben so geschrien?»

«Ich, Herrin», antwortete Imela verlegen. «Es tut mir leid. Ich dachte … Ich bin vorhin von einem Geräusch aufgewacht und habe einen Schatten gesehen, der durch die Kammer gehuscht ist. Da habe ich mich furchtbar erschreckt. Aber es war nur Geruscha. Sie hat …»

«Verzeiht mir, Herrin», schluchzte Geruscha. «Ich wollte das nicht.»

«Was wolltest du nicht?»

Geruscha schniefte in ihren Ärmel. «Im Schlaf herumlaufen. Das hab ich schon seit Monaten nicht mehr gemacht.»

«Sie hat geschlafen», mischte Imela sich wieder ein. «Aber sie ist trotzdem in der Kammer herumgetappt. Als ich geschrien habe, ist sie aufgewacht und wusste erst gar nicht, wo sie ist.»

«Du wandelst im Schlaf?» Neugierig und besorgt zugleich betrachtete Marysa ihre neue Magd.

«Ja. Nein. Ich dachte, es hätte aufgehört.»

«Wie kann man denn zugleich schlafen und herumlaufen?», wollte Jaromir wissen. «So was hab ich noch nie gehört.»

«Vielleicht ist sie verhext», vermutete die Köchin und bekreuzigte sich.

Marysa stieß einen unwilligen Laut aus. «Also wirklich, Balbina. Solche Reden will ich in diesem Haus nicht hören!»

«Oder besessen», fuhr Balbina unbeirrt fort. «Ihr müsst Vater Ignatius holen.»

«Das ist Unsinn», fuhr Marysa sie an. «Manche Menschen wandeln nun mal im Schlaf. Niemand weiß, warum sie das tun. Ich selbst bin als kleines Kind auch oft schlafend durchs Haus gelaufen, sagt meine Mutter. Und ich bin wohl ganz sicher nicht besessen.»

«Äh, nein, Herrin.» Erschrocken blickte Balbina sie an. «Verzeiht, das habe ich nicht gemeint. Ich dachte nur ...»

«Ich finde, wir sollten alle wieder zu Bett gehen», sagte Marysa streng. Sie warf Geruscha noch einen Blick zu. «Ist alles in Ordnung mit dir?»

Das Mädchen nickte zaghaft. «Ich glaube schon. Vielleicht ist es, weil ich neu im Haus bin. Es ist alles so anders hier.» Unsicher blickte sie von Marysa zu Balbina und Jaromir.

«Was ist denn hier los?», kam nun auch noch Milos Stimme aus der Kammer, die er sich mit Jaromir teilte.

Marysa runzelte ungehalten die Stirn, woraufhin Jaromir sich rasch umdrehte und zu seinem Freund ging. «Schon gut, Milo. Es ist nichts. Du kannst ruhig weiterschlafen.»

Marysa ging ebenfalls zu ihrer Kammer zurück. «Das gilt für uns alle», sagte sie und schloss die Tür hinter sich.

9. Kapitel

Ganze sechs Tage hatte seine Reise von Trier gedauert! Als Christoph sein Pferd vor dem großen Marschiertor zügelte, waren die Strapazen, die überfluteten Wege und versumpften Straßen jedoch vergessen. Sein Herz klopfte erwartungsvoll. Er trieb das Reittier erneut an und nickte dem Torwächter freundlich zu. Dieser hielt ihn auf und verlangte die Güter zu sehen, die Christoph mit sich führte.

Er hatte ein zweites Pferd mitgebracht, auf dessen Rücken mehrere Bündel und eine große Kiste festgezurrt waren. Habseligkeiten, die er zum Teil bei Meister Lehel untergestellt, zum Teil aber auch erst auf dem Weg hierher erstanden hatte. Ihm war nämlich noch rechtzeitig der Gedanke gekommen, dass es den Menschen seltsam vorkommen würde, wenn ein Schreinergeselle auf dem Weg zu seiner Braut nicht mehr als die Kleider mitbrachte, die er am Leib trug. Deshalb hatte er sich einen Satz vorzüglichster Werkzeuge anfertigen lassen sowie Zunftkleider, die denen der Frankfurter Tischler sehr ähnelten. Die hübschen Zinnbecher und der Tand, den er ebenfalls in seine Bündel gepackt hatte, mochten von neugierigen Augen durchaus als Erbstücke angesehen werden. Gottlob hatten die schlechten Straßenverhältnisse auch Räuber und Wegelagerer abgeschreckt. So war Christoph wenigstens nicht in die Verlegenheit geraten, den neuen Dolch, der an seinem Gürtel baumelte, benutzen zu müssen, um sein Hab und Gut zu verteidigen.

«Wer seid Ihr und was führt Euch nach Aachen?», wollte der Torwächter wissen. «Führt Ihr Handelswaren mit Euch?»

«Nein, guter Mann, ich bin kein Händler.» Bedachtsam schob Christoph die Kapuze seines Mantels zurück und wartete angespannt auf die Reaktion des Wächters. Er kannte den Mann, wenn auch nur flüchtig. Auch schon im Herbst hatte er hier Wache geschoben und musste ihn mindestens zwei- oder dreimal in seiner Verkleidung als Bruder Christophorus gesehen haben.

Inzwischen erinnerte rein äußerlich nichts mehr an den Ablasskrämer. Christoph trug seine Zunftkleidung, die kurzgeschorenen Haare waren mittlerweile zu einer ordentlichen Länge nachgewachsen; im Nacken hatte er sie kurz geschnitten und sich überdies einen, wie der Barbier behauptete, äußerst kleidsamen Kinnbart zugelegt, den er alle drei bis vier Tage säuberlich bis fast auf die Haut stutzte. Christoph hoffte, sein neues Erscheinungsbild würde Marysa ebenfalls zusagen.

«Mein Name ist Christoph Schreinemaker», stellte er sich vor. «Ich komme aus Frankfurt und bin auf dem Weg zum Haus meiner zukünftigen Gemahlin, der Schreinerwitwe Marysa Markwardt.»

Der Torwächter musterte ihn. «Schreinemaker?» Dann grinste er. «Ach ja, von Euch hab ich gehört. Es heißt, Ihr wärt schon lang überfällig und die Frau Marysa sei ziemlich aufgebracht deswegen. Vielleicht war's auch ihre Mutter. Man sagt, die kann eine Furie sein, die Frau Jolánda. Da habt Ihr Euch ja was eingehandelt mit so einer Schwiegermutter. Na, geht mich ja nix an. Das hier sind Eure Besitztümer?»

Christoph nickte und atmete gleichzeitig auf. Die erste Hürde schien er problemlos gemeistert zu haben. «Was man so braucht, wenn man in einen neuen Haushalt einzieht», sagte er leichthin, dann fiel ihm noch etwas ein. «Wisst Ihr, ob in der Herberge *Zum tanzenden Bären* noch Betten frei sind? Dort habe ich vergangenen Herbst genächtigt, und, nun ja, bis zur Hochzeit werde ich ja irgendwo ein Plätzchen zum Schlafen brauchen.»

Der Torwächter lachte verständnisvoll. «O ja, das werdet Ihr. Derzeit ist in Aachen nicht viel los. Nachdem die Chorhalle eingeweiht wurde, sind die Pilger und Handelsreisenden inzwischen alle wieder fort. Gewiss werdet Ihr im *Tanzenden Bären* eine Schlafstatt finden. Wahrscheinlich sogar eine ganze Kammer für Euch allein. Ihr kennt den Weg?»

«Ich denke schon», antwortete Christoph. «So lange ist mein letzter Besuch ja noch nicht her.»

Der Torwächter gab dem Lasttier einen Klaps aufs Hinterteil. «Dann gehabt Euch wohl und viel Glück!»

Christoph trieb sein Pferd wieder an und hob kurz die Hand zum Gruß. Jetzt, da er sich endlich wieder innerhalb von Aachens Stadtmauern befand, hätte seine Laune nicht besser sein können. Kaum jemand beachtete ihn, lediglich ein paar Bettler am Wegesrand hielten ihre Hände auf, und zwei noch reichlich junge Mädchen, die die roten Kopftücher der Hübschlerinnen trugen, winkten ihm kichernd zu. Da er sie nicht weiter beachtete, wandten sie sich jedoch sogleich dem nächsten Vorbeikommenden zu.

In gemächlicher Geschwindigkeit ritt Christoph die Straße entlang, bog schließlich nach rechts in den Cymmergraben ein. Überall herrschte die übliche Geschäftigkeit des frühen Nachmittags: Handwerker gingen ihren Verrichtungen nach, Knechte luden die Fracht von Ochsenfuhrwerken ab, Mägde eilten mit Körben oder Eimern hin und her. Ein Schwein suhlte sich laut grunzend mitten auf der Abzweigung zur Wirichbongartsgasse im Schlamm.

Gerade überlegte er, ob er den Weg über den Marktplatz oder doch lieber rechtsherum über die Seitengassen nehmen sollte, als aus der St. Ailbretstraße laute Rufe und das schrille Bimmeln einer Warnglocke ertönten.

«Feuer!», schrie jemand. «Zu Hilfe, es brennt!»

Binnen weniger Augenblicke rannten die Menschen aus Häusern und Nebengassen zusammen und eilten die St. Ailbretstraße hinauf. Christoph hatte Mühe, sein Pferd und das Lasttier im Zaum zu halten, denn sie wurden immer wieder angerempelt. Schließlich lenkte er die Tiere ebenfalls in Richtung des Unglücksortes, kam jedoch nicht weit und musste absteigen. Inzwischen rannten Männer mit Eimern und Kübeln an ihm vorbei.

«Was ist da passiert?», wollte er von einem Knecht wissen, der sich gerade mit Ellbogengewalt durch die voranstrebende Menschenmenge gewühlt hatte. «Die Schmiede brennt», rief der Knecht erregt. «Ich muss Hilfe holen, einer der Gesellen ist verletzt.» Schon eilte er weiter.

«Schmiede?», rief Christoph ihm nach. «Welche Schmiede?»

«Die Silberschmiede des Meisters van Lyntzenich!», antwortete neben ihm eine kratzige Stimme.

Christoph fuhr überrascht herum und stutzte, als er das kleine, verhutzelte Männchen mit dem schlohweißen Bart erblickte. Gerade noch rechtzeitig besann er sich und setzte eine gleichmütige Miene auf.

Der Alte musterte ihn eingehend, dann grinste er breit. «Ihr seid der Schreinemaker. Der Daus, die Ähnlichkeit ist wirklich verblüffend.»

«Wie bitte?»

«Amalrich ist mein Name ... falls Ihr Euch nicht erinnern solltet.» Der Alte zwinkerte ihm zu. «Wie ich vernahm, seid Ihr der Bruder des geschätzten Ablasskrämers Christophorus. Sagt, wie geht es ihm denn? Zieht er noch immer in der Welt umher? Wird er bei Eurer Hochzeit anwesend sein?»

Christoph schluckte und räusperte sich verlegen. «Bruder Christophorus wird in nächster Zeit nicht nach Aachen zurückkehren», sagt er möglichst unbeteiligt. «Er hat sich auf eine weite Pilgerreise begeben.»

«Ah ja?» Amalrich kicherte. «Wohl denn, hoffen wir, dass sie seinem Seelenheil förderlich sein wird. Ihr seid sein Zwillingsbruder?»

«So ist es.»

Amalrich kicherte erneut. «Wie ein Ei dem anderen. Wirklich erstaunlich. Ich hoffe, Ihr wisst, worauf Ihr Euch da eingelassen habt. Doch nun voran, lasst uns sehen, ob wir nicht helfen können.» Er deutete voraus auf ein zweistöckiges Gebäude, aus dessen Fenstern dicke Rauchschwaden quollen. Mehrere Männer waren dabei, Wasser in Eimern zum Haus zu tragen. Durch den Rauch war das Knistern und Prasseln des Feuers zu vernehmen, dann immer wieder Schreie und das hysterische Plärren eines Kleinkindes.

Gerade kamen zwei Knechte durch die Haustür, zwischen sich eine junge Frau, die ganz benommen zu sein schien. Christoph drückte Amalrich die Zügel seines Pferdes in die Hand, trat auf die Frau zu und stützte sie. In einiger Entfernung vom Haus ließ er sie vorsichtig zu Boden gleiten. Sie hustete und rang verzweifelt nach Atem. Sogleich kam eine Magd mit einer Trinkflasche herbeigeeilt, doch die junge Frau wehrte ab. «Nicht, ich will nicht. Mein Sohn.» Wieder hustete sie heftig. «Er ist noch drin! O Gott, ich kann ihn nicht mehr hören! Peter!» Keuchend rang sie nach Luft und wollte aufstehen. Christoph hielt sie energisch zurück. «Bleibt hier, gute Frau. Da könnt Ihr nicht wieder hinein.»

«Aber mein Kind!», protestierte sie.

Er winkte einen kräftigen Knecht herbei. «Halt sie fest», befahl er, zog schnell den Stoff seiner Gugel vor Mund und Nase und ging auf den Hauseingang zu. Der Rauch hatte ein wenig nachgelassen, doch noch immer kämpften die Helfer verbissen gegen die gefährlich züngelnden Flammen.

Plötzlich kam ein Mann mit rußgeschwärztem Gesicht aus dem Haus getorkelt. In den Armen hielt er ein wimmerndes Kleinkind. «Ich hab ihn, ich hab ihn.»

Christoph trat auf ihn zu und nahm ihm den Jungen ab.

«Peter! Peterchen!» Die junge Frau, offenbar war es die Gattin des Silberschmieds, rappelte sich auf und stürzte auf Christoph zu. Ihr quollen Tränen aus den Augen, während sie das Gesicht ihres Sohnes abtastete und ihn auf den Arm nahm.

«Kommt, Frau Hanne, Ihr müsst weg von hier. Wir kümmern uns um Klein Peter», sagte eine alte Frau und nahm sie am Arm.

Christoph blickte ihnen nur einen Moment nach, dann drehte er sich wieder zu dem brennenden Haus um. Er sah gerade noch, wie der Mann, der den Jungen gerettet hatte, erneut Anstalten machte, in die Flammenhölle zu gehen. «Halt!», rief er ihm zu und hielt ihn an der Schulter fest. «Bleibt hier. Es ist zu gefährlich!»

Der Mann drehte sich mit wildem Blick um. «Lasst mich! Das ist meine Schmiede! Ich muss ... mein Werkzeug. Mein Geselle ist tot. Ich kann nicht ...»

«Bleibt hier, Meister van Lyntzenich!» Entschlossen packte Christoph den verzweifelten Mann bei den Schultern und schüttelte ihn. «Für Euren Gesellen können wir nichts mehr tun. Wollt Ihr Euer Leben etwa auch verlieren? Kommt mit und lasst die Knechte das Feuer löschen.»

«O Gott, das Feuer!» Der Silberschmied schlug die Hände vors Gesicht. «Meine Schmiede! Ich muss beim Löschen helfen. Wenn die Nachbarhäuser in Brand geraten, steht am Ende die ganze Stadt in Flammen!» Er schwankte und wäre beinahe vornübergefallen. Christoph konnte ihn gerade noch packen und den Sturz verhindern.

***

«Wo Heyn nur bleibt!» Ungeduldig tippte Marysa mit den Fingerspitzen auf die Tischplatte. «Er sollte doch nur das

Reliquiar für die Frau des Küfers in die Borngasse bringen, und jetzt ist er schon fast zwei Stunden fort.»

«Soll ich nach ihm suchen?», schlug Leynhard vor.

Marysa verschränkte die Arme vor dem Leib. «Ja, das wäre wohl das ... Nein, ich muss sowieso zu Meister Astened. Ich werde selbst gehen. Bleib du nur hier und tu deine Arbeit. Wir können den Bruder Bartholomäus ja nicht einfach allein hier zurücklassen, nicht wahr?» Sie warf dem ältlichen Augustiner, der still auf seinem Stuhl in einer Ecke saß, einen kurzen Blick zu.

«Aber ohne Heyn kann ich an dem Schreindeckel nicht weiterarbeiten.»

Marysa hob die Schultern. «Dann kümmere dich um die Hölzer, die du vorhin vom Markt mitgebracht hast. Lagere sie ordentlich ein, und wenn du schon dabei bist, kannst du gleich die Scharniere einsortieren.» Sie rief nach Milo und holte ihren Mantel. Als der Knecht in die Werkstatt trat, winkte sie ihm, ihr zu folgen. «Hoffentlich ist Heyn nichts zugestoßen», murmelte sie.

«Wie?» Milo spitzte die Ohren. «Warum sollte ihm etwas zugestoßen sein?»

Marysa blickte ihn verärgert an. «Weil er seit zwei Stunden verschwunden ist.»

«Vielleicht ist er in einer Taverne ...» Milo schüttelte den Kopf. «Nee, stimmt, Herrin. Das sieht ihm nicht ähnlich. Wo ist er denn hingegangen?»

«Wenn er sich an meine Anweisung gehalten hat, müsste er in der Borngasse sein.»

Inzwischen hatten sie bereits die Abzweigung zur Kreme erreicht. Milo blieb abrupt stehen. «Wartet, Herrin. Seht doch! Da stimmt was nicht.»

«Wo stimmt etwas nicht?»

«Na, schaut, die vielen Leute.» Milo deutete auf die Menschenmenge, die sich am Ausgang der Kreme zusammendrängte. «Bestimmt ist da was passiert. Soll ich mal nachsehen?»

«Untersteh dich!» Marysa hielt ihn am Ärmel zurück. «Du bleibst bei mir. Ich kann ja wohl schlecht allein durch die Stadt laufen. Wir gehen gemeinsam und sehen, was sich dort zugetragen hat.»

Entschlossen ging sie die Kreme hinab und bahnte sich mit Milo einen Weg durch die aufgeregten Menschen. In dem Stimmengewirr fiel es Marysa schwer, etwas zu verstehen, doch zumindest fing sie einige Gesprächsfetzen auf, aus denen sie schloss, dass irgendwo in der St. Ailbretstraße ein Feuer ausgebrochen war. Plötzlich verspürte sie ein mulmiges Gefühl in sich aufsteigen. Lag nicht Meister van Lyntzenichs Silberschmiede in der St. Ailbretstraße?

«Milo!», rief sie und tippte ihrem Knecht auf die Schulter. «Lass uns diese Straße verlassen. Hier kommen wir nicht durch. Wir gehen außen herum über die Ryegasse.»

Für den kleinen Umweg brauchten sie nur wenige Minuten, und als sie in die obere St. Ailbretstraße einbogen, erblickte sie schon die Unglücksstelle. Rauch quoll aus den Fenstern der Silberschmiede, das Gemäuer war rußgeschwärzt. Männer, Frauen und Kinder halfen mit vereinten Kräften, um des Feuers Herr zu werden. Eine lange Kette hatte sich bis zum nächsten Brunnen gebildet, über die eifrig volle und leere Eimer hin- und hergereicht wurden.

«Heilige Muttergottes, steh uns bei!», murmelte Marysa entsetzt, als sie näher herankam. Sie umrundete zwei Pferde, von denen eines hoch mit Lasten bepackt war. Offenbar hatte jemand die Tiere einfach hier stehen gelassen, um beim Löschen zu helfen. «Das ist ja entsetzlich.» Wie gebannt starrte sie auf die Verwüstung, die das Feuer an dem ehemals schmucken Gebäude angerichtet hatte. Dabei bemerkte sie nicht, dass einer der Helfer plötzlich stehen blieb und sie überrascht anblickte.

Milo, der sich ebenfalls kaum von dem Anblick abwenden konnte, stieß sie schließlich an. «Herrin, schaut!» Er deutete auf den über und über mit Ruß bedeckten Mann, der eine verkohlte Holzbohle auf der Schulter trug. Diese ließ er nun einfach neben sich zu Boden fallen.

Marysa riss ihren Blick vom Haus los und ließ ihn Milos ausgestrecktem Arm folgen, bis sie den Mann ebenfalls sah. Für einen Moment setzte ihr Herzschlag aus, um dann wie rasend wieder einzusetzen. Sie machte einen Schritt vorwärts.

Christoph ging langsam auf Marysa zu und weidete sich an ihrem Anblick. Erst jetzt wurde ihm bewusst, wie sehr er sie vermisst hatte. Als er direkt vor ihr stand, breitete er kurz die Arme aus, schaute an sich herab und ließ sie sogleich sinken.

Auch Marysas Hände zuckten. Wie gerne wollte sie Christoph berühren, ihn umarmen. Der Ruß, der ihn über und über bedeckte, und der scharfe Brandgeruch hielten sie jedoch davon ab. «Du bist hier», sagte sie schließlich etwas lahm.

Christoph lächelte kläglich. «Noch nicht sehr lange. Ich war auf dem Weg zu dir, als mir dieses Feuer in den Weg kam.» Er warf einen Blick über die Schulter zur Unglücksstelle, dann wandte er sich an Milo. «Bring deine Herrin nach Hause. Dies ist kein Ort für sie.» Dann lächelte er Marysa erneut zu. «Sobald ich etwas präsentabler aussehe, komme ich nach.»

***

Nervös wanderte Marysa in ihrer Stube auf und ab. Sie hatte überlegt, nach ihren Eltern schicken zu lassen, sich dann jedoch dagegen entschieden. Stattdessen hatte sie Balbina und Imela angewiesen, ein gutes Abendessen vorzubereiten, und ihren Gesellen für den Abend freigegeben. Heyn war ihnen auf dem Heimweg von der Silberschmiede begegnet – rußgeschwärzt wie alle Brandhelfer, denen er sich spontan angeschlossen hatte, als er des Feuers gewahr geworden war.

Nun wartete Marysa ungeduldig darauf, dass Christoph endlich erschien. Die Vesperglocken hatten schon vor mehr als zwei Stunden geläutet, inzwischen war es dunkel geworden. Je mehr Zeit verging, desto unruhiger wurde Marysa. Schließlich zwang sie sich dazu, sich auf die Bank am Esstisch zu setzen und eine Flickarbeit in die Hand zu nehmen. Mehr als zwei, drei Stiche führte sie nicht mit der Nadel aus. Sie hasste Handarbeiten. Und sie hasste das ewige Warten.

Als Grimold ihr schließlich mit einem vieldeutigen Blick meldete, dass Christoph Schreinemaker sie zu sehen wünsche, saß sie mit hochgezogenen Schultern auf ihrem Platz. Mühsam beherrscht bat sie ihn, den Besucher vorzulassen. Grimold blickte sie etwas überrascht an, trat jedoch beiseite, um Christoph eintreten zu lassen, und schloss dann hinter ihm diskret die Tür.

Einen langen Augenblick sahen sie einander nur an. Marysa brachte zunächst keinen Ton heraus. Christoph hatte sich kaum verändert. Hochgewachsen und breitschultrig stand er vor ihr. Die prächtigen Zunftkleider, die er angelegt hatte, wirkten an ihm jedoch wesentlich beeindruckender als das Dominikanerhabit, das sie bisher immer an ihm gesehen hatte. Die dunklen Bartschatten um sein Kinn betonten die kantige Form seines Gesichts.

Etwas steif erhob sie sich und trat einen Schritt auf ihn zu.

Sie wusste selbst nicht, weshalb sie ihm nicht sofort um den Hals fiel. Anstelle der Nervosität von vorhin war plötzlich ein Gefühl heftiger Wut getreten. Sie zog die Augenbrauen zusammen. «Wo warst du?»

Christoph, der gerade Anstalten hatte machen wollen, sie in seine Arme zu ziehen, hielt mitten in der Bewegung inne und sah sie überrascht an. Das zornige Funkeln in ihren Augen entging ihm nicht. «In der Herberge *Zum tanzenden Bären*», sagte er ruhig. «Es hat eine Weile gedauert, bis ich den ganzen Ruß heruntergewaschen hatte. Glücklicherweise hatte die Frau des Wirtes ein Einsehen und ihren Badezuber mit heißem Wasser füllen lassen. Sonst hätte ich ...»

«Du weißt genau, was ich meine», fuhr sie ihn scharf an. «Wo in aller Welt warst du die letzten vier Monate? Januar hattest du gesagt. Januar! Bald ist Ostern! Wir sind fast umgekommen vor Sorge. Ich dachte schon, man hätte dich unterwegs überfallen oder ...»

«Marysa!», unterbrach er sie verwundert. «Was soll das heißen? Hast du denn meine Nachricht nicht erhalten?»

«Was für eine Nachricht? Ich habe seit Ende November kein Lebenszeichen mehr von dir. Kannst du dir überhaupt vorstellen, wie sehr ich in Sorge war?»

«O Marysa!» Ohne auf ihre Gegenwehr zu achten, zog er sie nun doch in seine Arme und drückte sie fest an sich. «Es tut mir so leid! Ich hatte dir schon im Januar eine Nachricht geschickt, dass es etwas länger dauern wird. Ich musste bis nach Nürnberg reisen, weil Meister Rotstein seinen Haushalt dorthin verlegt hat.»

«Meister Rotstein?» Marysa sträubte sich gegen seine Umarmung.

«Ich habe dir doch von ihm erzählt. Er war ein guter Freund meines Vaters.»

«Der Jude.»

«Ebender.» Christoph lächelte. «Marysa?»

«Was?»

«Hör auf herumzuzappeln.»

Sie schnaufte. «Ich zappele nicht herum!»

«Doch, das tust du. Aber wenn du mal kurz damit aufhören würdest, könnte ich dir etwas geben.»

Marysas Gegenwehr erlahmte, sie blickte ihn trotzdem noch argwöhnisch an. «Was?»

Christophs Lächeln verwandelte sich in ein triumphierendes Grinsen, und ehe sie sichs versah, hatte er seine Lippen fest auf die ihren gepresst.

Marysa stieß einen überraschten Laut aus, konnte sich der Welle von Gefühlen, die über sie hereinbrach, nicht erwehren. Ohne weiter nachzudenken, schlang sie ihre Arme um Christophs Hals und spürte, wie er sie noch fester an sich zog. Seine Hände wanderten unablässig über ihr Rückgrat und schienen dabei brennende Spuren zu hinterlassen. Schließlich wanderte seine Rechte bis hinauf in ihren Nacken und schob sich unter den Stoff ihrer weißen Leinenhaube.

Atemlos lösten sie ihre Lippen voneinander und blickten sich für einen langen Moment nur an.

«Du bist zurückgekommen», brachte Marysa mit schwankender Stimme heraus.

«Hatte ich das nicht versprochen?» Sanft strich Christoph ihr mit dem Daumen über die gerötete Wange. «Hör zu, Marysa, es tut mir leid, dass der Bote dir meine Nachricht nicht überbracht hat. Man hat mir versichert, dass er ein sehr zuverlässiger Mann ist. Ich kann verstehen, dass du wütend bist, und ...»

«Ich bin nicht wütend.»

«Doch, das bist du. Ich wäre es auch, wenn ich monatelang im Ungewissen hätte leben müssen.» Er küsste sie erneut, diesmal wesentlich sanfter. «Jetzt bin ich hier, und wir können in aller Ruhe unsere Hochzeit planen, nicht wahr? Bis zum Sommer darfst du die Werkstatt ja noch führen, das sollte ausreichen, um alles zu regeln und ein ...»

«Warte!», unterbrach sie ihn und senkte auf seinen verwunderten Blick verlegen den Kopf. «Wir können nicht bis zum Sommer warten.»

«Warum nicht?» Neugierig musterte er sie.

Bevor sie antworten konnte, klopfte es leise an der Tür. Imela streckte den Kopf in die Stube. Sogleich lösten sie sich voneinander.

«Herrin? Wir haben das Essen jetzt fertig. Sollen wir es auftragen?»

Marysa strich rasch ihr Kleid glatt. «Ja, Imela, tragt es auf. Christoph wird hungrig sein nach seiner langen Reise.»

10. Kapitel

*E*s fiel Marysa schwer, auch nur einen Bissen der Gemüsepastete herunterzubringen, die Balbina mit feinsten getrockneten Kräutern gewürzt hatte. Christoph hatte wie immer einen gesegneten Appetit und ließ es sich schmecken. Da zu den Mahlzeiten das Gesinde mit am Tisch saß, beschränkte sich das Gespräch auf Allgemeinplätze. Zwar spürte Marysa, dass bis auf Geruscha inzwischen jeder im Raum wusste, wer Christoph Schreinemaker wirklich war, dennoch würden sie ihr Versteckspiel weiterhin beibehalten, schon um Christophs Sicherheit willen. Marysa war froh, dass ihre Knechte und Mägde sich so loyal verhielten und das Spiel mitspielten. Bis auf Milo und Geruscha lebten sie schon viele Jahre in ihrem Haushalt und vormals in dem von Marysas Vater. Trotzdem fühlte sie sich unwohl bei dem Gedanken an den Betrug, auf dem sie und Christoph ihr zukünftiges Leben aufbauen würden.

Sie hielt sich an Christophs Versicherung fest, dass er seine wahre Herkunft hieb- und stichfest würde nachweisen können. Sie hoffte, dass es sich bei den Urkunden, von denen er gesprochen hatte, tatsächlich um echte Dokumente handelte und nicht um Fälschungen, auch wenn sie wusste, dass er im Umgang mit Feder und falschen Siegeln ein Meister war. Sie würde erst wieder ruhig schlafen können, wenn sie verheiratet und ausreichend Gras über seine Vergangenheit gewachsen war.

Mit der Hochzeit durften sie nicht mehr allzu lange warten. Sie musste es ihm sagen, und das so bald wie nur möglich.

***

«Lass die Hintertür unverschlossen», raunte Christoph in Marysas Ohr, als er sie später am Abend kurz und förmlich zum Abschied umarmte.

Verblüfft sah sie ihn an. «Was?»

«Die Hintertür», flüsterte er lächelnd und ohne die Lippen zu bewegen. «Lass sie heute Abend unverschlossen.» Er verbeugte sich höflich. «Es wird mir eine Freude sein, morgen Mittag endlich meine zukünftigen Schwiegereltern kennenzulernen, Frau Marysa. Ich will hoffen, dass wir alle gut miteinander auskommen werden. Bis dahin also.» Er ging zur Tür und trat hinaus in die nächtliche Dunkelheit, wo Grimold bereits mit seinem Pferd wartete. «Gehabt Euch wohl!» Mit diesen Worten schwang sich Christoph auf den Rücken des

Pferdes und nahm die Zügel auf. Er hob zum Abschied noch einmal kurz die Hand und blickte ihr dabei eindringlich in die Augen, dann wendete er sein Reittier und trabte davon.

Marysa begab sich sogleich hinauf in ihre Kammer und wartete dort, bis sie sicher war, dass ihre Gesellen von ihrem Besuch in einer Taverne zurück waren und sich alle Mitglieder des Haushalts zu Bett begeben hatten. Die Nervosität, die sie am Beginn des Abends erfasst hatte, kehrte schlagartig zurück, während sie ihr blaues Überkleid auszog und ordentlich an einem Haken an der Wand aufhängte. Wollte sich Christoph tatsächlich mitten in der Nacht in ihr Haus schleichen, um … Ihr wurde unnatürlich warm bei dem Gedanken an jene Nacht, die sie vor seinem Fortgehen miteinander verbracht hatten.

Es war töricht, auch nur daran zu denken, seiner Bitte Folge zu leisten. Sie würde damit ihren guten Ruf riskieren. Auf ihr Gesinde konnte sie wohl vertrauen, aber wenn einer der Nachbarn mitbekam, dass Christoph die Nacht heimlich in ihrem Haus verbrachte, würde auch eine baldige Hochzeit das Gerede nicht entschärfen können. Den Beweis für ihren unzüchtigen Lebenswandel trug sie ja bereits unter dem Herzen.

Sie haderte mit sich, warf sich aber, als es im Haus still geworden war, ihren Hausmantel über und stieg auf Zehenspitzen die Stiege ins Erdgeschoss hinab. Der Riegel, der die Hintertür zum Hof verschloss, klemmte meist ein wenig. Mit einiger Verblüffung stellte sie fest, dass jemand ihn kürzlich geschmiert haben musste, denn er glitt geräuschlos über das Holz.

Das Blut schoss ihr in den Kopf, und sie stieß ein leises Stöhnen aus, fasste sich an die Stirn. Waren sie derart leicht zu durchschauen? Wenn dem so war, durfte sie gar nicht daran denken, was geschehen würde, wenn sich Christoph mit ihr in der Öffentlichkeit zeigte.

Wem sie wohl diese zuvorkommende kleine Hilfe zu verdanken hatte? Grimold? Milo? Fast hätte sie den Riegel wieder vorgeschoben, doch sie vernahm ein leises Geräusch im Hof. Vorsichtig öffnete sie die Tür einen Spalt weit. Auch die Scharniere quietschten nicht mehr.

«Marysa?»

Sie erschrak etwas, als Christoph sie am Arm berührte und sich dann leise durch den Türspalt schob. Seine dunklen Augen blitzten im Schein ihrer kleinen Öllampe auf und ließen ihr Herz prompt höherschlagen. Dennoch zwang sie sich, ihn streng anzusehen. «Was soll das?», flüsterte sie. «Du kannst heute Nacht nicht hierbleiben.»

«Nicht?» Er lächelte leicht. «Ich bin aber schon da. Und du hast mich eingelassen.»

«Wenn jemand merkt, dass du hier bist ...»

«Marysa!» Er legte ihr den rechten Zeigefinger an die Lippen. «Wenn es dich beruhigt, werde ich noch vor dem Morgengrauen verschwinden. Bitte zwing mich nicht, dich noch länger ansehen zu müssen, ohne dich berühren zu dürfen. Die vergangenen vier Monate waren lang.»

Marysa schluckte, bei seinen Worten begann ihre Haut zu prickeln. Schweigend drehte sie sich um und ging ihm voraus zurück ins Obergeschoss. Kaum hatte sie ihre Kammer betreten und das Lämpchen auf der Truhe neben ihrem Bett abgestellt, hörte sie auch schon, wie Christoph die Tür leise ins Schloss schob. Im nächsten Augenblick hatte er sie bereits in seine Arme gezogen und suchte hungrig ihren Mund.

Sie hielt sich an seinen Schultern fest und gab sich für einen Moment ganz den Gefühlen hin, die sie durchrieselten. Doch in ihrem Kopf wisperte eine mahnende Stimme, die sie nicht ignorieren konnte. Deshalb löste sie sich schließlich wieder von ihm und blickte ihm in die Augen. «Christoph, es gibt da etwas, über das wir reden müssen.»

«Nicht jetzt», raunte er und begann an ihrer Haube zu nesteln. Erstaunlich geschickt löste er sie und warf den weißen Leinenstoff schließlich achtlos beiseite. Ebenso rasch hatte er die Haarnadeln herausgezogen, die ihre zu ordentlichen Schnecken aufgerollten Zöpfe festhielten, und ehe sie sichs versah, hatte er auch die Haarbänder entfernt und löste mit sanften Fingern ihr Haar, bis es ihr in schimmernden Locken über den Rücken fiel.

Marysas Herz klopfte unstet. «Es ist wichtig, Christoph», versuchte sie es erneut. Er schien ihr gar nicht zuzuhören. Sehr konzentriert schob er eine rechte Hand in ihren Nacken und ließ sie von dort aus in ihr Haar wandern. Sanft zog er ihren Kopf ein wenig zurück und ließ seine Lippen über ihre Kehle wandern.

Marysa stieß einen hilflosen Laut aus. Sosehr sie sich auch bemühte – sie konnte nicht mehr denken. Christophs Hände schienen überall zugleich zu sein.

«Marysa!» Heftig atmend blickte er sie an. Seine Augen wirkten schwarz und unergründlich, zugleich aber erkannte sie in ihnen all jene tiefen Gefühle, die auch sie in ihrem Herzen trug.

Vorsichtig trat sie einen Schritt zurück und sah ihm dabei zu, wie er sich seines Wamses und des Leinenhemdes entledigte. Das Blut rauschte ihr inzwischen wie ein heißer Strom durch die Adern; sie konnte sich von seinem Anblick nicht losreißen. Während er an seiner Hose herumnestelte, öffnete sie die Verschnürung ihres Unterkleides und zog es sich mit einer raschen Bewegung über den Kopf.

Im nächsten Moment fand sie sich an seiner Brust wieder.

Sie erschauerte, als sie seine warme Haut an ihrem Leib spürte. Wieder bog er ihren Kopf ein wenig zurück und küsste sie fordernd. Dabei drängte er sie sanft in Richtung des Bettes und ließ sich schließlich mit ihr gemeinsam daraufgleiten.

Sie spürte seiner Hand nach, die von ihrer Schulter zu ihrer Brust glitt und von dort nach unten.

Sie hielt die Luft an.

Christophs Blick ruhte unverwandt auf ihrem Gesicht, während seine Hand hinab zu ihrem Bauch wanderte. «Marysa, ich habe …» Plötzlich hielt er inne; in seine Augen trat zunächst ein verblüffter Ausdruck, der sich kurz in Schrecken wandelte und dann zu einer Frage wurde. Langsam drehte er den Kopf, sodass er seine Hand auf der leichten Wölbung ihrer Leibesmitte sehen konnte. Er schluckte. «Du bist …?»

Marysa atmete hörbar aus. «Ich trage dein Kind, Christoph.» Ein Lächeln über seinen entsetzten Gesichtsausdruck umspielte ihre Lippen. «Das ist es, was ich dir unbedingt sagen wollte.» Sie griff nach seiner Hand und drückte sie. «Der Grund, weshalb wir mit unserer Hochzeit auf keinen Fall bis zum Sommer warten können.»

«Himmel!» Rücklings ließ er sich in die Kissen sinken, fuhr sich mit den Fingern durchs Haar. «Das ist … Damit hatte ich nicht gerechnet.»

Vorsichtig drehte sie sich ein wenig zur Seite und stützte den Kopf in ihre Hand. «Ich ebenfalls nicht, das kannst du mir glauben. Mutter hätte dir am liebsten die Haut mit bloßen Händen abgezogen. Bardolf hat nichts gesagt, aber ich fürchte, er hätte ihr liebend gerne dabei geholfen. Sie glauben, du seist für immer auf und davon.»

«Du hast es ihnen gesagt?»

«Christoph, sie sind meine Eltern. Meine Familie.»

«Ja.» Er schüttelte wie benommen den Kopf, dann richtete er sich wieder halb auf und betrachtete ihren Bauch mit einer Mischung aus Neugier und Verwunderung. «Du bist also schwanger. Kein Wunder, dass du so wütend auf mich warst. Hätte ich das gewusst ...»

«Ich habe es doch selbst erst herausgefunden, als du bereits fort warst. Was sollte ich tun? Einen Suchtrupp hinter dir herschicken? Und immerhin dachte ich, dass du im Januar zurück seist.»

«Was ich nicht war.» Christoph seufzte und drückte ihre Hand. «Und meine Nachricht hat dich auch nicht erreicht. Was für ein Schlamassel. Es tut mir leid, Marysa.»

«Ich weiß. Was machen wir jetzt?»

Erneut fuhr er sich mit gespreizten Fingern durchs Haar. Dann lächelte er. «Na, was wohl? Wir sehen zu, dass wir so schnell wie möglich vor die Kirchenpforte treten. Gleich morgen sollten wir mit dem Pfarrer sprechen.» Wieder schüttelte er den Kopf. «Ein Kind!»

«*Dein* Kind.»

«Ja, verflucht.» Er lachte leise. «Mein Kind.» Er zog sie in seine Arme und küsste sie. Dann hielt er inne und blickte sie unsicher an. «Ähm, sollten wir nicht ...»

«Was?»

«Nun ja, vorsichtig sein?»

Nun war es an Marysa zu lachen. «Wozu? Schwanger bin ich doch schon.»

«Aber könnte es nicht ... Ich meine, gefährlich sein für das Kind, wenn wir ...»

«Christoph?» Sie ließ ihre Fingerspitzen sanft über seinen Brustkorb wandern und spürte seinen Herzschlag, der sich bei der Berührung deutlich beschleunigte. «Es ist in Ordnung, wirklich.» Sie ließ sich auf den Rücken gleiten und zog ihn mit sich, sodass er halb auf ihr lag. «Die letzten Monate waren auch für mich sehr lang.»

***

Bei Anbruch des Tages erwachte Marysa von einem lauten Pochen, das durch das Haus schallte. Etwas verwirrt blickte sie sich in ihrer Kammer um. Durch die Ritzen der Fensterläden drang nur wenig fahles Licht. Da sie von unten Stimmen hörte, stand sie rasch auf und griff nach ihrem Unterkleid, das seit dem vergangenen Abend neben dem Bett auf dem Boden lag. Sie hatte gerade noch Zeit hineinzuschlüpfen, als auf der Stiege schwere Schritte laut wurden. Gleichzeitig vernahm sie Grimolds empörte Stimme: «Aber Meister Schrenger, das geht doch nicht! Ihr könnt nicht einfach in die Kammer meiner Herrin …»

«Schweig!», fuhr Hartwig den alten Knecht grob an. Im nächsten Augenblick flog die Kammertür auf und krachte gegen die Wand.

Marysa zog rasch die Verschnürung ihres Kleides zusammen und fasste gleichzeitig mit einer Hand in ihr offenes Haar.

«Wo ist er?», brüllte Hartwig sie an.

«Wo ist wer?» Vergeblich bemühte sie sich, ihre Haare zu ordnen. Schließlich gab sie es auf und warf sich ihren Hausmantel über.

«Tu bloß nicht so!» Mit zwei Schritten stand Hartwig vor ihr und musterte sie mit scharfem Blick. Dann fasste er grob in ihr Haar und zerrte ihren Kopf zur Seite. Ohne auf ihren Protestschrei zu hören, zog er die Verschnürung ihres Kleides auseinander und schob den Stoff an ihrem Hals auseinander, bis ihr Feuermal sichtbar wurde. Es zog sich vom Halsansatz in einem spitzen Dreieck bis zu ihrer linken Schulter. Daneben, genau in ihrer Halsbeuge, prangte ein weiteres rotes Mal, das am Vortag noch nicht da gewesen war.

«Wusste ich es doch. Feile Metze!» Er schüttelte Marysa und stieß sie dann so unvermittelt von sich, dass sie taumelte und auf das Bett fiel. «Also, wo steckt er? Hat er sich hier irgendwo verkrochen?»

Überrascht von Hartwigs Angriff, doch ebenso erzürnt, rappelte Marysa sich wieder auf. «Was soll das, Hartwig? Bist du von allen guten Geistern verlassen? Wie kannst du es wagen, einfach in mein Haus – in meine Schlafkammer! – einzudringen? Verschwinde sofort von hier, oder ich lasse dich von meinen Knechten hinauswerfen.»

«Den Teufel wirst du tun», grollte Hartwig. «Du sagst mir jetzt sofort, wo der Schreinemaker ist. Von hier scheint er sich ja schon wieder verdrückt zu haben, nachdem du dich von ihm hast bespringen lassen. Weiber! Ist dir eigentlich klar, dass du auf unserer Familienehre herumtrampelst?»

Marysas Miene verfinsterte sich; sie verschränkte die Arme vor dem Leib. «Wenn du dich nicht sofort mäßigst, mache ich meine Drohung wahr, Hartwig. Ein Ruf, und Milo und Jaromir werfen dich mit dem Kopf voran auf die Straße.»

«Antworte mir gefälligst!»

«Also gut.» Sie blitzte ihn an. «Christoph Schreinemaker hat sich bis zur Hochzeit eine Kammer in der Herberge *Zum tanzenden Bären* gemietet. Wenn du ihn sprechen möchtest, kannst du ihn dort gerne besuchen.» Sie kniff die Augen zu schmalen Schlitzen zusammen. «Woher weißt du überhaupt, dass er zurück ist?»

«Das geht dich einen feuchten Kehricht an», schnauzte Hartwig. «Sag mir lieber, wie du dazu kommst, dich ihm vor der Hochzeit hinzugeben?»

«Wer sagt, dass ich das getan habe?»

«Ich sage das. Oder hast du dir das Kussmal an deinem Hals vielleicht selbst zugefügt?»

Beinahe hätte sie ihre Hand auf die verräterische Stelle an ihrer Halsbeuge gelegt. Gerade noch rechtzeitig konnte sie sich zügeln. «Ich weiß nicht, wovon du redest. Und ich halte es für angebracht, dass du meine Kammer auf der Stelle verlässt, damit ich mich vollständig ankleiden kann.» Demonstrativ begann sie, ihr Haar zu flechten.

Hartwig stieß einen angewiderten Laut aus und rauschte aus dem Zimmer. Wenig später fiel die Haustür krachend ins Schloss. Marysa trat ans Fenster und öffnete den Laden einen Spaltbreit. Hartwig ging mit großen Schritten in Richtung Marktplatz. Offenbar hatte er tatsächlich vor, Christoph sofort aufzusuchen. Sie seufzte und überlegte, welche Schereien ihr Vetter dort wohl anrichten mochte.

11. Kapitel

«Jesus Christus und allen Heiligen sei Dank», sagte Jolánda am Mittag anstelle einer Begrüßung, als sie Marysas Haus betrat. Sie nahm Christophs Hände in die ihren und drückte sie kurz. «Ich habe es nicht glauben wollen, bis ich Euch selbst sehe.» Sie betrachtete ihn eingehend. «Einen schmucken Mantel tragt Ihr da. Nicht so wie das ...» Sie stockte und wurde rot. «Nun ja. Wie ich hörte, hattet Ihr eine längere Reise als geplant.»

«So ist es.» Christoph lächelte ihr zu. «Mit den unerquicklichen Einzelheiten möchte ich Euch allerdings nicht langweilen. Wichtig ist, dass ich noch zur rechten Zeit hier eingetroffen bin. Und ich denke, einer raschen Vermählung wird nun nichts mehr im Wege stehen.»

«Das sollte es wohl nicht», mischte sich Bardolf ein, der sich zunächst aus seinem Umhang geschält und diesen an Grimold weitergereicht hatte. «Auch ich bin dafür, dass wir den Heiratsvertrag umgehend aufsetzen.»

«Obwohl die Leute es Euch wahrscheinlich als einen Akt der Habgier ankreiden werden», warf Jolánda seufzend ein. «Das lässt sich wohl leider nicht vermeiden.»

«Mutter, Bardolf.» Marysa trat auf die beiden zu. «Wollen wir uns nicht erst einmal in die Stube begeben? Hier in der Werkstatt stehen wir nur Leynhard und Heyn im Weg, nicht wahr?»

Balbina hatte in der Stube bereits Schüsseln mit eingelegten Heringen und Körbe mit Krapfen aufgetragen. Nachdem sich alle gesetzt hatten, sprach Marysa ein kurzes Tischgebet, dann ließen sie sich die Fastenspeisen schmecken. Schon nach den ersten Bissen sprach Christoph das dringliche Thema erneut an. «Meister Goldschläger, ich gehe davon aus, dass Ihr Euch über die Mitgift Eurer Stieftochter bereits Gedanken gemacht habt.»

Bardolf hob den Blick von seinem Hering und blickte Christoph ruhig und abschätzend an. «Meister Schrenger, Marysas Vater, hat diesbezüglich bereits zu seinen Lebzeiten Verfügungen getroffen, die nach der Eheschließung mit Reinold Markwardt gewissenhaft ausgeführt wurden. Nach seinem Tode fiel die Mitgift, oder was davon übrig war, an Marysa zurück. Ebenso wurde ihr dieses Haus samt seinen Liegenschaften zugesprochen. Dies hatte meine Frau klugerweise noch vor der Hochzeit vertraglich festhalten lassen.» Er warf Jolánda einen kurzen Blick zu, den diese lächelnd erwiderte.

«Ich hielt es für angebracht, Marysa eine standesgemäße Versorgung zu sichern für den Fall, dass sie einmal Witwe würde», erklärte sie. «Mein eigener Vater hat einst für mich ähnliche Vorkehrungen treffen lassen.»

«Daran tatet Ihr sehr wohl. Ein kluger Schachzug. Das Haus samt seiner Werkstatt bleibt also in Marysas – oder vielmehr dann in meinem – Eigentum, wenn sie sich wieder verheiratet?»

«So ist es. Eine Ehe mit meiner Stieftochter ist in jeder Hinsicht ein gutes Geschäft.»

Christoph lachte über den barschen Ton seines zukünftigen Schwiegervaters. «Davon müsst Ihr mich nicht mehr überzeugen, Meister Goldschläger.»

«Nein, vermutlich nicht», knurrte dieser. «Einige der vorauszusehenden Annehmlichkeiten habt Ihr ja bereits gekostet, nicht wahr?»

«Bardolf!» Verlegen räusperte sich Marysa.

«Was denn?» Ihr Stiefvater warf ihr einen strafenden Blick zu. «Willst du das etwa leugnen?»

Christoph behielt seine heitere Miene bei, als er fortfuhr: «Dass dieses Haus nicht wieder an die Familie Markwardt fällt, ist eine glückliche Fügung. Es ist geräumig, verfügt über einen großen Hof, Stallungen und einen eigenen Laufbrunnen. Eine wirklich standesgemäße Wohnstatt für einen Kunstschreiner, dessen Eheweib sich mit dem Reliquienhandel einen guten Namen gemacht hat.»

«Wie schön, dass Ihr es so seht.»

«Aber», fügte Christoph hinzu, ohne auf Bardolfs ätzenden Ton einzugehen, «wenn es sich anders verhalten hätte, wäre es auch nicht schlimm gewesen.»

«Nicht?» Neugierig blickte Jolánda ihn an. «Stellt es Euch nicht zu einfach vor, in dieser Stadt ein ordentliches Haus zu finden, das sich auch als Werkstatt eignet. Schon gar nicht in so ausgesuchter Lage wie dieses hier.»

«Wir hätten schon eines gefunden», antwortete Christoph ruhig. «Zur Not hätte ich auch eines bauen lassen.»

«Wie bitte? Bauen?» Nun starrte Jolánda ihn verblüfft an. Auch Bardolf und Marysa blickten ungläubig. «Ist Euch bewusst, dass das ein Vermögen kosten würde?»

Christoph feixte und wandte sich beiläufig dem Fisch auf seinem Teller zu. «Geld spielt dabei keine Rolle.» Er aß ein Stückchen Hering und spülte mit einem Schluck Wein nach. Da am Tisch noch immer fassungsloses Schweigen herrschte, blickte er erheitert in die Runde. «Ich denke, es ist an der Zeit, Euch, lieber Meister Goldschläger, und Euch, wohledle Frau Jolánda, ein wenig mehr über meine ... nun ja, über meine Vermögensverhältnisse zu berichten. Vielleicht sollte ich mit der Morgengabe beginnen, die mir vorschwebt. Vermutlich wird das Eure skeptisch gerunzelte Stirn ein wenig glätten, Herr Schwiegervater.»

«Das bezweifle ich, Herr Schwiegersohn. Vergesst nicht, dass mir wohlbekannt ist, woher Euer Vermögen, so es sich um eines handelt, stammt.»

«So, dann ist Euch also schon zu Ohren gekommen, dass ich die allerfeinsten Schnitzereien und Intarsien an diverse Fürsten- und Herzogshöfe verkaufen konnte und dass auch fremdländische Grafen zu meinen Kunden gehören?»

«Wie bitte?»

«Einige sehr freundliche Dankesbriefe haben mich in den vergangenen Jahren erreicht und sogar ein Empfehlungsschreiben des Herzogs von Burgund.»

Entsetzt starrte Marysa Christoph an. Sie schluckte krampfhaft an dem Bissen Brot, den sie sich gerade in den Mund geschoben hatte, und hustete. «Das hast du nicht getan!», entfuhr es ihr.

Mit unschuldigem Augenaufschlag wandte er sich ihr zu

und goss zuvorkommend etwas Wein in ihren Becher. «Was meinst du, Marysa?»

Für einen Moment trafen sich ihre Blicke, dann schüttelte sie resignierend den Kopf. «Ich hätte es wissen müssen.»

«Nun.» Christoph wendete seine Aufmerksamkeit wieder Bardolf zu. «Ich schlage vor, dass wir einen ähnlichen Vertrag aufsetzen, wie es ehedem mit Meister Markwardt geschah. Ich möchte, dass Marysa auch im Falle meines frühzeitigen Todes auf Lebenszeit Besitztum und Wohnstatt in diesem Haus erhält. Das Gleiche gilt für unsere Kinder.»

Marysas Kopf ruckte hoch, doch er sprach bereits weiter. «Außerdem soll eine Summe ausgesetzt werden, die gewährleistet, dass immer mindestens ein Knecht und zwei Mägde im Haus angestellt sind, und eine weitere Summe, die die lebenslänglich wiederkehrenden Ausgaben für Brennholz und Nahrung abdeckt. Zwar sind die Einnahmen aus Marysas Reliquienhandel sicherlich beachtlich, doch eine Witwe sollte immer auf ein kleines Polster zurückgreifen können, insbesondere wenn sie Kinder zu versorgen hat.»

«Eine Witwe», murmelte Marysa.

Christoph griff über den Tisch nach ihrer Hand und drückte sie leicht. «Glaub mir, nichts liegt mir ferner als der Wunsch, frühzeitig meinem Schöpfer ins Angesicht blicken zu müssen. Aber sicher ist sicher.»

Beklommen stimmte sie zu.

«Das ist eine sehr großzügige Morgengabe, die Ihr da aussetzt, lieber Christoph», befand Jolánda. «Ich denke, auf dieser Grundlage können wir ...»

«Verzeiht, Frau Jolánda», unterbrach Christoph sie. «Ich sprach zunächst nur von den Vorkehrungen, die ich vertraglich für eine etwaige Witwenschaft Marysas festhalten möchte. Zur Morgengabe komme ich jetzt.»

Jolánda riss die Augen auf. «Ihr scherzt!»

«Ganz sicher nicht.»

«Du bist verrückt», zischte Marysa, woraufhin er ihr zuzwinkerte.

«Nur nach dir, geliebtes Weib.»

Bardolf räusperte sich. «Also gut, Christoph Schreinemaker. Dann überrascht mich nun mit der Morgengabe, die Ihr Marysa am Tage nach Eurer Hochzeit zu übergeben gedenkt.»

«Ich dachte an fünfundzwanzig Gold- und fünfzig Silberstücke.»

«Oh.» Erfreut beugte sich Jolánda vor. «Das ist aber sehr großzügig.»

«Für jedes Jahr, das Marysa von jetzt an noch lebt.»

Der Krapfen, den Jolánda gerade aus einem der Körbe genommen hatte, fiel in den Topf mit den Heringen.

«Und weitere dreißig Silberstücke für jedes Kind. Ich werde veranlassen, dass beim Rat entsprechende verzinsliche Renten hinterlegt werden. Für die Ausstattung unserer Söhne oder – so Gott will – die Mitgift unserer Töchter – werde ich gesonderte Vorkehrungen treffen.»

«Du bist verrückt», wiederholte Marysa. Sie wandte sich an ihre Mutter. «Er ist verrückt.»

«Das hatten wir schon», sagte Christoph. «Für Kleidung, Hauben, Tand und dergleichen dürfte ein Betrag von zehn Mark Silber pro Jahr ausreichend sein. Ich bevorzuge die Kölner Silbermark. Sie ist ein weithin anerkanntes Zahlungsmittel und ein Wechsel, falls nötig, leicht möglich. Wenn Ihr es wünscht, Herr Schwiegervater, können wir aber auch nach der Aachener Währung verfahren.»

Bardolf faltete bedächtig die Hände auf dem Tisch. «Also gut. Nun erwartet Ihr vermutlich, dass ich beeindruckt bin.»

«Nicht im Geringsten. Ich habe Euch lediglich dargelegt, welche Geldmittel mir zur Verfügung stehen.»

Erbost funkelte Bardolf ihn an. «Verflucht, Christoph! Mit diesen Summen könntet Ihr die Tochter eines Fürsten freien!»

«Die eines Grafen vielleicht. Allerdings fehlen mir dazu sowohl das passende Land als auch ein wohlklingender Titel.» Christophs Miene wurde wieder ernst. «Wie es das Schicksal nun einmal will, habe ich kein Interesse an einer solchen Verbindung. Ich ...» Er senkte die Stimme ein wenig. «Ich habe einst ein Versprechen gegeben.»

«Das Ihr gehalten habt. Ich weiß.»

«Das mich hierhergeführt hat», fuhr Christoph unbeirrt fort. «Ich weiß, Ihr traut mir nicht, Meister Goldschläger.»

Um Bardolfs Mundwinkel zuckte es. «Ich bin auf dem besten Weg, Euch gut leiden zu können.»

«Aber Ihr traut mir nicht. Deshalb lasst mich noch eines anfügen: Die Geldsummen, über die ich eben sprach, sind für mich zweitrangig. Ich habe unterzeichnete Wechsel in meinem Gepäck und bei diversen Geldwechslern hinterlegt, die bereits zugunsten Marysas ausgestellt und gültig sind. Die Namen jener Männer werde ich Euch nachher nennen, wenn Ihr es wünscht. Sollte mir auf die eine oder andere Weise etwas zustoßen ...», er machte eine bedeutungsvolle Pause, «... werden sie sich jedoch von sich aus mit Euch in Verbindung setzen.» Er griff wieder nach Marysas Hand. «Ich denke, damit sollten Eure Bedenken, was meine aufrichtige Gesinnung angeht, ausgeräumt sein. Daher bleibt mir nur noch eines, nämlich Euch ...» er blickte von Bardolf zu Jolánda «... zu versichern, dass ich, ganz gleich, was in meiner Vergangenheit geschehen sein mag, von heute an bis ans Ende meiner Tage am Marysas Seite leben möchte. Ich verspreche

Euch, sie mit Liebe und Achtung zu behandeln und für sie zu sorgen, so gut es mir möglich ist.»

«Oje.» Gerührt tupfte Jolánda sich mit dem Ärmel ihres gelben Überkleides über die Augen.

«Da wir gerade von Titeln sprachen ...» Christoph machte eine bedeutungsvolle Pause. «Ich habe vor, mich noch heute bei der Schreinerzunft als neu zugezogener Meister eintragen zu lassen.»

«Als Meister?» Bardolf hüstelte. «Ich dachte, Ihr seid ein Geselle.»

«Das war ich bis zu meinem Besuch in Frankfurt», bestätigte Christoph. «Nachdem ich dort meine Herkunft bestätigen ließ, konnte ich jedoch den Meistertitel meines Vaters übernehmen. Er ist zwar schon einige Jahre tot, doch da ich sein einziger noch lebender Sohn und im Schreinbau ausgebildet bin, war es nicht schwirig, mich als sein legitimer Nachfolger eintragen zu lassen. In der Zunft erinnerte man sich sogar noch gut an mich.»

«Du bist Schreinbauermeister?» Marysa atmete hörbar aus. «Die Urkunden darüber sind echt?»

«So echt wie nur irgend möglich», bestätigte Christoph. «Sowohl die Zunft als auch der Rat haben es bestätigt und besiegelt.» Er hielt inne. «Ich habe dir doch gesagt, dass ich es beweisen kann.»

«Ja.» Sie senkte den Kopf.

«Und überdies dürfte es weit glaubwürdiger erscheinen, dass ein Meister es zu einigem Wohlstand gebracht hat, nicht wahr?»

«Ihr scheint an alles gedacht zu haben, *Meister* Schreinemaker», sagte Jolánda.

«Bitte belasst es bei Christoph», erwiderte er. «Ihr habt recht, ich habe mich bemüht, alle Einzelheiten zu bedenken.

Ich möchte kein Risiko eingehen, weder für Marysa noch für mich.»

«Dennoch ist dieses Spiel nicht ungefährlich», gab Bardolf zu bedenken.

***

«War Hartwig heute Morgen bei dir?», fragte Marysa, bevor Christoph das Haus verließ, um zum Zunfthaus zu reiten.

«Dein Vetter Hartwig? Weshalb hätte er zu mir kommen sollen?»

«Um seine schlechte Laune an dir auszulassen. Er stand heute früh kurz nach Sonnenaufgang in meiner Kammer und brüllte herum.»

«Er brüllte?»

«Er warf mir Unzucht vor und dass ich auf der Familienehre herumtrampele. Nachdem ich ihm gesagt hatte, wo du zu finden bist, dachte ich, er würde dich umgehend aufsuchen.»

«In der Herberge war er nicht.» Nachdenklich rieb sich Christoph übers Kinn. «Unzucht, hm?»

«Seit er von unserer Verlobung weiß, ist er ungenießbar. Sieh dich vor, wenn du ins Zunfthaus gehst. Er ist der oberste Greve.»

«Er kann mir den Eintritt in die Zunft nicht verwehren.»

«Nein, aber er kann dir das Leben schwermachen.» Sie seufzte. «Wenn er dich sieht, wird er einen Tobsuchtsanfall bekommen.»

Lächelnd zupfte Christoph an einer kleinen Haarsträhne, die sich unter Marysas Haube hervorgewagt hatte. «Soll er toben. Spätestens wenn er meine Legitimation sieht, wird er sich schon wieder beruhigen.»

«Hoffentlich.» Überzeugt klang Marysas Stimme nicht. Sie seufzte. «Bardolf hat recht. Es ist ein gefährliches Spiel.»

«Mach dir nicht zu viele Gedanken. Ich habe mehr Urkunden und Schriftstücke, die beweisen, dass ich Christoph Schreinemaker bin, als selbst der König fordern würde.»

«Und sie sind alle echt?»

«Alle, bis auf das Empfehlungsschreiben des Herzogs von Burgund. Nun ja, und einige Briefe mit Dankesbezeugungen.» Er grinste etwas schief.

«Versprich mir, dass du sie nur verwendest, wenn es sich nicht vermeiden lässt», bat Marysa. «Mir wäre es am liebsten, du würdest sie verbrennen.»

«Das werde ich ... eines Tages. Nun mach ein heiteres Gesicht und kümmere dich um dein Geschäft.»

«Ja.» Marysa bemühte sich zu lächeln. So ganz gelang es ihr nicht.

***

Die Sonne breitete ihre warmen Strahlen über Aachen aus. Christoph hob sein Gesicht dem Licht entgegen, während er den kurzen Weg zur Herberge ritt. Er hatte sich in seiner Rolle als Bruder Christophorus immer sehr wohl gefühlt. Jetzt aber stellte er fest, dass sein neues Ich – wenn man es so nennen wollte – doch einiges mehr an Vorteilen bot. Die Menschen machten ihm Platz, wichen entweder ehrfürchtig oder zumindest mit einem höflichen Nicken den Hufen seines Reittieres aus. Er wusste, dass es wahrscheinlich etwas übertrieben wirkte, dass er den kurzen Weg durch die Stadt nicht zu Fuß ging. Auch wenn sie Pferde besaßen, benutzten die meisten wohlhabenden Bürger sie nur außerhalb der Stadtmauern. Ausgenommen natürlich der

Adel. Ritter, Grafen würden niemals einen Schritt zu Fuß gehen, den sie auch auf dem Rücken eines Pferdes zurücklegen konnten.

Er trieb sein Pferd durch das Tor in den Hinterhof des *Tanzenden Bären* und übergab es dem Stallburschen. Die Herberge betrat er durch die Hintertür, die auf direktem Wege zu den Gästekammern führte.

Wie der Torwächter es prophezeit hatte, war es kein Problem gewesen, eine Kammer anzumieten. Außer ihm wohnten derzeit nur noch zwei Fernkaufleute in der Herberge.

Fröhlich pfeifend erklomm Christoph die schmale Stiege ins Obergeschoss. Er hatte darauf bestanden – und reichlich dafür bezahlt –, eine Kammer mit Riegel und Schloss zu bekommen. Als er seine Kammer erreichte, erstarb das Lied auf seinen Lippen. Die Tür stand einen Spalt weit offen.

Sehr vorsichtig trat er näher und drückte die Tür weiter auf. Erschüttert blickte er auf das Chaos, das in der Kammer herrschte. Jemand hatte seine Kleiderbündel auseinandergerissen, ebenso die Satteltaschen, die er mit heraufgebracht hatte. Die große Holzkiste war aufgebrochen und das Werkzeug quer über den Fußboden verstreut worden. Seine tönerne Trinkflasche lag zerbrochen unter dem kleinen Tisch, daneben eine leere Geldkatze.

«Verflucht noch eins!» Erbost betrat Christoph die Kammer und griff nach einigen Kleidungsstücken. Er würde mit dem Wirt ein ernstes Wörtchen reden müssen. In einer Herberge wie dem *Tanzenden Bären* durfte man doch wohl erwarten, dass Diebesgesindel sich nicht so leicht Zutritt verschaffen konnte. Christoph warf die Kleider wieder zu Boden, verließ die Kammer und machte sich auf die Suche nach dem Wirt. Er fand jedoch nur dessen Eheweib, das ihm erklärte, ihr Gatte sei unterwegs, um neuen Wein einzukaufen. Als er ihr die Bescherung in seiner Kammer zeigte, schlug sie die Hände über dem Kopf zusammen.

«Heilige Maria, steh uns bei!», rief sie entsetzt. «Was ist denn hier geschehen? Hat man Euch beraubt?»

Christoph hob die leere Geldkatze auf und hielt sie ihr vor die Nase.

«Schrecklich, schrecklich! Ich lasse sofort nach meinem Mann schicken. Es tut mir leid. Hier ist noch nie eingebrochen worden.» Die Stimme der Wirtsfrau zitterte leicht, sie war ganz blass geworden. «Und dabei habt Ihr auf einem Zimmer mit Schloss bestanden. Ich weiß gar nicht, was wir jetzt tun sollen. Ich kann den Büttel holen.»

«Wozu?» Christoph zuckte mit den Schultern. «Der Dieb ist schon längst über alle Berge.»

«Ich schicke Euch die Magd, dass sie Euch beim Aufräumen hilft.»

«Nein, lasst nur, das schaffe ich schon allein. Aber sobald Euer Mann wieder hier ist, will ich mit ihm sprechen.»

«Ja, natürlich, ich lasse ihn holen.»

Unter wiederholten Entschuldigungen entfernte sich die Wirtsfrau. Er hörte sie die Treppe hinabpoltern und nach ihrem Knecht schreien. Achselzuckend begann Christoph, die Kleider einzusammeln und auf dem Bett aufzuhäufen. Dann klaubte er das Werkzeug auf, hielt aber mitten in der Bewegung inne, als ihm bewusstwurde, dass eines seiner Gepäckstücke fehlte.

Hastig blickte er sich noch einmal um, sah unter das Bett, schob die Holzkiste zur Seite und warf den Kleiderberg wieder zu Boden. Die Tasche aus Hirschleder blieb verschwunden.

Wie betäubt ließ sich Christoph auf den Rand des Bettes sinken. Ruhig Blut, mahnte er sich. Vielleicht hatte er die Tasche bloß übersehen. Entschlossen rappelte er sich wieder auf und begann, die Kleider und seine Habseligkeiten ordentlich in die Bündel zu schnüren. Das Werkzeug legte er in die Kiste zurück, ebenso die hübsch verzierten Zinnbecher. Er knirschte mit den Zähnen. Ein gemeiner Dieb hätte diese Trinkbecher nicht einfach liegenlassen. Bei einem Hehler hätten sie einen guten Preis erzielt.

Aber was, in drei Teufels Namen, wollte jemand mit den Urkunden und Briefen? Oder hatte der Einbrecher die Tasche vielleicht nur zufällig mitgenommen?

Wieder setzte sich Christoph auf die Bettkante und fuhr sich mit beiden Händen durchs Haar. Es war gleich, ob es sich um einen Zufall handelte oder nicht. Die Schriftstücke waren weg. Seine Reise nach Frankfurt war umsonst gewesen.

Gereizt sah sich Christoph in der Kammer um. Die Tasche hatte auch zwei Wechsel über hohe Beträge enthalten. Doch damit würde der Dieb nichts anfangen können, denn die Männer, die die Wechsel einlösen konnten, würden dies ausschließlich für ihn – Christoph Schreinemaker – tun. Wenn jemand Fremdes versuchte, die Wechsel einzutauschen, würde er davon erfahren.

Wer konnte ein Interesse daran haben, die Urkunden zu stehlen? Außer Marysa und ihren Eltern wusste niemand davon. Oder doch? Christoph dachte an die Knechte und Mägde in beiden Haushalten, verwarf diesen Gedanken jedoch gleich wieder. Selbst wenn einer von ihnen sie am Mittag belauscht hätte, wäre es ihm – oder ihr – nicht möglich gewesen, in der kurzen Zeit aus dem Haus zu schlüpfen und hier einzubrechen. Ganz abgesehen davon, dass keiner vom Gesinde lesen konnte und auch gar nicht gewusst hätte, wo er nach den Urkunden suchen musste.

Wer also sonst?

Während sich Christoph noch den Kopf über diese Frage

zerbrach, hörte er von unten laute Stimmen heraufschallen. Eine davon gehörte Hartwig Schrenger.

Mit einem ergebenen Blick zur Decke erhob sich Christoph und öffnete die Tür in dem Augenblick, da Hartwig Anstalten machte, mit geballter Faust dagegen zu pochen.

«Was ...?» Im ersten Moment blickte Marysas Vetter Christoph verwirrt an, dann fing er sich wieder und schoss an ihm vorbei in die Kammer.

«Ihr seid der Schreinemaker, ja?», bellte er und musterte Christoph aus zu schmalen Schlitzen verengten Augen. Dann stutzte er. Zornesröte schoss ihm ins Gesicht. «Das ist ja ...! Ich sehe wohl nicht richtig? Ihr seid doch dieser neunmalkluge Pfaffe! Wie war nochmal Euer Name? Bruder Christophorus! Von wegen Christoph Schreinemaker.» Hartwigs Lippen verzogen sich zu einem Grinsen. «Sieh mal an. Darauf hätte ich ja gleich kommen können. Ihr habt Euch also in der Maske des frommen Mönchleins bei Marysa eingeschmeichelt, und jetzt glaubt Ihr, Euch ins gemachte Nest setzen zu können.» Er schnaufte. «Für wie dumm haltet Ihr mich eigentlich? Wollt Ihr tatsächlich ganz Aachen mit diesem Possenspiel narren? Ihr seid ja des Teufels! Ich bringe Euch vors Gericht!»

«Mäßigt Euch, Meister Schrenger», antwortete Christoph kühl. «Ich kann verstehen, dass Ihr aufgebracht seid.»

«Betrüger!» Hartwig packte Christoph beim Wams und schüttelte ihn.

Hart stieß Christoph ihn vor die Brust, sodass Hartwig zwei Schritte rückwärtstaumelte. «Haltet ein, habe ich gesagt!»

«Ihr verfluchter ...» Hartwig kam nicht dazu, sich noch einmal auf Christoph zu stürzen, da dieser ihn mit einem raschen Griff packte und gegen das Bettgestell stieß.

Hartwig stieß einen Schmerzenslaut aus und rieb sich die Seite. Erzürnt starrte er Christoph an, machte jedoch keine Anstalten, ihn noch einmal anzugreifen.

«So.» Christoph verschränkte die Arme vor der Brust. «Nun hört Ihr mir zu, Meister Schrenger. Ich bin nicht Bruder Christophorus, sondern Christoph Schreinemaker.»

Hartwig gab einen spöttischen Laut von sich. «Glaubt Ihr vielleicht, ich bin blind? Nur weil Ihr andere Kleider ...»

«Bruder Christophorus ist mein Zwillingsbruder.»

«Unsinn!»

«Es gibt Schriftstücke, die es beweisen, und Männer, die es bezeugen können.»

Argwöhnisch hielt Hartwig inne. «Zeigt mir diese Beweise.»

«Das geht jetzt nicht.»

«Warum nicht?»

«Sie wurden gestohlen.»

«Ge...! Dass ich nicht lache! Ihr Hundesohn wollt mich tatsächlich für dumm verkaufen. Aber nicht mit mir, Schreinemaker – oder wie auch immer Ihr heißen mögt. Ich zeige Euch bei den Schöffen an! Die werden schon wissen, was sie mit einem schamlosen Betrüger wie Euch machen sollen. Ihr werdet sehen.»

«Meister Schrenger ...», versuchte Christoph den aufgebrachten Mann zu unterbrechen, doch dieser stieß ihn grob beiseite und war im nächsten Moment bereits zur Tür hinaus.

Christoph fluchte und hieb mit der Faust gegen den Bettpfosten. Das Letzte, was er jetzt brauchen konnte, war Ärger mit dem Schöffenkolleg. Er konnte geradezu hören, wie das dünne Eis, auf dem er sich bewegte, Risse bekam und unter ihm einzubrechen drohte.

12. Kapitel

«Ist Heyn inzwischen von Meister Astened zurück?», wollte Marysa von Leynhard wissen, der gerade dabei war, eine Holzplatte mit einer Feile zu bearbeiten. «Ich habe ihn schon vormittags losgeschickt. Vielleicht hätte ich doch lieber selbst gehen sollen.»

Leynhard schüttelte den Kopf. «Noch nicht, Frau Marysa. Ich habe mich auch schon gewundert, wo er bleibt.» Er grinste schief. «Es wird doch nicht am Ende wieder ein Feuer ausgebrochen sein?»

Marysa verzog besorgt die Lippen und trat ans Fenster, das zur Straße hinauszeigte. «Darüber macht man keine Scherze, Leynhard. Meister van Lyntzenich hat seine Silberschmiede und sein Heim verloren. Er ist wirklich zu bedauern. Man kann von Glück sagen, dass seiner Familie nichts geschehen ist.»

«Einer seiner Gesellen ist im Feuer umgekommen», fügte Leynhard an.

«Ja, es ist wirklich scheußlich.» Plötzlich hellte sich Marysas Miene auf; sie deutete aus dem Fenster. «Da kommt Heyn endlich.» Sie trat näher an das Fenster heran. «Er ist nicht allein. Rochus van Oenne und einer seiner Schreiber sind bei ihm.» Rasch öffnete sie die Haustür, um die Männer einzulassen.

«Guten Tag, Frau Marysa», grüßte der Domherr sie freundlich. «Wie gut, dass ich Euch antreffe. Ich muss dringend mit Euch sprechen.»

«Dann folgt mir in mein Kontor.» Marysa machte eine einladende Geste. Sie ging ihm voran und rückte den Besucherstuhl für ihn zurecht, bevor sie sich selbst an ihr Schreibpult setzte. Bruder Weiland, der Schreiber, blieb still an der Tür stehen.

«Sicher könnt Ihr Euch bereits denken, weshalb ich hier bin», begann van Oenne sogleich.

Marysa nickte. «Der Brand in Meister van Lyntzenichs Werkstatt.»

«Ganz recht.» Der Domherr faltete die Hände. «Ein schlimmer Verlust für ihn.»

«Und ein merkwürdiger Zufall», fügte Marysa hinzu. «Erst dieser Überfall auf Meister van Hullsen, nun der Brand ...»

«Ich sehe, Ihr habt bereits ähnliche Schlüsse gezogen wie ich. Diese beiden Unglücksfälle kamen ein bisschen rasch hintereinander.»

«Besonders wenn man bedenkt, dass beide Silberschmiede den Auftrag erhielten, die Pilgerabzeichen für Euch anzufertigen», stimmte Marysa zu. «Glaubt Ihr, dass jemand dies verhindern will?»

Van Oenne richtete sich ein wenig auf. «Wenn es so ist, fügt er uns nicht unbeträchtlichen Schaden zu – und Euch ebenfalls. Ganz zu schweigen von den Menschenleben, die er auf dem Gewissen hat. Das Stift wird die Sache nun wohl etwas eingehender untersuchen. Ich hoffe, Ihr seid bereit, uns bei der Aufklärung zu unterstützen.»

«Natürlich.» Marysa legte den Kopf auf die Seite. «Aber wie kann ich Euch behilflich sein?»

«Das wird sich vielleicht noch herausstellen», antwortete der Domherr nachdenklich. Dann lächelte er. «Wie mir zu Ohren gekommen ist, sah man gestern unter den Brandhelfern einen Fremden in Zunftkleidung, den jemand mit dem Namen Schreinemaker angesprochen hat. Gehe ich recht in der Annahme, dass sich Euer Verlobter nun endlich hier eingefunden hat?»

«So ist es. Er war gerade in Aachen eingetroffen und auf dem Weg zu mir, als dieses Feuer ausbrach.»

«Und hat sich sogleich nützlich gemacht. Sehr löblich. Ein guter Christenmensch.»

«Das ist er.»

Van Oenne erhob sich. «Dann steht ja einer baldigen Vermählung nichts mehr im Wege.»

«Nein, nichts.» Marysa begleitete den Domherrn zur Tür. «Ihr werdet eine Einladung erhalten, sobald wir einen Tag für die Hochzeit festgelegt haben.»

«Es wird mir eine Freude sein. Da fällt mir ein ...» Er wandte sich noch einmal um und ließ seinen Blick durch die Werkstatt streifen. «Bruder Bartholomäus kann seinen Posten jetzt auch räumen. Ich denke, es ist nicht nötig, dass er Euch den ganzen Tag im Weg sitzt. Seine Anwesenheit hier war eine reine Vorsichtsmaßnahme. Doch nach den jüngsten Ereignissen dürfte sich dies erübrigt haben.» Er gab dem Geistlichen, der nach wie vor auf seinem Stuhl in einer Ecke saß, ein Zeichen. Bruder Bartholomäus erhob sich sichtlich erleichtert und gesellte sich zu Bruder Weiland. Die beiden traten auf die Straße, während van Oenne noch einen Augenblick bei Marysa verweilte. «Stellt den Bau der Pilgeramulette für das Stift einstweilen ein», sagte er mit leicht gesenkter Stimme. «Bevor wir nicht geklärt haben, weshalb man uns Schaden zufügen will, werden wir den Auftrag für die Abzeichen nicht noch einmal vergeben.»

«Ihr fürchtet, dem nächsten Silberschmied könnte es ähnlich ergehen wie van Hullsen oder van Lyntzenich?»

«Der Verdacht ist nicht von der Hand zu weisen», bestätigte der Domherr und verzog das Gesicht. «Mord und Brandstiftung. Mit jemandem, der vor so etwas nicht zurückschreckt, ist nicht zu spaßen. Leider liegt die Zuständigkeit offiziell beim Schöffenkolleg. Doch ich werde mich selbst ebenfalls um Aufklärung bemühen, das verspreche ich Euch.»

«Ihr fühlt Euch mitverantwortlich für das, was den Silberschmieden geschehen ist», erkannte Marysa.

Van Oenne nickte. «Ich war es, der ihnen den Auftrag gab.»

«Ihr konntet nicht wissen, was passieren würde.»

Der Domherr trat auf die Straße und drehte sich noch einmal kurz zu ihr um. «Aber van Hullsen ist tot und van Lyntzenichs Werkstatt zerstört. Das werde ich nicht auf sich beruhen lassen.»

Marysa blickte dem Domherrn nach, der gemessenen Schrittes und mit entschlossener Miene Richtung Marktplatz ging. Die beiden Augustinermönche folgten ihm und steckten dabei die Köpfe zusammen.

«Marysa!»

Erschrocken fuhr sie herum, als sie das leise Zischen vernahm. Christoph kam um die Hausecke. Offenbar hatte er sich im Schatten zwischen der Hausecke und dem Hoftor aufgehalten. «Was wollte der Dompfaffe von dir?»

«Christoph, was tust du denn hier? Ich dachte, du wolltest zum Zunfthaus gehen, um dich dort anzumelden?» Sie ging auf ihn zu, blieb dann aber stehen, als sie seine grimmige Miene bemerkte. «Stimmt etwas nicht?»

«Das kann man wohl sagen», knurrte er. «Der Dompfaffe war also nicht wegen mir hier?»

«Rochus van Oenne? Weshalb sollte er wegen dir zu mir kommen?» Nein, es ging um den Brand gestern und um diese Sache mit den gefälschten Silberzeichen. Ich hatte dir doch davon erzählt. Er hat nach dir gefragt, das ja. Offenbar hat ihm jemand zugetragen, dass du gestern beim Löschen des

Brandes geholfen hast. Ich habe ihn zu unserer Hochzeitsfeier eingeladen.»

«Verflucht!»

«Wie bitte?» Sie hob den Kopf. «Der Domherr ist ein sehr freundlicher Mann und ein guter Geschäftspartner. Ich dachte ...»

«Marysa, ich habe ... wir haben ein Problem.» Christoph nahm ihre Hand und zog sie einfach mit sich zum Hoftor, stieß es auf und ließ ihr den Vortritt. Bevor er weitersprach, schloss er das Tor wieder sorgfältig. «Jemand hat meine Urkunden gestohlen.»

«Was? Wer? Wie? Ich meine ...»

«Jemand ist in meine Kammer eingebrochen, hat alles auf den Kopf gestellt, etwas Geld entwendet, das ich dort liegengelassen habe, und außerdem die Tasche mit den Urkunden mitgehen lassen.»

«O nein.» Marysa trat auf ihn zu und ergriff seine Hände. «Und was jetzt? Hast du die Büttel gerufen?»

«Nein.»

«Warum nicht?»

Christoph seufzte. «Wer auch immer der Dieb ist, er ist längst über alle Berge. Niemand hat ihn gesehen, es gibt keinen Anhaltspunkt.»

«Aber die Urkunden!», protestierte Marysa. «Du musst doch deren Diebstahl bei den Schöffen anzeigen.»

Christoph drückte ihre Hände kurz, dann ließ er sie los und ging einige Schritte auf und ab. «Das ist das nächste Problem», sagte er dumpf. «Just nachdem ich den Diebstahl bemerkt hatte, tauchte dein Vetter bei mir auf. Er hat reagiert, wie du es vorausgesehen hast.»

Marysas Augen weiteten sich. «O Gott, und jetzt kannst du nicht einmal beweisen ...»

«... dass ich Christoph Schreinemaker bin», vollendete er den Satz.

«War er sehr wütend?»

«Er ist wahrscheinlich auf direktem Weg zu den Schöffen gegangen, um mich wegen Betrugs anzuzeigen.»

Entsetzt schnappte Marysa nach Luft. «Dann musst du sofort die Stadt verlassen. Wenn sie ...»

«Nein, Marysa.» Er schüttelte den Kopf.

Sie starrte ihn an. «Was meinst du mit Nein? Wenn du hierbleibst, werden sie dich einsperren und ...»

«Das weiß ich.» Nun ergriff er wieder ihre Hände. «Marysa, ich darf jetzt nicht weglaufen. Das käme einem Schuldbekenntnis gleich.»

«Aber solange du nicht beweisen kannst, wer du bist, droht dir eine Anklage wegen Betrugs oder schlimmer noch ...» Marysa schluckte. «Sie könnten das Kirchengericht einschalten. Du bist als Inquisitor aufgetreten. Wenn sie dich dafür verurteilen ...»

«Dann ende ich auf dem Scheiterhaufen, ja.» Christoph zog sie an sich. «Trotzdem darf ich nicht weglaufen.» Er küsste sie kurz, aber zärtlich. «Der Verlust der Urkunden ist ärgerlich, die meisten können wir jedoch ersetzen. Wenn Hartwig tatsächlich zu den Schöffen gegangen ist, wird es nicht lange dauern, bis die Büttel mich hier aufspüren.»

«O Gott!»

«Hör zu, Marysa! Schick einen Boten nach Frankfurt; jemanden, dem du vertraust. Er soll sich an den Rat wenden, dort hat man nach meinem Besuch alle Schriftstücke über mich neu erfasst. Wir können Abschriften anfordern. Das dauert vielleicht ein paar Tage, aber auf diese Weise können wir wahrscheinlich Schlimmeres verhindern.» Vor dem Haus wurden Stimmen laut. «Ich fürchte, da sind sie bereits.»

«Und was jetzt?», fragte Marysa und spürte, wie die Angst ihr die Kehle zuzuschnüren drohte.

Christoph umfasste ihr Gesicht sanft mit seinen Händen und küsste sie noch einmal. «Ich werde mich ihnen stellen.»

«Aber ...»

«Einen Boten, Marysa», raunte er, bevor er das Hoftor öffnete. «Und schnell!» Damit trat er hinaus und sprach die beiden Büttel an, die inzwischen lautstark Einlass ins Haus verlangten.

Marysa stürzte zum Tor und beobachtete mit schmerzhaft klopfendem Herzen, wie die Büttel Christoph festnahmen und abführten. Auf der Straße liefen die Nachbarn zusammen und gafften neugierig. Bevor jemand Marysa entdecken konnte, zog sie sich in ihren Hof zurück und schlug die Hände vors Gesicht. Sie hatte es geahnt. Die ganze Zeit schon hatte sie befürchtet, dass Christophs Plan fehlschlagen würde. Sie hatten ihn auf Treibsand gebaut.

«Der Schreinemaker sitzt ganz schön in der Tinte, was?»

Marysa fuhr mit einem leisen Aufschrei herum und starrte Milo an, der aus der Stalltür getreten war. Offenbar war er bis eben beim Ausmisten gewesen, denn er stützte sich auf die Mistgabel und erwiderte bekümmert ihren Blick. «Tut mir leid, Herrin. Ich wollte nicht lauschen.» Er zögerte. «Kann ich ... Gibt es irgendetwas, das ich tun kann?»

«Ich fürchte nein.» Marysa schüttelte den Kopf. «Bitte schweig über das, was du eben gehört hast. Wenn etwas davon herauskommen sollte ...»

«Ich hab nix gehört», sagte Milo rasch. «Weiß gar nicht, was sie von dem Schreinbauer wollen. Jeder sieht doch, dass er kein Mönch ist, sondern ein angesehener Handwerker.» Er trat einen Schritt auf sie zu. «Das werde ich jedem sagen, der mich fragt, Herrin. Ihr wart immer gut zu mir und meiner

Familie, Frau Marysa. Ich will nicht, dass Ihr ... Wenn ich helfen kann, dann sagt es.»

Marysa brachte ein dünnes Lächeln zustande. «Danke, Milo. Ich werde ...»

«Frau Marysa, hier seid Ihr! Wir haben schon nach Euch gesucht!», rief in diesem Moment Leynhard und kam in den Hof gelaufen. «Was war denn das eben? Die Büttel haben den Schreinemaker festgenommen! Was soll das bedeuten?»

Hinter Leynhard kam nun auch Heyn angerannt. «Ist alles in Ordnung mit Euch, Frau Marysa?»

«Nein», antwortete sie so gefasst wie möglich. «Natürlich nicht. Aber lassen wir das. Ich fürchte, es hat ein schlimmes Missverständnis gegeben, und nun beschuldigt man den Meister Schreinemaker, ein Betrüger zu sein.»

«Meister Schreinemaker?», wunderte Heyn sich.

Marysa nickte kurz. «Christoph Schreinemaker ist ein Meister seiner Zunft.»

«Er sieht ein bisschen aus wie dieser Bruder Christophorus, der letztes Jahr hier war.»

«Richtig, Leynhard.» Sie wandte sich ihrem jüngeren Gesellen zu. «Er sieht ihm sogar sehr ähnlich, denn die beiden sind Zwillinge.»

«Heiliger Franziskus!», entfuhr es Heyn. Er raufte sich sein schütteres graues Haar. «Das lässt sich doch bestimmt leicht aufklären.»

«Eben nicht», seufzte Marysa. «Christoph hat selbstverständlich Schriftstücke mit nach Aachen gebracht, die seine Herkunft beweisen. Diese sind ihm jedoch heute gestohlen worden.»

«Und das glaubt ihm jetzt bestimmt keiner», fügte Milo grimmig an.

Marysa nickte und erklärte: «Ich muss sofort einen Boten nach Frankfurt schicken, der uns Abschriften von Christophs Urkunden bringen soll. Milo, lauf zum Marienstift und bitte darum, dass man mir einen der Stiftsboten schickt. Die Männer sind schnell zu Pferd und zuverlässig. Ich setze derweil ein Schreiben an den Frankfurter Rat auf.» Sie machte eine ungeduldige Handbewegung. «Lauf zu, Milo. Wir haben keine Zeit zu verlieren!»

«Natürlich, Herrin. Bin schon auf dem Weg.» Milo warf die Mistgabel achtlos beiseite und rannte los.

«Können wir irgendetwas tun?», fragte Leynhard vorsichtig.

«Nein, im Augenblick können wir, fürchte ich, nichts anderes tun. Ich werde später zur Acht gehen und versuchen zu erfahren, wohin man Christoph gebracht hat.» Sie wandte sich bereits zum Gehen, drehte sich jedoch noch einmal um. «Doch, Leynhard, du könntest mir einen großen Gefallen tun. Geh in die Herberge *Zum tanzenden Bären* und veranlasse, dass man Christophs Kleider und Gepäck in mein Haus bringt.»

«Aber Frau Marysa, dürft Ihr das so einfach?» Heyn wirkte skeptisch.

Marysa zuckte mit den Schultern. «Er ist mein zukünftiger Ehemann. Ich will nur Sorge dafür tragen, dass man ihm nicht noch mehr Sachen entwendet. Immerhin wurde er bereits einmal bestohlen.»

«Ich hole einen Karren», sagte Leynhard.

«Nimm Jaromir mit», rief Marysa ihm hinterher. «Er kann dir beim Aufladen helfen.»

Leynhard, der schon fast zum Hoftor hinaus war, winkte ab. «Nicht nötig. Das schaffe ich schon allein. Und irgendjemand muss Euch doch auch zur Acht begleiten.»

«Er hat recht», befand Heyn. «Ihr solltet nicht allein gehen, und ich muss wohl in der Werkstatt bleiben und den Schrein für Boecke fertig machen.»

«Also gut, wie ihr meint. Ich werde mich nun um den Brief an den Frankfurter Rat kümmern», beschloss Marysa und folgte ihrem Altgesellen ins Haus. «Und dann muss ich Mutter und Bardolf verständigen.»

13. Kapitel

Dass es so einfach gehen würde, hatte er sich nicht träumen lassen. Bei seinem Weg durch die Stadt hatte er eigentlich nur einen kurzen Abstecher in den *Tanzenden Bären* machen wollen, um sich ein wenig umzusehen. Dort hatte man gar nicht bemerkt, wie er sich durch den Hintereingang ins Haus geschlichen hatte. Zunächst hatte er einfach nur ein bisschen in den Sachen gewühlt, dann aber war ihm die Tasche mit den Urkunden in die Hände gefallen. Was für eine Gelegenheit!

Der Schreinemaker schien recht sorglos zu sein, wenn er diese wichtigen Dokumente unbeaufsichtigt liegenließ. Andererseits wusste natürlich auch kaum jemand, dass er in der Stadt war – und noch weniger, welchen gotteslästerlichen Betrug er vorhatte.

Ein Betrug, der unbedingt verhindert werden musste. Die ersten Vorkehrungen waren ja bereits getroffen. Wenn auch van Hullsens Tod nicht das gewünschte Ergebnis erzielt hatte.

Dafür aber das Feuer in van Lyntzenichs Schmiede! Nun gut, da hatte er vielleicht ein bisschen überstürzt gehandelt. Aber wie hätte er sonst verhindern sollen, dass weitere Silberzeichen hergestellt wurden? Jetzt hatte das Marienstift die Herstellung zunächst einmal unterbrochen, und Marysa blieb auf ihren Amuletten sitzen. Schade nur, dass der Schreinemaker ausgerechnet zum ungünstigsten Zeitpunkt in Aachen eingetroffen war! Wenn er wenigstens in den Flammen umgekommen wäre ...

Er seufzte. Dieser Mann schien ungebührlich viel Glück zu haben. Und ein Mundwerk, um das ihn jeder Marktschreier beneidet hätte. Kein Wunder, hatte er ja wohl jahrelang Übung darin, die Menschen zu beschwatzen und ihnen einzureden, was angeblich gut für sie war. Vermutlich hätte er es im Handumdrehen geschafft, ganz Aachen davon zu überzeugen, dass sein Possenspiel echt war. Aber jetzt saß er erst einmal im Gefängnis, wo er hingehörte. Vielleicht ließen sich geschickt noch ein paar Gerüchte streuen, die das Kirchengericht auf den Plan riefen. Dann war es mit Sicherheit um den Schreinemaker geschehen. Blasphemie, Ketzerei, Namens- und Amtsmissbrauch, gefälschte Legitimationen ...

Er griff nach der Hirschledertasche und zog ein paar der Urkunden daraus hervor. Der Kerl war gut, das musste man ihm lassen. Die echten Dokumente waren von den gefälschten nicht zu unterscheiden. Er selbst war sich nicht sicher, ob die vom Frankfurter Rat gesiegelten Schriftstücke tatsächlich aus der dortigen Kanzlei stammten. Die Briefe waren aber ganz sicher nicht echt – oder doch? Vorsichtshalber würde er sie erst einmal behalten. Vielleicht ergab sich ein Nutzen daraus. Außerdem musste er sich um den Stiftsboten kümmern, der morgen in aller Frühe gen Frankfurt aufbrechen würde. Einige der Urkunden waren wohl tatsächlich echt, sonst hätte Marysa nicht verfügt, dass der Bote Abschriften aus Frankfurt holte.

Er würde jedoch dafür sorgen, dass sie nie in Aachen eintreffen würden. Jedenfalls nicht, bevor der Schreinemaker sein Leben auf dem Richtblock ausgehaucht hatte, oder – noch besser – auf dem Scheiterhaufen.

14. Kapitel

«Gestohlen?» Bardolf fuhr sich erregt durchs Haar, dann blieb er abrupt vor Marysa stehen. «Gestohlen? Von wem nur? Es kann doch kaum jemand gewusst haben, dass Christoph in der Stadt ist.»

«Vielleicht hat jemand ihn erkannt, als er bei dem Brand geholfen hat», vermutete Jolánda, die neben Marysa an deren großem Tisch in der Stube saß und die Hand ihrer Tochter drückte. «Dann ist er ihm zur Herberge gefolgt.»

«Das ist Unfug!» Bardolf winkte ab. «Wer in aller Welt sollte so etwas tun? Christoph hat keine Feinde in der Stadt.»

«Aber Bruder Christophorus vielleicht schon», warf Marysa ein. «Wenn jemand unser Geheimnis kennt, hat er vielleicht nur darauf gewartet, dass Christoph zurückkehrt, um sich an ihm zu rächen.»

Jolánda war ratlos. «Wem hat er denn Böses getan?»

«Wir haben gemeinsam dafür gesorgt, dass die Vorfälle in der Chorhalle aufgeklärt wurden», schlug Marysa vor. «Wir wissen, dass Wilhelm von Berg dahintersteckte.»

«Und du glaubst, der will ihm dies vergelten?» Bardolf nahm seinen Gang durch die Stube wieder auf. «Das wäre zwar möglich, aber ganz einleuchten will es mir nicht. Ein mächtiger Mann wie Wilhelm von Berg hat es bestimmt nicht nötig, sich monatelang auf die Lauer zu legen. Er hätte einen seiner Schergen ausgeschickt, Christoph heimlich umzubringen.»

«Bardolf!» Entsetzt schlug Jolánda eine Hand vor den Mund. «Wie grässlich!»

«So ist es aber», beharrte er. «Deswegen halte ich es für sehr unwahrscheinlich. Es muss eine andere Erklärung geben.»

«Aber welche?» Marysas Stimme zitterte leicht. Sie hatte noch am Nachmittag versucht, etwas über Christoph zu erfahren, war jedoch von einem der Schöffenschreiber abgewiesen worden, der ihr lediglich mitgeteilt hatte, dass Christoph ins Grashaus gesperrt worden war und Besucher keinen Zutritt hatten. «Wenn niemand von unserem Plan wusste, warum hat man dann seine Urkunden gestohlen?»

«Zufall vielleicht», gab Bardolf zu bedenken. «Du sagtest doch, dass auch sein Geld verschwunden ist. Vielleicht hatte es der Dieb tatsächlich nur auf Wertsachen abgesehen und wusste gar nicht, worum es sich bei den Schriftstücken handelte.»

«Das dachte ich zuerst auch», gab Marysa zu. Sie stand auf und ging zu einem Bündel, das sie in einer Fensternische abgelegt hatte. «Weshalb aber ließ der Dieb dann diese hier in Christophs Kammer zurück?» Sie hielt Bardolf zwei der hübsch verzierten Zinnbecher hin. «Es sind insgesamt sechs an der Zahl», erklärte sie. «Wertvoll. Und auch Christophs Werkzeug hat der Einbrecher nicht angerührt. Jedenfalls glaube ich nicht, dass etwas fehlt. Die Sachen sind ganz neu, er hat wahrscheinlich bisher kaum damit gearbeitet. Ich weiß sehr gut, welches Werkzeug ein Schreiner benötigt, schließlich bin ich die Tochter eines Schreinbauers und war lange genug mit einem von ihnen verheiratet. Christophs Werkzeugsatz ist noch vollständig. Der Dieb hätte die Sachen ganz bestimmt gut verkaufen können.»

«Vielleicht waren es zu viele Teile, und er konnte sie nicht alle tragen», schlug Bardolf vor. «Oder er ist gestört worden.»

«Oder er hat sich einfach nicht dafür interessiert», fuhr Marysa ihn an. Ihre Angst und Nervosität ließen ihre Stimme zittern.

«Schon gut, mein Kind», versuchte Jolánda sie zu beruhigen. «Ich verstehe ja, dass du ...»

«Nichts verstehst du!» Marysa starrte ihre Mutter zornig an. «Der Mann, den ich heiraten will, der Vater meines ungeborenen Kindes, sitzt im Grashaus. Hartwig hat ihn wegen Betrugs angezeigt, und wenn Christoph nicht beweisen kann, wer er ist, wird man ihn über kurz oder lang auch wegen Ketzerei belangen.» Ehe ihre Mutter etwas erwidern konnte, hob Marysa abwehrend beide Hände. «Ich weiß sehr wohl, dass wir mit dieser Gefahr rechnen mussten. Das haben wir auch. Christoph hat alles getan, um ein Fehlschlagen seines Plans zu verhindern. Irgendjemand muss davon Wind bekommen haben und will ihm schaden. Ich bin ganz sicher.» Sie atmete kurz durch, um sich wieder ein wenig zu fangen. «Morgen früh reitet ein Stiftsbote nach Frankfurt, um Abschriften von Christophs Urkunden einzuholen. Aber das wird eine Weile dauern. Ich weiß nicht, wie wir Christoph in der Zwischenzeit helfen sollen.»

«Ganz sicher nicht, indem du durchdrehst», sagte Bardolf. «Vielleicht können wir Hartwig dazu bewegen, seine Anzeige zurückzuziehen.»

«Hartwig?» Marysa erstarrte, dann sprang sie von ihrem Sitz auf. «Natürlich, das ist es!» Sie fasste Bardolf aufgeregt am Ärmel seines Hemdes. «Hartwig könnte die Urkunden gestohlen haben!»

«Wie bitte? Wie kommst du denn darauf?», fragte Jolánda

verblüfft. Auch Bardolf blickte seine Stieftochter ungläubig an.

Marysa ließ seinen Arm los und ging nun selbst auf und ab. «Hartwig ist der Einzige, der wusste, dass Christoph wieder in der Stadt ist. Er war heute früh hier und hat mich aufs übelste beschimpft.»

«Hartwig war hier?» Bardolf fasste sie an der Schulter und drehte sie zu sich herum.

Marysa nickte. «Ich war kaum aufgestanden, da kam er bereits in meine Schlafkammer gepoltert. Er behauptete, ich würde die Familie entehren. Und er wollte wissen, wo Christoph sich aufhält. O Gott, ich habe ihm selbst gesagt, dass er sich im *Tanzenden Bären* eingemietet hat!», rief sie und schlug für einen Moment die Hände vors Gesicht. «Ich hätte nicht gedacht, dass Hartwig zu so etwas fähig ist», murmelte sie und ließ sich wieder auf die Bank sinken.

«Nun warte mal», versuchte Bardolf sie zu beruhigen. «Du kannst nicht wissen, dass er es war, der die Urkunden gestohlen hat.»

«Aber er hatte einen Grund», begehrte Marysa auf. «Er hasst mich. Und er ist noch immer sauer, dass ich mich geweigert habe, Gort Bart zu heiraten. Er will meine Werkstatt in die Finger bekommen, Bardolf. Das wollte er schon immer, seit Vater tot ist.»

«Das stimmt», sagte Jolánda. «Er hat alles versucht, an das Erbe heranzukommen. Wir haben es nur Gottholds Vorkehrungen und Marysas Entscheidung, Reinold zu heiraten, zu verdanken, dass Hartwig nicht alles an sich gerissen hat. Dass er so weit gehen würde, kann ich kaum glauben.»

«Also gut, nehmen wir einmal an, Hartwig steckt hinter dem Diebstahl», sagte Bardolf nachdenklich. «Woher wusste er, dass Christoph in Aachen ist?»

«Ich weiß es nicht. Zwar habe ich ihn danach gefragt, aber er hat mir keine Antwort darauf gegeben. Ich dachte, er hat vielleicht davon gehört, weil Christoph doch einer der Brandhelfer bei van Lyntzenich war. Rochus van Oenne hat es nämlich auf diese Weise erfahren.»

«Gerüchte und Neuigkeiten verbreiten sich in Aachen schnell», fügte Jolánda an.

«Und ihr glaubt, dass Hartwig aufgrund dieser Information hingegangen ist und die Urkunden gestohlen hat, um dann Christoph bei den Schöffen anzuzeigen?» Bardolf grübelte. «Das klingt unglaublich.» Er blickte Marysa aufmerksam an. «Besteht denn die Möglichkeit, dass Hartwig im Herbst von Christophs Plan erfahren hat? Weiß er, wer Christoph in Wirklichkeit ist?»

«Das muss er wohl. Auch wenn ich damals nicht den Eindruck hatte, dass er etwas ahnt. Er war nur sehr wütend, als ich ihm von meinen Heiratsplänen erzählte.»

«Wütend ist gar kein Ausdruck!» Bardolf verzog das Gesicht. «Er wäre mir beinahe an die Kehle gegangen, weil ich meine Zustimmung gegeben hatte. Aber auch mir kommt es im Nachhinein nicht so vor, als habe er im Herbst schon gewusst, wer Christoph Schreinemaker in Wahrheit ist.» Er schüttelte den Kopf. «Nein. Er wusste es nicht, Marysa. Falls er davon erfahren hat, dann später. Fragt sich nur, durch wen. Noch heute werde ich mit ihm reden, wenn du willst.»

«Nein, Bardolf, das möchte ich lieber selbst tun.» Marysa verschränkte die Arme vor dem Leib. «Wenn er die Urkunden gestohlen hat, um Christoph vor Gericht zu bringen, dann will ich es aus seinem Mund hören – und er soll mir dabei in die Augen sehen.» Sie stand auf und verließ ohne ein weiteres Wort den Raum.

Bardolf und Jolánda sahen einander besorgt an.

«Er wird es abstreiten», sagte Jolánda.

***

«Was soll ich getan haben? Bist du von allen guten Geistern verlassen?»

Marysa war noch am selben Abend in Milos Begleitung zu Hartwigs Haus gegangen und hatte ihn zu sprechen verlangt. Nun stand sie vor ihm in seiner Wohnstube und blickte in sein aufgebrachtes Gesicht. «Ich möchte, dass du meine Frage beantwortest, Hartwig», sagte sie so ruhig, wie es ihr möglich war. Ein leichtes Schwanken war ihrer Stimme jedoch anzuhören. «Bist du in Christophs Kammer eingebrochen? Hast du die Tasche mit seinen Urkunden gestohlen?»

«Mir scheint, du hast völlig den Verstand verloren!», tobte er los. «Nicht nur dass du diesem betrügerischen Bastard die Ehe versprochen hast, jetzt bezichtigst du mich auch noch des Diebstahls? Ich muss mich sehr über dich wundern, Marysa. Weißt du, was ich glaube? Es gibt diese Urkunden gar nicht, von denen ihr da redet. Dein sauberer Ablasskrämer hat dich aufs Kreuz gelegt. Ha!» Er lachte bitter auf. «Und das im wahrsten Sinne des Wortes, liebe Cousine. Du bist ihm auf den Leim gegangen. Mönch, dass ich nicht lache! Aber das sind ja bekanntlich die Schlimmsten.» Hartwigs Augen blitzten. «Hat es dir Vergnügen bereitet, wenn er unter deine Röcke geschlüpft ist, ja? Nach diesem Waschlappen von Reinold hatte er gewiss leichtes Spiel mit dir. Weiber!», fluchte er. «Ein paar süßliche Worte, gepaart mit ordentlicher Manneskraft, und ihr glaubt einem Kerl einfach alles.»

Marysa ballte die Hände zu Fäusten. «Du bist widerlich, Hartwig! Wie kannst du es wagen, so mit mir zu sprechen? Du hast überhaupt keine Ahnung ...»

«Ach nein?» Hartwig trat dicht an Marysa heran und packte sie bei den Schultern. «Ich kann mir ziemlich gut vorstellen, wie er dich herumgekriegt hat. Und ich habe das Recht, es dir ins Gesicht zu sagen. Du bist meine Blutsverwandte. Ich sehe nicht tatenlos dabei zu, wie du die Ehre und das Ansehen unserer Familie in den Schmutz trittst. Ganz zu schweigen davon, dass du dich mit einem Mann eingelassen hast, der nicht nur ein Betrüger ist, sondern wahrscheinlich sogar weit Schlimmeres. Weißt du überhaupt, was dir blüht, wenn man diesen Hundesohn der Ketzerei und der Urkundenfälschung überführt? Man wird dich als Mittäterin anklagen. Und wie stehen wir dann da?» Er schüttelte sie heftig, dann ließ er plötzlich von ihr ab. «Sag dich von ihm los. Noch ist es nicht zu spät.» Er blickte sie eindringlich an. «Heirate Gort – oder meinetwegen auch deinen Gesellen Leynhard. Ich will keinen verfluchten Skandal in meiner Familie.»

Marysa zog die Brauen hoch. «Das ist es, worum es dir geht, ja? *Dein* Ansehen, *deine* Familie, *dein* Ruf. Hast du es deshalb getan? Hast du die Urkunden deshalb aus Christophs Kammer gestohlen?»

«Gar nichts habe ich gestohlen!», fuhr er sie an. «Hör endlich mit diesem Theater auf, sonst glaubst du am Ende selbst daran.»

«O ja, ich glaube daran!», zischte sie. «Weil es nämlich die Wahrheit ist, Hartwig. Christoph Schreinemaker ist ein Meister der Frankfurter Schreinerzunft. Das kann er beweisen. Daran wirst auch du nichts ändern, bloß weil du die Schriftstücke versteckt hast.»

«Du redest ja irr!»

«Ich habe bereits einen Boten nach Frankfurt geschickt, der beim Stadtrat Abschriften der Urkunden besorgen soll.»

«Von mir aus.» Hartwig schnaubte abfällig. «Tu, was du

nicht lassen kannst. Du wirst schon sehen, dass man in Frankfurt nicht einmal weiß, wer Christoph Schreinemaker ist. Dann wirst du hoffentlich endlich merken, dass er dich betrogen hat. Ich hoffe nur, dass es dann nicht zu spät ist.»
Er schüttelte den Kopf und trat etwas ruhiger auf sie zu. «Marysa, sieh es bitte ein: Es bringt nichts als Ärger, wenn du dich weiterhin auf die Seite dieses Mannes stellst. Ein Blinder kann sehen, dass er dieser Bruder Christophorus ist. Ich verstehe nicht, wie du dich dazu hinreißen lassen kannst, bei dieser Posse mitzuspielen.»

«Sie sind Zwillinge, Hartwig.»

«Pfff.»

«Zwillinge!», beharrte sie. «Sie sehen sich sehr ähnlich. Christoph und Robert.»

«Robert?»

«Robert», erklärte sie, «ist Bruder Christophorus. Er ist schon als Kind in den Konvent der Dominikaner eingetreten und hat diesen Namen angenommen.»

«So ein Zufall.»

«Kein Zufall», erwiderte Marysa, nun wieder gefasster. «Christoph sagt, sein Bruder habe sich immer gewünscht, den Namen des heiligen Christophorus zu tragen, weil sie beide an dessen Gedenktag geboren wurden. Im Konvent gab man seinem Wunsch statt.»

Hartwig zögerte kurz, dann schüttelte er wieder den Kopf. «Ich glaube kein Wort davon, Marysa. Dass ich ihn angezeigt habe, war mehr als rechtens. Ich kann es nicht zulassen, dass du dich weiterhin mit diesem Schurken einlässt. Er wird dich ins Verderben reißen, und unsere gesamte Familie dazu.»

«Ich liebe ihn, Hartwig!»

«Liebe!» Er spie das Wort förmlich aus. «Deine Sinne sind vernebelt. Du hast dich in etwas hineingesteigert, das dir großen Schaden zufügen kann. Du bist die Tochter von Gotthold Schrenger! Bisher habe ich dir immer ein gutes Quantum Verstand zugesprochen, obwohl einige deiner Entscheidungen in meinen Augen fragwürdig waren. Du hast Geschäftssinn, bist eine kluge Reliquienhändlerin und kannst die Frau eines guten Handwerkers werden. Gort oder Leynhard, das überlasse ich dir. Beide sind gute Männer, die dir ein anständiges Leben bieten können. Anständig, hörst du? Das solltest du im Auge behalten. Du wirst Kinder haben und alle Bequemlichkeit, die ein Haushalt bieten kann. Ich weiß, wie gut deine Geschäfte laufen, Marysa. Was willst du mehr? Setz das nicht alles wegen eines windigen Kerls aufs Spiel, der früher oder später am Galgen enden wird.»

Marysa senkte den Kopf. «Du willst es nicht verstehen, nicht wahr? Christoph ist Christoph.» Selbstbewusst schaute sie ihn an. «Und er wird mein Mann werden.»

«Nein, verflucht noch eins, das wird er nicht!», brüllte Hartwig, doch da hatte sie seine Stube bereits verlassen.

15. Kapitel

Marysa fühlte sich wie gerädert, als sie am folgenden Morgen ihr Haus verließ. Sie hatte in der Nacht kaum Schlaf gefunden. Ständig hatte sie darüber nachgegrübelt, wie sie Christoph aus dieser verfahrenen und vor allem gefährlichen Situation heraushelfen konnte. Eine Lösung war ihr nicht eingefallen.

Bardolf wollte noch vor dem Mittag bei den Schöffen vorstellig werden, um Näheres über die Anklagepunkte zu erfahren und für Christoph zu bürgen. Sie war ihm sehr dankbar dafür, wusste sie doch, dass auch er sich dadurch in nicht unbeträchtliche Gefahr begab. Schlimmstenfalls drohte ihnen allen eine Anklage wegen Mittäterschaft.

Kurz dachte Marysa an den Boten, der sich wahrscheinlich bereits auf dem Weg nach Frankfurt befand. Hoffentlich hielt das derzeit trockene Wetter an, damit er problemlos und möglichst schnell an sein Ziel gelangen konnte. Wieder und wieder hatte sie nachgerechnet, wie viele Tage es dauern würde, bis sie die Abschriften der Urkunden vorliegen hätte, mindestens zehn Tage, eher zwei Wochen, in denen so vieles geschehen konnte. Doch die Schöffen würden ganz sicher ebenfalls abwarten und nicht eher ein Urteil fällen, bis alle Beweise vorlagen. An diese Hoffnung klammerte sich Marysa.

Der kurze Weg zum Grashaus führte sie über den Kaxhof und den Parvisch, wo zu dieser frühen Stunde rege Betriebsamkeit herrschte. Bauern brachten ihre Waren zum Marktplatz, Handwerker waren unterwegs zu ihren Baustellen. Fuhrwerke und vereinzelte Reiter kreuzten Marysas Weg ebenso wie ein kleiner Junge, der mit einem Holzstock eine Herde schnatternder Gänse vor sich hertrieb.

Sie fühlte sich unwohl, denn mehr als einmal hatte sie den Eindruck, dass die Leute sie heimlich musterten. Wahrscheinlich hatte sich Christophs Verhaftung bereits herumgesprochen. Solche Neuigkeiten verbreiteten sich meist wie ein Lauffeuer in Aachen.

«Herrin, Ihr hättet lieber einen der Jungen mitnehmen sollen», befand Grimold, der sich dicht hinter ihr hielt. «Die Leute starren Euch an. Milo oder Jaromir sind kräftiger als ich.»

Marysa wandte ihm den Kopf zu. «Sei unbesorgt. Sie werden mir schon nichts tun. Dazu besteht kein Anlass.» Dennoch spürte sie ein unangenehmes Ziehen in ihrer Magengrube, als sie wenig später vor dem Gefängnis ankam und dem unverhohlenen Blick einer Bürgersfrau begegnete, die, flankiert von zwei Mägden mit großen Einkaufskörben, offenbar auf dem Weg zum Markt war.

Entschlossen straffte Marysa die Schultern und pochte an die schwere Eichentür des Grashauses. Während sie wartete, dass jemand öffnete, blickte sie an der grauen Fassade des Gefängnisses empor. Ursprünglich war hier einmal das Rathaus untergebracht gewesen, doch Mitte des vorigen Jahrhunderts hatte der Rat beschlossen, dass Aachen ein wesentlich größeres und schöneres Rathaus benötigte. Ein solches war dann gegenüber dem Dom erbaut worden, auf den Ruinen der Königshalle der ehemaligen Kaiserpfalz. Seither war das alte Gebäude zunächst als Gerichtsstätte benutzt worden und diente inzwischen als Gefängnis. Den Namen hatte es angeblich von den Grasmatten, auf denen die Häftlinge schlafen mussten. Marysas Vater hatte ihr jedoch erzählt, dass vor sehr langer Zeit an der Stelle des Grashauses ein alter Gerichtsanger gewesen sei, den man *Gras* genannt hatte.

Ganz gleich, woher das Gefängnis seinen Namen auch haben mochte, es war ein unwirtlicher Ort, in seinem Inneren befanden sich winzige, düstere Zellen, in denen man das schlimmste Gesindel zusammenpferchte. Marysa mochte sich gar nicht vorstellen, dass man nun auch Christoph zu jenen Schurken zählte. Sie hoffte sehr, dass es ihm einigermaßen gutging.

«Wer ist da?», knurrte ein bärtiger Wachmann. Er hatte nur den Kopf aus der Tür gestreckt und musterte Marysa fragend.

«Guten Morgen», sagte sie so würdevoll wie nur möglich. «Mein Name ist Marysa Markwardt. Ich möchte einen der Gefangenen besuchen. Meister Christoph Schreinemaker.»

«Meister?» Der Bärtige kratzte sich am Kinn und zog dann geräuschvoll die Nase hoch. «'nen Meister ham wir hier nich'.» Er stutzte. «Oder meint Ihr den Kerl, den wir gestern reinbekommen ham? Den Handwerker? Das ist 'n Meister?»

Marysa nickte. «Meister der Frankfurter Schreinerzunft und nur wegen eines Missverständnisses hier eingesperrt. Lasst mich bitte zu ihm.»

«Missverständnis, wie?» Der Wachmann trat nun ganz vor die Tür. «Davon weiß ich nix. Muss aber was Wichtiges sein, ich darf nämlich niemanden zu ihm lassen.»

«Aber ich muss zu ihm», versuchte es Marysa noch einmal und deutete auf den Korb, den Grimold bei sich trug. «Wir bringen ihm eine Decke und etwas zu essen. Außerdem ...»

«Nee, wohledle Frau», unterbrach der Wachmann sie nicht unfreundlich. «Das geht nich'. Ich hab Anweisung, nichts und niemanden hier reinzulassen. Der Mann kommt heute auf die Anklagebank vor die Schöffen. Bis sie ihn befragt haben, darf niemand zu ihm.»

Marysa biss sich auf die Lippen. Das hörte sich nicht gut an. Rasch nestelte sie eine Silbermünze aus ihrem Ärmel. «Bitte, guter Mann, wir können für eine bequeme Unterbringung und ein paar Annehmlichkeiten bezahlen», sagte sie und hielt dem Wachmann das Geldstück unter die Nase.

Dieser nahm die Münze zwischen die Finger, musterte sie eingehend. Seine Augen blitzten gierig auf, dennoch gab er ihr den Taler zurück. «Tut mir leid. Ich kann Euch nich' helfen. Kriege Ärger, wenn ich gegen den Befehl des Schöffenmeisters handele.»

Verzweiflung stieg in Marysa auf, sodass sie sich nur mit Mühe zusammenreißen konnte. «Bitte, guter Mann. Ich bin seine Verlobte. Es muss der Familie doch gestattet sein, nach Meister Schreinemaker zu sehen.»

Der Wachmann hob nur die Schultern. «Befehl is' Befehl.»

«Wisst Ihr denn wenigstens, wann die Verhandlung vor den Schöffen stattfinden soll?», versuchte Marysa einen anderen Weg.

Wieder zuckte der Wächter mit den Achseln. «Heut' Mittag wahrscheinlich.»

«Und danach darf ich zu ihm?»

«Weiß ich nich'. Kommt drauf an, was bei der Befragung rauskommt.» Der Wachmann verzog mitleidig die Lippen. «Tut mir wirklich leid, wohledle Frau. Ihr vergeudet hier nur Eure Zeit. Wartet doch einfach ab, was die Schöffen beschließen. Die werden Euch schon Bescheid geben.»

«Aber ...» Marysa seufzte. Hier kam sie offensichtlich nicht weiter. «Also gut, ich komme später wieder», sagte sie.

«Wie Ihr wollt.» Ohne einen Gruß oder eine weitere Geste drehte sich der Wächter um und verschwand wieder im Inneren des Grashauses.

Marysa blickte Grimold ratlos an. «Und was nun?»

Der alte Knecht wechselte den schweren Korb von der rechten Hand in die linke. «Ihr solltet wirklich wieder nach Hause gehen, Herrin.»

«Und dann? Tatenlos zusehen, was passiert? Das kann ich nicht. Ich muss etwas tun, um Christoph zu helfen. Vielleicht ...»

«Frau Marysa, seid Ihr das?»

Marysa fuhr herum und sah sich Rochus van Oenne gegenüber, der wie immer in Bruder Weilands Begleitung unterwegs war. Der Domherr trat mit besorgter Miene auf sie zu. «Geht es Euch wohl, Frau Marysa? Ich habe heute früh erfahren, dass man Euren Verlobten verhaftet hat. Ein Missverständnis, oder nicht?»

«Natürlich ist es das», antwortete Marysa rasch. «Man hält Christoph für seinen Bruder. Dabei kann er beweisen, dass er …»

«Wartet, Frau Marysa.» Der Domherr schaute sich um. «Lasst uns ins Stiftshaus gehen und dort weiterreden. Mir scheint, hier gibt es zu viele neugierige Ohren. Habt Ihr Zeit?»

«Natürlich.» Erleichtert folgte Marysa ihm zur Domimmunität und gab Grimold ein Zeichen, zu ihr aufzuschließen.

***

«Hm, tja.» Rochus van Oenne faltete die Hände auf seinem Schreibpult und schnalzte missfällig. «Warum habt Ihr mir nicht von Anfang an gesagt, dass der Mann, den Ihr zu ehelichen gedenkt, ein Verwandter jenes in Aachen nicht unbekannten Ablasskrämers ist? Noch dazu sein Zwillingsbruder!»

Marysa saß ihm gegenüber auf einem gepolsterten Stuhl und hielt die Arme fest vor dem Leib verschränkt. «Ich … Wir», verbesserte sie sich, «… hatten nicht angenommen, dass diese Verwandtschaft ein Problem aufwerfen würde.»

«Hm», machte van Oenne erneut. «Damit hättet Ihr rechnen müssen. Wie man mir sagte, ist die Ähnlichkeit mehr als auffällig. Genau genommen erfuhr ich zunächst nicht, dass man den Schreinemaker eingesperrt habe, sondern Bruder Christophorus. Und zwar wegen Betrugs.»

«Aber Christoph kann beweisen, dass er ein Meister der Frankfurter Schreinerzunft ist.»

«Und warum hat er das nicht längst getan?»

Seufzend löste Marysa ihre verkrampften Hände und legte sie in den Schoß. «Das geht im Augenblick nicht. Er wurde gestern bestohlen.»

«Ach?»

«Jemand ist in seine Kammer im *Tanzenden Bären* eingebrochen und hat all seine Urkunden mitgenommen.»

«Wie passend. Oder sollte ich besser sagen, wie unpassend?» Der Domherr stand auf und trat neben sie. «Frau Marysa, diese Geschichte klingt sehr an den Haaren herbeigezogen, das müsst Ihr zugeben.»

«Aber es ist die Wahrheit!», begehrte sie auf. «Jemand hat Christoph bestohlen und dann dafür gesorgt, dass er bei den Schöffen angezeigt wird.»

«Jemand?» Van Oenne hob neugierig die Brauen. «Und Ihr habt nicht zufällig einen Verdacht, wer das gewesen sein könnte?»

«Doch, den habe ich.» Marysa blickte unglücklich zu ihm auf. «Ich glaube, dass mein Vetter Hartwig dahintersteckt.»

«Meister Schrenger?»

«Ich kann es nicht beweisen. Er streitet es ab.»

«Das kann ich mir vorstellen. Wie kommt Ihr darauf, dass einer Eurer nächsten Verwandten Euch dergestalt Schaden zufügen will?»

Kurz berichtete Marysa dem Domherrn, was sie am Vortag schon mit Bardolf und ihrer Mutter besprochen hatte. Auch legte sie ihm dar, wie oft Hartwig in der Vergangenheit versucht hatte, ihrer Werkstatt habhaft zu werden.

Van Oenne hörte ihr aufmerksam zu. «Ich weiß, dass Meister Schrenger vor einiger Zeit versucht hat, sich mit unlauteren Mitteln den Auftrag über die Reliquienschreine für die Chorhalle zu erschleichen, der Euch zugedacht war. Er wurde dafür gerügt. Ihr glaubt also, er würde so weit gehen, einen unschuldigen Mann mit falschen Vorwürfen zu belasten?»

Marysa zögerte, dann nickte sie vorsichtig. «Glauben kann ich es auch kaum, Herr van Oenne. Aber er ist der Einzige, der mir einfällt. Es wurmt ihn schon lange, dass man ihm nicht die Munt über mich zugesprochen hat. Er wollte mich mit seinem Vetter mütterlicherseits, Gort Bart, verheiraten, um so Gewalt über die Werkstatt zu erhalten. Nachdem ich ihm von meiner Verlobung mit Christoph erzählt habe, hat er mich bereits mehrfach offen beschimpft und mir gedroht.»

«Gibt es Zeugen dafür?»

Marysa nickte. «Mein Gesinde, meine Eltern. Sogar Gort wird es bezeugen können, meine beiden Gesellen ebenfalls.»

«Und Ihr sagt, der Schreinemaker kann beweisen, dass er der ist, für den er sich ausgibt?»

«Das kann er. Ich erzählte Euch doch, dass er nach Frankfurt gereist ist. Dort hat er alle erforderlichen Urkunden und Schriftstücke beim Rat angefordert.»

«Also fürchtete er sehr wohl, dass es zu einer Verwechslung mit seinem Bruder kommen könnte – mit Bruder Christophorus.»

«Auf den ersten Blick sehen sie sich wirklich sehr ähnlich, Herr van Oenne. Christoph sagt, das sei schon so gewesen, als sie noch Kinder waren. Sie haben den Leuten damit gerne Streiche gespielt. Dann ist Robert, sein Bruder, in den Frankfurter Dominikanerkonvent eingetreten und wurde Bruder Christophorus.»

«Und Christoph?»

«Er blieb bei seinen Eltern und lernte das Tischlerhandwerk», fuhr Marysa fort. Sie versuchte sich so genau wie möglich daran zu erinnern, was Christoph ihr im Herbst über seine Vergangenheit und seine Familie erzählt hatte. «Sein Vater war ein angesehener Zunftmeister, jedoch pflegte er auch eine Freundschaft zu einem jüdischen Kaufmann. Dies sahen die Frankfurter nicht gerne. Eines Tages schlossen sich einige Leute zusammen und legten in ihrem Zorn auf den

Tischler Feuer in dessen Werkstatt. Er und seine Frau kamen in den Flammen um; Christoph überlebte als Einziger. Wenig später schloss er sich als Novize ebenfalls den Dominikanern an.»

«Er trat in den Konvent ein?»

«Er hat nie das Gelübde abgelegt. Soweit ich weiß, ist er eines Tages seinem Lehrmeister davongelaufen, um … wieder als Tischler zu arbeiten.»

«Das hätte er im Konvent auch tun können», gab van Oenne zu bedenken, winkte aber sogleich ab. «Nicht jeder Mann ist für dieses Leben geschaffen. Er verdingte sich also als Geselle?»

«Soweit ich weiß, ja. Er sagte, in der Tasche mit seinen Urkunden hätten sich auch Briefe von Personen befunden, für die er einst gearbeitet hat.»

«Briefe?» Fragend blickte der Domherr sie an.

Marysa zuckte mit den Schultern. «Dankesbriefe. So sagte er wenigstens.»

Um van Oennes Mundwinkel zuckte es kurz. «Mir scheint, Euer Verlobter und sein Bruder haben weit mehr gemein als nur dieselben Gesichtszüge.»

Erschrocken hob Marysa den Kopf. «Wie meint Ihr das?»

«Nun, soweit ich diesen Bruder Christophorus kennengelernt habe, hatte ich immer den Eindruck, dass er über ein ausgeprägtes Selbstbewusstsein verfügte. Offenbar liegt das in der Familie.» Nun lächelte er tatsächlich. «Wie habt Ihr Christoph Schreinemaker kennengelernt?»

Marysa zögerte kurz. Sie hatte mit Christoph bisher nicht besprochen, was sie auf diese Frage antworten sollte. Ihr war klar, dass der Domherr sie nicht ohne Hintergedanken dieser Befragung unterzog. Vermutlich würde er ihre Antworten mit denen vergleichen, die man Christoph vor den

Schöffen entlockte. Sie konnte nur hoffen, dass sie das Richtige tat.

«Ihr wisst, dass der Auftrag, den Johann Scheiffart», sie bekreuzigte sich, «mir im vergangenen Herbst gab, für meine Werkstatt eine große Herausforderung war. Mit nur zwei Gesellen hätte ich das nicht schaffen können. Bruder Christophorus weilte zu jener Zeit in Aachen, wie Ihr ja wisst. Er hat einst meinem Bruder auf dem Sterbebett gelobt, sich um mich zu kümmern. Und als er von den Reliquienschreinen hörte, die wir anfertigen sollten, sah er eine Möglichkeit, mir zu helfen. Er schickte seinem Bruder eine Nachricht und bat ihn, ebenfalls hierherzukommen.»

«Was er dann auch tat», folgerte van Oenne. Er wandte sich um und machte eine unauffällige Handbewegung. Erst jetzt wurde Marysa bewusst, dass Bruder Weiland sich ebenfalls im Raum aufhielt. Er saß still in einer Ecke und schien alles, was sie bisher gesprochen hatten, mitgeschrieben zu haben. Van Oenne sprach weiter: «Ihr habt den Schreinemaker nicht bei der Zunft angemeldet.»

Marysa biss sich auf die Lippen. «Nein, zunächst nicht. Ich konnte ja nicht wissen, ob er als Handwerker den Ansprüchen genügte, die ich stellen musste, um den Auftrag des Marienstifts ausführen zu können.» Sie hielt inne, denn plötzlich war ihr eine Idee gekommen. Sie faltete ihre Hände und blickte verlegen zu dem Domherrn auf, der, mittlerweile an sein Pult gelehnt, vor ihr stand. «Und dann, nun ja, wisst Ihr ...» Sie verhaspelte sich und hoffte, er würde ihr das Zaudern abnehmen. «Als ich Christoph begegnete ... also ... Es war nicht ganz einfach ...»

Van Oenne beugte sich mit einem verständnisvollen Lächeln ein wenig vor und gab gleichzeitig seinem Schreiber erneut ein Handzeichen. «Es bestand also von Beginn an eine ... sagen wir, eine Anziehung zwischen Euch? Ihr wolltet die Sache nicht an die große Glocke hängen, das ist verständlich. Nun ja, immerhin handelte der Schreinemaker ehrenhaft und bat um Eure Hand.»

Marysa atmete erleichtert aus. «Ja, das tat er. Und danach habe ich auch sofort die Zunft verständigt.» Vorsichtig drehte sie sich zu Bruder Weiland um, der aufmerksam zuhörte. Marysa konnte sehen, dass die Wachstafel auf seinem Schoß bereits dicht beschrieben war. Fragend blickte sie den Domherrn an.

«Keine Angst, Frau Marysa», beeilte er sich zu sagen. «Delikate Einzelheiten wird Bruder Weiland in seiner Niederschrift auslassen. Verzeiht, dass ich Euch so unverhohlen ausfrage, doch ich fürchte, dass Euer Verlobter noch so lange in nicht unbeträchtlichen Schwierigkeiten stecken wird, bis er seine Herkunft lückenlos beweisen kann. Es geht hier nicht nur um den Vorwurf des Betrugs, sondern, wie Ihr Euch sicher denken könnt, um weit mehr. Jener Betrug, sollte er stattgefunden haben, würde nämlich gleichzeitig eine Anklage wegen Ketzerei nach sich ziehen. Bruder Christophorus hat sich immerhin als Ablasskrämer ausgegeben und obendrein noch als Inquisitor. Jede einzelne dieser Behauptungen kann zur Todesstrafe führen, sollten sie wahr sein.»

Marysa wurde blass.

«Seht Ihr, deshalb werde ich versuchen, diese Angelegenheit zu einem geteilten Gerichtsfall zu machen. Ich will, dass die Schöffen mit dem Stiftsgericht zusammenarbeiten. Jacobus von Moers soll für unsere Seite als Inquisitor fungieren. Ihr erinnert Euch sicher an ihn?»

Jetzt nickte Marysa. «Er hat sich im vergangenen Herbst als Euer Dombaumeister ausgegeben, nicht wahr?»

«Er ist ein Mann des Erzbischofs. Seit der Einweihung der

Chorhalle weilt er bei seinem Orden in der St. Jakobstraße. In seiner Funktion als Inquisitor ist er höchst angesehen. Er wird uns helfen, die Wahrheit ans Licht zu bringen.»

Van Oenne stieß sich von der Kante des Pultes ab und trat ans Fenster. «Am einfachsten wäre es, wenn wir Bruder Christophorus vorladen könnten», sagte er bedächtig. «Sobald die Schöffen – und unser Richter – die beiden Brüder nebeneinander im selben Raum sehen, wäre der Fall erledigt.»

Auffordernd blickte er Marysa in die Augen.

Sie errötete. «Ich fürchte, das wird nicht möglich sein. Jedenfalls ... nicht so bald. Christoph erzählte mir, dass sein Bruder sich auf eine längere Pilgerreise begeben habe.»

«Tatsächlich. Darf ich fragen, wohin seine Reise geht?»

«Das weiß ich nicht genau. Jerusalem vielleicht. So genau konnte Christoph mir das noch nicht erzählen, Herr van Oenne. Schließlich ist er erst seit zwei Tagen wieder in der Stadt.»

«Schon gut, das können wir später klären.»

«Ich habe bereits einen Boten nach Frankfurt geschickt», beeilte sie sich hinzuzufügen. «Einen aus dem Marienstift sogar, weil Eure Männer als sehr zuverlässig gelten. Er soll Abschriften der gestohlenen Urkunden beim Rat anfordern.»

«Warum weiß ich davon nichts?» Verwundert kam der Domherr wieder auf sie zu. «Aber das ist immerhin etwas. Wenn sich das Wetter hält, dürfte er in ein, zwei Wochen wieder hier sein. Leider wird der Schreinemaker bis dahin im Grashaus verbleiben müssen.»

«Kann ich ihn sehen?», fragte Marysa hoffnungsvoll. «Der Wächter hat mir den Zutritt verweigert, aber ich kann für eine bessere Zelle bezahlen und ...»

«Frau Marysa, ich weiß, dass Ihr besorgt seid», unterbrach van Oenne sie. «Ich werde sehen, was ich tun kann.

Ihr müsst noch ein wenig Geduld haben. Ihr solltet nicht vergessen, dass Ihr ebenfalls unter Verdacht steht, solange keine Beweise vorliegen. Eure Aussage werdet Ihr sicherlich vor den Schöffen und Bruder Jacobus wiederholen, nicht wahr?»

«Selbstverständlich werde ich das.» Nachdrücklich nickte Marysa und spürte in diesem Moment wieder das leichte Flattern in ihrem Bauch. Unwillkürlich legte sie eine Hand darauf, zog sie jedoch wieder fort, als sie van Oennes interessierten Blick bemerkte.

«Also gut, Frau Marysa. Ich möchte, dass Ihr nun nach Hause geht und wartet, bis man Euch zur Aussage vorlädt.» Wieder gab er dem Schreiber ein Zeichen, woraufhin dieser aufsprang. «Bruder Weiland wird Euch hinausbegleiten.» Der Domherr sah Marysa zu, wie sie aufstand, ihr Kleid glatt strich und zur Tür ging. Er räusperte sich, sie drehte sich noch einmal zu ihm um. Bruder Weiland war bereits zur Tür hinaus, als van Oenne mit gesenkter Stimme sagte: «Hoffen wir, dass sich diese Angelegenheit alsbald aufklären wird. Ich schätze Euch sehr, Frau Marysa, nicht nur als Geschäftspartnerin. Abgesehen davon sollte eine Frau in Eurem Zustand sich von allen Aufregungen fernhalten, nicht wahr? Gehabt Euch wohl.»

Marysa antwortete nicht darauf. Sie spürte, wie ihr die Hitze in den Kopf stieg. Rasch wandte sie sich ab und folgte Bruder Weiland hinaus.

16. Kapitel

Fluchend zerknüllte er das Pergament, auf dem der Wechsel vermerkt war. Einen verdammt hohen Betrag hatte dieser betrügerische Bastard bei dem Lombarden hinterlegt. Vermutlich war der Schreinemaker gewitzt genug gewesen, irgendein Erkennungszeichen mit dem Geldwechsler auszumachen, sodass außer ihm niemand an das Geld herankam.

Das wäre an sich ja nicht schlimm – er hatte inzwischen ein hübsches Sümmchen beisammen –, doch er war den ganzen Tag schon in übelster Stimmung. Er hatte den vermaledeiten Boten verpasst! Nun musste ihm etwas einfallen, wie er den Mann noch irgendwie einholen konnte. Oder er legte sich auf die Lauer und wartete ab, bis der Bote mit den neuen Urkunden zurückkehrte. Das war allerdings gefährlich, denn wer konnte wissen, wie lange es dauern und wann genau der Bote wieder in Aachen eintreffen würde? Es war ein zu großes Risiko, darauf zu vertrauen, dass er ihn rechtzeitig abfangen würde, denn er konnte schließlich nicht überall zugleich sein. Nein, er musste ihm folgen. Der Bote durfte Frankfurt nicht erreichen.

Leider konnte er nicht so einfach von hier weg. Zu viel war zu tun, abgesehen davon hätte es merkwürdig ausgesehen, wenn er ausgerechnet jetzt die Stadt verließ. Es sei denn …

Ein verschlagenes Grinsen breitete sich auf seinem Gesicht aus.

Es sei denn, er erfand einen wirklich guten Grund für eine kleine Reise …

17. KAPITEL

Die Grasmatte, auf der Christoph saß, war dünn und an den Rändern ausgefranst. Sie schützte weder vor dem harten Steinboden noch vor der klammen Kälte in der winzigen Zelle. Müde lehnte er den Kopf gegen die Steinwand und schloss die Augen. An Schlaf war allerdings nicht zu denken.

Zwei der Gefangenen, mit denen er sich die Zelle teilen musste, spielten mit kleinen Steinchen irgendein selbstgedachtes Glücksspiel, lachten und grölten dabei unflätig. Ein dritter Mann, bärtig und verlaust wie seine Kumpane, hatte sich auf seiner Matte zusammengerollt und schnarchte.

Kurz dachte Christoph an Marysas bequemes, warmes Haus am Büchel, dann an die unzähligen Schlaflager, die er sich auf seiner Wanderschaft eingerichtet hatte. Jedes einzelne von ihnen war hundertfach angenehmer gewesen als dieses verdreckte Loch, in das man ihn gesteckt hatte. Wenn dies hier seine Aussicht für den Rest seiner Tage sein sollte, würde er freiwillig den Gang zum Richtplatz antreten.

Er öffnete die Augen einen Spalt weit und blickte zu dem winzigen vergitterten Fensterchen hinauf. Es ging nach vorne hinaus. Am frühen Morgen hatte er Stimmen von der Straße heraufschallen gehört und bildete sich ein, dass eine davon Marysas gewesen war. Man hatte sie allerdings nicht zu ihm eingelassen. Das wunderte ihn nicht. So viel er aus den Kommentaren und Gesprächen der Büttel herausgehört hatte, stand es nicht gut um ihn. Natürlich nicht! Mit dieser Entwicklung hatte er rechnen müssen. Der ach so genau kalkulierte Plan, den er sich erdacht hatte, war an einem winzigen, unverhofften Detail gescheitert. Jemand hatte ihn bestohlen. Jemand, der ganz genau wusste, wer Christoph Schreinemaker war. Doch wer? Diese Frage ließ Christoph keine Ruhe. Wer hatte ihn durchschaut? Wer hatte ihn und Marysa womöglich belauscht, als sie damals im Herbst ihren Plan geschmiedet hatten? Und noch etwas bereitete ihm Kopfzerbrechen: Weshalb wollte jemand, dass er – Christoph – zum Tode verurteilt wurde?

Darauf würde es nämlich hinauslaufen, das war ziemlich sicher. Irgendwie musste er Marysa eine Warnung zukommen lassen. Wahrscheinlich hatte sie bereits jemanden nach Frankfurt entsandt, um neue Urkunden einzuholen. Wer auch immer es war, der ihr diesen Dienst erwies, schwebte in Gefahr. Derjenige, der für den Diebstahl verantwortlich war, würde bestimmt nicht zusehen, wie die neuen Schriftstücke den Schöffen vorgelegt würden. Ein weiterer Anschlag stand also zu befürchten.

Christoph hatte bereits versucht, den Wächter zu bestechen, doch mit dem war nicht zu reden. Also musste er einen anderen Weg finden, mit Marysa in Kontakt zu treten.

Der Riegel an der Zellentür ratschte; Christophs Zellengenossen verstummten und blickten neugierig auf. Ein Büttel trat ein und machte eine auffordernde Geste in Christophs Richtung. «Mitkommen», knurrte er.

Christoph erhob sich und vermied es, sich über die Oberarme zu reiben. Er fror erbärmlich, doch in Gegenwart des Gesindels ließ er sich das lieber nicht anmerken. «Wohin bringt Ihr mich?», wollte er stattdessen von dem Büttel wissen.

«Ihr kommt jetzt vor die Schöffen», gab dieser Auskunft. «Sie wollen Euch befragen. In der Acht.» Er packte Christoph grob am Arm; dieser ließ sich bereitwillig hinausführen. Alles war besser als dieses Rattenloch von Gefängniszelle. Und vor den Schöffen hatte er wenigstens die Möglichkeit, sich zu verteidigen.

Bevor der Wächter die Zellentür wieder verschloss, konnte Christoph noch sehen, wie einer der beiden Steinchenspieler es sich mit einem Grunzen auf seiner Grasmatte bequem machte und ihm schadenfroh zugrinste.

Der Weg vom Grashaus zur Acht war kurz, dennoch liefen einige Schaulustige zusammen, als sie des Büttels und des mit Ketten gefesselten Mannes ansichtig wurden. Rufe wurden laut, einige fragend, andere verwundert. Zu erkennen schien ihn bislang niemand, bemerkte Christoph mit Erleichterung. Seine Zunftkleider hoben sich doch sehr von dem Habit ab, das er im Herbst getragen hatte. Als Ablasskrämer war er da schon nicht mehr in Erscheinung getreten. Es stand durchaus zu hoffen, dass zumindest der Großteil der Aachener Bürger keinerlei Verdacht schöpfte, es sei denn, die Verwechslung sprach sich herum.

Er senkte den Kopf und drehte ihn so, dass man sein Gesicht nicht leicht erkennen konnte. Dabei fiel sein Blick auf den alten Amalrich, der nur wenige Schritte von ihm entfernt stand und sich in Bewegung setzte, als er sicher war, dass Christoph ihn erkannt hatte.

«Gottes Segen über den armen Sünder», krächzte Amalrich und kam noch etwas näher, um – scheinbar segnend – Christoph am Ärmel zu berühren. «Möge die Gottesmutter mit dir sein.»

«He, weg da, Alter», schimpfte der Büttel, dann erkannte er den Bettler. «Ach, du bist es, Amalrich. Geh zur Seite, behindere mich nicht. Ich muss den Mann hier vor das Schöffengericht bringen.»

«Ja doch.» Amalrich verbeugte sich tief, blieb jedoch an Christophs Seite. «Aber es wird wohl erlaubt sein, ein Gebet für den Unglücklichen zu sprechen.»

«Tu, was du nicht lassen kannst.» Abfällig zuckte der Büttel mit den Achseln. «Aber sein Unglück hat sich der Kerl selbst zuzuschreiben. Mit dem brauchst du kein Mitleid zu haben.»

«O doch, Mitgefühl gehört einem jeden Sünder», dozierte Amalrich und lächelte milde. «Kommt, guter Mann», wandte er sich an Christoph. «Stimmt in mein kleines Gebet zur Gottesgebärerin ein. Das wird Eure Seele erleichtern.»

Inzwischen hatten sie die Acht erreicht. Der Büttel übergab die Kette, an die Christoph gefesselt war, einem Gerichtsdiener, dem daraufhin ein weiterer Mann zu Hilfe eilte. Sie bewachten Christoph, während der Büttel seine Ankunft im Schöffensaal bekannt gab.

Amalrich schob sich dicht neben Christoph und faltete die Hände. Leise murmelte er die Worte eines Gebets und blickte Christoph dabei auffordernd in die Augen. Dieser stimmte daraufhin ebenso leise in die Litanei ein, bis der Büttel wieder aus der Acht kam.

«Los jetzt, hinein mit Euch», forderte er Christoph auf.

«Wartet!», mischte Amalrich sich ein. «Der Mann muss noch seine Fürbitte aussprechen. Ihr wollt ihm doch nicht das Gebet verwehren, oder?»

«Verflixt, dann aber schnell», brummte der Büttel und verschränkte die Arme vor der Brust. «Macht schon!»

Christoph und Amalrich sahen einander kurz an, dann murmelte Christoph halblaut: «Ich bitte die Gottesmutter Maria demütig um Hilfe. Gebe sie, dass meine Verlobte wohlauf ist, und noch mehr, dass der Bote, den sie nach Frankfurt geschickt hat, unversehrt und heil wieder nach Aachen zurückkehrt.»

«Amen», sagte Amalrich. «Ich wünsche Euch Glück, Meister Schreinemaker.» Im nächsten Augenblick war er verschwunden. Der Büttel brummte etwas Unverständliches. «Der Alte ist wirklich ein bisschen verrückt. Läuft herum und segnet die Schurken, anstatt sich an die wohlgefälligen Christenmenschen zu halten. Kommt jetzt!» Er zerrte an Christophs Handschellen und brachte ihn in den großen Schöffensaal.

***

«Nichts zu machen.» Verärgert ging Bardolf wieder einmal in Marysas Stube auf und ab. «Die Schöffen wollten mir keine Auskunft geben. Offenbar hat sich das Stiftsgericht eingemischt, und bevor nicht geklärt ist, wer die Zuständigkeit in Christophs Fall hat, darf niemand für ihn sprechen, geschweige denn bürgen.»

Marysa hatte sich auf die Bank gesetzt und sah Imela und Geruscha dabei zu, wie diese den Tisch für das Mittagsmahl deckten. Bei Bardolfs letztem Satz stand sie auf. «Der Domherr van Oenne will die Sache in die Hand nehmen», erklärte sie. «Er versucht, diesen Dominikaner als Inquisitor einzusetzen, der vergangenes Jahr die Stelle des verstorbenen Dombaumeisters übernommen hat. Weißt du noch? Er hat sich nur als Baumeister ausgegeben. In Wahrheit ist er ein Gefolgsmann des Erzbischofs von Köln und soll mit Dietrich von Moers verwandt sein.»

Bardolf blieb vor ihr stehen und runzelte die Stirn. «Was man so hört, soll es Erzbischof Friedrich nicht gutgehen. Man munkelt, er liege sogar schon auf den Tod. Dietrich hat die besten Aussichten, sein Nachfolger zu werden.»

Marysa nickte. «Darum ging es ja damals, weißt du nicht mehr? Wilhelm von Berg hat versucht, Dietrich auszustechen und ...» Sie stockte. «Egal. Jedenfalls ist dieser Jacobus von Moers ein angesehener Mann.»

«Das mag ja sein.» Bardolf machte ein skeptisches Gesicht. «Kann man ihm trauen? Er hat Christoph damals gesehen. Wenn er ein so guter und angesehener Inquisitor ist, wird er sicher nicht so leicht auf Christophs Possenspiel hereinfallen.»

Verärgert funkelte Marysa ihren Stiefvater an. «Es ist kein Possenspiel!» Sie wandte sich ab. «Zumindest nicht so, wie alle glauben. Du weißt, dass Christoph seine Herkunft nachweisen kann.»

«Bisher habe ich nicht eine seiner Urkunden gesehen», gab Bardolf zu bedenken. Bevor Marysa erneut protestieren konnte, hob er rasch die Hände. «Schon gut, reg dich nicht auf. Wenn ich ihm nicht trauen würde, hätte ich ihm schon vergangenen Herbst den Hals umgedreht. Aber du musst zugeben, dass diese ganze Angelegenheit nicht eben dazu angetan ist, das Vertrauen der Aachener Schöffen oder gar des Stiftsgerichts zu gewinnen.»

«Der Domherr hat gesagt, dass sie Christoph Zeit geben werden, bis die neuen Urkunden hier sind.»

«Wollen wir hoffen, dass es so ist», brummelte Bardolf. «Ich muss in meine Werkstatt zurückkehren. Schließlich habe ich noch eine Arbeit zu verrichten und Kunden, die auf mich warten.»

«Ich weiß, Bardolf.» Marysa umarmte ihn kurz. «Ich danke dir, dass du dir die Mühe gemacht hast, zur Acht zu gehen.»

«Viel herausgekommen ist ja nicht dabei.»

«Trotzdem. Ich wüsste nicht, was ich ohne deine Hilfe tun sollte.» Marysa lächelte tapfer. «Grüß Mutter und Éliás von mir.»

«Das werde ich.» Bardolf drückte noch einmal kurz ihre Hand und verließ dann die Stube.

Einen Augenblick später streckte Geruscha den Kopf durch den Türspalt. «Herrin, sollen wir jetzt das Essen auftragen?»

«Ja bitte. Und dann sagt den Gesellen Bescheid und den Knechten.»

«Milo und Jaromir warten schon in der Küche», sagte Geruscha mit einem verstohlenen Lächeln. «Die beiden scheinen ziemlichen Hunger zu haben.»

«Milo ist ein Fass ohne Boden», antwortete Marysa erheitert. «Dann schick sie herein. Ich will nicht, dass mein Gesinde verhungert.» Geruscha war wirklich sehr still, ruhiger und zurückhaltender noch als Imela. Soweit Marysa bisher sehen konnte, war sie fleißig und folgsam. Auch das Nachtwandeln hatte sich anscheinend nicht wiederholt.

Wenigstens eine gute Tat, dachte Marysa, die ihr beim Jüngsten Gericht zu ihren Gunsten angerechnet werden würde. Wie sich das Lügengespinst, das sie mit Christoph verband, auswirken würde, darüber dachte sie lieber nicht nach. Vermutlich würde selbst der vollkommene Ablass, den sie schon als Kind bei einer der großen Heiltumsweisungen erhalten hatte, den Allmächtigen nicht wirklich milde stimmen. Dazu müsste er schon einen ausgeprägten Sinn für Humor besitzen.

***

Marysa hatte eben mit dem Tischgebet begonnen, als ein lautes Pochen an der Haustür sie unterbrach. Erschrocken blickte sie auf. «Jaromir, sieh nach, wer dort ist.»

Der Knecht sprang auf und eilte aus der Stube. Augenblicke später kam er zurück. «Herrin, da ist ein abgerissener Bettler und will Euch sprechen. Ich glaube, es ist dieser Amalrich, der ewige Pilger. Bestimmt kennt Ihr ihn.»

«Der alte Amalrich will mich sprechen?» Marysa stand von ihrem Stuhl auf. «Natürlich weiß ich, wer er ist. Jeder in Aachen kennt ihn. Mein Vater hat ihm jeden Sonntag ein Almosen zukommen lassen, wenn er ihn vor der Kirche sah. Hat er gesagt, worum es geht?»

«Er sagte etwas von der Fürbitte eines armen Sünders.» Jaromir zuckte mit den Schultern. «Er ist nicht ganz richtig im Kopf, wenn Ihr mich fragt.»

«Der Alte spinnt nicht», mischte Milo sich ein. «Wenn er

was zu sagen hat, dann ist es bestimmt wichtig. Vielleicht wegen dem Meister. Dem Schreinemaker, meine ich.»

Marysa gab Jaromir ein Zeichen, ihr zu folgen. «Ich rede mit ihm.» Sie fand den kleinen, verhutzelten Mann mit dem langen weißen Bart geduldig wartend vor ihrer Haustür. «Tritt ein», forderte sie ihn auf. «Was willst du hier? Mein Knecht sagte, du wolltest mit mir sprechen.»

«So ist es», antwortete der Alte und ließ eine tiefe Verbeugung folgen. «Verzeiht, wenn ich Euch zur Mittagszeit störe, wohledle Frau. Ich muss Euch die Botschaft eines armen Sünders übermitteln, der aufgrund einer ärgerlichen Verwechslung für jemand anderen gehalten wird.»

«Du hast mit Christoph gesprochen?», entfuhr es Marysa. «Was hat er dir gesagt?»

«Nicht viel, wie Ihr Euch vorstellen könnt, die Umstände unseres Zusammentreffens waren für lange Gespräche nicht angetan.» Amalrich blinzelte. «Eine unerhörte Ähnlichkeit hat er mit dem guten Bruder Christophorus, das muss ich schon sagen. Ich hätte nicht gedacht, dass er sich unter diesen Vorzeichen überhaupt nach Aachen hineintrauen würde.» Er kicherte. «Aber was tut man nicht alles, wenn das Herz es befiehlt. Nicht wahr?»

Marysa wurde rot. «Ich weiß nicht, was du meinst, Amalrich.»

«Nein? Das wundert mich. Zuletzt hatte ich den Eindruck, dass auch Euer Herz Feuer gefangen hat.» Der Alte wurde wieder ernst. «Frau Marysa, verzeiht mir mein offenes Reden. Ich weiß, wer Christoph Schreinemaker ist.»

«Du weißt …?

«Er hat mich erkannt, als ich ihm bei van Lyntzenichs Schmiede begegnete. Selbst dem vorsichtigsten Mann kann so etwas passieren.» Er hob kurz die Hände. «Mich geht das ja nichts an, deshalb werde ich kein Wort darüber verlieren, Frau Marysa. Schon um Eures seligen Vaters willen, der mir immer ein guter Freund und Gönner gewesen ist.»

Marysa verstand. «Ich denke, dass ich meines Vaters gutes Werk an dir fortsetzen sollte. Es ist nur christlich, einen Pilgersmann wie dich mit regelmäßigen Almosen zu unterstützen.» Sie schwieg einen Moment. «Also, was hat er dir gesagt?»

18. Kapitel

«Geh in die Küche und häng meinen Mantel beim Feuer auf», rief Marysa Geruscha zu und zog noch im Gehen ihren Umhang aus. Die Magd nahm ihn an sich und eilte durch die Werkstatt in Richtung Küche. Ordnend fasste Marysa an ihre Haube und strich ihr Kleid glatt, dann wandte sie sich an ihre beiden Gesellen, die gerade dabei waren, den fertigen Schrein für den Kaufmann Boecke zu verpacken. «Heyn, Leynhard, ich muss mit euch sprechen», begann sie. «Ich komme gerade von der Domimmunität. Leider scheint der Domherr van Oenne heute früh ganz plötzlich in Geschäften die Stadt verlassen zu haben. Der Dechant weilt ebenfalls nicht in Aachen, sodass ich leider niemanden habe, an den ich mich dort wenden kann. Ich brauche aber jemanden, der dem Boten nachreitet und ihn warnt. Wenn Christoph mit seinem Verdacht recht hat, schwebt der Mann möglicherweise in Gefahr.»

«Ihr glaubt wirklich, dass jemand den Boten nach Frankfurt verfolgt oder ihm auflauert, um ihm etwas anzutun?» Besorgt hob Heyn den Kopf.

«Das können wir nicht wissen», antwortete Marysa. «Ich

möchte kein Risiko eingehen. Der Bote gehört zum Marienstift, deshalb wollte ich mich zuerst dorthin wenden. Nun aber halte ich es für sinnvoll, selbst jemanden auszusenden.» Bedeutungsvoll blickte sie von Heyn zu Leynhard. «Euch kann ich vertrauen. Boeckes Schrein ist fertig; er wird ihn morgen abholen. Alle weiteren Arbeiten sind nicht so dringlich. Heyn ...» Bittend sah sie ihren Altgesellen an. «Würdest du mir diesen Gefallen tun? Wenn du gleich morgen früh aufbrichst, holst du den Boten vielleicht ein. Oder du triffst ihn zumindest in Frankfurt. Es ist wirklich sehr wichtig ...»

«Aber ja doch, Frau Marysa.» Heyn nickte mit ernster Miene. «Ich bin zwar kein so guter Reiter, aber für Euch tue ich das. Es kann ja nicht angehen, dass jemand Euch und dem neuen Meister Schaden zufügt. Oder dem armen Boten. Ich könnt' heute gleich aufbrechen. Ist zwar schon Nachmittag, doch wenn ich mich beeile, käme ich noch ein gutes Stück weit.»

«Ja, das wäre vielleicht gut. Dann lasse ich Grimold ein Pferd für dich satteln. Balbina soll dir eine Wegzehrung zusammenpacken.» Sie wandte sich an Leynhard. «Kümmere dich einstweilen allein um den Schrein.»

«Jawohl, Frau Marysa, keine Sorge.» Ohne Umstände machte sich Leynhard wieder an die Arbeit.

Gerade wollte Marysa die Werkstatt verlassen, als es an der Haustür klopfte. Sie ging selbst, um zu öffnen, und sah sich einem Schreiber der Zunft gegenüber.

«Frau Marysa, gut, dass ich Euch antreffe.» Der junge Mann verbeugte sich. Soweit sie sich erinnerte, hieß er Tilo Runge. «Ist Euer Geselle Heyn im Hause? Ich habe eine Nachricht für ihn.»

«Eine Nachricht für Heyn?» Marysa blickte kurz über die Schulter, denn in diesem Moment trat ihr Altgeselle gerade wieder in die Werkstatt. Er hatte bereits Gugel und Mantel angezogen. «Heyn!» Marysa winkte ihn näher. «Hier will dich jemand sprechen.»

«Mich? Wer denn?» Heyn kam an die Tür und musterte den Zunftschreiber. «Was gibt es?»

«Heyn Meuss, Ihr seid doch der Vormund Eurer Nichte Magdalena, nicht wahr?», fragte Runge.

Heyn nickte. «So ist es. Seit meine arme Schwester gestorben ist, kümmere ich mich um die beiden Töchter. Na ja, soweit mir das möglich ist.»

«Ein Schustergeselle, der bald als Meister die Werkstatt seines Vaters übernehmen wird, hat um ein Gespräch mit Euch gebeten», erklärte der Schreiber. «Offenbar wünscht er, Eure Nichte zu ehelichen.»

«Die Magdalena?», wunderte Heyn sich. «Die ist doch erst sechzehn. Seid Ihr sicher, dass es nicht um Margarete geht?»

Runge zuckte die Achseln. «Mir wurde der Name Magdalena genannt. Es scheint dringend zu sein. Ich soll Euch ausrichten, dass Ihr schon morgen in Kornelimünster erwartet werdet.»

«Morgen? Aber ...» Heyn fasste sich an den Kopf und drehte sich zu Marysa um, die dem Gespräch gelauscht hatte. «Ich muss was für Frau Marysa erledigen. Kann das nicht ein paar Tage warten?»

Marysa trat nun ebenfalls wieder an die Tür. «Heyn, deine Familienangelegenheiten gehen natürlich vor. Wenn dieses Gespräch mit dem Schuster wirklich so dringend ist, solltest du keine Zeit verlieren. Und bedenke, ein Schustermeister ist eine gute Partie für deine Nichte.»

«Ja, aber ich habe Euch versprochen ...»

«Mach dir keine Gedanken», kam es nun von Leynhard. «Ich reite für dich nach Frankfurt. Das heißt, wenn es Frau

Marysa recht ist.» Fragend blickte er Marysa an. «Ich tue das gerne, wirklich. Nur ist dann leider keiner von uns in der Werkstatt.»

«Das macht nichts», erwiderte Marysa erleichtert. «Es wird schon nicht schaden, die Werkstatt für ein paar Tage zu schließen. Ich danke dir, Leynhard, das ist wirklich sehr nett von dir.»

«Ach, keine Ursache.» Leynhard errötete leicht. «Das tu ich wirklich gern, Frau Marysa. Ihr wisst, dass ich Euch immer ...» Er brach ab und senkte verlegen den Blick. «Ich kann mich gleich reisefertig machen, wenn Ihr wollt.»

«Also gut. Ich gebe Grimold Bescheid, dass er dir ein Pferd sattelt, und dann ...»

«Frau Marysa», mischte sich der Schreiber noch einmal ein. «Für Euch habe ich auch noch eine Nachricht. Der oberste Zunftgreve wünscht, Euch so bald wie möglich im Zunfthaus zu sehen. Ihr sollt Euch vor der Zunftversammlung zu den Anschuldigungen gegen Euren angeblichen Verlobten äußern.»

Marysa funkelte ihn erbost an. «Er ist nicht mein *angeblicher* Verlobter», zischte sie, «sondern mein zukünftiger Gemahl und Meister dieser Werkstatt. Sagt Hartwig, dass ich am nächsten Mittwoch zur regulären Versammlung erscheinen werde und keinen Tag früher.»

«Sehr wohl, Frau Marysa.» Runge wirkte etwas verstört. Offenbar hatte er nicht mit ihrer schroffen Reaktion gerechnet. «Ich richte es ihm aus. Meister Schrenger war sehr ungehalten, weil man Euren ... also den Schreinemaker eingesperrt hat.»

«Ungehalten?» Marysa starrte den Schreiber empört an. «Das ist ja wohl die Höhe! Richtet Hartwig aus, er soll an seiner Schadenfreude ersticken.» Ohne ein weiteres Wort machte sie auf dem Absatz kehrt und ließ den Schreiber an der Tür stehen.

«Da habt Ihr aber in ein Wespennest gestoßen», sagte Leynhard leise. «Meister Schrenger und Frau Marysa sind im Augenblick nicht die besten Freunde.»

«Der Zunftgreve tut nur seine Pflicht», versuchte Runge sich zu verteidigen. «Ich befolge lediglich seine Anweisungen.»

«Und Frau Marysa ist wütend auf ihn, weil er es war, der ihren Verlobten ins Grashaus gebracht hat. Das ist ja wohl verständlich», fuhr Leynhard ihn ungewöhnlich grob an. «Nun entschuldigt mich, ich muss mich für den Ritt nach Frankfurt umkleiden.» Er warf dem Schreiber die Tür vor der Nase zu und eilte hinauf in seine Kammer, um seinen Mantel, Schal und eine warme Gugel zu holen.

***

Unruhig ging Marysa in ihrer Schlafkammer auf und ab. Leynhard war bereits seit einigen Tagen unterwegs. Sie hoffte, er hatte den Boten mittlerweile ausfindig machen können. Da das Wetter weiterhin trocken und vergleichsweise warm war, ging sie davon aus, dass ihr Geselle bald Frankfurt erreichen würde. Es machte sie fast verrückt, untätig warten zu müssen. Noch immer verwehrte man ihr den Besuch bei Christoph; sie kam fast um vor Sorge. Rochus van Oenne war noch nicht von seinen Geschäften zurückgekehrt, und wie sie gehört hatte, schien nun auch der Inquisitor, Bruder Jacobus, Aachen für kurze Zeit verlassen zu haben. Dies war wohl der Grund dafür, dass man niemanden zu Christoph ließ. Die Befragungen waren nicht abgeschlossen, und solange der Inquisitor abwesend war, wurden sie nicht wiederaufgenommen. Offenbar hatte sich das Schöffenkolleg zähneknirschend dem Wunsch des Marienstifts nach einer Zusammenarbeit gebeugt.

In zwei Tagen würde die Versammlung im Zunfthaus stattfinden. Marysa hatte insgeheim gehofft, zu diesem Zeitpunkt bereits offiziell Christophs Unschuld verkünden oder wenigstens die neuen Urkunden vorweisen zu können. Aber noch war der Bote ja nicht zurückgekehrt, und inzwischen sah sie ein, dass er gewiss nicht so schnell wieder hier sein würde. Selbst wenn der Frankfurter Rat die Dringlichkeit ihres Anliegens berücksichtigte, würde es eine Weile dauern, die Schriftstücke zu kopieren.

Schaudernd rieb sich Marysa über die Oberarme. Zwar verbreitete das Kohlebecken neben dem Bett einen rötlichen Lichtschein und eine sanfte Wärme, doch diese reichte nicht aus, die gesamte Kammer zu durchdringen. Auch wenn die Sonne die Tage bereits vorfrühlingshaft warm machte, waren die Nächte empfindlich kalt. Marysa hatte ihr Überkleid abgelegt und sich ihren Hausmantel übergeworfen. Während sie auf und ab ging und dabei immer wieder einen Bogen um die knarrende Bodendiele neben ihrem Bett machte, strich sie gedankenverloren über die leichte Wölbung ihres Leibes. Was würde aus ihr – und vor allem ihrem Kind –, wenn man Christoph verurteilte? Ihr war klar, dass es wenig hilfreich war, sich darüber Gedanken zu machen, doch sie konnte einfach nicht anders. Von Anfang an hatte sie gewusst, wie gefährlich Christophs Vorhaben war, und nur zugestimmt, weil sie darauf vertraute, dass die Beweise, die er für seine Herkunft erbringen wollte, hieb- und stichfest waren. Niemals wäre ihr in den Sinn gekommen, dass jemand Christoph bestehlen könnte. Und schon gar nicht, dass dieser Jemand ein Mitglied ihrer Familie sein könnte. Noch immer bestritt Hartwig mit Nachdruck, die Urkunden an sich genommen zu haben.

So langsam begann Marysa daran zu zweifeln. Hartwig war ein ungemütlicher Zeitgenosse. Missgünstig, ehrgeizig, aber sie hatte ihn nie als bösartig betrachtet. Wer sonst hätte einen Grund, Christoph und ihr Schaden zuzufügen? Sie hatte keine Feinde. Geschäftliche Kontrahenten vielleicht, allerdings würden diese nicht zu solchen Mitteln greifen, um sie loszuwerden. Das war Unsinn. Ganz abgesehen davon, dass kaum einer dieser Männer von ihren Heiratsplänen wusste. Vielleicht hatte ihr Großvater etwas darüber verlauten lassen, doch da er in Christophs Vergangenheit eingeweiht war, bezweifelte sie auch das. Außerdem weilte Bernát Kozarac jetzt wieder in Ungarn.

Nein, es musste jemand in Aachen sein. Jemand, der sie – Marysa – sehr gut kannte, womöglich in ihrem Haus ein und aus ging, vielleicht ein Freund war. Der Gedanke ängstigte sie. Davon durfte sie sich nicht beeindrucken lassen, denn die Angst würde sie nur lähmen.

Kurz dachte sie an die anderen Vorfälle der letzten Zeit. Der Überfall auf den Silberschmied van Hullsen, der Brand in van Lyntzenichs Silberschmiede. Beinahe hatte sie diese Ereignisse verdrängt. Sie waren ob ihrer eigenen Probleme weit in den Hintergrund ihrer Beachtung getreten. Van Oenne hatte zwar gesagt, er werde sich um die Aufklärung bemühen, doch schien auch er bisher im Dunkeln zu tappen. Hier war jemand am Werk, der ihr, oder vielmehr dem Marienstift, erheblichen Schaden zufügen wollte. Was brachte die Menschen nur dazu, solche Untaten zu begehen? Sie sprach sich zwar von sündhaftem Verhalten beileibe nicht frei – immerhin verkaufte sie Reliquien, die zumeist alles andere als echt waren. Doch schadete sie niemandem damit. Reliquien waren Symbole der Andacht und des Glaubens. Die Menschen brauchten eben etwas Greifbares, auf das sie ihre Hoffnungen und Gebete richten konnten. Ihnen solche Gegenstände zur Andacht zu verkaufen, sah Marysa nicht wirklich als verwerflich an, denn jedem Menschen, der nur einen Hauch gesunden Menschenverstand besaß, musste klar sein, dass weitaus mehr Reliquien im Umlauf waren, als es jemals Heilige gegeben hatte. Selbst wenn man einen jeden Märtyrer nach seinem Tode in winzige Einzelteile zerlegt hätte – und bei diesem Gedanken musste Marysa schmunzeln –, würde dies nicht ausreichen, die kursierende Zahl der Heiltümer auch nur annähernd zu erreichen. Wenn also jemand dennoch eine Reliquie bei ihr erstand, würde sie ihm diesen Wunsch, soweit es irgend möglich war, erfüllen, ohne Gewissensbisse dabei zu verspüren.

Ganz ähnlich hatte Christoph über seinen früheren Ablasshandel gesprochen. Zu Beginn ihrer Bekanntschaft war sie erbost darüber gewesen, denn in ihren Augen war die Ablasskrämerei wirklich eine gemeine Täuschung der Menschen. Marysa glaubte nicht daran, dass Gott, der Allmächtige, Sünden gegen eine Geldzahlung vergab. Als sie später herausfand, dass Christophs Ablassbriefe allesamt gefälscht waren, hatte ihre Abneigung zunächst zugenommen. Inzwischen sah sie ein, dass es sich mit den Ablassurkunden – ob nun echt oder gefälscht – ebenso verhielt wie mit ihren Reliquien: Es waren Symbole der Hoffnung, nicht mehr, nicht weniger.

Dieses Argument würde allerdings weder vor dem Schöffen- noch vor dem Stiftsgericht standhalten. Für die einen war es schlicht Betrug, für die anderen Blasphemie und Ketzerei. Genügend Gründe, Christoph dem Henker zu übergeben. Doch so weit würde es nicht kommen. Sie wollte alles in ihrer Macht Stehende tun, um Christoph aus dem Gefängnis herauszuholen.

Was, außer Abwarten, bis der Bote aus Frankfurt zurückkehrte, konnte sie tun? Zögernd stand Marysa wieder auf und verließ ihre Kammer. Im Haus war es zu dieser späten Stunde sehr still. Das Gesinde schlief bereits tief und fest. Nicht mehr lange, bis die Glocken der Kirchen und des Domes die Mitternacht verkünden würden.

Mit der Öllampe, die immer auf der Truhe neben ihrem Bett stand, ging Marysa hinüber zu der Gästekammer, in der Christoph im vergangenen Herbst genächtigt hatte. Dorthin hatte sie seine Habseligkeiten aus der Herberge bringen lassen. Bisher hatte sie lediglich die Werkzeugkiste geöffnet sowie das Bündel mit den Zinnbechern durchgesehen. Alle anderen Gepäckstücke lagen unberührt auf dem Bett.

Marysa betrachtete die ordentlich verschnürten Bündel im flackernden Schein des Lämpchens. Sie stellte es vorsichtig auf der Werkzeugkiste ab und griff nach einem der Gepäckstücke. Vorsichtig öffnete sie die Verschnürung und rollte den Stoff auseinander. Es handelte sich, wie sie erst jetzt bemerkte, um einen Mantel.

Sie hielt kurz den Atem an. Es war die Houppelande ihres Vaters! Sie hatte Christoph diesen wärmenden Mantel einst auf seine Reise mitgegeben. Damals hatte sie geglaubt, ihn nie wiederzusehen – nein, ihn nie wiedersehen zu wollen!

Wie lange war das her? Nicht einmal zwei Jahre, wurde ihr bewusst. Wie viel war seither geschehen! Sie vergrub ihr Gesicht in die Wolle und meinte, Christophs Geruch wahrzunehmen. In ihrer Kehle bildete sich ein Kloß. Sie sehnte sich nach ihm. Niemals hätte sie gedacht, dass ihr einmal ein Mann begegnen würde, der solch tiefe Gefühle in ihr auslösen würde. Und hätte ihr jemand gesagt, dass dieser Mann ausgerechnet einer der größten Betrüger und Gauner unter Gottes Sonne sein würde, sie hätte es nicht geglaubt.

Kurz wanderten ihre Gedanken zu ihrem Bruder Aldo, der nun schon lange tot war. Sein Grab würde sie nie besuchen können – es befand sich auf einem kleinen Friedhof in der Nähe der Stadt Pamplona. Aldo war es gewesen, der Christoph zu ihr nach Aachen geschickt hatte. Was hatte er wohl dabei im Sinn gehabt? Aldo war zwar sieben Jahre älter als sie, doch er war immer ihr bester Freund gewesen. Ausgerechnet einen Ablasskrämer – noch dazu einen falschen – hatte er ausgesandt, sich um sie zu kümmern.

Seufzend legte sie den Mantel wieder zusammen und griff nach dem Beutel, der beim Auseinanderfalten des Kleidungsstücks aufs Bett gefallen war. Sie wünschte, sie könnte ihrem Bruder danken ... und ihn heftig dafür schelten, dass sie nun wegen ihm so tief in Schwierigkeiten steckte.

Sie löste die Verschnürung des Beutels und hielt im nächsten Moment ein silbernes Pilgerabzeichen in der Hand, das mit einer Öse an einer einfachen Silberkette befestigt war. Sie traute ihren Augen kaum. Die Gravur zeigte eindeutig den Aachener Dom und ähnelte bis ins Detail jenem Abbild, das sich auf den Abzeichen befand, die van Oenne für ihre Reliquiare anfertigen ließ!

Marysa spürte, wie sich die Haare auf ihren Oberarmen aufrichteten. Sie drehte das Zeichen um. Die Rückseite zierte ganz unverkennbar ein H – das Erkennungszeichen des Silberschmieds van Hullsen.

Woher stammte dieses Abzeichen? Und weshalb hatte Christoph es auf seiner Reise bei sich gehabt? Marysas Hand schloss sich fest um das Schmuckstück. Er hatte nicht wissen können, dass das Marienstift sie mit diesem neuen Auftrag betraut hatte. Erwähnt hatte er dieses Abzeichen auch nicht, doch das war wenig verwunderlich. Wahrscheinlich hatte ihm einfach die Zeit dazu gefehlt. Er hatte es bestimmt zufällig irgendwo gefunden. Sie musste mit ihm sprechen! Vielleicht ließ man sie zu ihm, wenn sie den Schöffen erklärte, dass der Fund des Abzeichens ein wichtiger Hinweis war, der sie vielleicht zu van Hullsens Mörder führte.

Das Knarren der Bodendielen hinter ihr ließ Marysa heftig zusammenfahren. Sie drehte sich um und blickte in Geruschas Gesicht. Die Augen des Mädchens waren weit geöffnet, doch zu sehen schien sie nichts. Dennoch ging sie langsam auf Marysa zu, blieb stehen, öffnete und schloss den Mund ein paarmal, ohne einen Laut über die Lippen zu bringen. Dann wandte sie sich um und verließ die Kammer wieder.

Marysa war verblüfft. «Geruscha?» Sie folgte der Magd und sah gerade noch, wie diese einen Schritt zu viel in Richtung der Stiege machte. Der Fuß des Mädchens trat ins Leere, sie strauchelte.

«Geruscha!» Entsetzt machte Marysa einen Satz auf sie zu, schaffte es jedoch nicht, den Sturz zu verhindern. Die Magd fiel einige Stufen hinab und stieß dabei einen Schrei aus. Sie fuchtelte mit den Armen und schaffte es, sich abzufangen. Wimmernd blieb sie auf der Treppe liegen.

«O mein Gott, Geruscha! Beweg dich nicht. Ich helfe dir.» Marysa stellte ihre Lampe auf dem Boden ab. «Wo tut es weh? Hast du dir etwas gebrochen?»

«Was ist denn hier los?» Jaromir streckte den Kopf aus seiner Kammer; gleichzeitig erschien auch Balbina in ihrer Tür.

«Ist da jemand ...? Oje, oje!» Die beleibte Köchin stürzte zum Treppenabsatz. «Ist das Mädchen die Treppe runtergefallen? Wie konnte das passieren?»

Marysa beugte sich inzwischen über Geruscha und versuchte, das schluchzende Mädchen zu beruhigen. «Schon gut, Geruscha. Atme tief durch und sag mir, ob dir etwas wehtut!» An Balbina gewandt, antwortete sie: «Sie ist wieder im Schlaf gewandelt. Jaromir!» Sie winkte ihren Knecht herbei. «Komm und hilf mir. Ich weiß nicht, ob Geruscha laufen kann. Du bist kräftig genug, sie in ihre Kammer zu tragen.»

«Ist Geruscha was passiert?» Verschlafen kam nun Milo hinzu und blickte mit großen Augen auf seine Base hinab. Auch Imela kam herbei, sodass der schmale Gang zwischen der Stiege und den Kammern regelrecht überfüllt war.

«Es tut mir leid, Mutter.» Geruscha schluchzte noch immer. «Ich weiß gar nicht ... Wie bin ich denn hierhergekommen?» Sie versuchte aufzustehen und stieß einen Schmerzenslaut aus. «Aua, mein Arm!» Verwirrt blickte sie sich um. «Wo bin ich? Oh, Herrin!» Erst jetzt schien sie Marysa zu erkennen. «Ich dachte, ich sei zu Hause. Aber wir haben ja gar keine Treppe. Ich ...»

«Schon gut, Mädchen, beruhige dich.» Marysa tätschelte vorsichtig ihre Hand und machte dann Jaromir Platz.

«Nicht!» Geruscha wehrte sich, als er versuchte, sie hochzuheben. «Lass mich! Lass mich!» Sie stöhnte erneut laut auf, fasste sich an den Arm. «Geh weg! Weg! Fass mich nicht an!», schrie sie hysterisch. «Mutter!» Tränen quollen ihr aus den Augen.

Jaromir fuhr zurück und betrachtete das Mädchen verstört. «Entschuldige. Ich wollte dir nur helfen.»

Marysa versuchte nun ihrerseits, Geruscha zu stützen. «Komm, Mädchen, es geschieht dir nichts. Jaromir will dir nichts tun. Kannst du aufstehen?»

Wie ein verängstigtes Kind drängte Geruscha sich an Marysa. «Ja, ich ... Au!» Als sie versuchte, ihren linken Knöchel zu belasten, knickte sie ein. «Ich kann nicht, Herrin.»

Marysa schüttelte den Kopf. «So geht das nicht. Milo, komm her. Vielleicht lässt sie sich von dir tragen.»

Er drängte sich sogleich an den anderen vorbei. «Geruscha? Komm, ich helfe dir. Hier auf der Treppe kannst du nicht liegen bleiben. Wenn ich ...»

«Nein, nicht! Lass mich!»

«Was machen wir denn jetzt?» Balbina beäugte das Mädchen stirnrunzelnd. «Anscheinend lässt sie sich von keinem Mann anfassen. Verständlich, wenn man bedenkt ...» Sie stockte und räusperte sich verlegen. «Herrin, wir könnten versuchen, sie gemeinsam ...»

«Nein.» Marysa winkte ab. «Das wird nichts, Balbina. Die Stiege ist viel zu eng. Wir verletzen sie nur noch mehr.»

«Ich weiß was», mischte sich Imela unvermittelt ein. Aller Augen richteten sich auf sie. Das stille Mädchen errötete bis zu den Haarwurzeln. «Einer von den Männern, Jaromir oder Milo, trägt sie und ich halte ganz fest ihre Hand. Ja, Geruscha?» Sie suchte den Blick der anderen Magd. «Ich bleib ganz dicht bei dir, dann kann dir nichts passieren. Niemand tut dir was, weil ich ja bei dir bin.»

Zweifelnd blickte Marysa zwischen ihren beiden Mägden hin und her. «Imela, ich glaube nicht, dass ...»

«Doch, das geht!», beharrte Imela. «Geruscha hat Angst vor Männern, die sie anfassen. Aber wenn ich sie fest bei der Hand nehme, weiß sie, dass sie nicht allein ist. Damals war sie nämlich ganz allein. So war es doch, Geruscha?»

Geruscha senkte den Kopf, antwortete jedoch nicht.

«Also los», rief Milo und beugte sich erneut über seine Base. Sie schrie leise auf und boxte ihn heftig in den Magen.

«Verflixt!» Beinahe wäre er ebenfalls gestürzt. Gerade noch fing er sich und rieb sich die Stelle, an der ihn Geruschas Faust getroffen hatte. Finster blickte er zu Imela auf. «Noch so eine gute Idee?»

«Ich war doch gar nicht bei ihr!», verteidigte Imela sich und schob sich nun ganz dicht vor die andere Magd. «Nimm meine Hand», forderte sie sie eindringlich auf. «Solange du meine Hand hältst, kann dir nichts passieren.»

Zögernd ergriff Geruscha Imelas Hand. Sie zitterte am ganzen Leib.

«Also los dann», brummelte Jaromir. «Ich will nicht die ganze Nacht hier rumstehen.» Er quetschte sich an Imela vorbei. «Wehe, du beißt mich!», sagte er zu Geruscha und hob sie umständlich hoch. Geruscha stieß einen ängstlichen Laut aus und klammerte sich wie eine Ertrinkende an Imelas Hand fest.

«Schon gut, schon gut», murmelte Imela beruhigend. «Ich bin ja da.»

Zu dritt stiegen sie vorsichtig die Stufen hoch. Jaromir brachte Geruscha zu ihrem Bett und legte sie dort vorsichtig ab. Sie schien wie erstarrt und blickte mit weit aufgerissenen Augen zu ihm auf.

Er nickte ihr verunsichert zu. «War gar nicht so schlimm, oder? Ich tu dir schon nix.»

«Also gut, alle raus hier», befahl Marysa erleichtert. «Außer Imela natürlich.» Sie nickte der jungen Magd anerkennend zu. «Jetzt werden wir uns erst einmal um Geruschas Blessuren kümmern.»

«Ich mach Wasser heiß», verkündete Balbina und eilte hinunter in die Küche.

***

Geruschas Knöchel und ihr linker Arm waren verstaucht. Außerdem würde sie einige blaue Flecken davontragen, doch zum Glück war nichts gebrochen. Nachdem Marysa sich um die Verletzungen gekümmert hatte, nahm sie Imela kurz beiseite. «Das war sehr weitsichtig von dir», lobte sie. «Woher wusstest du, wie man Geruscha beruhigen kann?»

«Ich wusste das nicht. Dachte nur, es sei eine gute Idee, Herrin. Ich mag Geruscha gern. Sie hat Angst davor, angefasst zu werden. Selbst wenn ich sie aus Versehen berühre, zuckt sie zusammen. Sie hat mir ein bisschen erzählt von … na ja, von damals, als ihr … das … passiert ist. Vier Soldaten, Herrin! Da würd' ich mich auch nie wieder anfassen lassen wollen.»

Marysa nickte. «Ich vermutlich auch nicht. Aber ich dachte, das wenigstens Milo … Er ist schließlich ihr Vetter.»

Imela hob die Schultern. «Aber auch ein Mann, Herrin. Er ist in den letzten Monaten richtig kräftig geworden, nicht mehr so dünn wie früher. Kann sein, dass sie besonders vor großen, starken Männern Angst hat.»

Imelas Wangen erröteten. Marysa verkniff sich einen Kommentar, musterte ihre junge Magd nur eingehend. «Soso», murmelte sie. «Dann kann Jaromir ja froh sein, dass sie ihn nicht tatsächlich gebissen hat. Immerhin ist er noch größer als Milo.»

Um Imelas Mundwinkel zuckte es. «Aber er ist nicht so vorlaut, sondern immer ganz ruhig und …»

«Und was?»

«Ich glaube, er ist ein bisschen schüchtern.» Nun lächelte Imela. «Vor schüchternen Männern braucht man nicht so viel Angst zu haben.»

«Mhm.» Marysa runzelte die Stirn. «Du bist ein kluges Mädchen, Imela. Jetzt geh wieder zu Bett.»

«Ja, Herrin. Gute Nacht.»

Marysa wartete, bis sich die Tür hinter ihrer Magd geschlossen hatte, dann nahm sie ihre Lampe und wollte sich ebenfalls in ihre Kammer zurückziehen. Sie zögerte jedoch und holte zuerst das Pilgerabzeichen und den Beutel, in dem es gesteckt hatte, aus der Gästekammer.

Noch lange betrachtete sie es im flackernden Lichtschein und überlegte, was es damit auf sich haben mochte.

19. Kapitel

Es war so einfach gewesen – fast zu einfach!

Bedächtig wischte er die letzten Blutreste von der Klinge des kleinen Dolches. Seine kurze Reise hatte sich wirklich ausgezahlt. Niemand würde den Toten finden, dazu lag das Grab, das er ihm zugedacht hatte, zu tief im Wald versteckt. Ein wenig verärgert betrachtete er die Blasen an seinen Händen. Er war so schwere Arbeit nicht gewöhnt. Normalerweise durfte er weitaus filigranere Gegenstände berühren als die grobe Schaufel, die er von einem Bauernhof entwendet hatte. Aber der Zweck heiligte bekanntlich die Mittel. Er würde einfach ein paar Tage warten, bis er nach Aachen zurückkehrte. Dann würden die Blasen abgeheilt sein, und nichts würde mehr an das kleine Abenteuer erinnern.

Ein Glücksfall war es gewesen, dass er dem Boten auf die Spur hatte kommen können, bevor dieser Frankfurt erreichte. Er hatte ja gewusst, dass er einen guten Grund finden würde, die Stadt zu verlassen.

Fast tat ihm Marysa Markwardt leid. Wenn die Urkunden nicht in absehbarer Zeit in Aachen eintrafen, würde man dem Schreinemaker den Prozess machen, ganz sicher. Weder die Schöffen noch das Marienstift würden länger den Lügengeschichten glauben, die dieser falsche Mönch von sich gab. Und wen scherte es letztendlich, dass der Kerl tatsächlich der Sohn des verstorbenen Tischlers Beatus Schreinemaker gewesen war? Vielleicht würde noch einmal jemand nach

Frankfurt geschickt werden, um das zu überprüfen. Aber das ließ sich gewiss irgendwie verhindern. Dafür war es jedoch notwendig, den zweiten Teil seines Planes zu ändern. Er griff nach seiner Geldkatze und blickte prüfend hinein. Zwischen den blinkenden Silber- und Kupfermünzen befanden sich zwei der silbernen Zeichen. Eigentlich hatte er sie irgendeinem Krämer verkaufen wollen, nun würde er sie wohl einem anderen Zweck zuführen.

20. Kapitel

«Wo Heyn nur bleibt!» Erregt ging Marysa in der Werkstatt auf und ab. «Er ist jetzt schon über eine Woche fort. Hoffentlich gibt es keine Schwierigkeiten in seiner Familie.»

«Sorgen über Sorgen!» Jolánda trat neben ihre Tochter und fasste sie beruhigend am Arm. «Komm, Kind, reg dich nicht auf. Gewiss ist Heyn bereits auf dem Rückweg. Oder vielleicht muss er Vorbereitungen für die Hochzeit seiner Nichte treffen. Dann wäre es nur verständlich, wenn er etwas länger in Kornelimünster bleibt.»

«Von Leynhard haben wir auch noch nichts gehört», murmelte Marysa. «Wäre doch dieser Bote schon wieder hier! Heute Abend findet die Versammlung im Zunfthaus statt – und ich habe rein gar nichts vorzuweisen. Sie lassen mich nicht zu Christoph, bevor van Oenne von seiner Reise zurück ist. Nicht einmal das silberne Pilgerzeichen hat etwas bewirkt. Das ist wohl der Nachteil, wenn Schöffen und Stiftsgericht zusammenarbeiten, das eine Gericht ist ohne das andere handlungsunfähig.»

«Vielleicht kann Bardolf etwas erreichen», versuchte Jolánda Marysa zu trösten. «Er tut wirklich alles, um sich vor dem Rat Gehör zu verschaffen.»

«Ich weiß, Mutter, ich weiß.» Marysa rieb sich über die Augen. Sie fühlte sich erschöpft, da sie seit Tagen nur wenig Schlaf fand. «Wenn wenigstens dieser Jacobus von Moers da wäre. Vielleicht würden sie ... Aber er hat die Stadt verlassen – mit unbekanntem Ziel! Kannst du dir das vorstellen, Mutter? Wie kann ein Inquisitor verschwinden, ohne jemandem zu sagen, wohin er geht?»

«Das verstehe ich auch nicht. Vielleicht ist es wegen des Erzbischofs. Man sagt doch, der liege im Sterben.»

«Würde er dann ein solches Geheimnis daraus machen?» Marysa schüttelte den Kopf. «Nein, es muss etwas anderes dahinterstecken. Fast habe ich das Gefühl, alle Welt hat sich gegen uns verschworen!»

«Das ist doch Unfug!», widersprach Jolánda energisch. «Du darfst dich jetzt nicht in die Verzweiflung hineinsteigern. Damit ist niemandem geholfen. Wir sollten ...» Ihr Blick fiel auf das Fenster, und ihre Miene hellte sich auf. «Schau, da kommt Bardolf. Vielleicht bringt er uns gute Nachrichten.» Sie öffnete ihrem Mann die Tür.

«Jolánda.» Er berührte kurz ihren Arm und betrat das Haus.

«Gibt es Neuigkeiten?» Hoffnungsvoll blickte Marysa ihm entgegen.

«Ja und nein. Man konnte mir nicht sagen, wohin dieser Jacobus geritten ist ... oder man wollte keine Auskunft geben. Es heißt jedoch, dass der Domherr van Oenne morgen oder übermorgen zurückerwartet wird. Offenbar hat er seinen Schreiber vorausgeschickt. Auf dem Parvisch traf ich zufällig den alten Amalrich. Von ihm konnte ich erfahren, dass Bruder Jacobus die Stadt in Richtung Süden verlassen hat.»

«Süden?» Marysa machte ein enttäuschtes Gesicht. «Das ist alles? Noch ein oder zwei weitere Tage in Ungewissheit! Ich wünschte, sie würden mich endlich zu Christoph einlassen. Wenn ich mir vorstelle, dass er mit irgendwelchem Gesindel eine Zelle teilen muss ...»

«Er schlägt sich schon durch, Marysa.» Bardolf legte beruhigend eine Hand auf ihre Schulter. «Christoph weiß, wie man überlebt. Abgesehen davon scheint er nach der Befragung durch die Schöffen in eine Einzelzelle verlegt worden zu sein.»

«Wirklich?»

Bardolf verzog nachdenklich die Lippen. «Ich bin mir nicht sicher, ob uns das froh stimmen sollte. Einzelhaft verhängen die Schöffen meist nur über sehr gefährliche Männer. Mag sein, es hat damit zu tun, dass das Marienstift sich eingemischt hat und eine Untersuchung wegen Ketzerei anstrebt.»

Marysa ließ den Kopf hängen. «Du meinst, es ist jetzt womöglich noch schlimmer für ihn als vorher?»

«Wie gesagt, ich bin mir nicht sicher. Wir werden uns gedulden müssen, zumindest bis van Oenne wieder in der Stadt ist. Du hast ein gutes Verhältnis zu ihm. Vielleicht lässt er mit sich reden.»

«Er versprach mir, dafür zu sorgen, dass Christoph die Gelegenheit bekommt, seine Herkunft zu beweisen.»

«Siehst du.» Bardolf lächelte leicht, doch seine Augen blickten weiterhin ernst drein. «Du darfst dir nicht zu viele Sorgen machen. Das führt zu nichts, verursacht dir nur Unbehagen. Sobald dieser Bote mit den Urkunden aus Frankfurt zurück ist ...»

«Das ist es ja!», brauste Marysa auf. «Ich habe kein gutes Gefühl bei der Sache. Nicht, seit Christoph mir diese Warnung hat zukommen lassen. Was, wenn dem Mann unterwegs etwas zustößt?»

«Du hast doch Leynhard hinter ihm hergeschickt», mischte Jolánda sich ein. «Zu zweit werden sie schon aufeinander achtgeben können.»

«Wenn Leynhard ihn wirklich erreicht hat», erwiderte Marysa. «Was, wenn er ihn verpasst hat? Er könnte zu spät kommen – und wer weiß, ob derjenige, der hinter alldem steckt, nicht auch Leynhard etwas antun würde?» Sie schlug die Hände vors Gesicht. «Es wäre besser gewesen, einen bewaffneten Mann nach Frankfurt reiten zu lassen.»

«Einen Bewaffneten?» Bardolf ergriff ihre Hände und zog sie sanft von ihrem Gesicht fort. «Marysa, woher hättest du einen solchen Mann denn nehmen sollen?»

«Ich weiß es nicht. Ich hätte einen der Kaufleute in der Stadt fragen können. Die Wein- und Tuchhändler kennen genug Leute, die für Geld die Handelskarawanen bewachen.»

«Hör auf damit!», schnitt Jolánda ihr ungewöhnlich rüde das Wort ab. «Kind, du steigerst dich da in etwas hinein. Leynhard ist ein guter Mann. Ein bisschen langsam zuweilen, das mag sein. Aber er ist umsichtig und gewissenhaft. Er wird den Boten finden – wahrscheinlich hat er das schon – und ihn warnen. Sobald die Urkunden kopiert und gesiegelt sind, kehren sie heim. Das Wetter ist gut, sie werden für den Weg nicht allzu lange brauchen. Du wirst sehen, in ein paar Tagen ist die Sache ausgestanden.»

Zweifelnd blickte Marysa ihrer Mutter in die Augen. «Glaubst du das wirklich?»

Jolánda schwieg.

***

Christoph stand still an dem vergitterten Fensterchen seiner Zelle und starrte hinaus in die frühabendliche Dunkelheit. Durch die Fensteröffnung konnte er die Fassade des gegenüberliegenden Hauses sowie ein Stückchen Himmel erkennen. Die ersten Sterne blinkten am Firmament, ein leichter Wind war am Nachmittag aufgekommen. Er brachte weitere milde Luft mit sich. Christoph war lange genug auf Wanderschaft gewesen, um den Geruch des sich ankündigenden Regens bereits wahrzunehmen. Aus den anderen Gefängniszellen drangen leise Stimmen und sogar Gelächter zu ihm herüber. Dennoch war er froh, dass man ihn nach dem Besuch in der Acht in Einzelhaft gesteckt hatte. Angeblich auf Anordnung des Inquisitors aus dem Marienstift, Jacobus von Moers. Christoph fragte sich, was der Dominikaner wohl vorhatte. Er erinnerte sich gut daran, dass Jacobus maßgeblich an der Verurteilung jener Männer beteiligt gewesen war, die die Bauarbeiten an der Chorhalle des Doms sabotiert hatten. Damals war er gerade rechtzeitig erschienen, um Marysa, die von jenen Leuten entführt worden war, zu befreien.

Christoph dachte mit gemischten Gefühlen daran zurück. Er war sich nicht sicher, wie viel Jacobus damals gesehen hatte. In seiner Erleichterung, dass Marysa wohlauf war, hatte Christoph diese lange in seinen Armen gehalten und auch geküsst. Das konnte ihm nun vielleicht zum Verhängnis werden. Ein Kuss war zwar selbst für einen Dominikaner – oder angeblichen Dominikaner – kein Verbrechen, jedoch durfte man Jacobus nicht unterschätzen. Wenn er zwei und zwei zusammenzählte, würde er sicher die richtigen Schlüsse ziehen und Christophs Geschichte umso misstrauischer gegenüberstehen.

Bisher war Christoph dem Inquisitor nicht wieder begegnet. Bei der Befragung war er nicht anwesend gewesen. Zwar

war Christoph beim Eintreten in die Acht ein Mann in einem weißen Habit aufgefallen, doch als er sich nach ihm umgesehen hatte, war dieser verschwunden gewesen. Später hieß es, Jacobus habe wegen dringender Geschäfte die Stadt verlassen und würde erst in einigen Tagen zurückerwartet.

Also fand die Befragung lediglich durch die Schöffen statt, danach hatte man Christoph in diese Zelle gesperrt, die kaum drei Schritte lang und zwei Schritte breit war. Ein Loch mit einer Grasmatte am Boden, einer mottenzerfressenen Decke und einem Fäkalieneimer. Zumindest war er allein. Die verlausten Gestalten, die man in den anderen Zellen zusammenpferchte, waren als Gesellschaft ganz gewiss nicht nach seinem Geschmack.

Tagsüber konnte er von seiner Zelle aus dem geschäftigen Treiben der Stadt lauschen. Auch jetzt vernahm er häufig Schritte und Stimmen. Spät war es noch nicht, viele Handwerker befanden sich gerade auf dem Heimweg oder suchten zum Ausklang des Tages eine Taverne auf, um die Anstrengungen des Tages mit einem Krug Bier hinunterzuspülen.

Unvermittelt wallte Zorn in Christoph auf. Er hieb mit der Faust gegen die raue Steinwand. Wie oft hatte er sich in den vergangenen Tagen verflucht! Nein, nicht sich, sondern seinen Leichtsinn. Niemals hätte er die Tasche mit den Urkunden unbeaufsichtigt in der Herberge liegenlassen dürfen. Doch er war überhaupt nicht auf den Gedanken gekommen, dass ihm jemand nachstellen und ihn bestehlen könnte. Es hatte keinerlei Hinweise gegeben, dass jemand im Herbst ihn und Marysa beobachtet oder belauscht hatte. Natürlich hatte Milo so einiges mitbekommen – wie viel genau, würde wohl das Geheimnis des Knechts bleiben. Der Junge hatte keinen Grund, Marysa oder ihm etwas Böses zu wollen. Im Gegenteil. Christoph hatte Milo stets als loyal und dankbar erlebt. Der Junge kam von der Straße, sein Vater war ein Tagelöhner, seine Mutter und die Schwester verdingten sich als Wäscherinnen. Die Stellung in Marysas Haushalt war für ihn ein Glücksfall gewesen, und das wusste Milo.

Nein, der Knecht kam nicht in Frage. Auch das andere Gesinde in Marysas Haus wollte er nicht in Betracht ziehen. Er schüttelte den Kopf. Diese Gedanken hatte er in den letzten Stunden und Tagen ebenfalls zur Genüge in seinem Kopf gewälzt. Kurz hatte er überlegt, ob Heyn oder Leynhard etwas mit dem Diebstahl zu tun haben könnten. Beide hätten durch eine Heirat mit Marysa die Meisterwürde und eine gutgehende Werkstatt erlangen können. Christophs Erscheinen hatte dem abrupt ein Ende gemacht. Aber auch das schien ihm abwegig. Weder der Altgeselle Heyn noch Leynhard Sauerborn waren in seinen Augen gewitzt genug für eine solche Tat. Ganz abgesehen davon, dass Marysa beide ebenfalls immer als sehr loyal beschrieben hatte.

Es musste jemand anders sein. Jemand, der einen Vorteil aus Marysas Elend zog oder aber aus seinem – Christophs – Tod.

Marysas Vetter Hartwig war der Einzige, der profitieren würde, wenn ihre Werkstatt geschlossen würde. Einmal abgesehen vielleicht von ihren Konkurrenten im Reliquienhandel. War Hartwig wirklich derart skrupellos? Verschlagen, ja, auch aufbrausend. Doch war er wirklich fähig, einen Mann aus Berechnung den Wölfen zum Fraß vorzuwerfen und damit das Leben seiner Cousine zu zerstören?

«Wer sonst?», murmelte Christoph und blickte wieder hinaus zum nachtschwarzen Himmel. Gort Bart vielleicht? Dieser hirnlose Schürzenjäger, den Hartwig gern als Marysas Ehemann gesehen hätte? War er vielleicht derart nachtragend? «Möglich wäre es», überlegte Christoph, «aber nicht sehr wahrscheinlich.» Gort Bart war nicht mit sonderlich viel Verstand gesegnet.

«Verflucht!» Wieder hieb Christoph mit der Faust gegen die Wand. Irgendjemand musste hinter alldem stecken!

«Nanu, was muss ich da hören?», erklang plötzlich eine brüchige Stimme von irgendwo vor dem Fenster. «Ein frommer Christenmensch sollte nicht derart laut fluchen. Vielmehr täte es ihm gut, die Heilige Jungfrau um Rat und Unterstützung zu bitten.»

Christoph hielt verblüfft inne. «Amalrich, bist du es?» Er stellte sich auf die Zehenspitzen und musste den Kopf ein wenig verdrehen, um hinab zur Straße und zum Gefängnistor schauen zu können. Viel konnte er nicht erkennen.

Der Alte kicherte. «Gelobt sei der Herr! Eure Ohren sind noch in Ordnung. Haben sie sie nicht vorsorglich geschlitzt?»

«Was willst du hier?»

«Na, was glaubt Ihr denn, Meister Schreinemaker? Ich tue das, was ich am besten kann. Ich bringe Euch meinen Segen und den der Heiligen Jungfrau, deretwegen ich einst nach Aachen kam. Ihr zu Ehren wurde der Dom gebaut! Ihre Güte erstrahlt über uns arme Sünder alleweil.»

«He, Amalrich! Hältst du mal wieder fromme Reden?», fragte eine dunkle Männerstimme. «Und ausgerechnet vor dem Gefängnis? Glaubst du, die Gefangenen verlohnen die Mühe?»

«Eine jede gerettete Seele ist der Mühe wert, Meister Astened», antwortete Amalrich. «Ganz besonders die von armen Sündern.»

Meister Astened antwortete nicht darauf. Er lachte nur und schien seiner Wege zu gehen. Nachdem seine Schritte verklungen waren, sprach Amalrich wieder in Christophs Richtung: «Lasst uns beten, dass die Heiligen ein gutes Wort für Euch armen Sünder einlegen, wenn schon nicht beim Allmächtigen, so zumindest bei der lieblichen Mutter Christi. Sie steht uns bei in aller Not ...»

«Amalrich!», unterbrach Christoph ihn gereizt. «Weshalb bist du hier?»

Der Alte hielt in seiner Litanei inne. «Wie man hört, kehrt morgen oder übermorgen der Domherr van Oenne zurück. Niemand weiß, wo er gewesen ist. Jedenfalls habe ich es nicht herausfinden können», flüsterte er. «Aber noch bemerkenswerter finde ich das plötzliche Verschwinden des Herrn Inquisitors. Jacobus von Moers gilt als fähiger Mann. Ein treuer Anhänger des noch lebenden Kölner Erzbischofs und Unterstützer des vermutlich nächsten, Dietrich von Moers.»

«Und?» Christoph versuchte, den Ausführungen des alten Pilgers zu folgen.

Amalrich brummelte etwas Umverständliches, dann sagte er: «Ist es nicht erstaunlich, dass Jacobus die Stadt nach Süden hin verlassen hat, just nachdem Eure reizende Verlobte einen Boten des Marienstifts in ebenjene Richtung gesandt hat?»

Christoph stutzte. «Du meinst, er ist dem Boten gefolgt?»

«Vielleicht – vielleicht auch nicht. Wer weiß?»

«Verdammt!»

«Na, na!» Amalrich gluckste. «Schon wieder ein Fluch. Seid froh, dass Ihr zur Heiltumsweisung einen vollkommenen Ablass erhalten habt, sonst würde Euch das Gefluche ein paar hübsche Tage im Fegefeuer bescheren.»

Christoph erschrak. «Amalrich, ich war nicht auf der Heiltumsweisung. Mein Bruder war es, der damals ...»

«Sprach ich vielleicht von der Heiltumsweisung anno 1412?», kam es belustigt von unten. «Soweit ich mich erinnere, hatte Euer *Bruder*», er betonte das Wort sehr deutlich, «damals anderes im Sinn als Gebete und Spenden. Sein eigener Ablasshandel schien ihm weitaus wichtiger und einträglicher gewesen zu sein. Nun ja.» Wieder kicherte Amalrich leise. «Aber ist es nicht so, dass Ihr mit Euren Eltern schon einmal in Aachen gewesen seid? Damals müsst Ihr und Euer Bruder noch Kinder gewesen sein, nicht älter als sechs oder sieben Jahre. Wie ich vernahm, erhieltet Ihr damals schon jenen vollkommenen Ablass, von dem ich eingangs sprach.»

Wieder versuchte Christoph, den Alten durch die Gitter zu erkennen, und verrenkte sich beinahe den Hals dabei. «Woher weißt du das?», zischte er. «Davon habe ich niemandem erzählt!»

«Oh, gewiss nicht. Aber Euer Bruder erwähnte es das eine oder andere Mal. Zuletzt in einer flammenden Ansprache an einige potenzielle Käufer seiner Ablassurkunden, die es nicht geschafft hatten, alle Bedingungen zu erfüllen, welche an einen vollkommenen Ablass während der Heiltumsweisung geknüpft sind. Er kleidete die Geschichte in so anschauliche Worte, dass er hernach einen ganzen Stapel seiner Ablassbriefe losgeworden ist.»

Diese Sache hatte Christoph tatsächlich ganz vergessen. «Und du hast das gehört?», fragte er.

«Ich höre vieles», antwortete Amalrich. «Auch dass Eure reizende Verlobte außer sich vor Sorge um Euch ist. Das dürfte ihr in ihrem Zustand nicht guttun, fürchte ich.»

«Schweig!», raunte Christoph. «Mir scheint, du hörst und siehst tatsächlich ein bisschen zu viel. «Niemand weiß, dass Marysa ... dass sie ...»

«Froher Erwartung ist? Keine Sorge, Meister Schreinemaker, niemand hört uns. Kein Mensch ist mehr in der Nähe.»

«Hast du mit ihr gesprochen?»

«Zuletzt nicht mehr. Aber sie und Meister Goldschläger versuchen täglich, sich beim Rat und den Schöffen Gehör zu verschaffen. Ohne Erfolg, wie es aussieht. Seit sich das Marienstift eingemischt hat, treten die Nachforschungen in Eurem Fall auf der Stelle. Solange weder van Oenne noch Bruder Jacobus in der Stadt sind, rührt sich nichts. Vielleicht zu Eurem Glück, Meister Schreinemaker.»

«Meinem Glück?»

«Es verschafft Euch Zeit. Ihr wartet doch auf Nachricht aus Frankfurt, nicht wahr?»

«Die vielleicht niemals hier eintrifft, sollte Jacobus sich dem Boten an die Fersen geheftet haben», erwiderte Christoph grimmig. «Hast du Marysa meine Warnung überbracht?»

«Ihr meint, ob ich Eure fromme Fürbitte vorgetragen habe?» Amalrich lachte krächzend. «Selbstverständlich. Nur wenig später sah ich Frau Marysas Gesellen das Haus sehr eilig verlassen.»

«Ihren Gesellen?»

«Beide. Aber es war wohl Leynhard, den sie hinter dem Boten hergeschickt hat. Wie man munkelt, musste Heyn Meuss nämlich sehr rasch zu seiner Base nach Kornelimünster. Offenbar hat sie sich auf eine kleine Liebelei eingelassen, die nun ungewollte Früchte trägt. Zu ihrem Glück scheint ihr Verführer wenigstens so viel Anstand zu besitzen, sie zu ehelichen.»

«Leynhard soll also den Boten warnen.» Christoph nickte erleichtert vor sich hin. «Erstaunlich, was du alles weißt.»

«Findet Ihr? Man muss nur mit offenen Augen und Ohren durchs Leben gehen», erwiderte Amalrich fröhlich. «Oder glaubt Ihr, ich wäre sonst so alt geworden?»

«Was weißt du noch?»

«Oh, ich denke, für heute ist es genug der Weisheit. Nur noch eins: Während wir hier miteinander plaudern, findet im

Zunfthaus der Schreiner eine Versammlung statt, während deren Frau Marysa sich wohl in Eurer Sache zu verteidigen hat.» Kurz hielt Amalrich inne. «Vielleicht ist es in Eurem Sinne, wenn ich sie aufsuche und ihr den Segen der Heiligen Jungfrau verkünde. Vielleicht stärkt es sie in dieser schweren Stunde. Was meint Ihr, Meister Schreinemaker?»

Christoph verdrehte die Augen. Wenn er nicht wüsste, dass der Alte dort unten einen messerscharfen Verstand besaß, würde er glauben, er sei nicht mehr ganz richtig im Kopf. «Sag ihr, ich muss mit ihr reden», raunte er.

Amalrich antwortete nicht. Christoph lauschte angestrengt, doch der Alte schien sich bereits aus dem Staub gemacht zu haben.

21. KAPITEL

*I*n Marysas Kopf brummte es, als habe sich dort eine ganze Horde Wespen festgesetzt. Nachdem sie das Zunfthaus verlassen hatte, blieb sie kurz auf der Straße stehen und rieb sich die Schläfen.

Milo, der sie begleitet und während der Sitzung draußen auf sie gewartet hatte, blickte sie besorgt an. «Herrin, ist alles in Ordnung mit Euch? Ihr seht erschöpft aus.»

«Erschöpft ist nicht der richtige Ausdruck», antwortete sie. «Der Teufel soll Hartwig holen!» Rasch bekreuzigte sie sich. «Ich fasse es einfach nicht, wie engstirnig und stur er ist. Es ist eine verfluchte Schande, dass wir die Urkunden nicht ...» Sie hielt inne, als sie ein leises Kichern vernahm, und fuhr erschrocken herum.

Hinter ihr war Amalrich aufgetaucht. «Sieh an, sieh an, zwei vom gleichen Schlag», sagte er und verbeugte sich höflich. «Wohledle Frau, solch gotteslästerliche Flüche sollten einer frommen Christin wie Euch nicht über die Lippen kommen. Obgleich ich soeben von einem nicht weniger gottesfürchtigen Mann komme, dem es beliebte, ebenso unchristliche Verwünschungen auszustoßen. Ich nehme stark an, dass er wie Ihr sehr ähnliche Gründe hat, den Gottseibeiuns herbeizurufen.»

Marysa musterte den Alten misstrauisch. «Was willst du hier? Hast du mit Christoph gesprochen?»

«Ihr seid eine Frau von flinkem Verstand. Kein Wunder, dass Ihr ständig in Schwierigkeiten geratet. Ihr denkt schnell und scharf, ebenso wie der Schreinemaker. Jawohl, Frau Marysa», er senkte die Stimme ein wenig. «Ich habe mit ihm gesprochen. Solltet Ihr dies auch vorhaben, so empfehle ich Euch das äußerste Fenster auf der linken Seite im Obergeschoss des Grashauses. Lasst Euch nicht erwischen.» Wieder verbeugte er sich und war im nächsten Moment in einer Seitengasse verschwunden.

Marysa blickte ihm verblüfft nach, dann drehte sie sich zu Milo um, der noch immer hinter ihr stand und inzwischen eine Pechfackel an der Leuchte neben dem Eingang des Zunfthauses entzündet hatte. «Komm, wir gehen zum Grashaus», sagte sie knapp.

«Aber Herrin, es ist spät und nicht sicher für Euch», protestierte der Knecht. «Zu nächtlicher Stunde treibt sich allerhand Gesindel in den Straßen herum.»

«Deshalb begleitest du mich ja», antwortete sie lapidar und ging entschlossen los.

Milo beeilte sich, zu ihr aufzuschließen. «Dass gefällt mir nicht», murmelte er. «Ich könnte auch allein zum Grashaus gehen und mit dem Meister reden.»

Marysa reagierte nicht. Ohne zu zögern, schlug sie den

direkten Weg zum Gefängnis ein. Weit war es nicht. Als sie das düstere Gebäude erreichte, klopfte ihr Herz bis zum Hals. Dass sie nicht früher auf den Gedanken gekommen war, mit Christoph auf diese Weise zu sprechen! Sie musste nur vorsichtig sein.

Prüfend sah sie zu den vergitterten Fenstern hinauf. Hinter keinem von ihnen brannte Licht. Natürlich nicht. Die Gefangenen besaßen keine Fackeln oder Lampen in ihren Zellen. Sie überlegte gerade, ob sie es wagen sollte, Christophs Namen zu rufen, als sie von irgendwo Schritte vernahm. Rasch zog sie sich in eine dunkle Ecke zurück und lauschte. Sie hörte die Stimmen zweier Männer, die in der Nähe vorbeigingen. Danach war alles wieder still.

«Herrin, was wollt Ihr jetzt tun?», flüsterte Milo. «Ihr könnt hier nicht unter dem Zellenfenster stehen und einfach hochrufen. Das hört bestimmt jemand.»

«Du hast recht», sagte sie ebenso leise. «Geh und such mir eine Leiter.»

«Eine Leiter?», fragte der Knecht verwundert.

Marysa nickte nachdrücklich. «Schau beim Dom nach. Dort wird derzeit noch immer an zwei der Kapellen gearbeitet. Oder bei der Kirche. Auch dort gibt es eine Baustelle.»

«Ich kann doch nicht einfach eine Leiter stehlen!»

«Wir leihen sie uns nur aus, Milo. Lauf schon, ich möchte nicht die ganze Nacht hier verbringen.»

«Ich kann Euch nicht allein lassen. Das ist viel zu gefährlich.»

«Nun tu schon, was ich dir sage», zischte Marysa gereizt. «Ich verberge mich so lange hier im Schatten.» Zum Beweis zog sie sich hinter die Hausecke zurück und war so von der Straße aus nicht mehr zu sehen.

Milo seufzte resignierend. «Das gefällt mir nicht», brummelte er noch einmal, rannte jedoch gehorsam los in Richtung der Baustelle beim Dom.

Marysa trat ungeduldig von einem Fuß auf den anderen. Es war empfindlich kühl an diesem Abend. Nebel legte sich wie ein feuchter Film auf Haut und Kleidung. Sie rieb ihre Hände aneinander und überlegte, ob sie Christoph von den Ereignissen des Abends berichten sollte. Hartwig hatte sich in ihren Augen unmöglich aufgeführt. Vor der gesamten Zunftversammlung hatte er sie aufgefordert, sich von Christoph Schreinemaker loszusagen. Sogar mit dem Ausschluss aus der Zunft hatte er ihr gedroht. Glücklicherweise hatten einige der anderen Schreinbauer laut dagegen protestiert. Wieder und wieder hatte sie versucht zu erklären, dass es sich bei Christoph nicht um jenen Ablasskrämer handelte, der im vergangenen Jahr in Aachen geweilt hatte, sondern um dessen Bruder. Sie seufzte. Wenn sie die Geschichte noch öfter erzählen müsste, würde sie vermutlich bald selbst daran glauben.

Hartwig hatte sie ein dummes Weib gescholten, das aus Gefühlsduselei auf die Lügengeschichten eines Scharlatans hereingefallen sei. Irgendwann hatten die anderen Zunftmitglieder begonnen, auch Fragen zu stellen. Sie war sich beinahe wie in einer Gerichtsverhandlung vorgekommen. Doch war sie sich ganz sicher, dass wenigstens die Hälfte der anwesenden Zunftmeister ihr geglaubt hatte. Vor allem diejenigen, die sie seit ihren Kindertagen kannten. Fast alle waren mit ihrem Vater gut befreundet gewesen und wussten um die Querelen zwischen ihm und dem Sohn seines Halbbruders. Deshalb hatten sie Hartwig schließlich dazu gebracht, sich so weit zu beruhigen, dass Marysa die gesamte Geschichte noch einmal erzählen konnte. Nun waren sie ähnlich verblieben wie die Schöffen – man würde abwarten, bis der Bote die Urkunden aus Frankfurt brachte.

Marysa wünschte sich nichts sehnlicher, als dass dies bald – möglichst schon morgen – der Fall sein würde. Sie zuckte heftig zusammen, als sie das Knirschen von Schuhsohlen vernahm, dann ein leises Keuchen.

«Herrin, wo seid Ihr?»

Sie trat aus dem Schatten und atmete auf, da Milo tatsächlich eine Leiter gefunden hatte. Er lehnte sie unterhalb des besagen Fensters gegen die Wand des Grashauses und wollte hinaufsteigen.

Marysa hielt ihn zurück. «Lass mich», raunte sie. «Du hältst Ausschau, ob jemand kommt.»

«Aber Herrin!»

Marysa winkte ungeduldig ab. Sie nahm Milo die Fackel aus der Hand und begann mit dem Aufstieg. Ihre weiten Röcke machten das Klettern nicht gerade einfach. Zum Glück war sie als Kind sehr oft mit einer Leiter in die Kronen der Obstbäume ihres Elternhauses geklettert, sodass sie genau wusste, was sie tat.

Als sie hoch genug war, um in das Fenster hineinzusehen, hielt sie inne. Zunächst dachte sie, die winzige Zelle sei leer, doch dann erkannte sie Christoph, der sich unter einer Decke auf einer dünnen Grasmatte zusammengerollt hatte und offenbar schlief.

«Herrin, seid bloß vorsichtig!», kam ein besorgtes Flüstern von Milo. «Was, wenn Ihr herunterfallt? Eine Frau sollte nicht auf Leitern steigen.»

Marysa machte nur eine abwehrende Handbewegung und blickte erneut in die Zelle hinein. «Christoph?», flüsterte sie. «Christoph, wach auf!»

Unter der Decke bewegte sich Christoph leicht, dann fuhr er plötzlich erschrocken hoch.

«Wer ist da?» Er blinzelte, weil ihn das Licht zu blenden

schien. Sogleich senkte Marysa die Fackel ein wenig. «Ich bin es, Christoph», flüsterte sie.

«Marysa?» Mit zwei Schritten war er am Fenster und umfasste ihre Hand, mit der sie sich am Fenstergitter festhielt. «Was tust du denn hier?» Verwirrt strich er sich das zerzauste Haar zurück. «Bist du verrückt? Du kannst nicht einfach an der Fassade des Gefängnisses emporklettern!»

«Ach nein?» Marysa entzog ihm ihre Hand und streckte sie stattdessen durch das Gitter, um seine Wange zu berühren. Unter ihren Fingerspitzen spürte sie Bartstoppeln. «Ich muss dringend mit dir sprechen. Es gab keinen anderen Weg.»

«Aber wenn uns jemand sieht ...»

«Milo hält unten Wache», erklärte Marysa.

«Woher weißt du, wo meine Zelle ...» Christoph lächelte unvermittelt. «Amalrich, nicht wahr?»

«Er hat vor dem Zunfthaus auf mich gewartet», bestätigte Marysa. «Es gab heute eine Versammlung und da ...»

«Ich weiß.» Christoph nahm erneut ihre Hand. «Amalrich sagte etwas davon, dass sie dich befragen wollten.»

«Befragen, ha!» Marysa verzog spöttisch die Lippen. «Hartwig hätte mich am liebsten gleich der Zunft verwiesen.»

«Was?» Christoph war entsetzt, doch Marysa winkte ab.

«Vergiss es, das ist jetzt nicht so wichtig.»

«Nicht wichtig? Ich höre wohl nicht recht. Wenn dein Vetter ...»

«Hör mir zu!», unterbrach Marysa ihn. «Hartwig ist jetzt nicht unser Problem.»

«Du hast recht.» Christoph nickte. «Jacobus von Moers ist es, und ich bin froh, dass du hier bist. Vielleicht kannst du etwas unternehmen.»

«Bruder Jacobus, der Inquisitor? Was ist mit ihm? Er ist doch derzeit gar nicht in der Stadt.»

«Eben. Amalrich erzählte mir, dass Jacobus die Stadt gen Süden verlassen hat – just nachdem du den Boten nach Frankfurt geschickt hast.»

«Das weiß er?»

«Es kann ein Zufall sein, dass Jacobus dieselbe Richtung eingeschlagen hat. Wenn nicht ...»

«Du meinst, er ist dem Boten gefolgt?» Marysa schluckte. «Das würde ja bedeuten ... O Gott, glaubst du, er hat etwas mit deiner Verhaftung zu tun?»

Christoph zuckte mit den Schultern. «Ich denke, wir sollten ihm lieber nicht trauen.»

«Wir können derzeit niemandem trauen», erwiderte Marysa betrübt. «Außer meinen Eltern.»

«Und deinem Gesinde.»

«Hoffentlich.» Sie holte tief Luft. «Was soll ich jetzt tun? Ich habe Leynhard bereits hinter dem Boten hergeschickt. Er müsste ihn inzwischen erreicht haben. Zu zweit werden sie bestimmt wachsam genug sein, um nicht in einen Hinterhalt zu geraten, oder?»

«Das können wir nur hoffen. Verdammt!» Christoph umfasste wütend das Fenstergitter. «Wenn ich nur selbst etwas tun könnte. Hier eingesperrt zu sein, macht mich rasend! Und alles nur, weil ich so dumm war, die Urkunden unbeaufsichtigt in der Herberge liegenzulassen!»

«Psst!» Erschrocken umfasste Marysa sein Handgelenk, und sofort verstummte er. «Es ist nicht dein Fehler», flüsterte sie. «Du konntest nicht wissen, dass dir jemand nachstellt und die Tasche stiehlt.»

«Ich hätte damit rechnen müssen.»

«Aber weshalb denn?» Marysa suchte seinen Blick. «Christoph, niemand hat uns damals belauscht. Jedenfalls haben wir beide nichts davon bemerkt. Du dachtest, dein Plan sei absolut sicher. Und das war er ja auch.»

«Nicht sicher genug.» Verzweifelt rüttelte Christoph an dem Gitter. «Wenn es dabei nur um mich ginge ... Aber ich habe dich in Gefahr gebracht. Ganz zu schweigen von unserem ungeborenen Kind.»

«Hör auf damit», sagte Marysa streng. «Christoph, ich wusste genau, worauf ich mich eingelassen habe, als ich einwilligte, deine Frau zu werden. Dass ich schwanger bin, macht die Sache nicht einfacher, es sollte jedoch Grund genug für uns sein, jetzt nicht aufzugeben. Ich könnte versuchen, einen bewaffneten Reiter nach Leynhard und dem Boten auszuschicken. Aber niemanden vom Marienstift. Wenn es stimmt, dass Jacobus in die Sache verwickelt ist, können wir nicht wissen, wem wir dort überhaupt noch trauen können. Ich sollte vielleicht den Kaufmann Boecke fragen. Er lässt seine Handelskarawanen immer von Söldnern bewachen. Einer von ihnen ...»

«Söldner? Marysa, das ist viel zu gefährlich. Mit diesen Kerlen ist nicht zu spaßen.»

«Das weiß ich selbst», fauchte Marysa. «Was bleibt mir denn anderes übrig?»

«Bitte deinen Stiefvater um Hilfe. Ich will mir nicht auch noch Sorgen machen müssen, weil du dich bei den Söldnern herumtreibst.»

Marysa nickte. Geruscha fiel ihr ein, die ja auch einer Gruppe brotloser Soldaten zum Opfer gefallen war. «Also gut, ich frage Bardolf.»

«Herrin?», tönte es leise vom Fuß der Leiter. «Wollt Ihr noch lange da oben bleiben? Ich hab kein gutes Gefühl dabei. Wenn jemand hier vorbeikommt oder Euch hört, gibt es ein riesiges Aufsehen. Ich finde, wir sollten jetzt nach Hause gehen.»

Marysa blickte zu ihrem besorgten Knecht hinab. «Gleich, Milo. Nur noch einen Augenblick.»

«Milo hat recht.» Christoph lächelte gequält. «Du musst jetzt gehen. Hier heraufzuklettern, war sehr mutig, aber auch dumm.»

«Dumm?»

«Gefährlich», verbesserte Christoph sich rasch. Er trat nahe an das Fenster heran, griff hindurch und zog Marysas Kopf so nah an das Gitter heran, dass er sie küssen konnte. Es sollte nur eine kurze Berührung sein, doch als sich ihre Lippen trafen, seufzte Marysa leise auf und umfasste Christophs Hand, die sanft auf ihrer Wange lag.

Von unten erklang ein verlegenes Räuspern.

«Geh jetzt», murmelte Christoph und küsste sie erneut, dann zog er sich ein Stückchen zurück.

«Ja.» Marysa nickte, schüttelte jedoch sogleich den Kopf. «Nein, warte. Die Sache, deretwegen ich überhaupt hier bin, habe ich ja noch gar nicht erwähnt!»

Christoph trat wieder näher ans Fenster heran. «Was für eine Sache?»

«Herrin?», drängte Milo, doch sie beachtete ihn gar nicht.

«Es geht um die Kette mit dem Pilgerabzeichen», sagte sie und griff in eine versteckte Innentasche ihres Mantels. Sie zog das Schmuckstück hervor und hielt es Christoph unter die Nase. «Woher hast du sie?»

Erstaunt nahm er ihr das Abzeichen aus der Hand und musterte es. «Das könnte ich ebenso dich fragen.»

Marysa lächelte schmal. «Ich habe deine Sachen aus der Herberge in mein Haus bringen lassen und sie durchgesehen.» Sie blickte ihm fragend in die Augen. «Woher hast du die Kette?»

«Aus Trier. Es war eine spontane Idee, Marysa. Die Kette sollte für dich sein.»

«Für mich? Solchen Schmuck trage ich doch gar nicht.»

«Nicht als Schmuck.» Christoph hob die Schultern. «Wie gesagt, es war eine spontane Idee. Als ich das Abzeichen bei dem Trierer Höker sah, dachte ich, dass du – wir – daraus etwas machen könnten. Etwas wie den Amuletthandel, den du mit dem Dompfaffen begonnen hast. Ich wusste davon ja nichts; es schien mir einfach eine lukrative Idee zu sein.»

«Christoph, dies hier ist eines der Abzeichen, die van Hullsen für uns angefertigt hat. Eines der echten!»

«Bist du sicher?»

«Ja. Schau!» Sie nahm ihm das Abzeichen aus der Hand und drehte es um. «Siehst du die Gravur hier? Das ist ein H, van Hullsens Kennzeichen.»

«Ich dachte, van Hullsen sei tot.»

Marysa nickte. «Das ist er. Er wurde überfallen und ermordet. Bei ihm fand man einige der gefälschten Abzeichen, nicht aber die echten.»

«Also stellt sich die Frage, wie ein Höker aus Trier an die echten Zeichen gelangen konnte», folgerte Christoph.

«Ich muss mit van Oenne darüber sprechen, sobald er wieder in der Stadt ist. Weißt du, wie der Mann heißt, dieser Höker?»

Christoph schüttelte den Kopf. «Nein, woher denn? Ich hatte ja keine Ahnung, was es mit dem Schmuck auf sich hat.» Er hielt kurz inne. «Marysa, du solltest den Domherrn vielleicht lieber nicht einweihen.»

«Aber das muss ich doch!», widersprach sie. «Du glaubst,

er könnte mit Bruder Jacobus unter einer Decke stecken?» Sie blickte ihm wieder in die Augen. «Das kann ich mir nicht vorstellen. Van Oenne ist ein freundlicher und gerechter Mann. Auch ist er der Einzige, mal abgesehen von meinen Eltern, der dich nicht gleich verurteilen wollte. Er hat mir versprochen, dafür zu sorgen, dass du eine ordentliche Verhandlung und die Möglichkeit bekommst, dich zu verteidigen und deine Herkunft nachzuweisen.»

«Mag sein.» Christophs Miene blieb skeptisch. «Vielleicht hat er das auch nur gesagt, weil er sicher war, dass mir das nicht gelingen würde.»

«Großer Gott!» Marysa schloss entsetzt die Augen. «Nein, Christoph, das kann ich einfach nicht glauben. So schlecht kann ein Mensch nicht sein. Warum sollte er so etwas tun?»

«Herrin, ich glaube, da kommt jemand!», raunte Milo aufgeregt von unten.

«Vielleicht will er sich unliebsame Konkurrenz vom Hals schaffen», schlug Christoph vor.

«Konkurrenz?»

«Im Reliquienhandel.»

«Aber wir arbeiten doch zusammen», protestierte Marysa. «Er liefert die Silberzeichen, ich die Amulette. Im Marienstift gibt es keine Kunstschreiner. Von dem Handel profitieren wir beide.»

«Herrin, schnell! Kommt da herunter», drängte Milo.

Marysa blickte zu ihm hinab. Im gleichen Moment hörte auch sie von irgendwoher Schritte und Stimmen.

«Ich muss gehen», raunte sie Christoph zu.

«Nimm dich in Acht, Marysa», antwortete er und sah ihr dabei zu, wie sie, die bereits weit heruntergebrannte Fackel in der Rechten, umständlich die Leiter hinabstieg.

«Rasch!», zischte Milo, nachdem Marysa wieder festen Boden unter den Füßen hatte. Er zog die Leiter so hektisch von der Wand, dass er fast gestrauchelt wäre.

«Warte, Milo, ich helfe dir.»

Ohne auf seinen Protest zu hören, nahm Marysa ein Ende der Leiter und gab ihm ein Zeichen, sich in den Schatten zwischen den Häusern zurückzuziehen. Dort warteten sie atemlos, bis die kleine Gruppe Männer – offenbar angetrunkene Gesellen – in einiger Entfernung die Straße entlangkam und dann in einer Seitengasse verschwand.

Marysa hatte die Flamme der Fackel so gut es ging mit ihrem Körper verdeckt; nun übergab sie sie Milo. «Lass uns die Leiter zurückbringen und nach Hause gehen. Es ist spät, und wir brauchen unseren Schlaf. Morgen wird ein schwieriger Tag, fürchte ich.»

22. Kapitel

Du hast was getan?», rief Jolánda erschrocken. «Kind, bist du nicht mehr ganz bei Trost?» Sie schüttelte Marysa. «Was, wenn dich jemand gesehen hätte? Oder wenn du die Leiter hinabgestürzt wärst? Du lieber Himmel, Bardolf, sag doch auch mal etwas!»

Bardolf saß am Tisch in seiner Stube und blickte zu den beiden Frauen auf, die vor ihm standen. Er war nicht weniger entsetzt über Marysas Bericht als seine Frau. Doch fürchtete er, dass seine Stieftochter weit mehr die Tochter ihrer Mutter war, als man auf den ersten Blick vermutete. Marysa war nicht so aufbrausend wie Jolánda, aber ganz sicher ebenso stur. Sie zu schelten, würde nicht die geringste Wirkung erzielen. Deshalb stand er schließlich auf und tippte sich nachdenklich mit dem Zeigefinger gegen die Lippen. «Christoph verdächtigt also diesen Bruder Jacobus.»

«Bardolf! Hast du nicht gehört, was Marysa gesagt hat? Sie ist mit einer Leiter an der Fassade des Grashauses hinaufgeklettert und hat mit Christoph ...»

«Gesprochen», vollendete Bardolf den Satz.

«Sag ihr, dass sie so etwas nicht tun darf!»

«Marysa, so etwas darfst du nicht tun.» Er zuckte mit den Schultern. «Wenn tatsächlich Jacobus dahintersteckt, und nicht Hartwig, dürften wir in weit größeren Schwierigkeiten stecken, als wir zunächst dachten. Er ist Dominikaner und Inquisitor. Mit dieser Mischung ist nicht zu spaßen. Ich kann mir zwar beim besten Willen keinen Grund vorstellen, weshalb er etwas gegen dich haben sollte. Aber als Ordensmann – als *echter* Ordensmann», betonte er, «dürfte ihm ein falscher Ablasskrämer, der sich noch dazu als Mitglied der Inquisition ausgegeben hat, ein rechter Dorn im Auge sein.»

«Bardolf! Marysa hat sich in große Gefahr gebracht!», mischte Jolánda sich wieder ein. «Willst du das einfach so übergehen?»

«Ich übergehe gar nichts», erwiderte er. «Die Sache lässt sich nicht mehr ändern. Und ihr ist ja schließlich nichts passiert, oder?»

«Ich glaube nicht, dass uns jemand gesehen oder belauscht hat», antwortete Marysa.

«Das dachtet ihr damals auch nicht», gab Bardolf zu bedenken. «Wer auch immer Christoph ins Gefängnis gebracht hat – er scheint seine Augen und Ohren überall zu haben.»

***

Als ihn die ersten Regentropfen trafen, unterdrückte Jacobus von Moers einen Fluch. Missmutig blickte er auf die Leiche zu seinen Füßen. Wilde Tiere hatten die Erde über ihr fortgescharrt und sich an dem Fleisch des Toten gütlich getan. Das Gesicht des Ermordeten war noch deutlich erkennbar.

Jacobus nahm die Schaufel zur Hand und begann, ein tieferes Grab auszuheben. So konnte er den Toten nicht hier liegen lassen. War es ein Glücksfall, dass ihn eine durch eine Herde Schafe versperrte Straße auf dem Rückweg von Frankfurt dazu gebracht hatte, durch diesen dichten Forst zu reiten? Wäre er dem Hauptweg gefolgt, hätte er niemals bemerkt, was die Raubtiere hier angerichtet hatten. Wobei das schlimmste Raubtier wohl jenes auf zwei Beinen war. Da schloss er sich selbst keinesfalls aus. Auch er befand sich gewissermaßen auf einem Beutezug. Das wichtigste Gut – drei vom Frankfurter Rat kopierte und gesiegelte Urkunden – befand sich bereits in seinem Besitz. Nun galt es, rasch und unauffällig zurück nach Aachen zu gelangen.

Jacobus umfasste den Stiel der Schaufel fester und knirschte mit den Zähnen. Das Graben war anstrengend. Seine Handflächen würden am Abend von Blasen übersät sein. Er nahm es hin, als Buße, wie er sich sagte. Gewiss war dies nur ein Tropfen auf den heißen Stein, wenn man bedachte, welche Schuld er auf sich geladen hatte. Der Verlust von Menschenleben war mit ein paar blutigen Schwielen ganz sicher nicht gesühnt. Doch um solche Spitzfindigkeiten wollte er sich jetzt keine Gedanken machen.

Als das Loch seiner Meinung nach endlich tief genug war, zerrte er die Überreste des Toten hinein. Schweiß lief ihm in Strömen übers Gesicht und brannte in seinen Augen. Dennoch gönnte er sich keine Pause. Die Zeit drängte. Leider wurde nun auch der Regen stärker und machte ihm die Arbeit noch schwerer. Schaufel um Schaufel ließ er die Erdbrocken auf die Leiche prasseln. Mehrmals wäre er auf dem glitschigen Boden beinahe ausgerutscht und ebenfalls in die Grube gefallen. Sein ehemals weißes Habit war von schlammigen Flecken übersät, seine Füße in den ledernen Sandalen, die ihn sein Stand zu tragen verpflichtete, waren durchnässt und fühlten sich an wie Eiszapfen, obgleich der Rest seines Körpers in der kalten Luft geradezu dampfte.

Endlich hatte er es geschafft. Schwer atmend blickte er auf das einsame Grab inmitten von Büschen und Laubbäumen. Für Reue hatte er weder Anlass noch Zeit, rief er sich ins Gedächtnis. Wichtiger war es, auf dem schnellsten Weg sein Ziel zu erreichen. Man erwartete ihn in Aachen; ohne ihn würde das Stiftsgericht den Prozess gegen den Schreinemaker nicht beginnen.

Er band sein Reittier los, stieg auf und lenkte es auf den schmalen Waldweg, der sonst vermutlich nur von den Bauern benutzt wurde, die Pilze oder herabgefallene Äste einsammelten oder verbotenerweise Schlingen auslegten, um ihr kärgliches Mahl gelegentlich durch einen saftigen Hasenbraten aufzubessern.

Hoffentlich fand er vor Einbruch der Nacht einen trockenen Unterschlupf. Die Herbergen würde er heute lieber meiden. Auch musste er achtgeben, dass der Regen die Urkunden nicht durchweichte. Das wäre zu schade. Er wollte sie schließlich noch verwenden, sobald er nach Aachen kam. Sie würden ihm helfen, eine alte Rechnung zu begleichen.

***

Marysa saß in ihrem Kontor und schob nervös die kleinen grünen Rechensteine an ihrem Abakus hin und her. Es war ungewöhnlich ruhig im Haus, denn weder Heyn noch Leynhard waren wieder zurückgekehrt. Je mehr Zeit verging, desto größer wurde Marysas Sorge. Hoffentlich war Leynhard nichts zugestoßen. Im Nachhinein ärgerte sie sich, dass sie ihren Gesellen hinter dem Boten hergeschickt hatte. Sie hätte tatsächlich gleich einen bewaffneten Reiter damit beauftragen sollen.

Es konnte nicht mehr lange dauern, bis man den Prozess gegen Christoph eröffnete. Milo und Jaromir, die am Morgen mit dem Holzkarren unterwegs gewesen waren, hatten berichtet, dass sie vor van Oennes Wohnhaus in der Domimmunität dessen Reisewagen gesichtet hatten. Also war der Domherr von seiner Reise zurückgekehrt. Ganz sicher würde auch Jacobus von Moers bald in Aachen eintreffen. Marysa betete nicht zum ersten Mal, dass Christoph sich irrte, was den Inquisitor betraf. Vor einem Mann wie dem Dominikaner musste man sich in Acht nehmen. Sie erinnerte sich noch gut an sein Auftreten im vergangenen Herbst. Nicht nur hatte er sich gekonnt als jemand anders ausgegeben, sondern er war auch gleichermaßen klug und erbarmungslos gegen jene Schurken vorgegangen, durch deren Sabotage an der Baustelle der Chorhalle des Doms mehrere Menschen ums Leben gekommen waren. Es war nicht schwierig, sich vorzustellen, auf welche Art Bruder Jacobus mit einem potenziellen Ketzer verfahren würde.

Marysa wurde aus ihren düsteren Gedanken gerissen, als es an der Tür raschelte. «Ja, Geruscha, was gibt es?»

«Verzeihung, Herrin.» Die Magd nestelte verlegen an ihrer Schürze. Ihr Fuß war nach wie vor von einem Verband umwickelt, und sie humpelte noch leicht. Ihrer Arbeit ging sie dennoch gewissenhaft nach. «Möchtet Ihr zu Mittag etwas essen? Balbina und Imela haben eingelegte Heringe und gebackene Äpfel vorbereitet. Und weil Ihr doch schon heute früh nichts gegessen habt ...»

«Stellt mir etwas beiseite, Geruscha. Mir ist heute nicht nach Essen zumute.»

«Aber Herrin ...»

«Es ist schon gut», beruhigte Marysa sie. «Ein paar Stunden ohne Nahrung werden mir gewiss nicht schaden.»

«Wie Ihr meint, Herrin.» Geruscha wollte sich schon zurückziehen, machte dann jedoch einen Schritt vorwärts. «Herrin?»

«Was denn noch?» Ein wenig unwirsch blickte Marysa wieder von ihrem Rechenbrett auf.

«Es tut mir leid, ich möchte Euch nicht zur Last fallen.» Geruschas Wangen färbten sich tiefrot. «Ich wollte nur nochmal danke sagen, dass Ihr mir neulich geholfen habt. Ich dachte schon, Ihr würdet mich am nächsten Morgen gleich hinauswerfen.»

«Hinauswerfen? Um Himmels willen, weshalb denn?» Verblüfft starrte Marysa ihre Magd an. «Du kannst doch nichts dafür, dass du die Treppe hinabgestürzt bist.»

«Aber ich mache Euch so viele Umstände», murmelte Geruscha. «Ich weiß auch nicht, warum ich wieder mit dem Schlafwandeln angefangen habe. Ich fühle mich sehr wohl bei Euch und weiß gar nicht, wie ich Euch danken soll, dass Ihr mir diese Stelle gegeben habt. Stattdessen bereite ich Euch noch mehr Sorgen, als Ihr ohnehin habt.» Geruscha senkte beschämt den Kopf.

Marysa seufzte. «Lass gut sein, Mädchen. Solange du deine Arbeit gut machst, ist mir das Dank genug.»

«Wirklich?»

Nun lächelte Marysa. «Wenn ich es sage.»

«Na gut.» Geruscha schwieg einen Moment, dann setzte sie erneut an: «Ähm, Herrin, es tut mir auch leid, dass ich so geschrien habe, als Jaromir mich tragen wollte. Ich wollte jetzt gerne wissen ... ähm, hab ich ihn auch geschlagen?»

«Du hast Milo in den Bauch geboxt.»

«Das weiß ich. Bei ihm hab ich mich schon entschuldigt. Aber ich weiß nicht genau ... ich trau mich nicht, ihn zu fragen, ob ...»

«Ich kann mich nicht genau erinnern, ob du Jaromir getroffen hast. Gewiss ist er dir nicht böse. Mach dir nicht zu viele Gedanken, das tut nicht gut, Geruscha.»

«Ich weiß, Herrin.» Der Schürzenzipfel zwischen Geruschas Fingern war inzwischen stark zerknittert, so heftig drückte sie darauf herum. «Ich glaube, ich muss mich trotzdem bei ihm entschuldigen.» Sie atmete tief durch. «Jaromir ist immer nett zu mir gewesen. Ich möchte nicht, dass er ..., na ja, schlecht von mir denkt. Obwohl das ja sonst auch fast alle tun.»

Erstaunt runzelte Marysa die Stirn. «Was meinst du? Niemand denkt schlecht von dir, Geruscha!»

«Nicht hier im Haus, Herrin. Aber sonst überall», sagte das Mädchen so leise, dass Marysa sie fast nicht verstanden hätte.

«Das ist Unsinn», widersprach Marysa ihr. «Weshalb sollte jemand schlecht von dir denken, nur weil dir einmal etwas Schlimmes passiert ist? Das war doch nicht deine Schuld.»

Geruschas Miene verzog sich gequält. «Die Leute sagen was anderes, Herrin. Damals, als ... als das passiert ist, wollte mein Vater die Soldaten vor den Vogtmeier bringen. Wisst Ihr, was der gesagt hat? Die Soldaten hätten behauptet, dass ich absichtlich an ihrem Lager vorbeigekommen wäre und dass ich es nicht anders gewollt hätte.»

«Du liebe Zeit!», rief Marysa entsetzt. «Das hat der Vogtmeier geglaubt?»

«Alle haben es geglaubt», antwortete Geruscha dumpf. «Es war scheußlich. Ich musste mehrere Wochen zu Hause bleiben und mich einschließen, weil ich mich nicht mehr vor die Tür getraut habe. Und jeden Tag kam so eine Frau, die hat der Vogtmeier geschickt. Sie musste mich untersuchen und befragen. Ich hab erst nicht verstanden, was das sollte. Dann hab ich begriffen, dass sie darauf gewartet hat, ob ich schwanger geworden bin.»

«O mein Gott!» Marysa schloss für einen Moment die Augen. Jetzt erst begriff sie. «Wenn du empfangen hättest, wären diese Kerle tatsächlich im Recht gewesen.»

Geruscha nickte unglücklich. «Zum Glück war ich nicht schwanger. Trotzdem stand noch deren Aussage gegen meine. Einer armen Tagelöhnertochter glaubt man nicht, Herrin. Wozu auch, ist ja nicht so wichtig.» Sie schniefte ein wenig, doch ihre Augen blieben klar. «Der Vogt hat die Soldaten verwarnt und ihnen eine Geldstrafe aufgebrummt.»

«Eine Wiedergutmachung?»

Geruscha schüttelte den Kopf. «Nee, Herrin. Von dem Geld hab ich nie was gesehen. Die Kerle dürfen weiter frei herumlaufen und ich ...»

«Du fürchtest dich seither vor deinem eigenen Schatten», vollendete Marysa den Satz. «Das tut mir sehr leid, Geruscha.»

Das Mädchen zuckte mit den Schultern. «Am Tag ist es nicht so arg. Schlimmer ist, dass die gemeinen Sachen, die die Männer über mich gesagt haben, in unserer Nachbarschaft die Runde gemacht haben. Und es gibt genug Leute, die daran geglaubt haben. Die gibt es auch jetzt noch. Selbst Balbina hatte davon gehört, Herrin. Ich weiß genau, dass sie mich erst nicht hier haben wollte.»

«Aber das stimmt nicht», protestierte Marysa, obwohl sie es besser wusste.

«Doch, Herrin.» Geruscha nickte nachdrücklich. «So ist es ... oder war es. Woher sollte sie auch wissen, dass die Gerüchte alle nicht stimmen? Jetzt mache ich dauernd so dumme Sachen und merke es nicht mal, weil ich dabei schlafe. Was müsst Ihr nur von mir denken, Herrin? Ihr und die anderen. Ich möchte meine Stellung hier so gerne behalten und ...»

«Das kannst du doch, Geruscha.»

«Ich muss den anderen zeigen, dass ich noch richtig im Kopf bin.» Geruscha atmete tief durch. «Also gehe ich jetzt zu Jaromir und entschuldige mich dafür, dass ich ihn geschlagen habe ... oder vielleicht geschlagen habe.» Entschlossen wandte sich die Magd um und eilte hinaus.

Marysa sah ihr mit einer Mischung aus Mitleid und Belustigung nach. Offenbar hatte sie sich mit der neuen Magd mehr aufgehalst als nur ein Paar fleißige Hände und einen hungrigen Magen, den es zu füllen galt. Eine christliche Tat war es gewiss, dem Mädchen Obdach und Arbeit zu gewähren. Aber war es auch klug gewesen?

Marysa strich über ihren Bauch, in dem sie immer häufiger die Bewegungen des Kindchens wahrnahm, ähnlich einem Schmetterling, der sich in ihrer Magengrube verfangen zu haben schien. Sie selbst würde schon bald Anlass zu Gerüchten und Spekulationen geben. Die Schwangerschaft ließ sich nicht mehr allzu lange verheimlichen. Bei einigen Leuten hatte sie ja bereits Argwohn geweckt, das stand außer Frage. Wenn sich die Sache herumsprach, durfte sie sich auf mehr als nur ein kleines Ärgernis gefasst machen. War es also klug gewesen, auch noch eine Magd mit solch unrühmlicher Vorgeschichte in ihren Haushalt aufzunehmen? Würde das dem Gerede nicht weiter Vorschub leisten?

Marysa seufzte leise und schob den Abakus zur Seite. Was kommen mochte, sollte kommen. Sie würde Geruscha nicht hinauswerfen. Das Mädchen war eine gute Magd, alles andere zählte nicht. Sie wünschte nur, das ewige Warten möge endlich ein Ende haben. Warten auf den Boten mit den Urkunden, warten auf van Oenne und Bruder Jacobus, warten auf den Beginn des Prozesses.

Sie fühlte sich so hilflos! Es gab nichts, was sie tun konnte, um die Ereignisse zu beschleunigen oder Christoph die Zeit im Gefängnis zu erleichtern. Sie überlegte, ob sie um des Kindchens willen nicht vielleicht doch eine Kleinigkeit zu sich nehmen sollte. Wenn sie sonst schon nichts tun konnte, musste sie wenigstens dafür sorgen, dass sie bei Kräften blieb.

Sie hatte sich gerade von ihrem Stuhl erhoben, als lautes Pochen an der Haustür einen Besucher ankündigte.

23. Kapitel

Heyn Meuss war nicht gut zu Fuß. Den gesamten Weg von Kornelimünster nach Aachen wünschte er sich, einen Platz auf einem der Händlerfuhrwerke ergattert zu haben, die jetzt im Frühjahr wieder so zahlreich auf den Straßen unterwegs waren. Doch er hatte Pech gehabt. Vielleicht lag es an dem schlechten Wetter, dass Händler wie Fuhrknechte ihn abgewiesen hatten. Also musste er die kurze Strecke – es waren nicht viel mehr als zwei Stunden – leider laufen. Sein linker Fuß schmerzte, dort hatte er einst in seiner Wanderzeit an zwei Zehen Erfrierungen erlitten. Der feine Nieselregen, der schon seit dem Morgen in der Luft lag und seinen Umhang klamm werden ließ, hob seine Stimmung nicht gerade. Er beschloss, in Burtscheid eine Pause einzulegen und sich in einem der Wirtshäuser etwas zu essen und einen ordentlichen Krug Bier zu gönnen. Da er sowieso schon viel länger fort gewesen war als gedacht, kam es nun auf einen halben Tag mehr oder weniger nicht mehr an.

Vielleicht war es ganz gut, wenn er sich noch ein wenig vom Aachener Büchel fernhielt. Schließlich galt es genau zu bedenken, was er als Nächstes tun musste. Seine kleine Reise hatte Überraschendes zutage gebracht – sein Leben würde sich bald grundlegend ändern. Frau Marysa würde gewiss nicht erbaut sein. Doch zum Kuckuck damit! Er hatte sehr lange darauf gewartet, dass sich ihm endlich eine Möglichkeit bot, sein Leben selbst in die Hand zu nehmen und das zu tun, wonach er sich seit nunmehr fast zwanzig Jahren sehnte. Endlich war es so weit. Rücksicht durfte er nun nicht mehr nehmen. Nicht, wenn so viel auf dem Spiel stand.

Ein jeder hätte so gehandelt, sprach er sich gut zu. Wenn man es zu etwas bringen wollte, musste man entschlossen handeln. Und das hatte er getan. Er hatte sich genommen, was in Wahrheit lange schon ihm gehört hatte. Jetzt würde er es der Welt endlich zeigen können.

Inzwischen hatte Heyn den kleinen Ort Burtscheid erreicht und steuerte auf eine Schenke zu. Durch die geöffnete Tür zog der angenehme Duft von gekochtem Gemüse und gebratenem Fleisch in die kühle Nachmittagsluft hinaus. Das Wasser lief ihm im Mund zusammen. Gerade wollte er die Gaststube betreten, als sein Blick auf einen der Besucher fiel, der an einem Tisch neben dem Eingang saß.

Überrascht hielt er inne und machte gleich darauf einen Schritt zur Seite, um zu verhindern, dass der Mann ihn sah.

24. Kapitel

Nachdem sie die Haustür geöffnet hatte, sah sich Marysa einem der städtischen Büttel gegenüber. Hinter ihm waren die beiden Schöffen Wolter Volmer und Reimar van Eupen sowie Rochus van Oenne versammelt und blickten ihr mit ernsten Mienen entgegen.

«Guten Tag», sagte sie und trat beiseite, um die Männer einzulassen. Keiner von ihnen machte jedoch Anstalten, ihr Haus zu betreten.

«Verzeiht, Frau Marysa», ergriff van Eupen das Wort. «Wir belästigen Euch nur ungern schon wieder, doch wir müssen Euch bitten, Euren Gesellen Heyn Meuss herzuholen.»

«Heyn?» fragte Marysa verwundert. «Was wollt Ihr von ihm?»

«Wir müssen ihn festnehmen», erklärte Volmer.

«Wie bitte?»

«Er steht unter dem dringenden Verdacht, die silbernen Pilgerabzeichen gestohlen und gegen gefälschte Exemplare ausgetauscht zu haben», fuhr van Eupen fort.

Marysa rang nach Atem. «Heyn soll das getan haben? Das kann ich nicht glauben! Wie kommt Ihr darauf?»

«Es gibt einen Zeugen», übernahm nun van Oenne das Wort. Er trat einen Schritt näher. «Ich erhielt vor einigen Tagen Nachricht, dass man eines der silbernen Zeichen bei einem wandernden Höker entdeckt habe. Selbstverständlich bin ich der Sache umgehend nachgegangen.»

«Bei einem Höker? Er kam nicht zufällig aus Trier?»

Der Domherr hob überrascht die Brauen. «Woher wisst Ihr ...? Nein, erzählt mir das später. Es ist sehr wichtig, dass wir Euren Gesellen umgehend festsetzen, das versteht Ihr doch, Frau Marysa? Ich habe mit jenem Höker – Theodor Blasius ist sein Name – persönlich gesprochen. Auf die Frage, woher er das silberne Zeichen habe, nannte er den Namen Eures Gesellen.»

«Das kann nicht sein», stammelte Marysa. «Nicht Heyn. Er würde niemals ...»

«Frau Marysa.» Van Oenne legte ihr begütigend eine Hand auf den Arm. «Ich kann verstehen, dass Ihr entsetzt seid. Heyn Meuss ist schon lange in Eurer Werkstatt beschäftigt, nicht wahr? Aber das ist auch der Grund, weshalb es ihm ein Leichtes war, Euch und uns hinters Licht zu führen. Unsere Aufgabe ist es nun, ihn zu befragen und die Sache vollständig aufzuklären. Vergesst nicht, es geht hier nicht nur um Diebstahl und Betrug, sondern auch um Brandstiftung und den Mord an einem angesehenen Silberschmied.»

«Ich weiß.» Marysa rang um Fassung.

«Also sagt uns bitte, wo Heyn sich im Augenblick aufhält», bat van Eupen mit drängender Stimme. «Ist er im Haus?»

«Nein. Er ist nicht hier», antwortete Marysa. «Vor acht Tagen ist er nach Kornelimünster aufgebrochen, nachdem er eine Nachricht von seiner Familie erhalten hat. Ich weiß nicht, wann er wieder zurückkehrt.»

«Wenn er das überhaupt noch einmal vorhat», knurrte Volmer. Die drei Männer sahen einander vielsagend an.

«Kornelimünster sagt Ihr?», hakte van Oenne nach. «Könnt Ihr uns Genaueres sagen?»

Marysa nickte. «Ich kann Euch die Straße nennen, in der Heyns Nichte wohnt.» Sie zögerte. «Ihr glaubt nicht, dass er sich noch dort aufhält.»

«Wenn es stimmt, dass er für die Fälschungen verantwortlich ist, müssen wir davon ausgehen, dass er die Flucht ergriffen hat», bestätigte van Oenne. «Natürlich werden wir sofort jemanden losschicken, der das überprüft.»

«Warum in aller Welt sollte Heyn so etwas tun?», fragte Marysa. «Er ist ein guter Schreinbauer, kein Dieb – und schon gar kein Betrüger! Hat der Höker wirklich seinen Namen genannt?»

«Eindeutig», bestätigte der Domherr. «Offenbar haben die beiden ihren Handel mit ein paar Krügen Wein in einer Schenke in Burscheid besiegelt. Das ist unser Glück, andernfalls hätte der Höker uns den Namen wohl gar nicht nennen können.»

«Ihr hegtet also keinerlei Verdacht gegen Euren Gesellen?», mischte Volmer sich wieder ein. «Hat er sich nicht auffällig verhalten?»

«Nein, gar nicht.» Marysa schüttelte den Kopf. Dann hielt sie plötzlich inne und biss sich auf die Lippen. War Heyn nicht mehrmals ungewöhnlich lange ausgeblieben in der letzten Zeit? Sie hatte sich zwar gewundert, aber nicht länger darüber nachgedacht. Jetzt fiel ihr ein, dass er auch an jenem Tag, da es in van Lyntzenichs Werkstatt gebrannt hatte, länger unterwegs gewesen war. Als Entschuldigung hatte er vorgebracht, dass er beim Löschen geholfen habe.

Man hatte ihn tatsächlich unter den Brandhelfern beobachtet. Doch was, wenn er das Feuer gelegt hatte?

Nachdem sie den Männern stockend davon berichtet hatte, nickten die Schöffen grimmig.

«Das würde passen», sagte van Oenne bedächtig. «Ich danke Euch, Frau Marysa. Bitte nennt uns nun den Wohnort von Heyns Verwandten, damit wir der Sache nachgehen können. Selbstverständlich werden wir Euch umgehend benachrichtigen, wenn wir Heyn gefunden haben.»

«Danke.» Unglücklich senkte Marysa den Kopf.

«Was die andere Sache angeht ...», ergriff van Eupen wieder das Wort. «In der Angelegenheit, die Euren Verlobten betrifft, wird das Schöffenkolleg am Dienstag wieder zusammentreten und sich beraten.»

Marysas Herz begann heftig zu pochen. Sie blickte in van Oennes Gesicht. «Ihr habt versprochen abzuwarten, bis mein Bote die Urkunden beschafft hat.»

Der Domherr nickte. «Das habe ich. Und ich versichere Euch, dafür zu sorgen, dass ...»

«Ihr tut was?», mischte Volmer sich unwirsch ein. «Ich höre wohl nicht recht! Euch ist doch klar, dass Frau Marysa durchaus ebenfalls in einem nicht von der Hand zu weisenden Betrugsverdacht steht. Ich sehe nicht ein, weshalb wir mit dem Prozess länger warten sollen. Mag ja sein, dass Euer Inquisitor noch nicht wieder in Aachen weilt, aber an seiner Stelle wird sich bestimmt der reguläre Stiftsrichter bereit erklären, den Verhandlungen beizuwohnen.»

Gereizt drehte sich van Oenne zu dem Schöffen um. «Ihr scheint es ja ziemlich eilig zu haben, Meister Volmer. Was nützt Euch ein früher Prozessbeginn, wenn nicht alle Beweise verfügbar sind?»

«Beweise?» Volmer schnaubte. «Wir haben Zeugen, die beschwören, dass es sich bei dem arretierten Mann um jenen Bruder Christophorus handelt, der sich zur Heiltumsweisung anno 1412 bei uns als Ablasskrämer und Inquisitor ausgegeben hat. Das dürfte selbst für Euch Grund genug sein, auf eine schnelle Verurteilung zu drängen. Wer weiß, was das für Urkunden sind, die er uns unterschieben will? Wenn seine Ablassbriefe gefälscht waren, würde es mich nicht wundern, wenn auch jene Dokumente nicht echt sind.»

Irritiert hob der Domherr die Brauen. «Ihr glaubt, die Urkunden über seine Herkunft seien gefälscht?» Er wandte sich an Marysa. «Ihr habt doch einen Boten nach Frankfurt geschickt, der beim Rat vorsprechen soll?»

«Das habe ich», bestätigte Marysa. Sie bemühte sich, ruhig zu bleiben. «Ich versichere Euch, dass die Urkunden alle echt sind. Ihr werdet doch nicht am Rat der Stadt Frankfurt zweifeln?»

«Falls dieser Bote sich tatsächlich dorthin begibt», knurrte Volmer. «Wer sagt uns denn, dass er in Wahrheit nicht irgendwo bei einem Fälscher sitzt und darauf wartet, dass dieser die neuen Dokumente anfertigt?»

«Also das ist ja wohl ...!» Marysa schnappte nach Luft. «Wie könnt Ihr so etwas nur sagen?»

«Wolter, ich bitte dich», sagte van Eupen, bemüht, beide Seiten zu beruhigen. «Wir haben keinen Grund anzunehmen, dass der Schreinemaker oder Frau Marysa einen derart dreisten Betrug vorhaben. Außerdem handelt es sich bei dem Boten um einen Mann des Marienstifts, nicht wahr?»

«So ist es», bestätigte van Oenne. «Er ist über jeden Verdacht erhaben. Also haltet Euch gefälligst bedeckt, Meister Volmer. Nur weil es Euch nicht passt, dass das Schöffenkolleg mit dem Stiftsgericht zusammenarbeiten muss, solltet Ihr Euch nicht dazu verleiten lassen, voreilige Schlüsse zu ziehen.»

«Von wegen! Das sind keine voreiligen Schlüsse, sondern Vermutungen, die sich auf beschworene Zeugenaussagen stützen», rief Volmer aufgebracht. «Ihr werdet schon sehen, dass ich recht habe. Ich werde jedenfalls alles dafür tun, dass der Prozess in der kommenden Woche beginnt.»

***

Als die Schöffen und der Domherr wieder gegangen waren, hatte sich Marysa erschöpft und bedrückt in ihr Kontor zurückgezogen. Zuerst hatte sie Jaromir zu ihren Eltern schicken wollen, sich jedoch dagegen entschieden. Die beiden würden noch früh genug von den neuesten Entwicklungen erfahren. Je länger Marysa darüber nachdachte, desto mehr Einzelheiten fielen ihr ein, die den Verdacht gegen Heyn zu bestätigen schienen. Was um alles in der Welt hatte er sich dabei gedacht, die silbernen Pilgerabzeichen gegen gefälschte auszutauschen? Hatte er Geld benötigt? Falls ja – wozu? Sie hatte den ruhigen Altgesellen immer gemocht und konnte sich beim besten Willen nicht vorstellen, dass er ein Dieb sein sollte, geschweige denn Schlimmeres. Sie kannte ihn als tüchtigen, gutmütigen Mann, der gerne ins Wirtshaus ging und ansonsten mit seinem Gesellenleben durchaus zufrieden schien. Zumindest hatte sie nie einen besonderen Ehrgeiz bei ihm wahrgenommen. Er war bereits einige Jahre jenseits der vierzig, in seiner Jugend sicherlich recht ansehnlich gewesen. Noch heute besaß er ein angenehmes Äußeres, obgleich sein Haar mittlerweile ergraut war und sich um seine Augen zahlreiche Fältchen gebildet hatten, die auf sein frohes Gemüt schließen ließen.

Was also trieb einen solch harmlosen Menschen dazu, Pilgerabzeichen zu stehlen und sowohl seine Meisterin als auch das Marienstift zu betrügen?

Nachdenklich erhob sich Marysa von ihrem Stuhl und begab sich ins Obergeschoss. Sie fühlte sich unwohl dabei, doch es gab keine andere Möglichkeit. Leise öffnete sie die Tür zu Heyns und Leynhards Kammer, trat ein und blickte sich neugierig um. Keiner der beiden Männer schien besonders ordentlich zu sein. Die Decken auf den Betten waren nur flüchtig glatt gestrichen. Kleider lagen überall herum, auch auf dem Boden. Ein Hemd hing an dem Wandhaken neben der Tür, der eigentlich für Mäntel vorgesehen war. In der leeren Waschschüssel auf dem kleinen Tisch unter dem Fenster lag ein zerknülltes Leinentuch, ein weiteres unter dem Tisch. Der Wasserkrug war fast leer.

Zögernd wandte sich Marysa Heyns Bett zu, hob Decke und Kissen an, dann schüttelte sie über sich selbst den Kopf. Sie packte die Strohmatratze und wuchtete sie hoch. Insgeheim erleichtert, stellte sie fest, dass sich darunter nichts befand als eine alte Brouch, die sie mit spitzen Fingern aufnahm und zu Boden fallen ließ. Ratlos sah sie sich in dem kleinen Raum um und öffnete schließlich eine der beiden Kleidertruhen. Sie enthielt ein Paar guter Sonntagsschuhe, eine saubere Hose und einige weitere Kleidungsstücke. Zuunterst fand sie einen keinen Beutel mit Kupfermünzen – Heyns Erspartes.

Noch einmal ließ Marysa ihren Blick durch die Kammer gleiten. Nichts ließ darauf schließen, dass ihr Altgeselle unlautere Machenschaften betrieb. Kurz kam ihr der Gedanke, dass er vielleicht etwas zwischen Leynhards Sachen versteckt haben könnte. Sie verwarf ihn jedoch gleich wieder. Das wäre Leynhard sicherlich aufgefallen. Marysa seufzte und dachte bei sich, dass sie das in letzter Zeit viel zu oft tat. Niedergeschlagen verließ sie die Kammer, blieb stehen, fluchte und machte auf dem Absatz kehrt.

Energisch hob sie nun auch Leynhards Matratze hoch, unter der sich jedoch ebenfalls nichts befand. Sie untersuchte Kissen und Decke, legte beides ordentlich zusammen und kramte dann in seiner Kleidertruhe herum. Ihr schlechtes Gewissen versuchte sie dabei so gut es ging zu ignorieren. Schließlich richtete sie sich wieder auf und rieb sich müde übers Gesicht. Sie war froh, dass sie nichts gefunden hatte. War das so verwunderlich? Wenn Heyn tatsächlich etwas mit den Pilgerabzeichen zu tun hatte, würde er Beweise ganz sicher nicht hier im Haus verstecken. Wo aber sonst?

Marysa trat an das kleine Fensterchen, von dem aus man die gegenüberliegende Hauswand und unten die Hofeinfahrt sehen konnte. Das alles erschien ihr so absurd: Heyn, der – aus welchem Grund auch immer – die silbernen Zeichen gestohlen und gegen Fälschungen vertauscht hatte. Hartwig, der aus Zorn oder Neid oder weiß Gott was sonst versuchte, Christoph auf den Scheiterhaufen zu bringen. Natürlich hatte sich die Sache in der Stadt bereits herumgesprochen. Ihr Vetter hatte dafür gesorgt, indem er Männer gesucht hatte, die sich an den Ablasskrämer Christophorus erinnerten und gegen ihn aussagen würden.

Marysa schauderte und rieb sich über die Oberarme. Hatten Christoph und sie zu viel riskiert? Wer würde ohne Beweise schon glauben, dass Christoph einen Zwillingsbruder besaß, der ihm nicht nur ähnlich sah wie ein Ei dem anderen, sondern darüber hinaus auch Mönch gewesen war. Doch wer – und diese Frage stellte sich weit eindringlicher – wusste davon und wollte mit aller Macht verhindern, dass sie den Beweis für Roberts Existenz erbrachten?

Sie traten noch immer auf der Stelle, gestand Marysa sich ein. Seit vielen Tagen schon. Ihre einzige Hoffnung war der Bote. Lange konnte es nicht mehr dauern bis zu seiner Rückkehr. Sie hatte ihm Geld mitgegeben, damit er so oft wie nötig sein Pferd wechseln konnte. Auf diese Weise war die Strecke bis Frankfurt in wenigen Tagen zurückzulegen. Immer wieder sprach sie sich Mut zu, indem sie sich an diesen Umstand erinnerte.

Schließlich wandte sie sich wieder vom Fenster ab und machte einen Schritt auf die Tür zu. Dabei wäre sie beinahe über eines der Kleidungsstücke am Boden gestolpert. Verärgert blickte sie darauf hinab, bückte sich und hob das Wams auf. Gehörte es Heyn oder Leynhard? Auf den ersten

Blick war das nicht zu erkennen. Marysa schüttelte es aus – es schien noch sauber und tragbar zu sein –, ging zu Heyns Bett und legte es darauf ab. Als sie sich etwas schwungvoll umdrehte, um nun endgültig die Kammer zu verlassen, schleifte ihr Rock an der Bettkante entlang und berührte auch den Nachttopf, der sich unter dem Bett befand. Etwas klirrte leise.

Erstaunt über das ungewöhnliche Geräusch, bückte Marysa sich. Wieder schüttelte sie den Kopf, diesmal missbilligend. Zwei metallene Knöpfe lagen darin und ein kleiner Schlüssel. Zum Glück war der Nachttopf sauber. Marysa fischte die drei kleinen Gegenstände heraus und legte sie auf den Tisch neben die Waschschüssel. Zwar gingen sie die Angelegenheiten ihrer Gesellen nichts an, doch eine solche Schludrigkeit gab wohl Anlass, die beiden zur Rede zu stellen. Was hatten Knöpfe und Schlüssel in einem Nachttopf zu suchen? Wie leicht hätte man sie übersehen und versehentlich in die Abortgrube schütten können! Während Marysa darüber nachdachte, hörte sie Schritte auf der Treppe.

«Herrin?», erklang Imelas Stimme. «Wir haben das Essen aufgetragen.» Die kleine Magd legte erstaunt den Kopf auf die Seite, als sie ihre Herrin aus der Kammer der Gesellen treten sah. «Kommt Ihr hinunter, Herrin? Ihr habt den ganzen Tag noch nichts gegessen. Das ist bestimmt nicht gut für Euch, sagt auch Balbina.»

«Ja, ja, Imela.» Marysa quälte sich ein Lächeln ab. «Ich komme schon. Sind von heute Mittag noch Äpfel übrig?»

***

Das Essen hatte ihr gutgetan. Satt und wesentlich ruhiger als zuvor, hatte sich Marysa in ihre Schlafkammer zurückgezogen. Die Fensterläden hatte sie einen Spalt weit offen gelassen. Trotz des Regens war es nicht zu kalt geworden. Noch immer wehte ein leichter Wind, der milde Luft mit sich brachte. Marysa schloss die Augen und versuchte einzuschlafen, doch vor ihrem inneren Auge tanzten zu viele Bilder.

Wie mochte es Christoph heute ergangen sein? Solange man ihn nicht weiter befragte, ließ man ihn vermutlich in seiner Zelle in Ruhe. Es gab keinerlei Anzeichen dafür, dass man ihre nächtliche Kletterpartie bemerkt hatte. Längst hätte man deshalb Alarm geschlagen.

Obwohl sie ihr Problem nicht hatten lösen können, war es gut gewesen, Christoph zu sehen, mit ihm zu sprechen. Tagsüber konnte Marysa stark sein, weil sie es musste. Doch nachts erlaubte sie sich all jene Gefühle, die sie sich bei Tageslicht verbot. Sie sehnte sich nach Christoph und betete inbrünstig zur Muttergottes, dass er bald freikam. Es war vermessen, ausgerechnet die Heilige Maria in dieser Sache um Hilfe zu bitten, und wie widersinnig. Immerhin betrogen sie mit Christophs Plan nicht nur die Menschen, sondern gewissermaßen auch die himmlischen Mächte. Soweit man diese überhaupt betrügen konnte.

Ein kleines Lächeln stahl sich auf Marysas Lippen. Vielleicht war es ja auch so, dass Gott und sein eingeborener Sohn, die Jungfrau Maria und alle Heiligen sich gar nichts daraus machten, dass Christoph in ihrem Namen Ablässe verkauft hatte. Und scherte es einen der Märtyrer wirklich, ob Marysa mit dem Verkauf von falschen Barthaaren und in Schreinen verborgenen Knochensplittern gutes Geld verdiente? Immerhin verteilte sie jeden Sonntag so viele Almosen wie kaum ein anderer Bürger Aachens. Das hatte bereits ihr Vater so gehalten, und sie fand, dass sie damit der Gerechtigkeit ausreichend Genüge tat.

Niemand wurde gezwungen, eine Reliquie oder einen Ablassbrief zu erwerben. Die Menschen taten es freiwillig. Solange Christoph als Ablasskrämer herumgezogen war, hatte ihn jedenfalls nicht der Blitzstrahl eines zornigen Gottes getroffen. Vielmehr kam es Marysa so vor, als sei er all die Jahre von einem besonderen Glücksstern begleitet worden, nachdem ihm in jungen Jahren das Schicksal auf so schlimme Weise mitgespielt und ihm Eltern und Heim genommen hatte.

Natürlich waren diese Gedanken reinste Ketzerei. Nie würde Marysa sie über die Lippen bringen. Vermutlich war es ihr vorherbestimmt gewesen, sich in einen Mann wie Christoph zu verlieben. Dass sie ihn anfangs nicht hatte leiden können, rührte, im Nachhinein betrachtet, wohl daher, dass sie einander ähnlicher waren, als sie damals hatte zugeben wollen.

Marysa starrte in die Dunkelheit ihrer Kammer. Ketzer oder nicht, sie musste Christoph irgendwie aus dem Gefängnis rausholen.

**

Offenbar war Marysa doch eingenickt, denn sie schreckte hoch, als unten auf der Straße eine Katze aufkreischte. Irgendwo fiel ein Eimer um und kullerte über den steinigen Boden. Verwirrt blickte Marysa sich um. Zunächst war alles wieder still, doch dann vernahm sie von ferne ein leises Schnauben ihrer Pferde. Ihr Herz schlug schneller. Leise stand sie auf, öffnete dann, sehr vorsichtig, den Fensterladen ein Stückchen weiter.

Schlich dort unten oder hinten im Hof jemand herum? Ein flaues Gefühl machte sich in ihrer Magengrube breit. Vielleicht sollte sie die Knechte wecken und nach dem Rechten sehen lassen.

Wieder vernahm sie das unruhige Schnauben eines der Pferde. Entschlossen zog sie sich vom Fenster zurück und tastete nach ihren Schuhen. Sie schlüpfte hinein, warf sich ihren Hausmantel über und verließ auf Zehenspitzen ihre Schlafkammer. Die Treppe knarrte unter ihren Fußsohlen, sie bewegte sich sehr langsam und vorsichtig. Wer auch immer da draußen war, er sollte nicht merken, dass jemand im Hause aufmerksam geworden war. Wenn sie jetzt ihr Gesinde weckte, würde das unweigerlich Aufruhr bedeuten und den Eindringling verscheuchen. Sollte es sich tatsächlich um einen Einbrecher handeln, konnte sie immer noch um Hilfe rufen.

Allmählich hatten sich Marysas Augen an die Finsternis gewöhnt, sodass sie sich einigermaßen sicher im Haus bewegen konnte. Zuerst ging sie in die Küche und holte sich den Schürhaken von der Feuerstelle. Dann schlich sie zur Hintertür, schob den Riegel zurück und öffnete sie einen winzigen Spaltbreit. Draußen war es nun vollkommen still. Erst nach einigen Augenblicken hörte sie wieder Geräusche aus dem Stall. Die beiden Pferde schienen nervös zu sein.

Marysa lauschte in die Nacht, wollte sich schon wieder zurückziehen, als sie ein leises Schleifen und Schritte vernahm. Sie umfasste den Griff des schweren Schürhakens fester und trat beherzt in den Hof hinaus. Es war kühl, der Wind trieb Wolken über den Himmel, die den zu drei Vierteln gerundeten Mond immer wieder verdeckten. Trotzdem spendete er ein wenig Licht im Vergleich zur absoluten Dunkelheit im Haus.

Hatte sich dort bei der Laube etwas bewegt? Vorsichtig machte Marysa zwei Schritte vorwärts, dann sah sie den Schatten, der sich in Richtung Haus bewegte.

«Halt!», sagte sie halblaut, jedoch mit so viel Autorität in der Stimme, wie es ihr möglich war. «Wer bist du, und was suchst du hier?»

Die Gestalt erstarrte; sie hörte ein erschrockenes Schnaufen. «Frau Marysa, seid Ihr das?»

Als der Mann langsam auf sie zukam, hob sie den Haken an. «Ich schlage Alarm!», warnte sie.

«Nicht doch, Frau Marysa. Keine Angst. Ich bin es nur, Gort.»

Marysa stieß einen verblüfften Laut aus. «Gort Bart? Warum schleichst du mitten in der Nacht über meinen Hof?»

Gort, der Geselle ihres Vetters, den sie dessen Wunsch nach hätte heiraten sollen, blieb dicht vor ihr stehen. Er war von untersetzter Gestalt und hatte blondes kurzes Haar, das bereits leicht schütter wurde. In der Dunkelheit erkannte sie jedoch nur Schemen seines Gesichts und seine Stimme. Er hüstelte verlegen. «Ich wollt' Euch nicht erschrecken, Frau Marysa. Bestimmt nicht. Ich, ähm ...» Er trat nervös von einem Fuß auf den anderen. «Würdet Ihr wohl diesen Schürhaken herunternehmen? Ich tu Euch nichts, bestimmt nicht.»

Marysa kniff argwöhnisch die Augen zusammen, ließ ihren Arm jedoch ein wenig sinken. «Was suchst du hier, Gort?» Sie fühlte sich unbehaglich. Die Erinnerung an ein ähnliches Zusammentreffen im vergangenen Herbst stand ihr noch zu genau vor Augen. Damals hatte sie ihren Ruf und ihre Zukunft beinahe aufs Spiel gesetzt.

«Ich wollte Euch sprechen, Frau Marysa», kam es stockend von Gort. «Hab nach Steinchen gesucht, um sie gegen Euren Fensterladen zu werfen.»

«Wenn du mich sprechen willst, tu es bei Tage und vor Zeugen», fuhr sie ihn verärgert an. «Ich habe schon genug

Probleme und will nicht auch noch wegen Unzucht in Verruf geraten. Verschwinde von meinem Hof!»

«Ja ... Nein. Frau Marysa, also ich dachte ...» Gort fuhr sich in einer hilflosen Geste durch die Haare. «Bitte hört mich an. Ich weiß, dass Ihr nicht gut auf Meister Schrenger zu sprechen seid. Wenn er nicht mütterlicherseits mein Vetter wäre ... Ich weiß, dass Ihr in Schwierigkeiten steckt, Frau Marysa. Vielleicht kann ich Euch helfen. Ich könnte ... Nein, wir könnten ...» Er schluckte unüberhörbar. «Wenn wir heiraten würden, wäre doch alles wieder gut, oder? Ich verspreche Euch auch, dass Meister Schrenger sich nicht in Eure – unsere – Werkstatt einmischen darf. Ihr müsst nicht diesen Fremden ... ähm ...» Er schnaufte wieder. «Tut mir leid, Frau Marysa. Ich kann so was nicht. Ich weiß nur, dass ich Euch gerne heiraten will. Lasst von diesem Schreinemaker ab. Ich meine, er ist doch nicht aus Aachen und so. Meister Schrenger behauptet sogar, der Mann sei ein Betrüger. Aber Ihr würdet Euch niemals mit einem Betrüger einlassen, oder? Ihr müsst an Euren Ruf denken. Ich könnte Euch ein ehrbares Leben ...»

«Das glaube ich einfach nicht», murmelte Marysa. Sie hatte Gorts stammelnden Ausführungen mit wachsendem Zorn gelauscht. Nun konnte sie kaum noch an sich halten. «Verschwinde sofort von hier. Und richte Hartwig aus, dass er sich gewaltig irrt, wenn er mich für so dumm hält, auf diese Finte hereinzufallen.»

«Finte?» Gorts Stimme war schrill. «Frau Marysa, ich wollte nur ...»

«Ich kann mir gut vorstellen, was du und Hartwig wolltet, Gort. Meine Antwort ist und bleibt nein. Sag das Hartwig und lass dich nie mehr hier blicken.» Marysa drehte sich auf dem Absatz um und stapfte zum Hintereingang zurück. Gort folgte ihr und hielt sie am Arm zurück.

«Bitte, Frau Marysa. Ich liebe Euch. Ganz gewiss, das könnt Ihr mir glauben. Ich will, dass Ihr ...»

«Schluss damit!», schnitt sie ihm erneut das Wort ab. Ihre Stimme zitterte vor Zorn. «Komm mir nicht mit Liebe, Gort. Weder du noch Hartwig kennt überhaupt die Bedeutung dieses Wortes. Wenn du nicht augenblicklich meinen Hof verlässt, rufe ich meine Knechte, damit sie dich hinauswerfen.» Unwirsch schüttelte sie seine Hand ab, die noch immer auf ihrem Arm lag, betrat das Haus und warf ihm die Tür vor der Nase zu. Rasch schob sie den Riegel vor und lehnte sich gegen die Wand.

«Frau Marysa, macht die Tür auf!», hörte sie Gort draußen jammern. «Ihr könnt mich nicht so einfach abweisen!» Er klopfte leise an die Tür. «Hört mich an. Ihr habt doch gar keine andere Wahl, Frau Marysa. Wenn der Schreinemaker vor den Scharfrichter kommt, müsst Ihr Euren Ruf retten.»

Marysa schloss die Augen und betete.

Wieder klopfte es leise, dann fluchte Gort halblaut. «Das wird Euch noch leidtun, Frau Marysa.»

25. Kapitel

Er stand in Marysas Hof und knirschte mit den Zähnen. Beinahe wäre sein Plan aufgegangen. Leider nur beinahe. Er hatte sich rasch etwas Neues ausdenken müssen, und der Zufall war ihm zu Hilfe geeilt. Aber war es wirklich Zufall gewesen oder vielleicht die Hilfe der Erzengel? Sie standen auf seiner Seite, dessen war er gewiss.

Nur noch wenige Stunden, bis sich das Blatt wenden würde. Er spürte, wie sein Blut in Wallung geriet. Allein der

Gedanke an das, was Marysa bevorstand, ließ ihn vor Freude beinahe taumeln. Es war richtig, was er getan hatte – und noch tun würde. Ein wenig Geduld musste er aufbringen, damit er nicht unbeabsichtigt zwischen die Fronten geriet.

Der Schreinemaker würde ins Verderben stürzen. Ohne Beweise für seine Herkunft und mit ausreichend Zeugenaussagen gegen ihn würde kein Gericht der Welt zögern, ihn zu verurteilen.

Erregt rieb er seine feuchten Handflächen aneinander. Der Feuertod war noch zu gut für diesen betrügerischen Schurken. Viel lieber sähe er mit Genuss dabei zu, wenn sie ihn rädern und danach vierteilen würden. Andererseits wären die Schreie, wenn das Feuer sich allmählich in Schreinemakers Fleisch fraß, nicht weniger nach seinem Geschmack.

Er kicherte, schlug dann eine Hand vor den Mund. Niemand durfte ihn hören! War sie nicht faszinierend, diese neue Seite, die er an sich selbst entdeckt hatte? Der Tod – und noch mehr das Spiel damit – hatten es ihm angetan. Sie war dafür verantwortlich. Marysa Markwardt, die feile Metze.

Er würde das Geschmeiß ein für alle Mal ausrotten. Auch Marysa, wenn sie nicht endlich zur Einsicht kam. Er hatte sich geschworen, sie auf den rechten Weg zurückzuführen. Wenn es ihm nicht gelang, würde er dafür sorgen, dass auch sie ihr Ende im Feuer fand.

Bald, sprach er sich selbst Mut zu, bald war es so weit. Nur noch ein bisschen Geduld.

26. Kapitel

Der gellende Schrei einer Frau riss Marysa am frühen Morgen aus dem Schlaf. Rasch stand Marysa auf und warf sich ihren Hausmantel über. Im gleichen Moment vernahm sie polternde Schritte auf der Treppe; es klopfte an ihrer Tür. «Herrin? Herrin, wacht auf, schnell! Ihr müsst kommen», rief Milo. Seine Stimme klang merkwürdig erstickt. «Schnell, Herrin, es ist etwas Entsetzliches geschehen!»

Marysa öffnete die Tür, griff gleichzeitig nach einer Haube und wand sie sich notdürftig um den Kopf. «Was ist los, Milo? Wer hat da so geschrien?»

«Das war Imela.» Milo war kreidebleich, seine Augen weit aufgerissen. «Sie war im Stall, Herrin. Wollte mich zum Essen holen. Aber ich war noch gar nicht dort und ...» Er schluckte krampfhaft. «Es ist schrecklich, Herrin.»

«Milo!» Marysa schüttelte ihren Knecht leicht. «Reiß dich zusammen! Was ist passiert?»

«Heyn», stammelte Milo, und sie spürte, dass er am ganzen Leib zitterte. «Heyn. Ihr müsst kommen.» Er drehte sich um und rannte die Treppe hinab.

Marysa folgte ihm eilig. «Was ist mit Heyn?», rief sie ihm nach. An der Hintertür stieß sie beinahe mit Balbina zusammen, die Imela im Arm hielt. Das Mädchen bebte am ganzen Körper und schluchzte hysterisch.

«So sagt mir doch endlich, was geschehen ist!», verlangte Marysa ungeduldig von ihrer Köchin. Diese sah sie jedoch nur entsetzt an. Entschlossen drängte Marysa sich an ihr vorbei und ging hinüber zum Stall, wo sich der Rest des Gesindes mit blassen Gesichtern und betretenen Mienen versammelt hatte.

«O Herrin, nicht!», wollte Grimold sie zurückhalten, als sie die Stalltür öffnete. «Wir sollten ihn erst abschneiden.»

«Abschneiden?» Marysa blickte ihn verständnislos an. Da sie gleichzeitig den Stall betrat, erübrigte sich eine Antwort des Knechts.

Marysa blieb zwei Schritte hinter dem Eingang stehen und starrte in das verzerrte Gesicht ihres Gesellen Heyn. Alles Blut schien aus ihren Gliedern zu weichen, und Eiseskälte durchfuhr sie. Marysa schlug eine Hand vor den Mund.

Heyn hing an einem Strick von einem der Deckenbalken herab. Seine Augen waren weit geöffnet und stierten ihr anklagend entgegen. Seine Zunge hing geschwollen und schwärzlich verfärbt aus seinem Mund, die Füße schwebten gerade wenige Handbreit über dem Boden. Neben ihnen lag ein umgestoßener Holzeimer.

Es kostete Marysa einige Anstrengung, sich von dem grauenhaften Anblick loszureißen. «Heilige Muttergottes, steh uns bei!», murmelte sie und bekreuzigte sich. Auch sie spürte, wie sie zu zittern begann; ihr Magen rebellierte. Langsam drehte sie sich zu Grimold und Jaromir um, die ebenfalls hereingekommen waren. «Holt ihn da herunter», sagte sie. «Bitte holt ihn runter. Ich schicke Milo zu Vater Ignatius. Er muss ... o Gott!» Eilig rannte sie hinaus und rang nach Atem.

Sogleich war Geruscha an ihrer Seite und stützte sie. Marysa sah die Magd dankbar an und rieb sich übers Gesicht. «Er hat sich umgebracht!» Sie bemühte sich, den herannahenden hysterischen Anfall zu unterdrücken. «Er hat ... Ich kann das nicht glauben. Das kann nicht sein. Nicht Heyn!»

«Es ist eine Todsünde, sich selbst das Leben zu nehmen», sagte Geruscha und biss sich auf die Lippen. «Verzeiht, Herrin. So was sollte ich nicht sagen. Es ist nur ... Warum hat er das gemacht?»

«Ich weiß nicht. Ich weiß es nicht. Lieber Himmel, wir brauchen einen Priester!» Da ihr noch immer übel war, versuchte Marysa sich durch tiefes Atmen zu beruhigen. «Milo!» Sie winkte ihren Knecht zu sich heran. «Lauf zu Vater Ignatius. Er muss sofort herkommen. Und zu niemandem sonst ein Wort. Ich will nicht, dass ...» Sie stockte, als sie die Stimmen vor dem Hoftor hörte. Offenbar waren einige der Nachbarn durch Imelas Schrei aufmerksam geworden. «O nein. Auch das noch.» Sie wies in Richtung der Laube. «Milo, klettere hinten über die Mauer. Ich will nicht, dass die Nachbarn sehen, wie ... Legt Heyn auf dem Stroh ab», wies sie Grimold an. «Verhaltet euch bitte ruhig. Ich will keinen Aufruhr, verstanden?» Sie tastete nach ihrer Haube und vergewisserte sich, dass diese ihr Haar vollständig verdeckte. Entschlossen straffte sie die Schultern und ging auf das Hoftor zu. «Ich rede mit den Nachbarn.»

***

Still saß Marysa neben Heyn, den sie im Stall notdürftig auf Stroh gebettet hatten. Ins Haus durften sie ihn nicht bringen, das Stroh würden sie mitsamt dem Strick, an dem er aufgeknüpft gewesen war, später verbrennen müssen.

Heyns Augen waren inzwischen geschlossen, doch sein Gesicht war zu einer Fratze erstarrt. Zumindest hatten sie es geschafft, seine Zunge zurück in den Mund zu schieben. Marysa war noch immer fassungslos über seinen plötzlichen Tod. Dass er sich selbst das Leben genommen haben sollte, ging einfach nicht in ihren Kopf.

Vater Ignatius war sofort gekommen, als Milo ihm Bescheid gegeben hatte. Eine große Hilfe war der Geistliche nicht gewesen. Mit einem Selbstmörder, so hatte er naserümpfend gesagt, wolle er nichts zu tun haben. Dafür seien weltliche Gerichte zuständig. Zwar hatte er ein paar Gebete gesprochen, aber auch sehr deutlich klargemacht, dass Heyn mit seinem Freitod jegliche Hoffnung auf Einlass in den Himmel verloren hatte. Er würde ohne Zeremonie in ungeweihter Erde verscharrt werden müssen. Vor den Stadttoren gab es einen alten Richtplatz, der sich dafür eignete, so hatte der Priester Marysa noch zugeflüstert. Dann hatte er das Haus wieder verlassen.

Ihr grauste allein bei dem Gedanken daran, doch so, wie die Dinge lagen, würde sie wohl keine andere Wahl haben. Ein Begräbnis in ungeweihter Erde war das geringere Übel. Sobald der Vogtmeier von Heyns Selbstmord Wind bekam – und das würde sicher nicht mehr lange dauern –, würde die weltliche Gerichtsbarkeit zusammentreten und Heyn für das, was er sich angetan hatte, verurteilen. Sein Besitz, so gering er auch sein mochte, würde konfisziert werden. Sein Leichnam würde möglicherweise sogar noch einmal «hingerichtet» oder auch ausgepeitscht werden. Marysa erinnerte sich, dass vor einigen Jahren der Körper einer jungen Frau, die Selbstmord begangen hatte, mit Schimpf und Schande durch Aachens Straßen geschleift worden war, bevor man ihn an einem Galgen vor der Stadt aufhängte und so lange hängen ließ, bis die Krähen fast das gesamte Fleisch von den Knochen gepickt hatten. Die Überreste waren auf jenem alten Richtplatz verscharrt worden.

Marysa schauderte. Sie musste versuchen, das Schlimmste abzuwenden. Doch wie sollte das gehen? Selbstmord war eine Todsünde, da hatte Geruscha ganz recht. Außerdem bestand die Gefahr, dass Heyn zum Wiedergänger würde, aus seinem Grab aufstieg und umging. Das musste mit allen Mitteln verhindert werden.

Die beste Methode war ein sehr tiefes Grab. Heyn musste mit dem Gesicht nach unten in der Grube liegen, von Steinen beschwert. Vielleicht noch mit etwas Weihwasser besprengt werden. Sie musste versuchen, einen oder zwei Totengräber für diese Aufgabe zu gewinnen. Mit einer ordentlichen Bezahlung wäre das vermutlich kein Problem.

Der Selbstmord ihres Gesellen war eine Sache, und sie fürchtete sich bereits vor dem Gerede der Leute und der Schande, die unweigerlich auch über ihr Haus kommen würde, da Heyn hier gelebt und gearbeitet hatte. Ihre Nachbarn hatte sie zunächst einigermaßen beruhigen können, doch nachdem nun Vater Ignatius eingeweiht war, würde es nicht mehr lange dauern, bis sich die Nachricht in ganz Aachen verbreitete.

Fast noch schlimmer war, dass Grimold, nachdem Heyn auf das Strohlager gebettet worden war, zwei weitere silberne Pilgerzeichen am Stallboden gefunden hatte. Offenbar waren sie Heyn entglitten, als er sich erhängt hatte.

«Warum hast du das nur getan?», fragte sie und spürte beim Klang ihrer leicht brüchigen Stimme eine Gänsehaut auf Rücken und Armen. «Was in aller Welt hat dich umgetrieben, dass du ...» Sie brach ab, weil ihr etwas aufgefallen war. Etwas irritiert beugte sie sich über den Leichnam und schob den Kragen von Heyns Hemd ein wenig auseinander.

**

«Heyn wurde umgebracht?» Verständnislos stand Bardolf vor Marysa. «Wie kommst du darauf? Erhängt hat er sich, alles weist darauf hin. Er ...»

«Das ist es ja», unterbrach Marysa ihn erregt. «Ich habe mich auch erst täuschen lassen. Aber schau!» Sie deutete auf das dunkle Würgemal, welches der Strick am Hals des Gesellen hinterlassen hatte. «Siehst du, wie dieser Striemen steil nach oben verläuft? Der Strick, an dem er aufgeknüpft wurde, hat ihn verursacht.»

«Marysa ...» Besorgt legte Bardolf ihr eine Hand auf die Schulter. «Natürlich wurde er von dem Strick verursacht. Was dachtest du denn, wie ...» Als er den Hals des Toten genauer betrachtete, erkannte er, was sie meinte. Er hielt inne. «Verflucht, Marysa, du hast recht!» Er beugte sich weiter über den Toten, dann richtete er sich auf. «Ich lasse den Büttel holen. Den Vogtmeier. Die Schöffen.» Er schüttelte den Kopf. «Wen auch immer.» Er blickte Marysa von der Seite an. «Das zweite Mal hat er sich nicht beim Erhängen zugefügt.»

«Es verläuft gerade», ergänzte sie leise. «Und hier.» Sie ergriff Heyns kalte rechte Hand und deutete auf seine Fingernägel. Sie waren eingerissen, und es sah aus, als hätten sich Fasern des Stricks darunter festgesetzt. «Jemand hat ihn erwürgt, Bardolf. Ich bin ganz sicher.»

Einen Moment lang schwiegen beide.

«Warum?», stellte Bardolf schließlich die Frage, die bereits greifbar im Raum stand.

Marysa hob die Schultern. «Die Schöffen und der Domherr van Oenne glauben, dass Heyn derjenige war, der die silbernen Zeichen gestohlen und durch gefälschte ersetzt hat. Ein Höker, der die Abzeichen gekauft hat, nannte Heyns Namen.»

«Was sagst du da?»

Bekümmert verzog Marysa die Lippen. «Sie waren gestern hier, um mit mir darüber zu sprechen.»

«Du hättest es uns sofort sagen müssen!»

«Ich weiß. Aber ich war so erschüttert, Bardolf. Ich konnte einfach nicht ... Ich wollte heute mit Euch darüber reden.» Ihr Blick wanderte erneut zu dem Leichnam. «Gort war heute Nacht hier.»

«Gort Bart?» Bardolf starrte sie verblüfft an. «Was wollte er?»

«Mich heiraten.» Marysa stieß einen angewiderten Laut aus. «Er hat irgendeinen Unsinn von sich gegeben, dass ich meinen Ruf wahren müsse. Bardolf, ich glaube, dass Hartwig ihn geschickt hat.»

«Glaubst du, Gort könnte Heyn umgebracht haben?»

«Nein. Ich weiß es nicht. Gort ist kein … Ich glaube nicht, dass er jemanden erwürgen könnte.»

«Aber er war hier, als … das geschah.»

«Wahrscheinlich.» Marysa nickte. «Wir wissen ja nicht genau, wann Heyn hierherkam. Ich hörte mitten in der Nacht Geräusche im Hof. Die Pferde waren unruhig. Als ich Gort sah, dachte ich, er hätte die Tiere nervös gemacht.»

«Was durchaus sein kann», knurrte Bardolf. «Ich gehe sofort zur Acht. Vermutlich hat Vater Ignatius dort bereits Bescheid gegeben.»

«Ich will nicht, dass man Heyns Leiche schändet», sagte Marysa. «Das hat er nicht verdient.»

«Wenn er tatsächlich ermordet wurde, brauchst du dir darüber keine Gedanken zu machen», erwiderte Bardolf. «Zumindest darüber nicht.»

***

Der Besuch der Büttel eine knappe Stunde später war wenig erfreulich. Der zuständige Richter sowie der Vogtmeier waren nicht in der Stadt, sodass die beiden Männer – einer von ihnen war schon am Vortag mit den Schöffen hier gewesen – sich die Leiche allein ansahen. Marysa zeigte ihnen die beiden Würgemale und die Spuren an Heyns Händen. Erleichtert nahm sie zur Kenntnis, dass beide Büttel die gleichen Schlüsse aus den Verletzungen zogen wie sie. Die beiden versprachen, in der Acht Bericht zu erstatten. Dennoch musste Marysa ihnen zusichern, den Leichnam nicht fortzuschaffen, bis der Richter selbst ihn sich angesehen hatte. Der Vorwurf der Selbsttötung bestehe weiterhin, bis Vogtmeier oder Richter ein anderes Urteil fällten.

Obwohl ihr der Appetit gründlich vergangen war, aß Marysa um ihres Kindchens willen eine Kleinigkeit, dann ging sie noch einmal in den Stall, um für Heyns Seele ein Gebet zu sprechen. Sie konnte nicht verhindern, dass dabei ihre Gedanken immer wieder abschweiften.

War es wirklich Gort Bart gewesen, der Heyn umgebracht hatte? Marysa hatte den Bütteln schweren Herzens seinen Namen genannt und von ihrem Verdacht berichtet. Die Blicke der beiden Männer, als sie von ihrem nächtlichen Gespräch mit dem Schreinergesellen gesprochen hatte, waren eindeutig gewesen. Ihr Ruf würde, wenn die beiden die Sache weitertrugen, erheblichen Schaden nehmen. Gleichwohl hatte sie keine Wahl gehabt. Wenn sie den Schuldigen an Heyns Tod seiner gerechten Strafe zuführen wollte, musste sie das Gerede der Aachener über ihren Lebenswandel wohl in Kauf nehmen.

Eine Sache beschäftigte sie ganz besonders: Wenn tatsächlich Gort der Mörder war – aus welchem Grund hatte er die Tat begangen? Der Höker aus Trier hatte eindeutig Heyns Namen genannt, als es um die Silberzeichen ging. Wenn also Heyn für den Diebstahl und den Betrug verantwortlich war, wäre ein Selbstmord aus Reue nachvollziehbar gewesen. Gort jedoch – oder wer auch immer sonst – hatte es nur so aussehen lassen, als habe sich Heyn erhängt. Vielleicht – nein, ganz sicher – in der Hoffnung, damit von sich selbst abzulenken.

Bedeutete das, der Altgeselle hatte doch nichts mit den

Pilgerabzeichen zu tun gehabt? Wie aber kam der Höker ausgerechnet auf seinen Namen?

Marysa erhob sich von dem kleinen Schemel, auf dem sie ihr Gebet gesprochen hatte, und trat zu einem der beiden Pferde. Nachdenklich streichelte sie ihm über den Hals.

Hatte Heyn die Abzeichen vielleicht nicht freiwillig an den Höker verkauft? War er gezwungen worden, oder hatte er im Auftrag gehandelt? In wessen Auftrag?

Plötzlich wurde ihr eiskalt. Sie hatte in der vergangenen Nacht schon geahnt, dass Gort nicht aus eigenem Antrieb zu ihr gekommen war. Er war weder klug noch mutig genug, so etwas hinter Hartwigs Rücken zu unternehmen.

Hatte also ihr Vetter ihn geschickt? Und würde das nicht bedeuten, dass er auch hinter der Sache mit den Pilgerabzeichen steckte?

Marysas Finger krallten sich kurz in die Mähne des Pferdes. Es schnaubte leise und wandte ihr fragend den Kopf zu. Nein, das konnte doch nicht sein, oder? Andererseits: Hartwig war Schreinbauer. Er hätte die gefälschten Abzeichen problemlos in die Amulette einpassen können. Als Verwandter hatte er leichten Zugang zu ihrem Haus. Außerdem war er der oberste Zunftgreve, und damit wusste er auch immer um alle Vorgänge und Aufträge, die die einzelnen Handwerker erhielten. Zumindest würde es ihm nicht schwerfallen, an die entsprechenden Informationen zu gelangen.

Obwohl ihr das Blut heftig durch die Adern rauschte, zwang sich Marysa dazu, ihre Finger zu entspannen und das Pferd weiter sanft zu streicheln. Die Gedanken begannen wild in ihrem Kopf herumzuwirbeln; sie musste versuchen, sich zu beruhigen und einen klaren Kopf bewahren!

Dass Hartwig für Christophs Verhaftung verantwortlich war und womöglich hoffte, Macht über sie zu erlangen, war eine Sache. Wenn sich nun aber herausstellte, dass er auch für den Betrug mit den Pilgerabzeichen verantwortlich war, würde dies ein geradezu erschreckendes Licht auf ihren Vetter werfen. War er so neidisch oder missgünstig ihr gegenüber, dass er nicht nur ihr Glück, sondern gar ihr ganzes Leben zerstören wollte? Und ging er dabei so weit, sogar unbeteiligte Menschen zu töten?

«Er muss verrückt geworden sein», murmelte Marysa und wandte sich von dem Pferd ab. Rastlos ging sie im Stall auf und ab. Wie sollte sie all dies nur beweisen, wenn sie es selbst kaum glauben konnte?

27. Kapitel

Er hielt sich versteckt. Zunächst hatte er sie beobachtet, doch als der Priester gekommen war, hatte er es vorgezogen, sich zurückzuziehen. Noch war es nicht so weit.

Marysas Knecht hatte die silbernen Zeichen gefunden; sein Plan schien aufzugehen. Um Heyn Meuss war es nicht weiter schade gewesen. Ihn hatte er sicherheitshalber getötet, nachdem er ihm mitten in der Nacht zu Marysas Haus gefolgt war. Heyn hatte ihn in Burtscheid gesehen, da war er sich ganz sicher. Wahrscheinlich hatte er Marysa davon erzählen wollen. Das hätte seinen ganzen Plan zunichtegemacht. Er hatte sich so viel Mühe gegeben, an jedes Detail zu denken. Einfach war es nicht gewesen. Ursprünglich hatte er vorgehabt, Marysa und ihren betrügerischen Liebhaber vor aller Welt – oder doch zumindest vor allen Aachenern – ihrer gerechten Strafe zuzuführen. Heyns unerwartetes Auftauchen war nun aber ein Grund gewesen, es sich anders zu überlegen.

Er bedauerte ein wenig, dass er um die Freude gebracht

wurde, Marysas Gesicht zu sehen, während man den Schreinemaker auf den Scheiterhaufen führte und das Feuer unter ihm entzündete. Auch Heyns Todeskampf, den er um seiner Befriedigung willen etwas hinausgezögert hatte, konnte ihn nur unzulänglich entschädigen. Andererseits bekam er vielleicht die Gelegenheit, dem Schreinemaker vor dessen Tod zuzuflüstern, was er mit Marysa angestellt hatte. An dieser Möglichkeit musste er noch arbeiten. Der Gedanke gefiel ihm zunehmend besser.

Die Einzelheiten seines Plans hatte er geändert – darin war er mittlerweile fast zur Meisterschaft gereift! Nun hieß es, noch ein kleines Weilchen abzuwarten. Marysa war eine kluge Frau. Sie würde möglicherweise sehr schnell die richtigen Schlüsse ziehen. Wenn es so weit war, würde endlich seine Stunde kommen.

Er kicherte vor sich hin und streichelte dabei liebevoll über die Schneide des neuen Dolches, den er sich in Frankfurt gekauft hatte. Die Vorfreude ließ sein Herz höherschlagen.

Damit es nicht zu lange dauerte, hatte er Marysa eine kleine Überraschung hinterlassen.

28. Kapitel

«Marysa, möchtest du nicht doch für ein paar Tage zu uns kommen?», fragte Jolánda besorgt. Sie trug den kleinen Éliás auf dem Arm. Gela, die Amme, war still neben der Haustür stehen geblieben. «Du weißt, dass wir immer für dich da sind, nicht wahr? Ich ertrage den Gedanken nicht, dass du ganz allein hier im Haus bist, während ein Mörder in Aachen frei herumläuft.»

«Ach, Mutter, ich bin doch nicht allein», erwiderte Marysa

ruhig. «Das Gesinde ist die ganze Zeit um mich. Außerdem besteht nicht der geringste Grund zur Sorge.»

«Aber ist es nicht schlimm genug, dass man Heyn auf so grausame Weise umgebracht hat? Und denk an den Silberschmied van Hullsen!» Jolándas Stimme zitterte leicht. «Glaubst du wirklich, dass Hartwig hinter alldem steckt?»

«Ich befürchte es», bestätigte Marysa. «Aber ich kann es nicht beweisen, deshalb habe ich Bardolf gebeten, meinen Verdacht noch nicht den Schöffen vorzutragen.»

«Wie willst du das überhaupt beweisen? Willst du Hartwig einfach fragen, ob er es getan hat?»

«Nein, ganz sicher nicht.» Marysa schüttelte den Kopf. «Ich weiß noch nicht, was ich tun werde. Wenn er es wirklich war, ahnt er wahrscheinlich noch nicht, dass ich ihn verdächtige. Ich habe Milo vorhin zu Hartwigs Werkstatt geschickt. Weder ihn noch Gort hat er dort angetroffen. Wo Gort steckt, wusste der Hausknecht nicht, aber Hartwig ist gestern nach Burtscheid gefahren, um einen Schrein auszuliefern. Angeblich wollte er dort übernachten und heute Mittag zurück sein.» Sie hielt einen Moment inne, um sich zu sammeln. «Mutter, glaubst du, Hartwig ist vielleicht verrückt geworden? Er war schon immer von missgünstiger Natur. Vater konnte ihn nie leiden ...»

«Es muss wohl so sein», antwortete Jolánda und hätschelte das Kind, das daraufhin freudig gluckste. «Ich verabscheue ihn! Wie kann er nur so hinterhältig sein? Das passt eigentlich gar nicht zu ihm. Er ist aufbrausend und jähzornig. Aber Betrug und sogar Mord?»

«Ich weiß, Mutter.» Marysa trat näher an sie heran und strich ihrem kleinen Brüderchen sanft über die Wange. «Ich begreife es ja auch nicht.»

***

Der Gefängniswächter öffnete die Zellentür und stieß Christoph grob hindurch, sodass er strauchelte. Er hätte den Sturz mit seinen Händen abgefangen, doch diese waren ihm hinter dem Rücken gefesselt worden. Ein Schmerzenslaut entfuhr ihm, als er auf dem harten Graslager aufprallte. Hinter sich hörte er, wie die Zellentür zuschlug und die sich entfernenden Schritte des Wächters.

Stöhnend versuchte er, sich umzudrehen und aufzusetzen. Die Schöffen hatten beschlossen, dass es an der Zeit war, die Befragungen unter verschärften Bedingungen fortzuführen. Man hatte ihn auf einen Hocker gesetzt, die Arme auf dem Rücken gebunden, ganz allmählich wurden sie immer weiter nach hinten gedrückt, bis Christoph dachte, seine Schultergelenke würden nicht mehr standhalten. Nichts weiter, als dass er der Sohn von Beatus Schreinemaker war und als solcher dessen Erbe sowohl an Besitz als auch was den Beruf anging, hatte er preisgegeben. Auch nicht, als man ihn zur Abwechslung auf eine Holzbank legte, Hände und Füße festband und mit Hilfe eines Flaschenzugs schrittweise streckte.

Christoph wusste, dies war nur der erste Grad der peinlichen Befragung und vergleichsweise harmlos. Seine Glieder schmerzten von der Überdehnung wie Feuer, doch war das vermutlich nichts gegen die Pein, die ihm bevorstand, würde man den Henker um die Verwendung jener Grauen erweckenden Werkzeuge bitten, die in einem Regal an der hinteren Wand des Kellerraumes lagen, in dem die Befragung stattfand. Die Wahrscheinlichkeit, dass er in diese Bedrängnis geriet, war allerdings eher gering. Die Schöffen hatten, so viel war Christoph zu Ohren gekommen, ohne Einverständnis des Stiftsgerichts gehandelt. Obgleich die kirchlichen Gerichte grundsätzlich nicht zimperlich waren, die Folter zur Wahrheitsfindung durch weltliche Personen ausführen zu lassen, musste der Schöffenmeister mit einigem Ärger rechnen. Er hatte die Befragung abrupt abgebrochen, als ein Gerichtsdiener die Ankunft des Rochus van Oenne in der Acht vermeldete.

Schon früher hatte Christoph erlebt, wie Stadt und Marienstift um die Frage der Zuständigkeit der Gerichte rangen. Christophs Glück in diesem Fall war, dass er als der Ketzerei Verdächtigter eines kirchenrechtlichen Verbrechens beschuldigt wurde. Sein Pech, dass die Verfolgung desselben sowohl von weltlichen als auch kirchlichen Gerichten, die Bestrafung wiederum ausschließlich von den weltlichen vorgenommen wurde. Beide Instanzen stritten nun um ihr Vorrecht.

Wenn nur Marysas Bote endlich aus Frankfurt zurück wäre! Christoph hatte die Tage gezählt, nachgerechnet, wie lange ein Berittener für die Strecke brauchte, wenn er regelmäßig die Pferde wechseln konnte. Zählte man die Zeit hinzu, die es dauerte, bis die fraglichen Urkunden kopiert waren, konnte es nur noch eine Frage von Stunden sein.

Christoph rutschte auf seinem Lager unruhig hin und her. Er hatte kein gutes Gefühl bei der Sache. Etwas sagte ihm, dass sie vergeblich warteten. Vielleicht hatte ihn auch nur die Gefangenschaft mürbe gemacht, aber sein Instinkt riet ihm, sich auf das Schlimmste gefasst zu machen. Es war fraglich, ob man einen weiteren Boten nach Frankfurt schicken würde. Grundsätzlich waren die Schöffen dazu verpflichtet, sich alle Beweise beschaffen zu lassen, die die Unschuld eines Angeklagten untermauerten. Doch die Art, wie sie ihn heute befragt hatten, ihre Wortwahl, ließ darauf schließen, dass sie mehrere Zeugen aufgetrieben hatten, die ihn eindeutig identifizieren würden – als Bruder Christophorus. Und wie sollten diese Männer – wer sie auch waren – dies nicht tun? Er war

Bruder Christophorus oder – hielt er sich an die Geschichte, die der Wahrheit ebenso nahe war – der Bruder desselben.

Verärgert stellte er fest, dass er sich in eine verfahrene Situation manövriert hatte. Er war jener Ablasskrämer gewesen, der sich als Inquisitor ausgegeben und allein dafür schon die Höchststrafe zu erwarten hatte. Aber ebenso war er der Zwilling von Bruder Christophorus, dem Dominikaner. Ihm äußerlich so ähnlich, dass selbst die Eltern hin und wieder für einen Moment hatten getäuscht werden können.

Erschöpft schloss Christoph die Augen. Über ihn und seinen Bruder gab es nicht nur Aufzeichnungen beim Rat der Stadt Frankfurt, bei dem sein Vater unter anderem diverse Renten zur Versorgung seiner Familie hinterlegt hatte. Auch im Kirchenregister waren sie selbstverständlich mit ihrem Geburtstag vermerkt.

Ein plötzlicher Einfall ließ Christoph die Augen wieder öffnen und sich aufrichten. Die Schmerzen, die ihn durchfuhren, ließen ihn aufstöhnen, doch er unterdrückte sie sogleich und bemühte sich, seine Gedanken zu ordnen. Es gab noch jemanden, der seine Existenz – oder vielmehr die der Zwillinge – bestätigen konnte. Hilflos blickte er sich in der düsteren, engen Zelle um. Doch wie um alles in der Welt konnte er ihn erreichen?

***

«Ihr habt was getan?» Rochus van Oenne starrte den Schöffen Wolter Volmer entsetzt an. «Wie könnt Ihr es wagen, eine Anordnung des Stiftsgerichts zu ignorieren? Keine Befragungen, habe ich gesagt. Eine peinliche schon gar nicht.»

«Spielt Euch nicht so auf», erwiderte Volmer in hochfahrendem Ton. «Das Stadtgericht hat getan, was zur Wahrheitsfindung nötig ist. Ich weiß nicht, wie es Euch geht, aber wir sind sehr daran interessiert, einen Betrüger so rasch dingfest zu machen wie nur möglich. Das sind wir den Bürgern Aachens schuldig.» Er kniff argwöhnisch die Augen zusammen. «Es klingt fast, als wolltet Ihr diesen Mann in Schutz nehmen.»

«Jawohl, das will ich», schoss van Oenne wütend zurück. «Er muss beschützt werden vor Männern wie Euch, die sich einbilden, aufgrund von bloßen Anschuldigungen Recht sprechen zu dürfen. Es war ausgemacht, dass wir abwarten, bis Jacobus von Moers wieder in Aachen eintrifft. Abgesehen davon wisst Ihr so gut wie ich, dass noch Beweise ausstehen, die es zu berücksichtigen gilt.»

Marysa, die in Begleitung des Domherrn in die Acht gekommen war, blickte sprachlos zwischen den beiden Männern hin und her. Man hatte Christoph gefoltert! Wut und Angst rangen in ihr um die Vorherrschaft. Was hatten sie ihm angetan? Selbst der erste Grad der peinlichen Befragung war schrecklich. Sie hatte genug davon gehört, um vor ihrem inneren Auge die schlimmsten Bilder zu sehen. Dabei hatte sie gehofft, endlich zu Christoph vorgelassen zu werden und in Ruhe mit ihm sprechen zu können. Sie war zu van Oenne gegangen, um ihn von Heyns Tod zu berichten. Selbstverständlich war er bereits im Bilde gewesen und hatte auch schon vernommen, dass die Büttel hinter der scheinbaren Selbsttötung einen Mord vermuteten.

Dass sich diese Dinge so rasch zu ihm herumgesprochen hatten, machte Marysa wieder einmal klar, welchen Einfluss das Marienstift in Aachen hatte. Normalerweise entging den Domherren nichts, was sich innerhalb der Stadtmauern abspielte.

Deshalb war van Oenne auch so zornig. Man hatte ihn über das Vorgehen in der Folterkammer nicht in Kenntnis gesetzt. Allerdings hätte er es offensichtlich auch nicht gutgeheißen, wenn man ihm vorab darüber Bescheid gegeben hätte. Selbst wenn sie es aufgrund ihres nächtlichen Gesprächs mit Christoph eine Zeitlang für möglich gehalten hatte, dass er mitschuldig an den Vorfällen der letzten Zeit war, vertraute sie ihm heute wieder. Rochus van Oenne war ein ehrenwerter Mann. Er bemühte sich um Gerechtigkeit. Welchen Grund sollte er haben, dies in ihrer Gegenwart nur vorzutäuschen? Soweit sie erkennen konnte, war ihm daran gelegen, die Wahrheit herauszufinden und falsche oder vorschnelle Urteile zu vermeiden. Zudem hatte sie nach wie vor den Eindruck, dass er ihr wohlgesinnt war. Unter seiner Fürsprache fühlte sie sich ein wenig sicherer.

Sie hatte ihm dargelegt, welchen Verdacht sie hinsichtlich des Mordes an Heyn hegte, dass dieser nämlich sowohl mit den silbernen Zeichen als auch mit Christophs Verhaftung und dem Diebstahl der Urkunden in Zusammenhang stand. Noch immer war Gort nirgends aufzutreiben; er schien wie vom Erdboden verschluckt. Auch Hartwig hatte man noch nicht ausfindig gemacht. Zwar war er tatsächlich bei seinem Kunden in Burtscheid gewesen, danach aber ebenfalls mit unbekanntem Ziel verschwunden.

«Ich frage mich, was Euch so sicher macht, dass es diese Beweise tatsächlich gibt», knurrte Volmer. «Ich sagte Euch schon einmal, dass der Mann, der sich als Christoph Schreinemaker ausgibt, unserer Ansicht nach ein ausgefuchster Betrüger ist. Ein Fälscher, ein Ketzer. Wollt Ihr ihn tatsächlich davonkommen lassen?»

Der Domherr schwieg einen Moment. Es sah aus, als müsse er sich mühsam beherrschen. «Ich will niemanden davonkommen lassen», antwortete er schließlich gefährlich ruhig.

«Aber ich wehre mich entschieden gegen Euer eigenmächtiges Vorgehen. Sollte der Schreinemaker schuldig sein, so wird dies noch früh genug herauskommen. Für diesen Fall wäre ich der Letzte, der sich gegen eine ordentliche Verurteilung sperrt. Hier geht es nicht um einen einfachen, offensichtlichen Fall von Ketzerei. Es stehen Aussagen gegen Aussagen. Wollt Ihr die Worte der ehrenwerten Witwe Marysa Markwardt, die sich für den Schreinemaker einsetzt, anzweifeln?»

«Die Witwe Markwardt ist keine glaubwürdige Zeugin», schoss Volmer zurück. «Ihr wisst so gut wie ich, dass sie mit dem Schreinemaker – oder wer er auch immer sein mag – unter einer Decke steckt.» Er warf Marysa einen abschätzigen Blick zu. «Wörtlich, will ich meinen. Seht sie Euch doch an. Wenn mich nicht alles täuscht, trägt sie bereits sein Balg unter dem Herzen. Ich würde mich nicht wundern, wenn sie ebenfalls betrügerische …»

«Jetzt reicht es aber!», unterbrach van Oenne ihn barsch. «Marysa Markwardt ist eine ehrbare Frau. Die Tochter von Gotthold Schrenger, der einst sogar für einige Jahre Bürgermeister der Stadt Aachen war.»

«Und wennschon. Die Weiber sind von jeher empfänglich für solche Verführer wie …»

«Ich werde dieses Thema mit Euch nicht weiter erörtern», schnitt van Oenne ihm das Wort ab. «Tatsache ist, dass Ihr gegen eine Abmachung verstoßen habt. Ich verlange, sofort zu dem Gefangenen geführt zu werden. Sollte sich nämlich herausstellen, dass der getötete Geselle aus Frau Marysas Werkstatt jenem Schurken zum Opfer gefallen ist, der das Marienstift um die silbernen Pilgerabzeichen zu betrügen versucht hat, müssen wir den Schreinemaker auch zu diesen Vorfällen eingehend befragen.» Er verzog den Mund. «Und zwar ohne ihn dabei auf die Streckbank zu binden.»

Marysa stieß unwillkürlich einen Laut des Entsetzens aus. Der Domherr warf ihr einen kurzen Blick zu. «Womöglich kann uns der Gefangene Hinweise geben, die diese Vorfälle aufklären. Auch Euch dürfte daran gelegen sein, Volmer, da Ihr gewiss den Mörder van Hullsens finden und den Brand in van Lyntzenichs Silberschmiede sühnen wollt. Letzterer hätte sich leicht in eine Katastrophe für die gesamte Stadt ausweiten können. Und vergesst nicht, dass der Schreinemaker nicht unbeteiligt an der Verhinderung derselben gewesen ist.»

«Nur, weil er beim Löschen geholfen hat, macht ihn das nicht unschuldig», erwiderte Volmer, nun jedoch deutlich zurückhaltender.

«Das mag sein», antwortete van Oenne. «Es scheint mir trotzdem bemerkenswert. Abgesehen davon habe ich durch Frau Marysa von einigen Ereignissen erfahren, die mich vermuten lassen, dass die Sache mit unseren Pilgerzeichen möglicherweise in Zusammenhang mit den Anschuldigungen gegen den Schreinemaker stehen könnte.»

Volmer hob erstaunt den Kopf. «In welchem Zusammenhang?»

«Das», sagte van Oenne mit einem kalten Lächeln, «werdet Ihr erfahren, wenn ich es für nötig erachte. Erfreut Euch zunächst für eine Weile an der Unwissenheit. Dann werdet Ihr vielleicht begreifen, wie es mir heute ergangen ist, als ich die Nachricht Eurer heimlichen Befragung erhalten habe. Und nun, werter Volmer, führt uns zur Zelle des Gefangenen!»

29. Kapitel

Marysa stürzte auf Christoph zu, als sie ihn mit geschlossenen Augen am Boden liegen sah. Sie ging neben ihm in die Knie und legte ihm sanft die Hände an die Wangen, spürte die rauen, immer dichter werdenden Bartstoppeln unter ihren Fingern. «Christoph? Christoph, geht es dir gut?» Ihre Stimme schwankte. Als er die Augen öffnete und sich aufrichtete, atmete sie auf.

«Marysa? Was tust du hier? Wie bist du ...?» Sein Blick fiel auf van Oenne, der neben Marysa getreten war und ihn interessiert musterte. «Wollt Ihr mich zum Prozess holen?»

Der Domherr schüttelte den Kopf. «Befreit den Mann von seinen Fesseln», sagte er über die Schulter zu dem Wächter, der in der Tür stand. Der Mann gehorchte und zog sich dann mit einem missbilligenden Blick zurück.

«Kennt Ihr den Gesellen Heyn Meuss?», fragte van Oenne übergangslos.

Christoph war überrascht. Ehe er antworten konnte, spürte er den leichten Druck von Marysas Fingern auf seinem Arm und fing ihren Blick auf. Obgleich er diesen nicht zu deuten wusste, begriff er, dass sie ihm riet, vorsichtig zu sein. «Kennen ist zu viel gesagt. Ich traf ihn ein- oder zweimal in Marysas Werkstatt. Warum fragt Ihr?»

Der Domherr schwieg zunächst. Sein Blick ging mehrmals zwischen Marysas und Christophs Gesicht hin und her, dann nickte er leicht, als fühle er sich in irgendetwas bestätigt. «Habt Ihr ihn auch beim Löschen des Brandes von van Lyntzenichs Werkstatt gesehen?»

«Ja, ich erinnere mich, dass er unter den Brandhelfern gewesen ist. Warum ...?»

«Er ist tot.»

«Was?» Christoph starrte erst van Oenne ungläubig an, dann Marysa.

«Erhängt», sagte van Oenne knapp.

Trotz der Schmerzen in seinen Gliedern rappelte sich Christoph auf, um dem Domherrn auf gleicher Höhe in die Augen sehen zu können. «Marysas Geselle hat sich umgebracht?»

«Er wurde erdrosselt und dann in unserem Stall aufgehängt», erklärte Marysa und bemühte sich, nicht an den schrecklichen Anblick zu denken.

«Also Mord?» Christophs Miene spiegelte seine Ratlosigkeit.

«Noch ist das nur eine Vermutung, jedoch weist einiges darauf hin», bestätigte van Oenne.

«Wer soll das getan haben?» Christoph runzelte die Stirn. «Jemand, der etwas mit Euren gefälschten Pilgerabzeichen zu tun hat? Der Trierer Höker gar?»

Van Oenne musterte Christoph aufmerksam. «Interessant, dass Ihr ihn erwähnt.» Als sein Blick auf Marysa fiel, errötete sie. Er ging jedoch nicht weiter darauf ein, sondern fuhr fort: «Theodor Blasius, so heißt der Mann, kann es nicht gewesen sein, denn er war zur fraglichen Zeit Gast in einem unserer Stiftshäuser – unter Bewachung.»

«Ah.» Christoph kräuselte die Lippen. «Wer sollte es dann gewesen sein?»

Der Domherr nickte Marysa auffordernd zu, woraufhin sie Christoph eine kurze Zusammenfassung der Ereignisse der letzten beiden Tage gab.

«Es könnte also Hartwig gewesen sein», schloss Christoph aus dem Bericht. «Mit Gorts Hilfe?» Er dachte einen Augenblick lang nach. «Das klingt einleuchtend, solange man annimmt, dass Gort so gehandelt hat, weil du ihn zurückgewiesen hast.»

«Ich hatte nie den Eindruck, dass ihm viel an mir liegt. Hartwig war immer derjenige, der ihn angetrieben hat.»

«Der äußere Eindruck täuscht zuweilen», gab van Oenne zu bedenken. «Ich verdächtige Meister Schrenger nur ungern; er ist der oberste Greve der Schreinerzunft. Doch sein Verschwinden lässt mich befürchten, dass er tatsächlich nicht ganz unschuldig an der Sache sein könnte. Dies wirft wiederum ein neues Licht auf seine Anschuldigungen gegen Euch.»

Marysa ergriff Christophs Hand. «Ich fürchte, er hat womöglich all das nur getan, um mir zu schaden. Oder um wieder Gewalt über mich zu bekommen», sagte sie leise. «Er war so wütend über unsere Verlobung, ganz zu schweigen von dem Auftrag des Marienstifts an meine Werkstatt.» Sie schluckte. «Er war schon immer missgünstig, mein Vater wollte nie etwas mit ihm zu tun haben. Was, wenn Hartwig verrückt geworden ist? Wenn er all das – den Betrug mit den Pilgerabzeichen, den Überfall auf van Hullsen, den Brand, Heyns Tod – nur getan hat, um sich an mir zu rächen?»

Zu gerne hätte er Marysa tröstend in den Arm genommen, doch in Gegenwart des Domherrn erschien ihm das nicht ratsam. «Meister Schrenger ist verschwunden?», fragte er an van Oenne gewandt.

«Zumindest wurde er seit gestern nicht mehr gesehen. Wir haben die Stadtwache verständigt und lassen die Wächter an den Stadttoren Ausschau nach ihm halten.» Er verschränkte die Arme vor der Brust. «Ihr schwört, der Geselle Christoph Schreinemaker zu sein, der Sohn von Beatus Schreinemaker aus Frankfurt?»

Irritiert von dem abrupten Themenwechsel, blickte

Christoph dem Domherrn ins Gesicht. «*Meister* Christoph Schreinemaker», sagte er ruhig. «Das schwöre ich bei meiner unsterblichen Seele.»

«Euer Zwillingsbruder, der sich Bruder Christophorus nennt, handelt mit Ablassbriefen, ist Inquisitor und hat Euch im vergangenen Herbst herbeigeholt, um Frau Marysa bei dem Auftrag über diverse Reliquienschreine für das Marienstift zu helfen?»

«So ist es. Wobei ich hinzufügen muss, dass mein Bruder mir bei unserem letzten Zusammentreffen erzählte, er habe sich auf eigenen Wunsch aus dem Dienst der Heiligen Römischen Inquisition befreien lassen.»

Van Oennes Kinn zuckte kurz. «Das sagte er auch zu uns», bestätigte er mit einem undeutbaren Lächeln. «Wenn ich mich recht erinnere, fügte er als Begründung schwere Gewissensnöte an. Wisst Ihr darüber Näheres?»

«Nein. Mein Bruder war nie sehr mitteilsam. Ich weiß nur, dass jene Gewissensnöte ihn veranlassten, sich auf eine Pilgerreise zu begeben.»

«Soso.» Das Lächeln auf van Oennes Lippen schwand, seine Augen glitzerten jedoch. «Haltet Ihr es für möglich, Meister Schreinemaker, dass die Gewissensbisse Eures Bruders aus der Bekanntschaft mit Frau Marysa resultierten?»

Nun hob Christoph die Brauen. Marysa unterdrückte mit Mühe einen erschreckten Laut.

Da der Domherr eine Antwort erwartete, räusperte sich Christoph leise. «Über diesen Umstand», begann er vorsichtig, «habe ich bisher noch nicht nachgedacht. Mein Bruder trat schon als Kind in den Konvent der Dominikaner ein. Ich hatte nie den Eindruck, dass er sich von den Reizen einer Frau angezogen fühlte.»

«Wie ich schon sagte», warf van Oenne ein. «Der äußere

Anschein ...» Auffordernd blickte er Christoph in die Augen. «Haltet Ihr es für möglich?»

Christoph zögerte und bemühte sich, nicht zu Marysa hinüberzusehen. «Es ist zumindest nicht unmöglich.»

Obwohl Marysa nicht ganz verstand, worauf der Domherr hinauswollte, mischte sie sich ein: «Er gab meinem Bruder Aldo auf dem Sterbebett das Versprechen, sich um mich zu kümmern.»

«... und fand womöglich dabei heraus, dass ihm dies als Dominikaner nur unzureichend möglich ist?», folgerte van Oenne. «Könnte seine Absicht darin bestanden haben, sein Versprechen zu erfüllen, indem er die Fürsorge für Euch auf seinen Bruder übertrug?» Bevor Christoph oder Marysa darauf etwas antworten konnten, sagte er: «Lange können wir den Prozessbeginn nicht mehr hinausschieben. Ich hoffe sehr, dass Bruder Jacobus alsbald wieder in Aachen erscheint. Falls nicht ...»

«Ihr glaubt doch nicht, dass ihm etwas zugestoßen ist?» Erschrocken drehte sich Marysa zu van Oenne um, der sich zur Tür begeben hatte und laut dagegen pochte, um den Wächter auf sich aufmerksam zu machen. Sogleich wurden auf dem Gang Schritte laut.

«Dazu besteht momentan kein Anlass», sagte er. «Doch in Anbetracht der derzeitigen Situation sollten wir mit allem rechnen.»

Marysa und Christoph sahen einander kurz an. Als der Riegel über das Holz der Tür ratschte, fasste sie sich ein Herz und sprach aus, was wohl auch Christoph in diesem Augenblick durch den Kopf ging: «Ihr vertraut Bruder Jacobus vollkommen, Herr van Oenne?»

Der Domherr nickte mit überraschter Miene. «Bruder Jacobus ist ein enger Vertrauter des Erzbischofs.»

«Das beantwortet aber nicht Marysas Frage», erwiderte Christoph.

Als der Wächter den Kopf in die Zelle steckte, gab der Domherr ihm mit einer Geste zu verstehen, dass er noch einen Augenblick warten solle. «Aus welchem Grund stellt Ihr mir diese Frage? Habt Ihr Grund zur Annahme, Bruder Jacobus habe sich in irgendeiner Form schuldig gemacht?»

«Wohin ist er geritten, als er, just nachdem Marysa den Boten nach Frankfurt schickte, die Stadt verlassen hat?»

«Gen Süden», antwortete der Domherr.

«Ebenfalls nach Frankfurt?»

Nun schien van Oenne zu verstehen. Mit beinahe amüsiertem Blick sagte er: «Der Daus, Ihr seid klüger, als ich annahm. Lasst mich Euch Folgendes antworten: Jacobus von Moers hat weder etwas mit Eurer Verhaftung noch mit den gestohlenen und gefälschten Silberzeichen zu tun. Seine Mission ist eine andere, und ich hoffe, sie wird erfolgreich sein. Um Euretwillen und zu meiner persönlichen Befriedigung.» Er fasste Marysa sanft am Ellbogen. «Kommt, meine Liebe, wir verlassen diesen Ort nun. Wie Ihr seht, hält sich Euer Verlobter wacker. Die Blessuren der peinlichen Befragung werden heilen, sein Geist arbeitet wie immer flink und beweglich. Das sollte Eure Sorge um ihn deutlich mildern.» Er warf Christoph einen letzten Blick zu. «Ich begleite Frau Marysa jetzt nach Hause. Euch möchte ich für das aufschlussreiche Gespräch danken. Seid versichert, dass ich von meiner Seite aus für den gerechten Verlauf Eures Prozesses sorgen werde. Die Beweislage dürfte Euch dabei mehr nützen als der gegnerischen Seite. Jedenfalls, wenn Ihr die Wahrheit gesagt habt.» Mit diesen Worten führte er Marysa hinaus. Augenblicke später schlug die Zellentür zu, und der Riegel wurde wieder vorgeschoben.

***

Vorsichtig sah Jacobus sich um. Zwar hatte er das Dominikanerhabit gegen die Kutte der Augustiner eingetauscht, dennoch galt es, weiterhin vorsichtig zu sein. Mögliche Verfolger hatte er abgeschüttelt, dessen war er sich indes sicher. Längst befand er sich wieder innerhalb der Stadtmauern Aachens, doch sein Instinkt riet ihm, sich noch versteckt zu halten. Etwas ging hier vor, und er wollte herausfinden, worum es sich handelte. Sein Vorhaben durfte nicht daran scheitern, dass er dem Unvorhergesehenen zu viel Raum ließ. Er hatte ein einziges Ziel, das ihn antrieb, diese Sache lastete schon zu lange auf seiner Seele, als dass er weiter damit würde leben können. Die Urkunden waren ein wichtiger Schritt auf seinem Weg. Dass er sie jetzt besaß, gab ihm ein Gefühl der Befriedigung.

Doch da war etwas – oder jemand – nicht greifbar, wie ein Schatten, der sich über alles legte. Jacobus kannte sich mit den Abgründen der Menschen aus, hatte bereits in das Antlitz vieler teuflischer Seelen geblickt. Aber dies hier war anders. Er musste wachsam bleiben und abwarten. Nur dann konnte sein Vorhaben gelingen.

***

Nachdenklich ließ Christoph sich auf seine Grasmatte sinken. Van Oennes Besuch und die Tatsache, dass er Marysa mitgebracht hatte, gaben ihm mehr als ein Rätsel auf. Der Domherr hatte ihm für ein aufschlussreiches Gespräch gedankt. Doch für wen galt dies wirklich? Hatten die beiden nicht ihm – Christoph – mehr Neuigkeiten verraten als umgekehrt? Denn weder wusste er etwas über den Mord an Heyn – hier bekreuzigte er sich –, noch hatte er Neues auf van Oennes Fragen zu seiner Person geantwortet.

Er blickte hinauf zu dem vergitterten Fensterchen. Dem

Domherrn war seine Erwähnung des Trierer Hökers aufgefallen. Diese Bemerkung war Christoph über die Lippen geschlüpft, bevor er es verhindern konnte. Zu verblüfft war er über die Nachricht von Heyns plötzlichem Tod gewesen. Auch hatte er ja nicht ahnen können, dass die Domherren den Höker ausfindig gemacht und befragt hatten. Van Oenne war ein gewitzter Mann. Da er nicht wissen konnte, dass Christoph dem Mann vor einiger Zeit ebenfalls begegnet war, musste er nun annehmen, dass jemand – und aus Marysas spontaner Reaktion konnte er auch schließen, wer – Christoph trotz des Besuchsverbots mit Informationen versorgt hatte. Gewiss würde er früher oder später auch herausfinden, auf welchem Wege dies geschehen war.

Hinter der Fassade des freundlichen, onkelhaften Stiftsherrn verbarg sich also ein nicht zu unterschätzender Taktiker. Was führte er im Schilde? Machte er gemeinsame Sache mit Bruder Jacobus – und falls ja –, was genau hatten sie vor? Oder verfolgte van Oenne ganz eigene Ziele? Christoph war sich nicht sicher, ob er dessen Einschätzung des Inquisitors so einfach hinnehmen wollte. Es bestand immerhin die Möglichkeit, dass der Domherr sich in Jacobus täuschte. Andererseits schien er genau zu wissen, was der Inquisitor mit seiner Reise bezweckte und wo er sich aufhielt. Weshalb war das ein so großes Geheimnis?

All diese Fragen verstrickten sich in Christophs Kopf zu einem wirren Knäuel. Leider fand er den Anfang des Fadens nicht, mit dessen Hilfe er es vielleicht wieder entwirren könnte.

Stattdessen schälte sich ein weiteres Rätsel heraus: Aus welchem Grund hatte van Oenne ihn und Marysa durch seine gezielten Fragen über Robert neue und für sie beide überraschende Argumente in den Mund gelegt, mit deren Hilfe sie sich nötigenfalls vor Richter und Schöffen verteidigen und ihre Geschichte untermauern konnten?

***

Bei ihrer Rückkehr fand Marysa das Haus in heller Aufregung vor. Aus der Küche hörte sie erregte Stimmen, eilige Schritte hallten auf der Treppe. Neugierig ging sie den Geräuschen nach und blieb überrascht in der Küchentür stehen. «Leynhard!», rief sie und war mit wenigen Schritten bei ihrem Gesellen, der, in eine verschmutzte und an einigen Stellen eingerissene Augustinerkutte gehüllt, auf einem Hocker beim Feuer saß. Balbina rührte eifrig in einem Topf, aus dem der Duft eines starken Kräutersuds aufstieg. Imela schnitt Brot und kaltes Fleisch in kleine Stücke. «Du bist zurück. Was ist dir geschehen?»

Leynhard stand auf, als er Marysa erblickte, hielt sich aber an der Tischkante fest.

«Nein, bleib sitzen», sagte Marysa. «Ich sehe, dir geht es nicht gut.»

«Doch, doch, Frau Marysa», antwortete er, seine Stimme zitterte dabei leicht. «Es ist alles in Ordnung.»

«Er wurde überfallen», rief Milo dazwischen. In seiner Stimme rangen Mitgefühl und Sensationslust um die Vorherrschaft. «Jaromir fand ihn vor der Tür. Er war zusammengebrochen ...»

«Nur ein wenig erschöpft», versuchte Leynhard verlegen abzumildern.

«Ich musste dich fast hineintragen», widersprach Jaromir.

«Hier, trink das.» Balbina hielt Leynhard einen Becher ihres Gebräus vor die Nase. «Ich habe Wein hineingetan. Das wird dich wieder auf die Beine bringen.»

Gehorsam nippte der Geselle an dem heißen Getränk und lächelte dann schwach. «Ihr braucht nicht alle so ein Aufhebens um mich zu machen. Es geht mir gut, wirklich.»

«Hier, etwas zu essen.» Imela stellte ein Brett mit dem geschnittenen Brot und Fleisch auf den Tisch. «Damit du wieder zu Kräften kommst.»

Auf dem Gang wurden Schritte laut. Gcruscha kam in ihren Holzpantinen in die Küche. Über dem Arm trug sie Leynhards verschmutzten Mantel. Als sie Marysa erblickte, blieb sie stehen. «Herrin, Ihr seid ja zurück!», sagte sie erfreut. «Ich habe Leynhard eine warme Decke in seine Kammer gebracht und seine Stiefel gereinigt. Der Mantel muss wohl zur Wäscherin.» Sie hob das Kleidungsstück ein wenig an. «Geflickt werden muss er auch. Soll ich mich darum kümmern?»

«Tu das», antwortete Marysa dankbar. «Und leg bitte den Riegel vor die Haustür. Es wird bald dunkel.»

Offenbar lockte Leynhard das saftige Fleisch nun doch, denn er stellte den Becher ab und rückte mit seinem Hocker näher an den Tisch heran.

Marysa setzte sich ihm gegenüber auf die Holzbank und sah ihm beim Essen zu. Erst jetzt bemerkte sie die Bartstoppeln auf seinen Wangen, das zerzauste Haar und die Schlammspritzer auf seinem Gewand. Als sie den Eindruck hatte, dass das Essen ihn wieder etwas gestärkt hatte, wiederholte sie ihre Frage: «Was ist dir zugestoßen, Leynhard? Wer hat dich überfallen?»

Leynhard trank noch einen Schluck von dem mittlerweile abgekühlten Kräutertrank, bevor er antwortete. «Ich weiß es nicht, Frau Marysa, denn er kam von hinten. Aber er hat mich nicht bestohlen, sondern ließ mich einfach an Ort und Stelle liegen. Vielleicht glaubte er, ich sei tot.» Er schwieg einen Moment, dann holte er erneut Luft. «Er muss mich beobachtet haben, denn sein Angriff kam so plötzlich. Vielleicht hat er mir aufgelauert.»

Er legte seine Hände auf den Tisch, und Marysa sah, dass sie zitterten. Fürsorglich drückte sie sie leicht. «Ich bin froh, dass dir nichts Schlimmes zugestoßen ist. Aber wer hat das bloß getan?» Insgeheim hatte sie sich die Antwort natürlich längst gegeben. Es musste derjenige gewesen sein, der auch für Heyns Tod verantwortlich war. Irgendjemand spielte ein teuflisches – ein mörderisches – Spiel mit ihr und ihren Leuten.

«Warst du in Frankfurt?», fragte sie. «Hast du den Boten noch getroffen? Was ist mit den Urkunden?»

«Das weiß ich auch nicht», antwortete er bedauernd. «Ich war in Frankfurt, doch den Boten fand ich nirgends. Als ich beim Rat nachfragte, erfuhr ich, dass bereits ein Mann dort gewesen sei, der Kopien von Meister Schreinemakers Urkunden angefordert hatte. Das muss wohl Euer Bote gewesen sein. Ich habe keine Ahnung, wohin er danach verschwunden ist. Da er einen Vorsprung hatte, nahm ich an, er sei längst wieder in Aachen.»

«Das ist er nicht», entgegnete Marysa. «Zumindest hat er sich bei mir bisher nicht gemeldet. Das ist merkwürdig. Und dann der Überfall auf dich … Wann genau ist das passiert?»

«Gestern Abend», antwortete Leynhard und schauderte ein wenig. «Es dämmerte bereits. Ich war nicht mehr fern von Aachen und überlegte gerade, ob ich in einem der Dörfer um ein Lager bitten sollte. Er kam wie aus dem Nichts von hinten, schlug mich. Ich fiel vom Pferd und muss mit dem Kopf auf einer Wurzel aufgeschlagen und ohnmächtig geworden sein. Als ich aufwachte, war es fast dunkel und der Angreifer fort.» Leynhard blickte an sich hinab. «Ich bin genau in eine große Wasserlache gefallen, deshalb dachte er vielleicht, dass ich ertrinke, wenn er mich mit dem Kopf im Wasser liegen lässt.»

«Heilige Muttergottes», entfuhr es Milo. Der Knecht war aschfahl geworden. Marysa erinnerte sich, dass ihm im vergangenen Herbst Ähnliches widerfahren war. Konnte es sein, dass ...? Nein!, rief sie sich sofort zur Ordnung. Jener Mann, der Milo damals angegriffen und schwer verletzt hatte, war mittlerweile tot – öffentlich hingerichtet durch die Hand des Aachener Henkers.

«Woher hast du diese Kutte?», wollte Marysa wissen.

«In dem Dorf, durch das ich kurz darauf kam, lagerte eine kleine Gruppe Augustiner», erklärte Leynhard. «Sie waren sehr gütig und gaben mir die Kutte, weil doch meine Kleider ganz nass und zerrissen waren.» Er trank den letzten Rest aus seinem Becher und erhob sich dann vorsichtig. «Verzeiht, Frau Marysa, ich fühle mich sehr erschöpft.»

«Aber ja doch, das kann ich gut verstehen.» Auch Marysa stand auf. «Leg dich nieder und schlaf dich aus. Später können wir weiterreden. Morgen früh werde ich beim Marienstift vorsprechen und fragen, ob es etwas Neues über den Boten gibt.» Sie zog die Stirn kraus. «Ich hoffe bei Gott, dass nicht er es war, der dir dies angetan hat», murmelte sie in Leynhards Richtung.

Er wurde blass. «Der Bote? Ihr meint, er könnte ... Aber weshalb sollte er das getan haben?»

«Das weiß ich nicht, und es ist auch nur reine Spekulation», antwortete Marysa. «Geh zu Bett und ruh dich aus, Leynhard. Dann sehen wir weiter.»

30. Kapitel

Allmählich kam Bewegung in seinen Plan. Zwar hatte Marysa seine kleine Überraschung noch nicht entdeckt, aber das war ihm nun ganz recht. Grinsend rieb er sich die Hände. Er hatte sie eine Weile beobachtet und sein ursprüngliches Vorhaben noch einmal an die Begebenheiten angepasst.

Im Augenblick war das Haus noch immer von lebhaften Stimmen und Geschäftigkeit erfüllt. Die Aufregung über die jüngsten Ereignisse war deutlich spürbar. Deshalb galt es, noch ein wenig länger geduldig zu sein und abzuwarten, wann der günstigste Zeitpunkt zum Handeln gekommen war.

Vielleicht sollte er Marysas Aufmerksamkeit gezielt auf das kleine Geschenk lenken, das er für sie vorbereitet hatte. Spannender jedoch schien es ihm, dabei zuzusehen, wie sie von selbst darauf stieß. Sie war klug, neugierig, wachsam.

Bald war sie sein. Er spürte, wie sich bei diesem Gedanken die Härchen auf seinen Armen aufrichteten. Leider würde die Freude und Genugtuung darüber nicht lange währen. Er musste sie zerstören. Sie und diesen heuchlerischen Bastard.

Er malte es sich aus: das Entsetzen in beider Gesichter, wenn sie die Wahrheit erkannten; das Feuer, in dem sie, wenn es nach seinem Willen ging, beide zugrunde gehen würden; das Glücksgefühl, welches ihn beim Klang ihrer verzweifelten Schreie durchströmen würde.

Er spürte, wie sich bei dieser Vorstellung eine weitere Empfindung in ihm regte. In seinen Lenden breitete sich ein angenehmes Ziehen aus.

Nicht mehr lange, und sie wären sein: die Frau, die Vergeltung, die Genugtuung. Alles.

31. Kapitel

Auch an diesem Abend hatte sich Marysa früh zurückgezogen. Der Tag war so ereignisreich gewesen, dass ihr nun der Kopf brummte. Sie war glücklich, dass es Christoph den Umständen entsprechend gutging. Ähnlich wie er hatte auch sie sich bereits mehrfach gefragt, was van Oenne wohl mit dem Besuch im Gefängnis bezweckt haben mochte. Ihr war natürlich aufgefallen, wie der Domherr das Gespräch geschickt auf Christophs Bruder und dessen mögliche Zuneigung zu ihr gelenkt hatte. Auch hier, so schien es ihr, wurde ein Spiel gespielt, dessen Regeln ihr nicht bekannt waren.

Zu ihrer Erschöpfung gesellte sich allmählich ein bohrender Kopfschmerz, der sie schließlich veranlasste, alle Grübeleien seinzulassen. Stattdessen versuchte sie des Pochens hinter ihren Schläfen durch tiefes, gleichmäßiges Atmen Herr zu werden. Darüber schlief sie ein.

Wie weit die Nacht fortgeschritten war, konnte sie nicht ermessen, als sie wieder erwachte. Was sie geweckt hatte, war ihr zunächst unklar. Erst nachdem sie das Geräusch ein zweites Mal vernahm, richtete sie sich in ihrem Bett auf. «Gort!» Sie fluchte leise, als ein weiteres Steinchen gegen den Laden ihres Fensters klackte. Wut stieg in ihr auf. Rasch schwang sie die Beine über die Bettkante und griff nach ihrem Hausmantel.

Sie stieß den Fensterladen auf, kalte Nachtluft strömte ihr entgegen. Wenn sie den Stand des Mondes richtig einschätzte, musste es wohl gerade zwei, höchstens drei Stunden nach Mitternacht sein. Angestrengt starrte sie auf den stillen Büchel hinab. Nichts rührte sich.

«Ist da jemand?», raunte sie. «Gort, bist du das?»

Alles blieb ruhig. Oder war da ein leises Rascheln gewesen? Marysa strengte ihr Gehör noch mehr an, konnte aber nicht mit Sicherheit sagen, ob das Geräusch, das sie glaubte gehört zu haben, aus dem Hof kam. Dieser lag auf der anderen Hausseite – es gab wohl nur eine Möglichkeit, der Sache auf den Grund zu gehen. «Wenn du das bist, Gort», flüsterte sie ärgerlich, «dann kannst du was erleben!»

Sie schlüpfte aus dem Hausmantel und warf sich ihr Kleid über, band ihr Haar unter einer Haube zusammen und zog den Mantel danach wieder über. Sicher war sicher. Sollte sich jemand – auch Gort – einen Schabernack mit ihr erlauben, so wollte sie den Missetäter wenigstens ordentlich gekleidet zur Räson bringen. Sie schlüpfte in ihre Schuhe, entzündete ihre Öllampe und ging leise nach unten. Auch heute dachte sie nicht daran, einen ihrer Knechte zu wecken. Haus und Hof waren hellhörig, vor allem bei Nacht. Sollte sich eine Gefahr dort draußen befinden, würde man ihre Rufe sofort hören.

Angst hatte sie indes nicht, auch nicht, wenn sie daran dachte, dass Gort möglicherweise für Heyns Tod verantwortlich sein könnte. Stattdessen sammelte sich ein unbändiger Zorn in ihrer Magengrube, wie sie ihn zuletzt zu Lebzeiten von Reinold verspürt hatte. Wer auch immer sich da draußen herumtrieb – sie hasste es, von ihm wie eine Spielfigur hin und her geschoben zu werden, ohne zu wissen, wozu dieses ganze Possenspiel diente. Denn für ein solches hielt sie inzwischen die Ereignisse der vergangenen Wochen. Nicht sie und Christoph hatten es begonnen; es schien schon weitaus länger unter der Oberfläche gelauert zu haben. Christophs Eintreffen in Aachen war nur der Auslöser gewesen.

Entschlossen trat Marysa in den Hof. Alles schien nach wie vor ruhig zu sein. Hatte sie sich vielleicht getäuscht? Aber nein, sie hatte ganz eindeutig gehört, wie jemand Steinchen gegen ihren Fensterladen geworfen hatte. Unschlüssig ging sie ein paar Schritte vorwärts, dann beschloss sie, zunächst im Stall nachzusehen.

Etwas mulmig wurde ihr nun doch, als sie den breiten Türflügel aufzog. Das Licht ihres Lämpchens flackerte im Luftzug. Beinahe erwartete Marysa, erneut eine Leiche vom Deckenbalken baumeln zu sehen. Doch nichts dergleichen fand sie vor. Nicht einmal Heyns Leichnam war mehr auf dem Strohlager aufgebahrt. Die Büttel hatten ihn am frühen Abend fortschaffen lassen – für Vogtmeier und Schöffen, wie sie sagten, die sich den Toten genau ansehen wollten, bevor sie beschlossen, ob und wo er zu beerdigen sei.

Die beiden Pferde schnaubten überrascht über die nächtliche Besucherin. Das Licht spiegelte sich glitzernd in ihren Augen, als sie Marysa den Kopf zuwandten. «Schon gut», sagte sie leise. «Anscheinend habe ich mich getäuscht. Hier ist niemand, nicht wahr?» Sie wollte sich schon zurück ziehen, als ihr Blick auf eine Unregelmäßigkeit im Stroh fiel. Neugierig ging sie darauf zu. Etwas verbarg sich unter den trockenen Halmen, ganz in der Nähe der Stelle, an der Heyn gelegen hatte.

Etwas – nicht jemand, beruhigte Marysa sich, deren Herzschlag sich kurzfristig beschleunigt hatte. Der Gegenstand war viel zu klein, um auf ein lebendiges Wesen, gar einen Menschen schließen zu lassen. Vorsichtig beugte sie sich darüber und schob das Stroh mit einer Hand beiseite. Dabei achtete sie darauf, dass es nicht mit der Flamme ihres Lämpchens in Berührung geriet.

Überrascht blickte sie auf die kleine Holzkiste hinab. Woher stammte sie oder vielmehr, wer hatte sie hier abgestellt? Sie war sich sicher, dass der Kasten am Morgen noch nicht da gewesen war. Fast sicher. In all der Aufregung hatte sie nicht weiter darauf geachtet. Ihr Herz begann schneller zu schlagen. Nervosität ließ ihre Finger leicht zittern, als sie den Deckel der Kiste vorsichtig anhob.

***

Bruder Jacobus ging raschen Schrittes durch die nächtlichen Straßen Aachens. Er hatte Beunruhigendes in Aachen wahrgenommen. Seine Pläne drohten durchkreuzt zu werden. Klärung konnte er sich indes nur zur Nacht verschaffen. Die vielen Jahre im Dienste der Heiligen Römischen Inquisition hatten ihn nicht nur gelehrt, vorsichtig zu sein, sondern auch, sich wechselnden Situationen rasch und kompromisslos anzupassen.

Auch jetzt fiel ihm das nicht schwer, noch immer steckte er in der Kutte der Augustiner, die ihm, falls nötig, ausreichend Tarnung geben würde. Darunter trug er freilich, gut unter den Falten des Habits verborgen, ganz andere Kleidung und einen handlichen kleinen Dolch, der ihm bereits mehr als einmal gute Dienste geleistet hatte.

Er hoffte, sich mit den zwei, drei gezielten Steinwürfen gegen die Fensterläden jenes Hauses, das er leider derzeit aus strategischen Gründen nicht betreten konnte, ausreichend bemerkbar gemacht zu haben. Leider gab es momentan keine andere Möglichkeit, sich Gehör zu verschaffen. Vieles hing vom rechten Zeitpunkt ab. Doch der, so argwöhnte er, drohte ihm zu entschlüpfen, da sich die Ereignisse nicht so entwickelten, wie er erwartet hatte. Der Schatten, den er jüngst schon einmal wahrzunehmen gedacht hatte, dräute noch immer über ihm – oder vielmehr über den Menschen, die ihm am Herzen lagen. Noch immer nicht greifbar – und das wurmte ihn ganz besonders –, schlüpfrig wie eine Schlange und nicht weniger gefährlich, so fürchtete er.

Er wünschte, die Zeit, sich zu offenbaren, wäre endlich gekommen. Doch noch war es nicht so weit. Zunächst galt es, die Lage zu klären und gegebenenfalls sein Vorgehen neu auszurichten.

Vor einem dunklen Gebäude blieb er stehen. Ein unauffälliges, nicht zu großes Wohnhaus. Genau richtig, so hoffte er, als er das Tor zum Hinterhof öffnete. Er schlich hindurch, orientierte sich und ging dann zielstrebig auf die Stallungen zu.

※※※

Fassungslos schaute Marysa auf die Ledertasche, die in der Kiste verborgen gewesen war. Obgleich sie sie nie zuvor gesehen hatte, wusste sie sofort, dass es sich um Christophs Eigentum handeln musste. In ihren Ohren rauschte das Blut; sie stellte die Öllampe auf dem Deckel der Kiste ab und hob die Tasche an. Mit fliegenden Fingern öffnete sie die Lasche, mit der sie verschlossen war, und blickte dann sprachlos auf die Urkunden, gesiegelt vom Rat der Stadt Frankfurt. Auch jene Briefe, von denen Christoph gesprochen hatte, entdeckte sie. Alles schien unversehrt zu sein.

Wer hatte die Tasche hier versteckt? Aus einem Impuls heraus drehte sich Marysa um. Sie war allein im Stall. Ihre Finger krallten sich in das weiche Leder. Hatte den Dieb Reue überkommen, sodass er die Urkunden zurückgebracht hatte? Der Gedanke kam Marysa absurd vor. Dann fiel ihr Blick auf einen weiteren Gegenstand in der Kiste.

Sie ließ die Tasche zu Boden gleiten und griff nach der kleinen Schatulle, die mit einem kunstvoll gearbeiteten Messingschloss versehen war. Vorsichtig drehte Marysa das Kästchen und hörte dabei ein Klimpern in seinem Inneren. Was mochte sich darin befinden? Schmuck? Münzen? Hatte der Dieb noch mehr von Christophs Eigentum entwendet?

Das leise Knarren der Stalltür ließ Marysa erstarren. Ihre Nackenhärchen stellten sich auf. Unfähig, sich zu bewegen, verharrte sie in ihrer hockenden Stellung. Kühle Luft drang durch die geöffnete Tür herein. Sie hörte den leisen Atem eines Menschen hinter ihr; einen Schritt. Dann fiel etwas mit einem leisen Klirren neben ihr ins Stroh.

Ihr Herz raste, als sie im diffusen Licht der Öllampe erkannte, worum es sich handelte. Es war ein Schlüssel, mit dem sich die Schatulle womöglich öffnen ließ.

Unwillkürlich griff sie danach und hob gleichzeitig den Kopf, um dem Menschen, der mittlerweile dicht neben ihr stand und auf sie herabblickte, in die Augen sehen zu können. Das Entsetzen, welches sie dabei verspürte, rang nur einen Augenblick mit dem Gefühl der Erkenntnis.

«Warum?», fragte sie mit einer Stimme, die ihr selbst fremd vorkam.

Er lächelte nur. «Schließt es auf», forderte er.

Ihre Gedanken überschlugen sich. Sie wusste in dem Moment, da sie sein Gesicht erkannt hatte, dass sie in Lebensgefahr schwebte. In seinen Augen glitzerte etwas, das sie an Wahnsinn denken ließ. Schreien, dachte sie. Ich muss um Hilfe rufen. Sie wusste, dass es sinnlos sein würde. Der Dolch, der in seiner Hand lag, glänzte im fahlen Licht des Lämpchens gefährlich auf. Er war ihr zu nahe, als dass sie auch nur daran zu denken wagte, Luft zu holen.

Obgleich ihre Finger stark zitterten, schaffte sie es, die

Schatulle mit Hilfe des Schlüsselchens zu öffnen. Es war nicht nötig. Sie wusste schon, was sie enthielt, bevor sie die silbernen Zeichen erblickte.

«Und nun», sagte er mit samtweicher Stimme, die ihr das Blut in den Adern gefrieren ließ, «kommt Ihr mit mir, Frau Marysa.»

32. Kapitel

Geruscha lag mit offenen Augen in ihrem Bett. Es war zum Verzweifeln – so oft, wie in letzter Zeit, war sie schon lange nicht mehr geschlafwandelt. Inzwischen traute sie sich kaum noch einzuschlafen, zögerte es immer weiter hinaus, in der Hoffnung, die unselige Wandelei damit unterdrücken zu können. Vom anderen Schlaflager hörte sie die gleichmäßigen Atemzüge Imelas. Das Geräusch wirkte beruhigend, einschläfernd.

Sie wollte nicht einschlafen! Mit aller Kraft versuchte sie, in der Finsternis den Rahmen des Fensters auszumachen und zu fixieren. Doch ihre Lider wurden immer schwerer, die Anstrengung, sie offen zu halten, immer größer. Schon glitt sie sanft hinüber in die stille, angenehme Zwischenwelt, die dem Schlaf vorauseilt.

Mit heftig klopfendem Herzen setzte Geruscha sich auf und lauschte. Etwas hatte sie unsanft zurückgeholt. Ein Laut, ein Knarren – sie wusste es nicht genau. Da war es wieder! Ganz deutlich vernahm sie leise Schritte auf der Treppe. Wer schlich da mitten in der Nacht durchs Haus?

Als sie die Hintertür knarren hörte, entspannte sie sich wieder etwas. Offenbar war jemand auf dem Weg hinaus zum Abtritt. Jemand, dem der Nachttopf nicht ausreichte.

Hoffentlich war niemand krank geworden! Sogleich dachte sie an ihre Herrin. Auch wenn Frau Marysa es zu verbergen versuchte, wusste doch inzwischen der gesamte Haushalt, dass sie froher Hoffnung war. Die Aufregung und Sorgen der letzten Zeit setzten einer Schwangeren bestimmt sehr zu.

Leise schwang die Magd ihre Beine aus dem Bett und griff nach ihrem Kleid. Wenn es ihrer Herrin nicht gutging, musste sie ihr helfen. Nicht auszudenken, wenn ihr etwas geschah. So gut wie hier hatte Geruscha es noch nie gehabt. Marysa Markwardt war eine gütige, nicht zu strenge Frau. Trotz Geruschas schlimmer Vergangenheit hatte sie sie ohne Einwände aufgenommen. So etwas gab es nicht oft. Und auch der zukünftige Meister schien ein guter Mann zu sein. Natürlich hatten Milo, Jaromir und Imela ihr inzwischen alles über ihn und seinen angeblichen Bruder, den Dominikaner, berichtet. Sie hatte ihnen – und damit ihrer Herrin – bei allem, was ihr heilig war, geschworen, niemals jemandem etwas davon zu erzählen. Und das würde sie auch nicht. Eher würde sie sich die Zunge abbeißen.

Wenn es also Frau Marysa nicht gutging, war es das einzig Richtige, ihr nach draußen zu folgen, damit sie eine Hilfe hatte, wenn sie sie benötigte.

Um nicht das ganze Haus aufzuwecken, ließ Geruscha ihre schweren Holzpantinen stehen und ging barfuß nach unten. Sie hatte recht gehört; die Hintertür war zwar geschlossen, jedoch nicht verriegelt. Leise öffnete sie sie und blickte vorsichtig hinaus. Nichts regte sich im Hof.

Geruscha trat nach draußen, der feuchte Boden war kalt und glitschig, zugleich bohrten sich winzige Steinchen in ihre Fußsohlen. Sie hatte sich inzwischen sehr an das Tragen von festen Schuhen gewöhnt. Entschlossen zog sie die

Tür hinter sich zu und huschte über den Hof hinüber zum Abtritt.

***

Kaum hatte Jacobus den Stall betreten, als im hintersten Winkel das Licht eines bis dahin gut verdeckten Lämpchens aufleuchtete, das auf einer kleinen Holzkiste abgestellt worden war. Zielstrebig ging er darauf zu und nickte dem alten Mann, der daneben im Stroh saß, kurz zu. «Amalrich.»

Der Alte lächelte leicht, erhob sich jedoch nicht. «Bruder Jacobus, Ihr seid spät.»

«Ich fürchte, es gibt Probleme.»

«So? Welcher Art?» Interessiert blickte Amalrich zu ihm auf.

«Wenn ich das wüsste, wäre mir wohler», gab Jacobus grimmig zu. «Aber das braucht dich nicht zu interessieren. Sag mir lieber: Ist der Schreinemaker Bruder Christophorus, oder ist er es nicht?»

Das Lächeln auf Amalrichs Gesicht wich einer geschäftsmäßigen Miene. Bedeutungsvoll hielt er die Hand auf.

Jacobus kräuselte nur die Lippen. «Erst die Informationen, dann der Lohn.»

«Also gut, wie Ihr wollt.» Amalrich zuckte mit den Schultern. «Er ist es. Ich hätte ihm seine Verkleidung beinahe abgenommen, wenn er sich nicht verraten hätte, als er mich bei unserem ersten Zusammentreffen erkannte.»

«Du bist also sicher?»

«Absolut.»

Hinter Jacobus knarrte die Stalltür. Rochus van Oenne trat ein.

Jacobus atmete auf. «Gut, du hast mich also gehört, Rochus.»

Van Oenne nickte nur, sein Gesichtsausdruck verriet Besorgnis. «Christoph Schreinemaker ist also tatsächlich Bruder Christophorus», fasste er zusammen, was er beim Eintreten mit angehört hatte. «Und dieser angebliche Zwillingsbruder existiert überhaupt nicht?»

«O doch, ihn gibt es», widersprach Jacobus. «Zwar traf ich ihn nie, aber dass er existiert, daran besteht kein Zweifel.»

«Wo steckt er?», wollte van Oenne wissen. «Die ganze Sache wäre wesentlich einfacher, wenn wir den Bruder zum Prozess vorführen könnten.» Er fixierte den Dominikaner ernst. «Wir bewegen uns auf sehr dünnem Eis, Jacobus, das weißt du. Ich verstehe deine Beweggründe, aber wenn wir nicht achtgeben, graben wir uns unser eigenes Grab. Christoph Schreinemaker ist ein Ketzer.»

«Nicht mehr als du und ich und die Hälfte der heuchlerischen Rotte von Geistlichen, die unschuldige Menschen gewissenlos dem Tode überantworten.» Jacobus' Stimme klang mühsam beherrscht. «Ich habe eine Schuld zu begleichen, und das werde ich tun. Auch ohne deine Hilfe, Vetter.»

Der Domherr verschränkte die Arme vor der Brust. «Ruhig Blut», sagte er. «Ich habe nicht gesagt, dass du auf meine Hilfe verzichten musst. Aber ich gebe zu bedenken, dass wir einiges riskieren.»

Zögernd nickte Jacobus ihm zu. «Ich habe die Spur von Bruder Christophorus – dem echten Bruder Christophorus – verfolgt. Er hat an verschiedenen Universitäten studiert, ging auf Pilgerreisen, zog dann in heidnische Länder, um dort den Menschen das Wort Gottes zu verkünden. Irgendwann kehrte er zurück; angeblich soll er eine Zeitlang irgendwo als Einsiedler in einer abgelegenen Kate gelebt haben. Gerüchte behaupten, er sei am Aussatz erkrankt.»

«Also kann es sein, dass er gar nicht mehr lebt?» Sorgenvoll rieb sich van Oenne übers Kinn.

«Entweder das, oder er ist tatsächlich wieder auf eine Pilgerreise gegangen», antwortete Jacobus, nun wieder ruhiger. «Nach ihm zu suchen, dürfte aussichtslos sein. Wenn jemand weiß, wo er sich aufhält, dann Christoph Schreinemaker. Und der wird darüber schweigen.»

«Was willst du also jetzt tun?»

«Ich muss Zeit gewinnen. Es gibt noch jemanden, der mir helfen kann. Bis er hier eintrifft, darf der Prozess nicht beginnen. Die Schöffen brennen geradezu darauf, den Schreinemaker zu verurteilen.» Jacobus lächelte bitter, als ihm die Zweideutigkeit seiner Worte bewusstwurde. «Dieser Meister Schrenger gibt keine Ruhe. Er ist so besessen davon, seiner Cousine zu schaden, dass er für kein Argument zugänglich scheint. Sobald das Gericht tagt, wird das Eis unter unseren Füßen noch dünner, Rochus.» Bedeutungsvoll blickte Jacobus dem Domherrn in die Augen.

Dieser dachte über die Worte des Dominikaners eine Weile nach. «Dann tu, was du tun musst, Jacobus.»

**

Irritiert blickte Geruscha sich auf dem Abtritt um. Sie hatte erwartet, ihre Herrin dort vorzufinden, möglicherweise mit den Nachwirkungen einer Übelkeit ringend. Doch es war niemand dort. Auch hinter dem Misthaufen, der sich an den Abort anschloss, war alles ruhig. Wohin war Marysa verschwunden? Ratlos sah sich die Magd um. War es am Ende gar nicht ihre Herrin gewesen, die sich nach draußen geschlichen hatte? War Milo oder Jaromir heimlich aus dem Haus geschlüpft, um … ja, um was eigentlich? Mitten in der Nacht? Geruscha biss sich auf die Lippen. Milo war so etwas durchaus zuzutrauen. Sie argwöhnte, dass er das wenige Geld, das er als Knecht verdiente, hin und wieder einer Hübschlerin in den gierigen Rachen warf. Oder einem Schankwirt. Sie wusste auch, dass sich die kleine Imela darüber ein wenig grämte. Jaromir hingegen würde ganz sicher nicht nachts heimlich in der Stadt herumstreunen, dazu war er viel zu schüchtern. Ein kleines Lächeln huschte über Geruschas Gesicht. Sie würde es niemals jemandem verraten – es fiel ihr ja schon schwer, es sich selbst einzugestehen –, doch der besonnene und zurückhaltende Jaromir gefiel ihr ausgesprochen gut. Tatsächlich spürte sie in seiner Gegenwart sogar immer ein leichtes Zucken ihres Herzens.

Geruschas Lächeln schwand. War es also Milo gewesen, der sie mit einer seiner nächtlichen Eskapaden dazu gebracht hatte, ihr warmes Bett zu verlassen und sich Sorgen zu machen, wo es eigentlich galt, Schelte zu verteilen? Geruscha schnaubte, raffte ihre Röcke und wollte gerade zurück zum Haus stapfen, als das Knarren der Stalltür sie zusammenzucken und innehalten ließ.

Zunächst sah sie nichts als ein kleines Licht, das sich über den Hof in Richtung Tor bewegte. Da sich ihre Augen jedoch inzwischen an die Dunkelheit gewöhnt hatten, erkannte sie gleich darauf ganz deutlich zwei Gestalten – eine Frau und einen Mann, der ihr sehr dicht folgte.

Geruscha hielt erschrocken die Luft an. Das war doch Frau Marysa! Wo wollte sie hin? Fast hätte Geruscha sie angesprochen, doch der Ton blieb ihr in der Kehle stecken. Der Mann war einen Schritt hinter Marysa zurückgeblieben, sodass sich das Licht des Mondes, welcher in diesem Moment hinter den Wolken hervortrat, in der Schneide des kleinen Dolches spiegelte, den er auf Marysa gerichtet hielt. Im nächsten Moment hatte der Mann wieder dicht zu Marysa aufgeschlossen. Sie schob den schweren Balken zur Seite, der das Tor verschloss, und öffnete es gerade weit genug, um hindurchzuschlüpfen.

Das kurze Aufleuchten des Mondlichtes hatte gereicht, um nicht nur die Klinge sichtbar zu machen. Geruscha hatte auch das Gesicht des Mannes erkannt. Sie stand wie erstarrt neben dem Misthaufen. Was um alles in der Welt ging hier vor? Wo brachte er ihre Herrin hin? Musste sie nicht Alarm schlagen? Aber was, wenn er dann zustach? Geruschas Herz schlug so laut, dass es in ihren Ohren dröhnte. Die Steine unter ihren Sohlen und die Kälte spürte sie nicht mehr, als sie die Verfolgung aufnahm.

**

«Frau Marysa, seid Ihr wach? Ich weiß, es ist noch sehr früh, aber da ist ein Besucher, der Euch unbedingt sprechen will.» Imela steckte den Kopf durch die Tür zur Kammer ihrer Herrin. Verwundert blickte sie auf das zerwühlte, leere Bett. «Herrin?» Sie betrat die Kammer und sah sich um, dann eilte sie zurück nach unten, wo Balbina ihr erwartungsvoll entgegenkam.

«Hast du die Herrin geweckt? Ist ihr nicht wohl?», wollte die Köchin wissen.

Imela schüttelte den Kopf. «Sie ist nicht da», antwortete sie.

«Nicht da? Was soll das heißen?»

Die kleine Magd zuckte mit den Achseln. «Ihre Kammer ist leer. Vielleicht ist sie nach draußen zum Abtritt.»

«Dort war ich gerade.» Besorgt sah Balbina sich um. «Wo kann denn die Herrin hingegangen sein? Sie muss das Haus ganz früh verlassen haben.»

In diesem Moment kam Grimold dazu. «Was ist denn

nun?», wollte er wissen. «Der Domherr ist schon ganz ungeduldig. Er wünscht Frau Marysa sofort zu sprechen.»

Balbina kratzte sich am Kopf. «Die Herrin ist nicht im Haus, Grimold. Sie muss ausgegangen sein.»

«Was, so früh am Morgen und ganz allein?» Verblüfft starrte der alte Knecht die Köchin an.

Besorgt nickte Balbina. «Ich glaube, es wäre besser, wenn wir den Domherrn hereinbitten.»

***

«Frau Marysa ist verschwunden?» Rochus van Oenne blickte aufgebracht und voller Sorge das Gesinde an – einen nach dem anderen –, dann wandte er sich kurz Leynhard zu, der eben die Treppe heruntergekommen und in die Werkstatt getreten war. «Wann habt ihr sie zuletzt gesehen? Weiß jemand, ob sie heute Morgen jemanden treffen wollte?»

Niemand antwortete darauf, alle sahen einander nur mit betretenen Mienen an.

«Vielleicht ist sie nur zu ihren Eltern», schlug Jaromir vor.

«Ohne jemandem Bescheid zu geben?» Der Domherr blieb skeptisch.

«Geruscha ist auch nicht da. Vielleicht hat die Herrin sie mitgenommen.»

«Stimmt!», rief Imela. «Ich hab mich schon gewundert, wo sie steckt. Dachte, sie wäre einfach nur früher als ich aufgestanden.»

«Also gut.» Van Oenne deutete auf Jaromir. «Lauf zum Haus von Frau Marysas Eltern und frag nach, ob sie sich dort aufhält. Ich werde hier warten, bis du zurück bist.» Er wandte sich an Milo. «Du läufst zum Stift und holst mir Bruder Weiland her. Ihr anderen», er blickte Grimold, Balbina und Imela streng an, «geht zurück an eure Arbeit.»

Leynhard räusperte sich. «Das werde ich wohl am besten auch tun. Ich muss noch ein Reliquiar fertig machen und nachher beim St. Adalbertstift ausliefern.» Er zögerte. «Frau Marysa ist nichts passiert, oder?»

«Ich hoffe nicht», antwortete van Oenne, doch die Sorge war seiner Stimme deutlich anzuhören. «Mach dir keine Gedanken. Vielleicht ist sie schon bald wieder zurück und alles ganz harmlos.»

Leynhard nickte nur, ging an seinen Arbeitsplatz. «Harmlos, dass ich nicht lache», murmelte er so leise, dass van Oenne ihn kaum verstand. Der Domherr sah dem Gesellen irritiert nach, beobachtete, wie er sich über einen kleinen Holzschrein beugte und ihn mit einem winzigen, spitzen Werkzeug zu bearbeiten begann. Leynhard wirkte verschlossen, um seinen Mund lag ein eherner Zug. Van Oenne erinnerte sich, dass Marysas Geselle ihr angeblich zur gleichen Zeit einen Heiratsantrag gemacht hatte wie Gort Bart – damals im Herbst. Zumindest behaupteten dies seine zuverlässigen Quellen. Obgleich sie den Antrag abgelehnt hatte, war er in ihrem Dienst geblieben. Eine treue Seele, stellte van Oenne fest. Oder entsprang Leynhards Loyalität doch eher einem guten Maß an Eigennutz? Eine bessere Anstellung würde der Geselle wohl in ganz Aachen nicht finden. Wenn er schon nicht den Meistertitel durch eine Eheschließung mit Marysa erwerben konnte, wollte er vielleicht sein Ansehen über den guten Leumund der Werkstatt steigern. Marysa hielt große Stücke auf ihn, hatte seine Kunstfertigkeit schon oft gelobt. Jetzt, da Heyn Meuss tot war, trat Leynhard an seine Stelle und stieg damit in der Hierarchie der Werkstatt auf. Fragte sich nur, wie er damit zurechtkam, wenn der neue Meister das Heft in die Hand nahm. Der Mann, der ihn nicht nur mit seinen Fähigkeiten übertrumpfte, sondern ihm darüber hinaus auch die Frau abspenstig gemacht hatte.

Der Domherr seufzte und begab sich in Marysas Stube. Es war müßig, sich solche Gedanken zu machen. Viel wichtiger war es jetzt, in Erfahrung zu bringen, wohin Marysa gegangen war. Die Sorge ihres Gesindes war geradezu greifbar. Und auch er selbst, so gestand sich van Oenne ein, hatte kein gutes Gefühl bei der Sache. Jacobus hatte recht. Etwas Bedrohliches lag in der Luft.

33. Kapitel

Christoph saß, die zerschlissene Decke um seine Schultern gezogen, auf seiner Grasmatte und hatte wieder einmal den Kopf gegen die kalte, unebene Steinwand gelehnt. Die Augen hielt er geschlossen, vor sich sah er Marysas Antlitz – ihre sanften Züge, wenn sie die Laute schlug und dabei ein Lied sang. Unwillkürlich begann er, die Melodie jenes Frühlingsliedes zu summen, welches Marysa in ihrer Laube gesungen hatte, als er ihr das erste Mal begegnet war.

Schritte drangen an sein Ohr. Der Eisenriegel quietschte, dennoch hielt er seine Lider weiterhin geschlossen. Jemand trat ein, die Tür schloss sich wieder, die Schritte des Wachmanns entfernten sich. Christoph wartete; als aber nichts weiter geschah, der Besucher nicht das Wort an ihn richtete, schlug er die Augen schließlich doch auf. Er sah ein weißes Dominikanerhabit. Ehe er etwas sagen konnte, hob der Besucher die Hand.

«Christoph Schreinemaker, ich vermute, Ihr wisst, wer ich bin. Der Ordnung halber möchte ich mich Euch trotzdem vorstellen. Ich bin Jacobus von Moers, Vertreter der Heiligen

Römischen Inquisition und vom Marienstift mit der Aufklärung Eurer Herkunft betraut.»

Christophs Miene wurde ausdruckslos. «Was wollt Ihr?»

Jacobus trat einen Schritt näher. «Euch herausholen.» Als er das Flackern in Christophs Blick sah, lächelte er leicht. «Ihr seid zu Recht misstrauisch, Meister Schreinemaker, aber Zeit für lange Erklärungen bleibt mir leider nicht. Eure Verlobte, Marysa Markwardt, ist irgendwann zwischen gestern Abend und heute früh spurlos verschwunden.»

«Marysa?» Christoph fuhr hoch, kam auf die Füße und packte den Dominikaner bei den Schultern. «Was ist geschehen?»

Jacobus wehrte sich nicht gegen den rüden Angriff, sondern blickte Christoph weiterhin ruhig ins Gesicht. «Ich fürchte, derjenige, der Euch hierhergebracht hat, ist auch für ihr Verschwinden verantwortlich.»

In Christoph arbeitete es, die Angst um Marysa kämpfte in seinem Herzen mit dem Argwohn gegenüber dem Dominikaner. Abrupt ließ er ihn los. «Hartwig Schrenger?»

«Nein.» Jakobus schüttelte den Kopf. «Nicht Meister Schrenger. Zwar war er es, der Euch bei den Schöffen angezeigt hat, doch verantwortlich ist ein anderer.»

«Wer?» Angespannt ballte Christoph die Hände zu Fäusten. «Hieß es nicht, man sei auf der Suche nach Schrenger?»

«Das waren wir in der Tat – und wir haben ihn gefunden. Er vergnügte sich volltrunken in einem Hurenhaus in Burtscheid. Auf Eure andere Frage habe ich leider keine Antwort. Wir wissen nicht, wann Frau Marysa ihr Haus verlassen hat, noch, ob jemand bei ihr war. Ihre Magd Geruscha ist ebenfalls fort. Möglicherweise haben sich die beiden gemeinsam auf den Weg gemacht.» Bevor Christoph etwas sagen konnte, fuhr er fort. «Frau Marysas Eltern haben wir natürlich sofort verständigt. Es sind bereits Männer zur Suche ausgesandt worden.»

«Was wollt Ihr dann von mir?», herrschte Christoph ihn an. «Ich kann Euch gewiss nicht sagen, was mit Marysa geschehen ist.» Unvermittelt packte er den Dominikaner wieder. «Gnade Euch Gott, wenn ihr etwas geschehen ist!»

«Ruhig Blut, Meister Schreinemaker.» Diesmal wehrte Jacobus den Angriff geschickt ab und drängte Christoph gegen die Wand. «Ich bin nicht hier, um Euch zu quälen. Die schlechten Nachrichten über Eure Verlobte gaben mir lediglich einen Grund, Euch aufsuchen zu dürfen. Ihr müsst dieses Gefängnis umgehend verlassen.»

«Ach ja? Wie freundlich, dass Ihr mich darauf aufmerksam macht», sagte Christoph zwischen zusammengebissenen Zähnen hindurch.

Jacobus ging auf seinen ätzenden Ton nicht ein. «Der Prozess gegen Euch soll morgen beginnen. Das Ausbleiben des Boten aus Frankfurt hat die Schöffen misstrauisch gemacht. Allerdings dergestalt, dass sie nun erst recht von Eurer Schuld überzeugt sind. Sie glauben, dass Ihr sie nur hinhalten wolltet.»

«Das ist nicht wahr. Marysa hat einen Boten nach Frankfurt geschickt. Wenn er mit den Urkunden zurückkehrt, kann ich beweisen, dass ich ...»

«Er kehrt nicht wieder zurück», unterbrach Jacobus ihn ruhig.

«Was sagt Ihr da?»

«Der Bote ist tot.»

«Woher wisst Ihr das?»

Jacobus lockerte seinen Griff ein wenig, dann trat er ganz von Christoph zurück. «Ich habe ihn selbst begraben.»

«Verfluchter Bastard!» Wieder wollte Christoph sich auf

den Dominikaner stürzen, doch erneut wehrte dieser ihn flink und scheinbar mühelos ab.

«Haltet ein, Meister Schreinemaker. Ich sagte, ich begrub ihn, nicht, dass ich ihn auch getötet habe.» Als er sicher war, dass Christoph ihn nicht noch einmal angreifen würde, fuhr er fort: «Ich fand den Mann zufällig in einem Waldstück kurz vor Frankfurt. Jemand hatte ihn niedergeschlagen und dann erstochen.»

«Habt Ihr das den Schöffen gesagt?»

«Nein.»

Christoph erstarrte. «Warum nicht?»

«Weil ich nicht will, dass der Mörder weiß, wer ihm auf der Spur ist.»

Christoph schüttelte irritiert den Kopf. «Was führt Ihr im Schilde, Bruder Jacobus? Wem seid Ihr auf der Spur?»

«Das weiß ich nicht», gab der Dominikaner zu. «Bisher konnte er mir immer wieder entgleiten. Aber eines ist gewiss: Er ist gefährlich. Und wenn sich mein Verdacht bestätigt, hat er in diesem Augenblick Eure Verlobte in seiner Gewalt.»

Christoph schloss bei diesen Worten entsetzt die Augen und ballte seine Hände erneut.

Jacobus stieß ihn unsanft an. «Meister Schreinemaker, hört mir zu! Ich will Euch helfen. So grausam es klingt, Marysas Verschwinden verschafft uns ein wenig Zeit. Und mit etwas Glück kann ich die Schöffen jetzt endlich davon überzeugen, dass Ihr beide einem Komplott zum Opfer gefallen seid. Falls nicht ...» Er winkte ab. «Sicherheitshalber will ich, dass Ihr in den Gewahrsam des Marienstifts kommt. Im Stiftsgefängnis seid Ihr sicher.»

«Sicher?»

«Dort droht Euch zumindest nicht die Todesstrafe.»

Christoph blickte den Dominikaner zweifelnd an. «Ich

dachte, ich sei wegen Ketzerei angeklagt. Das Kirchengericht müsste mich deshalb der weltlichen Gerichtsbarkeit übergeben.»

«Dazu wird es nicht kommen, wenn ich es verhindern kann», erwiderte Jacobus. «Da aber die Schöffen mit einer Verlegung in unser Verlies nicht einverstanden sein werden, gibt es nur eine Möglichkeit.»

«Und die wäre?»

«Ihr müsst fliehen.»

«Wie bitte?»

Jacobus trat wieder einen Schritt näher und senkte die Stimme. «Ihr werdet noch heute aus dem Grashaus fliehen, Christoph Schreinemaker. Wie, das werde ich Euch sogleich erklären.»

Misstrauisch legte Christoph den Kopf zur Seite. «Warum wollt Ihr das tun?»

«Das werdet Ihr alsbald erfahren. Ich habe eine Schuld zu begleichen, und das kann ich nur, wenn Ihr frei und am Leben seid. Nun hört mir gut zu.»

***

Im Versammlungssaal der Schöffen in der Acht herrschte ein lautes Stimmengewirr, bis Reimar van Eupen ungeduldig auf die Platte des großen Tisches klopfte. «Ich bitte die Herren Schöffen um Ruhe!»

Es wurde still.

Van Eupen nickte dankbar und wandte sich dann an van Oenne, der der Versammlung heute beiwohnte. «Wie Ihr seht, steht der größte Teil der Schöffen Eurer Bitte ablehnend gegenüber. Es kommt nicht in Frage, den Gefangenen in das Stiftsgefängnis zu übergeben. Sowohl das Recht als auch die Pflicht des weltlichen Gerichts ist es, den Prozess gegen

Christoph Schreinemaker zu führen. Ihr selbst habt dem zugestimmt, wenn ich Euch daran erinnern darf.»

«Zu jenem Zeitpunkt fehlten mir noch einige Informationen, die mich inzwischen erreicht haben», wandte van Oenne ein. «Und selbst Ihr müsst zugeben, dass das Verschwinden von Marysa Markwardt ein neues Licht auf die Angelegenheit wirft.»

«Woher wollt Ihr überhaupt wissen, dass sie verschwunden ist?», mischte Wolter Volmer sich ein. «Sie ist gerade mal ein paar Stunden fort. Vielleicht ist sie nur bei einer Freundin und taucht bald wieder auf.»

Der Domherr warf ihm einen strafenden Blick zu. «Glaubt Ihr das wirklich, Meister Volmer?»

«Es ist zumindest nicht ausgeschlossen.»

«Die einzige Freundin, zu der Frau Marysa regelmäßigen Kontakt hat, ist ihre Schwägerin Veronika, die Frau des Schneiders Einhard Yevels. Doch Yevels ist mit seiner gesamten Familie seit Wochen nicht in der Stadt. Sie sind auf Verwandtenbesuch in Köln.»

«Dann gibt es eben eine andere ...»

«Hört auf mit diesem Unsinn!», unterbrach van Oenne den Schöffen. «Marysa Markwardt ist verschwunden, und es steht zu befürchten, dass jemand sie entführt hat.»

«Sagtet Ihr nicht, dass auch ihre Magd fort sei?», fragte van Eupen. «Kann es nicht sein, dass die beiden Frauen gemeinsam ausgegangen sind?»

Van Oenne schwieg einen Moment, bevor er antwortete: «Das ist der einzige Punkt, der auch mir Kopfzerbrechen bereitet. Beide Frauen scheinen zeitgleich verschunden zu sein.»

«Wenn sie tatsächlich, wie Ihr behauptet, entführt wurde», griff Volmer den Faden wieder auf. «Wer sollte das getan haben? Ist es nicht vielmehr möglich, dass sie geflohen ist?»

«Geflohen?» Irritiert wandte sich van Oenne ihm zu. «Wovor sollte sie fliehen?»

Volmer schnaubte spöttisch. «Das ist doch offensichtlich. Ihr Verlobter sitzt unter Anklage der Ketzerei im Grashaus. Es wurden gefälschte Silberzeichen in die bei ihr in Auftrag gegebenen Amulette eingebaut. Wenn Ihr mich fragt, ist ihr die Luft einfach zu dünn geworden, und sie hat es vorgezogen, heimlich die Stadt zu verlassen, bevor auch ihr der Prozess gemacht werden kann.»

Unter den anwesenden Schöffen kam erregtes Gemurmel auf.

Der Domherr stand von seinem Sitzplatz auf und trat empört auf Volmer zu. «Das ist es, was Ihr glaubt?»

«Das ist, was bald ganz Aachen glauben wird.»

«Wie engstirnig seid Ihr eigentlich, Meister Volmer? Denkt Ihr wirklich, eine Frau wie Marysa Markwardt, aus behütetem Hause, Tochter des angesehensten und bekanntesten Reliquienhändlers, den Aachen je zu seinen Bürgern zählen durfte, läuft so einfach bei Nacht und Nebel davon? Allein? Ohne Geld, Gepäck und Schutz?»

«Vielleicht war ihre Angst, verurteilt zu werden, größer als ihre Furcht vor der Dunkelheit der Nacht.»

Zischend sog van Oenne die Luft ein und bemühte sich sichtlich um Fassung. «Fast könnte man meinen, Ihr würdet diesen Umstand begrüßen, Meister Volmer. Aber ich versichere Euch, dass Ihr Euch gewaltig irrt. Weder Marysa noch Meister Schreinemaker haben eine Verurteilung zu befürchten.»

«Ach nein?»

«Nein, denn es gibt Beweise, die die Herkunft Schreinemakers eindeutig klären.»

«Legt sie uns vor», forderte van Eupen.

«Keine Sorge, das werde ich», fuhr van Oenne ihn an. «Zunächst müssen wir dafür sorgen, dass Frau Marysa aus den Fängen ihres Entführers befreit wird. Falls es nicht schon zu spät ist.»

«Wer in aller Welt soll denn dieser Entführer sein?», fragte einer der anderen Schöffen.

Der Domherr hob den Kopf. «Zunächst dachten wir, es könne womöglich ihr Vetter, Meister Schrenger, sein.»

Protestgemurmel wurde laut. Van Eupen klopfte erneut auf den Tisch. «Meister Schrenger?», fragte er erstaunt. «Wie kommt Ihr ausgerechnet auf ihn? Er ist ein angesehener Mann, oberster Greve der Schreinerzunft.»

«Und derjenige, der den Schreinemaker überhaupt erst angeklagt hat, ohne ihm die Möglichkeit zu geben, seine Herkunft nachzuweisen», ergänzte van Oenne. «Glaubt mir, es gab einige Anzeichen, die auf ihn hindeuteten. Aber er kann mit Marysas Verschwinden nichts zu tun haben, da er sich zur fraglichen Zeit vor Zeugen in seinem eigenen Hause aufhielt.» Er räusperte sich. «Und davor, ebenfalls in Gesellschaft von Zeugen, in einem Dirnenhaus in Burtscheid.»

Reimar van Eupen verschränkte die Arme vor der Brust. «Wen also verdächtigt Ihr?»

Van Oenne schwieg wieder kurz. «Wir sind nicht sicher. Der einzige Mann, der ebenfalls seit einer Weile nicht auffindbar scheint, ist Gort Bart, Meister Schrengers Geselle. Frau Marysa hat im vergangenen Herbst seinen Heiratsantrag abgelehnt, wie Ihr sicher wisst.»

«Und Ihr glaubt, deshalb hat er sie jetzt entführt? Das ergibt keinen Sinn», entgegnete Volmer.

«Ich glaube nicht, ich kann nur vermuten», sagte van Oenne. «Wenn Ihr einen Moment darüber nachdenkt, ergibt es sehr wohl einen Sinn. Dann nämlich, wenn Ihr in Erwägung zieht, dass Gort aus Kränkung gehandelt hat und sich sowohl an Marysa, die ihn abgewiesen hat, als auch an Meister Schreinemaker, der ihn bei ihr ausgestochen hat, rächen will.»

«Einen Augenblick mal!» Verwirrt hob van Eupen die Hand. «Verstehe ich das richtig? Ihr verdächtigt den Mann, die Ereignisse der vergangenen Wochen absichtlich herbeigeführt zu haben, indem er ...»

«Indem er Meister Schreinemakers Urkunden gestohlen und dann Hartwig Schrenger von der Ähnlichkeit Christoph Schreinemakers mit dem Ablasskrämer Christophorus berichtete. Weiß Gott, was er ihm sonst noch eingeflüstert hat», fuhr van Oenne eindringlich fort. «Ihr wisst, dass Schrenger seiner Cousine nicht in inniger Freundschaft verbunden ist. Und Ihr kennt sein aufbrausendes Gemüt. Die rechten Worte zur rechten Zeit mögen ausgereicht haben, um ihn so sehr gegen den Schreinemaker aufzubringen, dass es zu der Anklage kam. Ihr wisst sehr genau, dass Schrenger schon zu Lebzeiten seines Onkels versucht hat, dessen Werkstatt und den Reliquienhandel in seine Hand zu bekommen. Nach dem Tod des alten Herrn und dessen Sohnes habt Ihr, wie ich sehr wohl erfahren habe, mehrfach über Schrengers Klage gegen die Familie Markwardt beraten. Besonders nachdem bekannt wurde, dass Marysa den Antrag von Reinold Markwardt angenommen hatte.» Eine kurze Weile ließ van Oenne seine Worte wirken. Er erkannte an den Mienen einiger Schöffen, dass sie ins Grübeln kamen. «Nach Reinolds Tod versuchte Schrenger erneut, Gewalt und Munt über Marysa zu erhalten. Mit allen Mitteln wollte er sie dazu bringen, Gort zu ehelichen, der mütterlicherseits mit Schrenger verwandt ist. Da Gort nicht mit großem Geist und noch weniger mit Ehrgeiz gesegnet ist, schien er Schrenger wohl das beste Mittel, doch noch über Umwege in den Besitz der Markwardt'schen Werkstatt zu gelangen.»

«Ihr glaubt also, Gort ließ sich so einfach benutzen?», hakte van Eupen nach.

Der Domherr zuckte mit den Schultern. «Marysa Markwardt ist ein ansehnliches Weib. Gewiss musste Gort nicht lange überredet werden.»

«Wenn es stimmt, dass Gort nicht übermäßig mit Verstand gesegnet ist, kann ich mir kaum vorstellen, dass er sich, nachdem er abgewiesen wurde, einen derart hinterhältigen Plan ausgedacht haben soll», gab Volmer zu bedenken. «Diese Theorie hält einer genauen Prüfung kaum stand, Herr van Oenne. Wenn Ihr freilich Beweise hättet ...»

«Die habe ich nicht.»

«Dann frage ich mich, warum wir darüber schon so lange reden.» Volmer lehnte sich auf seinem Stuhl zurück. «Wir geben den Schrinemaker nicht in die Obhut des Stiftes. Sein Prozess wird morgen beginnen, ob Marysa Markwardt bis dahin wieder aufgetaucht ist oder nicht.»

Der Domherr bedachte ihn mit einem zynischen Blick. «Dann, meine Herren Schöffen, bleibt mir wohl nichts anderes übrig, als Euch zu verkünden, dass noch heute zur neunten Stunde eine Prozession des Marienstiftes stattfinden wird.»

«Nein.» Volmer starrte ihn erbost an.

«Sie wird zu Ehren des heiligen Hilarius abgehalten und führt vom Dom aus an der Acht vorbei über den Markt bis zur Stadtmauer, dann außen um die Stadt herum und zum Ponttor wieder hinein.»

«Das könnt Ihr nicht machen», protestierte nun auch van Eupen. «Prozessionen müssen mindestens einen Tag vorher beim Rat angekündigt werden. Und wer ist überhaupt dieser Heilige, den Ihr da genannt habt? Hilarius?»

Van Oenne lächelte triumphierend. «Hilarius ist der zweite Bischof von Aquileja und starb im ersten Jahrhundert nach der Menschwerdung Christi als Märtyrer. Wir stießen erst kürzlich in unseren Archiven auf eine ausführliche Darstellung seines Lebens und Wirkens und hielten es für angebracht, diesem wahrhaft Heiligen umgehend eine Prozession zu widmen. Noch dazu, da sich sein Todestag erst kürzlich gejährt hat. Was die Frist angeht – Bruder Weiland hat bereits gestern einem Eurer Schreiber ein entsprechendes Schriftstück mit der Anmeldung des Ereignisses übergeben.»

Van Eupen war verblüfft. «Ihr habt das geplant? Wozu dann diese Versammlung?»

Van Oennes Lächeln schwand. «Ich hatte die Hoffnung, dass das Schöffenkolleg für unsere Argumente offen sein könnte. Ihr beharrt jedoch auf Eurem Recht, ohne an die möglichen verheerenden Folgen zu denken. Also bleibt uns leider keine andere Wahl.»

«Eine Unverschämtheit ist das!», wetterte Volmer los. «Ihr könnt nicht einfach eine Prozession veranlassen, um unsere Anweisungen zu umgehen.»

«Nicht?» Der Domherr erhob sich und ging gemessenen Schrittes zur Saaltür. «Dann wartet mal ab, Meister Volmer.»

***

Atemlos ließ sich Geruscha auf die Stufen vor dem Eingang des Rathauses sinken. Ihre Fußsohlen schmerzten, waren mit blutigen Schrammen übersät. Ihre Lungen stachen von der kalten Luft, die sie gierig einatmete. Sie musste weiter, Hilfe holen. Doch ihre Kräfte drohten sie allmählich zu verlassen.

Es war nur noch ein kurzes Stück bis nach Hause, redete sie sich gut zu. Sie war Marysa und ihrem Entführer quer durch Aachen gefolgt. Dann, in der Nähe des Ponttores, hatte sie sie plötzlich aus den Augen verloren. Das Lämpchen, das Marysa bei sich trug, war erloschen, wenig später waren sie und der Entführer wie vom Erdboden verschluckt gewesen.

Geruscha rieb sich verzweifelt übers Gesicht. Sie war lange hin und her gelaufen und hatte ihre Herrin gesucht, vergeblich. Als sie schon aufgeben wollte, fand sie jedoch ganz nah beim Stadttor die Lampe auf dem Boden. Dann sah sie, dass die kleine Mannpforte nicht verschlossen war. Also war sie hindurchgeschlüpft, in der Hoffnung, die Spur ihrer Herrin wieder aufnehmen zu können. Möglicherweise hatte Frau Marysa bemerkt, dass jemand ihr folgte, vielleicht hatte sie die Geldkatze, die sie immer im Ärmel ihres Kleides verborgen trug, aber auch nur auf gut Glück fallen gelassen. Geruscha tastete mit klopfendem Herzen danach. Sie hatte die Börse sicher unter ihrem Kleid verborgen. Wie weit sie in die Richtung gelaufen war, in der sie ihre Herrin vermutete, wusste sie nicht genau. Entdeckt hatte sie sie nicht mehr, und als es längst hell geworden war, hatte sie schließlich wieder kehrtgemacht.

Sie musste Hilfe holen, das war das einzig Richtige. Allein würde sie ihrer Herrin nicht helfen können, falls sie sie überhaupt jemals fand. Obgleich ihre Füße sie kaum mehr zu tragen vermochten, rappelte Geruscha sich wieder auf und humpelte so schnell sie konnte in Richtung Büchel.

***

Kaum hatte der Domherr den Saal verlassen, brach wieder aufgebrachtes Gemurmel aus. Diesmal hatte van Eupen große Mühe, die Gemüter zu beruhigen. Volmer hieb mit der

Faust auf die Tischplatte, dass die Trinkbecher darauf leise klirrten. «Unerhört», rief er. «Sie werden uns den Schreinemaker vor der Nase aus dem Grashaus führen, und wir können nichts tun.»

«Wir werden die Wachen verstärken», schlug einer der Schöffen vor.

Van Eupen winkte ab. «Ihr wisst so gut wie ich, dass das nichts bringt. Wenn die Prozession am Gefängnis vorbeikommt, müssen die Zellentüren und das Tor geöffnet sein. Bleibt nur zu hoffen, dass uns nicht gleich auch noch alle anderen Gefangenen abhandenkommen.»

«Die fangen wir schon wieder ein», knurrte Volmer. «Aber den Schreinemaker werden die Dompfaffen umgehend zur Domimmunität führen, dann haben wir keinen Zugriff mehr auf ihn.»

Van Eupen stand nun ebenfalls auf und begann im Raum umherzugehen. «Offenbar glauben die Dompfaffen tatsächlich, dass ihre Theorie stimmt und Gort Bart für das Verschwinden von Marysa Markwardt verantwortlich ist.»

«Das ist doch vollkommen aus der Luft gegriffen», protestierte Volmer. «Ich kenne diesen Gesellen, der ist dumm wie Stroh. So einen ausgeklügelten Plan würde er gar nicht in seinen Kopf kriegen. Nein, nein, das Stift will nur wieder mal den ewigen Machtkampf um die Gerichtsbarkeit anfeuern.»

«Das glaube ich nicht», widersprach van Eupen nachdenklich. «Denn wenn es um Ketzerei geht, würde zur Vollstreckung so oder so das weltliche Gericht herangezogen.» Er blieb stehen und hob den Kopf. «Ich frage mich, ob die Dompfaffen wirklich glauben, dass Gort auch hinter den gefälschten Silberzeichen steckt.»

Volmer goss sich seinen Becher randvoll mit Wein und stürzte ihn in einem Zug hinunter. «Wenn er damit zu tun hat, dann wissen wir immerhin, dass er im Hause Markwardt mindestens einen Verbündeten hatte. Frau Marysas Gesellen, Heyn Meuss. Dieser Höker, den die Dompfaffen unter Verschluss halten, hat es ja bestätigt.»

Van Eupen runzelte die Stirn. «Wenn das stimmen sollte, dürfte es sich wohl nicht um eine Tat aus Eifersucht oder Kränkung handeln.»

«Natürlich nicht», antwortete Volmer verärgert. «Ich sagte doch, das ist alles an den Haaren herbeigezogen. Ist es nicht viel wahrscheinlicher, dass auch dieses Weib seine Finger im Spiel hat? Und dass sie eben aus diesem Grunde die Stadt verlassen hat? Sie ist, im Gegensatz zu Gort, ganz gewiss nicht dumm und weiß, wann sich die Schlinge zuzieht.»

«Wir wissen doch gar nicht, ob sie die Stadt verlassen hat.»

Volmers Augen glitzerten. «Womöglich ist sie sogar Gort, der ja ebenfalls verschwunden ist, in dessen Versteck gefolgt.»

«Nun reicht es aber», wies van Eupen ihn scharf zurecht. «Eure Phantasie treibt fürwahr die erstaunlichsten Blüten. Erinnert Euch bitte, über wen wir hier sprechen. Der Vater der Frau, die Ihr da gerade in Grund und Boden verdammen wollt, war Bürgermeister der Stadt Aachen!»

«Weshalb sollte das die Tochter abhalten, sich mit …»

«Genug, sagte ich», fuhr van Eupen ihn an. «Man könnte tatsächlich meinen, es bereite Euch Freude, Marysa Markwardt zu verunglimpfen.» Er hielt kurz inne. «Oder seid Ihr nur so schlecht auf sie zu sprechen, weil auch Euer Sohn von ihr abgewiesen wurde?»

Volmer starrte ihn erbost an. «Das hat damit gar nichts zu tun. Mein Sohn wurde nicht abgewiesen, dieses hochnäsige

Weib hat ihn ja nicht einmal empfangen. Manche Frauen wissen einfach nicht, was gut für sie ist.»

Ganz langsam erhob van Eupen sich und beugte sich zu Volmer hinüber: «Ich halte es für besser, dies überhört zu haben, lieber Wolter. Sonst müsste ich nämlich annehmen, dass du in dieser Angelegenheit befangen bist und ich dich vorläufig aus dem Schöffenkollegium ausschließen muss.»

Volmer erwiderte seinen Blick wütend, schwieg jedoch. Unter den anderen Schöffen kam derweil ein verwundertes Raunen auf. Sofort hob van Eupen die Hand.

«Ich brauche Euch wohl nicht daran zu erinnern, dass wir hier sind, um diesen Fall aufzuklären, nicht, um ihn mit willkürlichen Anschuldigungen zu verkomplizieren. Unter den gegebenen Umständen halte ich es allerdings für sinnvoll, den Prozess gegen den Schreinemaker um ein paar Tage zu verschieben, damit wir die Beweise begutachten können, von denen Rochus van Oenne sprach.»

«Beweise, dass ich nicht lache», knurrte Volmer. «Wir warten schon seit Wochen auf angebliche Beweise – ohne Ergebnis. Meiner Meinung nach kommt es gar nicht in Frage, dass wir ...»

Ein lautes Pochen an der Saaltür unterbrach seinen aufgebrachten Redeschwall. Zwei Büttel traten ein, zwischen sich den tropfnassen und sichtlich aufgebrachten Gort Bart. Der Schreinergeselle fluchte lästerlich und versuchte, sich aus dem harten Griff der Büttel zu befreien, was ihm jedoch nicht gelang.

«Verzeiht die Unterbrechung der Sitzung», sagte einer der beiden Büttel mit einem grimmigen Grinsen. «Den hier haben wir soeben aufgegriffen; ich glaube, Ihr suchtet nach ihm.»

Reimar van Eupen trat auf die Männer zu. Gort wehrte

sich noch immer verbissen gegen den Griff der Büttel. Als er den Schöffen erkannte, blickte er ihn wütend an. «Was soll das?», fragte er. An seinem schweren Zungenschlag merkte man, dass er wohl einiges getrunken hatte. «Wie könnt Ihr es wagen, mich einfach hierherschleppen zu lassen. Ich verlange, freigelassen zu werden. Ihr könnt mir nichts vorwerfen!»

«Das werden wir sehen», sagte van Eupen und beäugte Gort angewidert. Dann wandte er sich an den Büttel. «Wo kommt ihr jetzt her, Wido?»

Wido grinste noch immer. «Haben einen kleinen Hinweis vom alten Amalrich bekommen, dass der hier», er wies mit dem Kinn auf Gort, «in einer Schenke vor den Stadttoren zu finden sei, an der Straße nach Haaren. Hat sich dort wohl schon eine ganze Weile verkrochen, gesoffen und herumgehurt. Eine der Dirnen hat es bestätigt und uns interessante Geschichten erzählt, die wir Euch ...»

«Lass sein, ich glaube dir auch so», unterbrach van Eupen ihn. «Weshalb ist er so nass?»

Wido zuckte mit den Schultern. «Er hat sich gewehrt und um sich geschlagen. So versoffen, wie er war, blieb uns nichts anderes übrig, als ihm einen Eimer Wasser überzukippen, damit er sich beruhigt.»

«Was wollt Ihr überhaupt von mir?» Gorts Stimme glitt ins Weinerliche ab. «Darf ein Mann nicht mal seinen Ärger mit ein paar Krügen Bier runterspülen?»

«Ein paar Krüge?» Der Schöffenmeister verzog spöttisch die Lippen. «Du riechst und sprichst, dass man eher auf ein ganzes Fässchen schließen kann. Was für einen Ärger meinst du denn?»

«Weiber!», grollte Gort sofort los. «Natürlich die Weiber. Was sonst kann einen armen Mann wohl verrückt machen? Diese eingebildete, hoffärtige Ziege kann was erleben, wenn ich sie das nächste Mal treffe. Glaubt, sie sei was Besseres als wir. Dabei hatte Meister Hartwig ganz recht. Wenn sie mich heiraten würde, könnten wir aus der Werkstatt ...»

«Du redest von Marysa Markwardt?», unterbrach van Eupen ihn barsch.

Gort starrte ihn finster an. «Natürlich.»

«Was weißt du über ihr Verschwinden?»

Gort holte schon tief Luft, um eine weitere Tirade loszulassen, doch dann hielt er inne. «Verschwunden? Wo ist sie denn hin?»

Van Eupen verdrehte die Augen. «Wenn wir das wüssten, hätte ich dir diese Frage wohl nicht gestellt, oder? Frau Marysa hat irgendwann zwischen gestern Abend und heute früh unbemerkt ihr Haus verlassen. Wir haben keinen Hinweis, wohin sie gegangen und ob jemand bei ihr ist.»

«Und was hab ich damit zu tun?» Gort blickte verständnislos von van Eupen zu den anderen Schöffen, die ihn ansahen. Dann begriff er langsam. «O nein, so nicht!», rief er. «Ich hab damit nichts zu tun. Bestimmt nicht. Ich kann sie nicht ausstehen, aber mit ihrem Verschwinden ...» er schluckte hektisch «... hab ich nichts zu tun.»

Der Schöffenmeister verzog keine Miene, gab lediglich Wido mit einer kurzen Geste das Zeichen, Gort abzuführen. «Bringt ihn nach oben in eine der leeren Zellen und schließt hinter ihm ab. Er soll erst mal seinen Rausch ausschlafen, dann sehen wir weiter.»

«He, das könnt Ihr nicht machen», protestierte Gort, als die beiden Büttel ihn wieder packten und, ohne auf seine Gegenwehr zu achten, aus dem Saal schleiften. «Ich hab nichts getan. Ihr könnt mich nicht einfach so einsperren!» Mit einem dumpfen Geräusch fiel die Saaltür hinter ihnen zu.

«Tja.» Volmer erhob sich nun ebenfalls und trat beiläufig

neben van Eupen. «Das dürfte die Theorie des Dompfaffen entkräften, nicht wahr?»

«Ja.» Der Schöffenmeister kräuselte die Lippen. «Aber wenn Gort es nicht war ... wer dann?»

34. Kapitel

«Herr? Herr! Bitte wartet!» So schnell sie konnte, humpelte Geruscha auf Rochus van Oenne zu, der zusammen mit Bruder Weiland auf halbem Wege den Büchel hinauf zu Marysas Haus war.

Die beiden Männer blieben stehen und blickten der aufgeregten Magd überrascht entgegen. «Was willst du, Mädchen?», fragte Bruder Weiland an van Oennes Stelle und musterte zuerst missbilligend Geruschas zerzaustes Haar und dann ihre nackten, blutigen Füße.

Außer Atem blieb sie vor ihnen stehen und hielt sich keuchend die Seiten. «Hoher Herr, Ihr müsst mir helfen!»

«Dir helfen?» Wieder war es Bruder Weiland, der die Frage stellte. Er hob vielsagend die Augenbrauen. «Mädchen, du weißt offenbar nicht, wen du vor dir hast.»

«Lass sie, Weiland», unterbrach van Oenne ihn und machte einen Schritt auf Geruscha zu. «Bist du nicht Frau Marysas neue Magd? Was willst du, und wo kommst du jetzt her?»

Geruscha bemühte sich, ruhiger zu atmen. «Ich bin Geruscha, Herr. Bitte, Ihr müsst helfen. Er hat sie mit einem Dolch bedroht und vor die Stadttore gebracht. Wohin, weiß ich nicht. Ich hab sie verfolgt, aber dann waren sie plötzlich weg, und ich konnte nicht ...»

«Halt!» Der Domherr packte das Mädchen an den Schultern. «Was sagst du da? Du hast gesehen, wie er Frau Marysa entführt hat? Wann war das? Warum hast du nicht Alarm geschlagen?» Er schüttelte sie leicht.

Geruscha begann zu weinen. «Verzeiht, Herr, ich wollte um Hilfe rufen, aber er hatte dieses Messer. Ich hatte Angst, er würde sie töten, wenn ich ... Das war heute Nacht. Bitte, wir müssen sie finden. Meiner Herrin darf nichts geschehen.» Sie schluchzte leise. «Was will er denn überhaupt von ihr?»

«Sich rächen», murmelte van Oenne. «Verflucht, ich hatte recht! Weiland, gib im Hause Markwardt schon einmal Bescheid, dass wir da sind. Wir müssen sofort handeln!»

Der Schreiber nickte und rannte los. Da Geruscha sich kaum noch auf den Füßen halten konnte, stützte van Oenne sie und ging mit ihr etwas langsamer auf Marysas Haus zu. Kaum hatte er es erreicht, flog die Tür bereits auf, und Bardolf, Jolánda sowie Milo und Jaromir kamen herbeigeeilt.

«Wo ist sie?», schrie Jolánda Geruscha verzweifelt an und schüttelte sie ebenfalls heftig. «Sprich schon, Mädchen. Wohin hat der Bastard sie gebracht?»

«Beruhige dich.» Bardolf zog sie sanft, aber bestimmt von Geruscha fort. «Lass das Mädchen erst mal verschnaufen. Siehst du nicht, dass sie vollkommen erschöpft ist.» Er trat nun selbst auf die Magd zu und berührte sie am Arm. «Was ist geschehen, Geruscha? Bruder Weiland sagt, du hast gesehen, wie Marysa entführt wurde? Wohin hat er sie gebracht?»

«Ich weiß nicht.» Geruscha wischte sich vergeblich mit dem Handrücken über die Augen. Die Tränen rannen ihr weiterhin über die Wangen. «Sie sind zum Ponttor hinaus und ...»

«Zum Ponttor?», unterbrach Jolánda sie entsetzt. «Das ist nachts doch verschlossen. Wie kann er da ...»

«Die Mannpforte war offen», antwortete Geruscha hastig.

«Vielleicht hat er den Wächter bestochen», vermutete Bardolf erbost.

Van Oenne nickte. «Das sollen die Schöffen überprüfen. Wenn es so sein sollte ...» Er ließ den Satz unvollendet und wandte sich wieder Geruscha zu. «Sprich weiter, Kind!»

Zitternd atmete Geruscha ein. «Ich bin ihnen nach, weil ich jedoch erst nicht wusste, dass sie durch das Tor sind, hab ich sie aus den Augen verloren. Aber das hier hab ich gefunden.» Sie zog Marysas kleine, bestickte Geldkatze unter ihrem Kleid hervor.

Jolánda griff danach. «O Gott!», rief sie entsetzt, schloss kurz die Augen und krampfte ihre Finger um die Börse. «Marysa! Was will er von meinem Kind? Warum hat er sie entführt?»

Bardolf stieß Geruscha leicht an. «Was noch, Mädchen?»

Schluchzend senkte Geruscha den Kopf. «Mehr weiß ich nicht. Ich hab gesucht und gesucht, sie aber nicht finden können.» Erneut rieb sie sich über die Augen. «Er will ihr doch nichts antun, oder?»

Jolánda stieß einen erstickten Laut aus.

Mittlerweile waren die Nachbarn auf sie aufmerksam geworden. Immer mehr Menschen drängten sich um die kleine Gruppe.

Der Domherr legte Jolánda eine Hand auf den Arm. «Ich fürchte, wir müssen mit dem Schlimmsten rechnen», sagte er.

«Nein!», rief Jolánda.

Bardolf zog sie rasch an sich, sie presste ihr Gesicht gegen seine Schulter und schluchzte heftig.

«Ich vermute, er will sich an ihr rächen, weil sie seinen Antrag abgelehnt hat.» Die Sorge war der Stimme des Domherrn deutlich anzuhören.

«Seinen Antrag?» Bardolf runzelte verwirrt die Stirn. «Von wem reden wir hier eigentlich?»

«Gort Bart», antwortete van Oenne grimmig. Er wandte sich an seinen Schreiber. «Weiland, lauf zum Stiftshaus. Wir brauchen mehr Männer. Sie sollen jeden Winkel vor und hinter den Stadttoren nach ihm absuchen. Und gib auch in der Acht Bescheid. Wir benötigen Soldaten zur Verstärkung.»

«Aber Herr!» Geruscha zupfte aufgeregt am Ärmel seines Mantels. «Herr, Ihr irrt Euch!»

«Was?»

«Es ist nicht Gort Bart.»

«Nicht Gort Bart?» Bardolf zog sie mit einem Ruck zu sich herum. «Wer dann?»

Die Magd holte tief Luft. «Es ist Leynhard.»

***

«Das ist Wahnsinn!», protestierte Jolánda und ging in dem kleinen Schreibzimmer in der Acht nervös auf und ab. «Warum ergreift Ihr ihn nicht einfach, wenn er wieder hier auftaucht? Bindet ihn aufs Rad oder was auch immer. Ihr habt doch diese fürchterlichen Werkzeuge in Euren Folterkammern. Benutzt sie, um diesen Abschaum zum Reden zu bringen.»

«Beruhigt Euch, Frau Jolánda.» Bruder Weiland legte ihr fürsorglich einen Arm um die Schultern. «Ich verspreche Euch, es wird alles getan, um Eure Tochter aus der Gewalt dieses Mannes zu befreien. Ein wenig Geduld noch. Die Vorgehensweise, die sich Bruder Jacobus und Herr van Oenne ausgedacht haben, ist viel sicherer, als Ihr glaubt. Wichtiger noch – sie könnte Eurer Tochter das Leben retten. Wenn wir Leynhard einfach festnehmen lassen, ist es nicht sicher, ob er uns verrät, wo er sie versteckt hält und ob sie überhaupt noch lebt.»

Jolánda rang entsetzt nach Atem.

In gleichbleibend beruhigendem Ton redete der Augustiner auf sie ein: «Nach allem, was wir bisher wissen, ist Leynhard entweder ein gänzlich kaltblütiger Mörder und Lügner, oder aber er ist verrückt geworden, gar besessen. Beides ist, wie Ihr Euch denken könnt, äußerst gefährlich. Solange wir nicht wissen, woran wir bei ihm sind, sollten wir äußerst vorsichtig vorgehen, nicht wahr? Jacobus von Moers könnt Ihr vertrauen. Er ist ein sehr erfahrener Inquisitor, das versichere ich Euch.»

Jolánda presste kurz die Lippen zusammen und rang mit sich. «Aber was», fragte sie, «was ist, wenn sein Plan nicht aufgeht?»

«Daran dürft Ihr nicht denken», antwortete Bruder Weiland und hob den Kopf, als sich die Tür öffnete und ein weiterer Augustiner den Kopf hereinstreckte. «Weiland, es geht gleich los», sagte er. «Die Prozession macht sich auf ihren Weg.»

«Gut.» Bruder Weiland nickte. «Etwas Neues vom Büchel?»

Der Mönch schüttelte den Kopf. «Noch nicht. Aber alle sind bereit und auf ihrem Posten.»

***

Nervös lief Geruscha in der Küche umher und nagte an ihren Fingernägeln. Worauf hatte sie sich nur eingelassen? Dieser Bruder Jacobus, den der Domherr van Oenne nach ihrem Bericht hatte herbeiholen lassen, war ein beeindruckender Mann. Sie hatte sofort Vertrauen in seinen Plan gefasst, obgleich er jetzt im Nachhinein irrwitzig klang. Aber er hatte ihr – und auch allen anderen – glaubhaft versichert, dass es so sicherer war. Würden sie Leynhard einfach ergreifen, sobald sie ihn fanden, konnte es sein, dass Frau Marysa in Lebensgefahr geriet. Falls sie überhaupt noch lebte. Geruscha betete dafür aus tiefstem Herzen. Leynhard, so hatte der Inquisitor ihnen erklärt, war höchstwahrscheinlich verrückt. Mit solchen Menschen konnte man nicht vernünftig reden oder ihnen drohen wie normalen Leuten. Womöglich ließ er sich sogar foltern oder gar hinrichten, ohne zu verraten, wo er Marysa versteckt hielt. Also mussten sie ihm auf andere Weise beikommen. Und ausgerechnet sie – Geruscha – sollte dabei die Hauptrolle übernehmen!

Nun war sie ganz allein im Haus. Alle anderen hatten sich zu dieser Prozession begeben. Zumindest sollte sie das behaupten, wenn Leynhard von seinem Botengang zum St. Adalbertstift nach Hause kam. Falls er kam. Der Inquisitor war fest davon überzeugt gewesen.

Geruscha trat ans Küchenfenster und lugte vorsichtig hinaus. Der Hof lag verlassen da. Irgendwo, so hatte Bruder Jacobus versprochen, hielten sich Männer versteckt. Nur zur Sicherheit. Sie konnte niemanden sehen. Auch auf der Straße war alles ruhig, davon hatte sie sich vorhin überzeugt. Selbst die Nachbarn hatten die Domherren gemeinsam mit den Schöffen überzeugen können, sich aus der Sache herauszuhalten. Einige von ihnen waren ebenfalls zu der Prozession gegangen, andere hielten sich vermutlich in ihren Häusern auf.

Es herrschte eine unheimliche Ruhe. Geruschas Herzschlag beschleunigte sich. War da ein Geräusch an der Hintertür gewesen? Sie zuckte heftig zusammen, als vor der Küche Schritte laut wurden; im nächsten Moment trat Leynhard ein. Suchend blickte er sich um. «Wo stecken denn alle? Ist niemand mehr im Haus?»

Geruscha schluckte und spürte, wie ihre Hände zu zittern begannen. Rasch verschränkte sie sie ineinander und bemühte sich um eine gleichmütige Miene. «Sind alle zu der Prozession gegangen, die die Dompfaffen heute abhalten. Balbina hat gesagt, dort können sie am besten für Frau Marysa beten. Hast du nicht davon gehört?»

Leynhard hob nur die Schultern. «Sicher. Der Dompfaffe hat ja davon gesprochen.» Argwöhnisch musterte er Geruscha. «Warum bist du nicht auch mit ihnen gegangen?»

Geruscha biss sich auf die Lippen. «Ich hab ... also ich wollte nicht mit, weil doch einer hier im Haus bleiben muss, falls ...» Wieder schluckte sie. «Falls Frau Marysa zurückkehrt oder so.» Kurz meinte sie, auf Leynhards Gesicht so etwas wie ein verächtliches Grinsen aufflackern zu sehen, doch er behielt sich gut unter Kontrolle. «Das ist bestimmt eine gute Idee. Alle anderen sind also fort?»

Sie nickte.

Leynhard straffte die Schultern. «Dann werde ich auch wieder gehen.»

«Wohin?», rutschte es Geruscha heraus. Sie hielt erschrocken die Luft an und wurde rot.

Leynhard warf ihr einen strengen Blick zu. «Das geht dich nichts an», sagte er, fügte dann jedoch etwas freundlicher hinzu: «Ich hab noch was zu erledigen.»

***

Das Kellergewölbe, in das Leynhard Marysa gesperrt hatte, besaß einen trockenen Lehmboden. Die Wände waren aus schweren Bruchsteinen gemauert. Es roch ein wenig muffig, doch der Raum war groß, sodass sich die Luft nicht allzu schnell verbrauchte. Marysa saß etwa in der Mitte des Gewölbes auf dem Boden. Ihre Hände hatte Leynhard ihr auf dem Rücken gefesselt, der Strick schnitt schmerzhaft in ihre Handgelenke. Auch einen Knebel hatte er ihr zwischen die Zähne geschoben und so fest gebunden, dass sie das Gefühl hatte, ihre Mundwinkel müssten jeden Moment einreißen. Inzwischen hatte der dicke Leinenstoff sämtliche Feuchtigkeit aus ihrem Mund und Rachen aufgesogen; heftiger Durst plagte sie.

Zunächst hatte sie versucht, in der Dunkelheit des Kellers herauszufinden, ob es irgendwelche Einrichtungsgegenstände, Regale oder Ähnliches gab, doch der Raum war vollkommen leer. Nichts fand sich, was sich als Werkzeug eignete, um die Fesseln zu lösen oder um sich gegen ihren Entführer zu wehren, sollte er wieder auftauchen.

Leynhard hatte sie hier eingesperrt und war dann verschwunden. Marysa wusste nicht, ob er vorhatte, noch einmal wiederzukommen. Vermutlich wollte er das, doch bestimmt war er zunächst wieder nach Hause gegangen, damit das Gesinde ihn nicht verdächtigte. Vermutlich war der gesamte Haushalt bereits in hellem Aufruhr, ganz zu schweigen von ihren Eltern.

Marysa hoffte, dass Geruscha ihre Geldkatze gefunden hatte. Bereits in ihrem Hinterhof hatte sie bemerkt, dass sich jemand beim Misthaufen herumtrieb. Wahrscheinlich hatte das Mädchen den Abtritt benutzt und dabei sie und Leynhard gesehen. An der Mannpforte des Ponttores hatte Marysa sie noch einmal kurz gesehen. Sie hoffte zumindest, dass es sich bei der Gestalt, die ihnen gefolgt war, um Geruscha gehandelt hatte. Falls dem so war und die Magd die Börse entdeckt hatte, war sie bestimmt sofort zurückgekehrt und hatte Alarm geschlagen. Marysa war dankbar, dass Geruscha es nicht sofort getan hatte. Leynhards Dolch hatte sich so fest in ihren Rücken gedrückt, in seinen Augen war ein

Ausdruck von Wahnsinn aufgeblitzt. Möglicherweise wäre es Marysas Todesurteil gewesen, wenn Geruscha um Hilfe gerufen hätte.

Leynhard. Marysa krochen kalte Schauer über den Rücken, wenn sie an ihn dachte. Was war nur mit ihm geschehen? Er hatte kaum ein Wort zu ihr gesagt auf dem Weg hierher, doch sie hatte gespürt, dass er Schreckliches vorhatte. Er war es gewesen, der Christophs Urkunden gestohlen hatte. Die Tasche hatte sie mitnehmen müssen; sie lag jetzt wohl irgendwo in dem Gebäude, das sich über dem Keller befand. Ein altes Wohnhaus in einer der Ansiedlungen vor den Toren der Stadt. Viel hatte sie nicht erkennen können, denn ihre Lampe hatte sie absichtlich beim Ponttor fallen gelassen. Viele Gebäude mit Unterkellerung gab es außerhalb der Stadt nicht. Dieses Gewölbe schien auch nicht zu dem Haus zu gehören. Vielleicht stammte es aus der Zeit, als die Römer sich hier in der Gegend angesiedelt hatten.

Marysa versuchte die Angst, die sich in ihr ausgebreitet hatte, unter Kontrolle zu bringen. Leynhard schien wahnsinnig geworden zu sein. Wie sonst war zu erklären, was er getan hatte? Niemals hätte sie vermutet, dass der loyale und ruhige Geselle ihr etwas antun wollte. Wollte er das wirklich?

Marysa beantwortete sich diese Frage mit einem eindeutigen Ja. Etwas musste in Leynhards Kopf durcheinandergeraten sein. Und je länger sie darüber nachdachte, desto deutlicher sah sie die Zusammenhänge. Sie hatte seinen Antrag im Herbst abgelehnt. Auch wenn er es nicht gezeigt hatte, schien ihn dies schlimmer getroffen zu haben, als sie angenommen hatte. Sein Schmerz war dann offenbar zu Hass geworden. Hass auf sie, die ihn abgewiesen hatte, und Hass auf den Mann, den sie ihm vorgezogen hatte.

Marysa schloss die Augen und versuchte sich Christophs Gesicht vorzustellen, doch sie sah immer nur Leynhards kalten, stechenden Blick vor sich. Er hatte die Urkunden gestohlen, wahrscheinlich auch Hartwig gegen sie aufgebracht, auf welchem Wege auch immer. Ihr fiel Gort ein. Möglicherweise hatte Leynhard den anderen Gesellen benutzt, um Hartwig mit den entsprechenden Informationen zu versorgen.

Hartwig hatte gewusst, dass Christoph in jener Nacht bei ihr gewesen war – zumindest hatte er es vermutet. Hatte also Leynhard sie beide heimlich belauscht?

Und dann die Silberzeichen. Dass er sie ihr gezeigt hatte, konnte nur bedeuten, dass er auch hinter dieser Sache steckte. War er also auch für van Hullsens Tod verantwortlich? Für den Brand in van Lyntzenichs Werkstatt? Für den Mord an Heyn?

Das Grauen ergriff Marysa so heftig, dass sie leise aufstöhnte. Sie konnte das alles nicht glauben. Es durfte nicht wahr sein. Nicht Leynhard, der ihr immer so ein fleißiger, treu ergebener Geselle gewesen war.

Sie zuckte zusammen, als sie die Tür zu ihrem Verlies knarren und quietschen hörte. Der Lichtschein einer Pechfackel erhellte den Raum, als Leynhard langsam die Stufen herabstieg und auf sie zukam.

**

Unruhig ging Christoph in seiner Zelle auf und ab. In seinem Kopf wie in seinem Herzen hatten sich nur ein Gedanke und ein Gefühl breitgemacht: die Angst um Marysa. Wohin war sie verschwunden? Hatte man sie entführt? Erinnerungen an eine ähnliche Situation im vergangenen Herbst stiegen in ihm auf. Er ballte die Hände zu Fäusten und hätte liebend gern auf jemanden eingeschlagen. Auf denjenigen, der Marysa jetzt vielleicht in seiner Gewalt hatte.

Christoph blieb mitten in der Zelle stehen und schloss die Augen. Mit einer Inbrunst, an der es ihm sonst eher mangelte, betete er zur Heiligen Maria, sie möge die Frau beschützen, die er liebte. Als er die Augen öffnete, fühlte er sich nicht besser als zuvor. Er hoffte, dass es nicht schon zu spät war. Wenn jemand Marysa entführt hatte, dann sicherlich, um ihr etwas anzutun. Was, wenn dies bereits geschehen war?

Verzweifelt nahm Christoph seinen Gang durch die beengte Zelle wieder auf. Es musste ihr einfach gutgehen. Wenn er nur endlich hier heraus wäre, um sich selbst auf die Suche zu begeben. Doch nach wem sollte er suchen? Hartwig Schrenger schien unschuldig zu sein. Also wirklich Gort Bart? Er hatte den einfältigen Gesellen hin und wieder getroffen. Im Leben wäre er nicht darauf gekommen, dass dieser Mann klug genug war, sich einen derart hinterhältigen Plan auszudenken.

Christoph blieb an dem kleinen, vergitterten Fenster stehen und blickte hinaus. Bei Tageslicht konnte er sowohl die gegenüberliegende Häuserfassade sehen, ein Stückchen blauen Himmel darüber, als auch die Menschen, die geschäftig am Grashaus vorbeiliefen und ihren alltäglichen Beschäftigungen nachgingen. Es war ruhig in Aachen. So ruhig, dass das Klappern der Pferdehufe die Menschen aufschreckte. Ein Trupp bewaffneter Stadtsoldaten trabte am Grashaus vorüber in Richtung der Acht. Vermutlich waren das einige der Männer, die man auf die Suche nach Marysa geschickt hatte. Bisher schienen sie nicht erfolgreich gewesen zu sein. Es war jetzt Nachmittag. Nicht mehr lange bis zur Non, schätzte Christoph.

Um sich von seiner Sorge abzulenken, ging er in Gedanken

noch einmal durch, was der Dominikaner ihm eingeschärft hatte. Jacobus von Moers wollte, dass er – Christoph – aus dem Grashaus floh. So unglaublich diese Tatsache auch klang, überzeugend hatte der Inquisitor sie vorgetragen. Christoph war sich nach wie vor nicht sicher, ob er dem Mann trauen durfte. Welche Ziele verfolgte er? Jacobus hatte nicht preisgegeben, was ihn dazu veranlasste, Christoph zu helfen. Falls er ihm tatsächlich helfen wollte. Was, wenn das alles nur ein perfider Plan war, um Christoph endgültig dem Henker zum Fraß vorzuwerfen? Steckte der Inquisitor womöglich mit Marysas Entführer unter einer Decke?

Christoph umfasste die kalten Eisenstäbe, die das Fensterchen vergitterten. Nein, Jacobus war kein Schurke. Zumindest keiner, der Menschen aus Rache oder Habgier ins Unglück stürzte oder gar tötete. Wie er zu diesem Schluss kam, wusste er nicht genau. Er hatte Jacobus im vergangenen Jahr kennengelernt und schon damals den Eindruck gehabt, dass der Dominikaner ein Mann mit Grundsätzen und – noch wichtiger – einem Gewissen war. Das war auch jetzt wieder sein Gefühl. Jacobus handelte nicht voreilig, hatte sich ganz und gar seiner Aufgabe als Inquisitor verschrieben. Auch wenn Christoph über sich selbst erstaunt war – er vertraute ihm.

Vertrauen, das wusste er, konnte in seiner Situation verheerende Folgen haben. Besonders weil er nicht recht wusste, worauf es sich gründete. Der Dominikaner hatte deutlich gemacht, dass er wusste, wer Christoph in Wirklichkeit war. Er schien sogar noch weit mehr über ihn herausgefunden zu haben. Dennoch wollte er ihm helfen. Oder ihn in eine Falle tappen lassen, aus der er nicht würde entkommen können.

Christoph umklammerte die Gitterstäbe so fest, dass seine

Fingerknöchel weiß hervortraten. Ganz gleich, was Jacobus auch vorhaben mochte – Christoph zählte seine Herzschläge bis zu dem Moment, da diese Prozession am Grashaus vorbeikommen würde. Man würde seine Zellentür öffnen, ebenso das Tor unten. Die Wachen würden vielleicht versuchen, ihn aufzuhalten, doch da auch die Zellen der anderen Gefangenen geöffnet werden mussten, würde sich in dem Tumult eine Gelegenheit ergeben, das Gefängnis zu verlassen und im Tross der Prozession unterzutauchen. Jacobus hatte versprochen, ihn im Schutz der Domimmunität zunächst zum Dom und dann weiter zum Stiftsgefängnis zu geleiten.

Christoph war entschlossen, sich dort nicht einschließen zu lassen. Er würde sich selbst auf die Suche nach Marysa machen. Er musste sie einfach finden. Ihr durfte nichts geschehen. Sie trug sein Kind unter dem Herzen! Bei Gott, er würde sie finden. Und wenn es das Letzte war, was er auf dieser Welt tat.

35. Kapitel

Ungelenk kam Marysa auf die Beine. Sie wollte zu Leynhard nicht vom Boden aus aufschauen müssen. Er blieb dicht vor ihr stehen, in seinen Augen glitzerte es gefährlich. Über seiner Schulter hing die Hirschledertasche – Christophs Tasche. Marysas Blick heftete sich darauf. Was hatte er vor?

«Ihr fragt Euch, was ich mit Euch vorhabe, nicht wahr?», fragte er mit sanfter Stimme, die in dem Steingewölbe unheimlich nachhallte. «Das werde ich Euch sagen, Frau Marysa. Ich will, dass Ihr mir gehört. Mir allein. So hätte es sein können, wenn Ihr mich nicht abgewiesen hättet.» Seine Stimme gewann ganz allmählich an Schärfe. «Und für wen? Einen hergelaufenen Ablasskrämer! Einen Betrüger. Ihr habt ihm beigewohnt; ich weiß es. Ich habe gehört, wie Ihr Euch ihm schamlos hingegeben habt. Dabei hättet Ihr mein keusches Weib sein sollen. *Meines*, hört Ihr?» Seine Finger gruben sich schmerzhaft in ihren Oberarm. Sie wimmerte leise, doch das schien gar nicht zu ihm durchzudringen. Wild starrte er in ihr Gesicht. «Ihr seid eine feile Metze, da hat Euer Vetter ganz recht. Und noch dazu wollt Ihr Euch dem gotteslästerlichen Tun dieses heuchlerischen Fälschers anschließen. O nein, Frau Marysa, das kann ich nicht zulassen. Ihr gehört mir. Wenn ich Euch nicht haben kann, dann soll es auch der Schreinemaker nicht.» Sein Tonfall wurde immer bedrohlicher. «Wie gern hätte ich Euer Gesicht gesehen, wenn er auf dem Scheiterhaufen sein jämmerliches Leben aushaucht. Dazu wird es leider nicht kommen. Ich musste meine Pläne ändern. Ihr werdet mir gehören ... und dann sterben, Frau Marysa. Hier in diesem Keller. Aber zuvor ...» Seine Stimme wurde wieder samtweich. «Zuvor möchte ich, dass Ihr diese Schriftstücke verbrennt.»

Marysas Augen wurden groß.

Leynhard umfasste ihren Arm mit noch härterem Griff und zerrte sie zu Boden, bis sie kniete. Die Fackel legte er so vor ihr ab, dass sie nicht verlöschen konnte. Dann öffnete er die Tasche und zog die Urkunden und Briefe daraus hervor.

Marysa schluckte, ihre Kehle war ausgedörrt. Leynhard ging um sie herum und beugte sich von hinten über sie. Sein Atem streifte ihre Wange und verursachte ihr eine Gänsehaut. «Ich werde jetzt Eure Fesseln durchschneiden, Frau Marysa. Aber ich warne Euch. Mein Dolch ist scharf. Eine unbedachte Bewegung schon könnte mich veranlassen, ihn schneller zu benutzen, als Euch und mir lieb ist.»

Sie nickte leicht und spürte im nächsten Moment, wie

die Klinge den Strick durchtrennte. Unbeholfen rieb sie sich über die Handgelenke. Selbst wenn sie gewollt hätte – an eine Gegenwehr war nicht zu denken. Ihre Finger waren wie abgestorben, ihre Schultergelenke schmerzten. In ihrer Seite spürte sie die Spitze des Dolches. Leynhard schob sich neben sie und deutete mit dem Kinn auf den Stapel Schriftstücke am Boden. «Nun verbrennt sie, Frau Marysa. Schön langsam, eines nach dem anderen.»

***

Die aus der Ferne näher kommenden Gesänge der Augustiner rissen Christoph aus seinen dumpfen Grübeleien. Er ging wieder ans Fenster und versuchte etwas zu erkennen. Lange dauerte es nicht, bis er die ersten Vorboten der Prozession über den Parvisch kommen sah. Novizen des Augustinerklosters schwenkten Weihrauchgefäße. Ihnen folgten zwei Ministranten, die ein silbernes Kreuz auf einer hohen Stange trugen, dann Rochus van Oenne sowie, ihrem Rang entsprechend, die weiteren Domherren in ihren festlichen Gewändern. Hinter ihnen liefen die singenden und psalmodierenden Mönche.

Der Weg über den Parvisch bis zum Grashaus war nicht weit, die Prozession kam jedoch nur sehr langsam voran. Überall sprangen die Türen der Wohnhäuser auf, Menschen strömten auf die Straße, umringten die Domherren, folgten den Mönchen mit lauten Rufen und Gebeten.

Christoph versuchte in der Menge das Gesicht des Dominikaners auszumachen, ohne Erfolg. Hinter sich, im Inneren des Gefängnisses, erklangen Rufe, das Quietschen von Scharnieren, Gelächter sowie Geräusche, die auf eine Rangelei zwischen Wächtern und Gefangenen hinwiesen.

Als auch der Riegel seiner Zelle geöffnet wurde, drehte

sich Christoph um. Der Wachmann stieß die Tür auf, warf ihm einen wütenden Blick zu und ging davon. In den Gängen des Grashauses herrschte der von Jacobus vorausgesagte Tumult. Übertönt wurde er von der herrischen Stimme des Vogtmeiers: «Führt mich zu ihm, verflucht. Ich habe Anweisung, den Schreinemaker unverzüglich aus dem Grashaus fortzubringen.» Augenblicke später stand er mit zwei Soldaten vor Christoph. «Legt ihn in Ketten», befahl er.

Die Soldaten gehorchten, noch ehe Christoph etwas sagen konnte. Seine Hände wurden mit schweren Handschellen aneinandergekettet.

«Und nun hinaus mit ihm», bellte der Vogtmeier. «Von den Dompfaffen lassen wir uns nicht einfach ausstechen.»

«Los, vorwärts!» Einer der Soldaten stieß Christoph grob in die Rippen, sodass dieser losstolperte. In seinem Kopf überschlugen sich die Gedanken. Jacobus hatte nichts davon gesagt, dass der Vogtmeier sich einmischen würde. Möglicherweise hatte er nicht damit gerechnet. Was nun? Eine Flucht war unter diesen Umständen nicht möglich.

Den Geräuschen und Gesängen nach befand sich die Prozession in diesem Moment auf Höhe des Grashauses. Die Soldaten hielten Christoph links und rechts an den Armen gepackt. Der Vogtmeier ging ihnen voraus durch das Tor des Gefängnisses und bog zielstrebig nach rechts ab. Die Soldaten folgten ihm. Rufe wurden laut, als die Menschen Christoph erblickten.

«Halt!», rief eine donnernde Stimme.

Christoph zuckte zusammen.

«Im Namen der heiligen Gottesmutter, unseres Heilands und des heiligen Hilarius, zu dessen Ehren wir heute diesen Bitt- und Opfergang abhalten, bleibt stehen!» Die Stimme gehörte Rochus van Oenne.

Christoph war überrascht, diesen mit solch unverhoffter Autorität sprechen zu hören.

Der Vogtmeier ignorierte ihn und bahnte sich stur seinen Weg durch die Menge. Die Soldaten zerrten Christoph weiter.

«Höret!», donnerte van Oenne erneut. «Herr Vogtmeier, haltet ein! Wir verlangen im Namen des Herrn und des Asylrechts der heiligen Mutter Kirche, dass Ihr Euren Gefangenen, den Schreinbauermeister Christoph Schreinemaker, unverzüglich in unsere Obhut übergebt!»

Verwunderte, teilweise aber auch begeisterte Rufe wurden laut. Die Menschenmenge begann zu wogen. Unversehens schloss sie sich dichter um den Vogtmeier und die Soldaten, sodass ein Weiterkommen unmöglich wurde. Mehrere Augustinermönche tauchten auf, umringten Christoph und schoben ihn und seine beiden Wächter allmählich, aber zielstrebig in Richtung des Kreuzes.

Der Vogtmeier machte kehrt und versuchte ihnen zu folgen. «Lasst das!», schrie er erbost. «Das könnt Ihr nicht machen, van Oenne! Ihr wisst genau, wessen man den Schreinemaker beschuldigt. Die Schöffen können es nicht zulassen, dass Ihr ihn davonkommen lasst. Sein Prozess beginnt morgen, daran könnt auch Ihr nichts ändern!»

«Das werden wir ja sehen», antwortete van Oenne, der sich mittlerweile auf Christoph und die Mönche zubewegt hatte. Die Menschen machten ihm bereitwillig Platz. Neben dem Domherrn tauchte ein weiterer Novize auf, der die Fahne des Marienstifts trug. Als er vor Christoph stehen blieb, senkte er sie.

«Berührt unsere Fahne, Christoph Schreinemaker, auf dass Ihr fortan Schutz und Asyl des Stiftes genießen werdet.»

«Nein!», brüllte der Vogtmeier mit überkippender Stimme.

Christoph versuchte vorzutreten und seine Arme zu heben, die von den Soldaten noch immer mit eisernen Griffen festgehalten wurden.

Der Domherr gab dem Novizen ein Zeichen, woraufhin dieser die Fahne noch weiter senkte und damit Christophs Hände berührte.

«Verfluchtes Pfaffengesindel», wetterte der Vogtmeier.

Van Oenne ließ sich davon nicht beeindrucken. «Befreit ihn von seinen Fesseln», befahl er den beiden Soldaten, die daraufhin ihrem Vorgesetzten einen fragenden Blick zuwarfen.

Der Vogtmeier nickte zornig. «Bitte sehr. Ihr wolltet es ja nicht anders.» Den Soldaten gab er ein kurzes Zeichen. «Lasst ihn frei.»

Ein Raunen kam ringsum auf, ihm folgte erst verhaltener, dann immer begeisterterer Applaus. Jubelrufe wurden laut. Die Soldaten entfernten die Handschellen und ließen es widerwillig zu, dass die Mönche und Domherren Christoph in ihre Mitte nahmen. Sie geleiteten ihn zu dem Kreuz, welches er wiederum zu berühren hatte.

Die Gesänge setzten erneut ein, langsam kam wieder Bewegung in die Prozession.

«Was nun?», wollte Christoph gerade fragen, als er unvermittelt eine Hand auf seiner Schulter spürte.

«Das war sehr ärgerlich», sagte Jacobus, doch sein zufriedenes Gesicht straffte seine Worte Lügen. «Folgt mir. Die Prozession wird nun zur Stadt hinaus ziehen. Wir haben einen anderen Gang vor uns.»

Christoph sträubte sich. «In Euer Gefängnis gehe ich nicht», stellte er klar. «Ich werde Marysa suchen. Wenn dieser Bastard von Gort ihr etwas angetan hat, werde ich ...»

«Schon gut, schon gut», unterbrach Jacobus ihn. «Glaubt Ihr, ich hätte auch nur einen Moment damit gerechnet, dass ich Euch einsperren kann, wenn Ihr einmal die Mauern des Grashauses verlassen habt? Im Gegenteil. Die Schöffen werden uns die Türen einrennen. Das hoffe ich zumindest. Ich brauche Euch, Meister Schreinemaker. Also habt ein wenig Vertrauen und folgt mir!»

Widerwillig gehorchte Christoph und schob sich hinter dem Inquisitor durch die Reihen der Domherren und Mönche. Kurz dachte er daran, einfach eine andere Richtung einzuschlagen, doch ein leichter Stoß in den Rücken verriet ihm, dass Jacobus offensichtlich damit gerechnet und ihm Wächter zur Seite gestellt hatte. Ein Blick über die Schulter bestätigte es ihm; zwei junge Dominikaner folgten ihm dicht auf den Fersen.

Sie hielten sich weiterhin in der Mitte der Prozession, bewegten sich gegen den Strom der Menschen. Christoph war erstaunt, wie viele Bewohner Aachens sich innerhalb der kurzen Zeit hier eingefunden hatten und dem Zug der Domherren und Mönche folgten.

Schließlich lichtete sich die Menge allmählich. Jacobus blieb stehen und wartete, bis Christoph zu ihm aufgeschlossen hatte. «Ihr irrt Euch übrigens, Meister Schreinemaker», sagte er. «Wir suchen nicht nach Gort Bart.»

«Nach wem dann?» Christoph blieb vor dem Dominikaner stehen. «Ich dachte, er habe Marysa in seiner Gewalt?»

«Nicht er», wiederholte Jacobus mit ernster Miene, «sondern Leynhard Sauerborn.»

«Marysas Geselle?» Entsetzt schloss Christoph die Augen. «Das kann doch nicht ...» Plötzlich verstand er. «Verflucht, natürlich kann das sein. Ich hatte es schon einmal vermutet, konnte mir aber nicht vorstellen, dass jemand wie er ...»

«Das konnte wohl niemand von uns», fiel Jacobus ihm erneut ins Wort.

Aus Richtung des Parvischs ertönte das Geklapper von Pferdehufen. Ein Stadtsoldat ritt in flottem Trab auf sie zu und zügelte sein Reittier direkt vor ihnen.

«Jacobus von Moers, Ihr werdet dringend gebraucht», sagte er. «Folgt mir!»

«Was gibt es?», wollte der Dominikaner wissen, während er sich bereits in Bewegung setzte und Christoph mit einer Geste aufforderte, ihm zu folgen.

Der Soldat drehte sich kurz im Sattel um. «Wir haben ihn!»

***

Marysas Finger zitterten, als sie das erste Pergament an die züngelnde Flamme der Fackel hielt. Sogleich ergriff das Feuer Besitz von dem Schriftstück, fraß es hungrig auf. Schnell ließ Marysa es fallen, damit sie sich nicht verbrannte.

«Das nächste», forderte Leynhard sanft.

Gehorsam nahm sie eine weitere Urkunde, danach wieder eine. Die Briefe, die Christoph selbst verfasst hatte, übergab sie zuletzt den Flammen. Ihre Augen brannten; das kleine Häuflein Asche, das sich vor ihr auf dem Boden gebildet hatte, ließ ihre Angst wachsen.

«Tapfer seid Ihr», sagte Leynhard. Fast klang es, als bedauere er diesen Umstand. «Keine Tränen? Die Zukunft Eures Buhlen ist besiegelt, Frau Marysa. Morgen beginnt sein Prozess. Leider ...» Seine linke Hand legte sich in ihren Nacken, kroch langsam unter ihre Haube in ihr Haar. Mit einem Ruck zog er ihren Kopf zurück. «Leider werdet Ihr dessen Ausgang nicht mehr erleben.»

So abrupt er sie an sich gezogen hatte, stieß er sie im nächsten Moment von sich und sprang auf die Füße.

«Entkleidet Euch», forderte er in scharfem Befehlston.

Ungläubig blickte sie zu ihm auf.

Er machte eine bedrohliche Geste mit dem Dolch. «Macht schon. Das Kleid – zieht es aus! Dann die Haube.»

Marysas Herz krampfte sich zusammen. Aus Furcht, Leynhard könnte in einem plötzlichen Wutanfall zustechen, gehorchte sie. Mit noch immer zitternden Fingern legte sie ihren Mantel ab und bemühte sich, die Verschnürung ihres Kleides zu lösen.

Zeit, sie musste Zeit gewinnen, schoss es ihr durch den Kopf. Geruscha war ihr gefolgt. Sie musste doch längst Hilfe geholt haben. Warum kam niemand, um sie zu befreien?

Sie ließ von der Verschnürung ab und griff sich vorsichtig an den Knebel. Fragend blickte sie Leynhard an. Er verstand sofort, was sie wollte, zuckte nur mit den Schultern. «Wie Ihr wollt, Frau Marysa. Schreien nützt Euch hier unten sowieso nichts.»

Mit fliegenden Fingern nestelte Marysa den Knoten an ihrem Hinterkopf auf und war erleichtert, als sich der Knebel endlich löste. Ihr Rachen war so ausgedörrt, dass sie zunächst hustete und keinen Ton herausbrachte. Schließlich gelang es ihr zu sprechen. «Warum tust du das, Leynhard? Willst du mich wirklich umbringen?»

«Nein.» Ein trauriger Ausdruck huschte über sein Gesicht. «Ich will es nicht, Frau Marysa, aber ich muss. Ihr seid selbst schuld. Hättet Ihr mich geheiratet, wäre alles gut geworden.» Nun klang er fast weinerlich. Sein Ton wurde jedoch unvermittelt wieder scharf. «Das Kleid!», forderte er.

Gehorsam lockerte sie die Verschnürung so weit, dass sie das Kleid über den Kopf ziehen konnte. Dabei bemerkte sie eine Bewegung an der Treppe. Oder hatte sie sich getäuscht? Ihr Herz begann wild zu klopfen. Wieder hielt sie inne und betete innerlich, sie möge recht gesehen haben. «Du hast mir noch immer nicht gesagt, warum du das getan hast, Leynhard.» Sie wunderte sich, wie fest ihre Stimme plötzlich klang.

«Ihr wisst, warum», schnauzte er sie an. «Ich habe es Euch erklärt.»

Marysa heftete ihren Blick auf die Klinge des Dolches, mit der er aufgebracht herumfuchtelte. «Nein, Leynhard, ich meine, warum hast du die silbernen Pilgerabzeichen gestohlen und gegen gefälschte ausgetauscht? Das warst doch du, nicht wahr?»

Leynhards Miene entspannte sich wieder. «Sicher war ich das. Ich brauchte Geld. Und ich wollte nicht, dass eine Ketzerin wie Ihr diesen Auftrag für das Marienstift ausführt. Die Silberzeichen wären besudelt gewesen! Es kann nicht angehen, dass Ihr mit Euren Betrügereien immer und immer mehr Ehre einheimst.»

Marysas Blick flackerte ob dieser Beschuldigung und irrte kurz wieder zu der Stelle, an der sie eben die Bewegung meinte wahrgenommen zu haben. Die Treppe lag jedoch fast im Dunkeln; nichts deutete darauf hin, dass sich dort jemand versteckt hielt. Rasch zwang sie sich, wieder Leynhard anzusehen. «Hat Meister van Hullsen dir die gefälschten Silberzeichen hergestellt?»

Irritiert blinzelte Leynhard. «Van Hullsen? Nein. Der hatte damit nichts zu tun. Das hab ich mit einem auswärtigen Silberschmied ausgemacht. Für wie blöd haltet Ihr mich denn?» Nun trat deutlicher Ärger in seine Stimme. «Glaubt Ihr, ich bin so dumm wie Gort, dieser Laffe?» Der Dolch zuckte in Leynhards Händen.

Marysa erschrak. «Nein, bestimmt nicht! Aber ... warum hast du van Hullsen dann umgebracht?»

Diesmal hob Leynhard nur die Schultern. «Er war mir im

Weg. Hätte ja beweisen können, dass er nur echte Zeichen anfertigt. Außerdem brauchte ich ihn, damit alle glauben, er hätte die Fälschungen angefertigt.»

«O Gott.» Marysa schloss für einen kurzen Moment die Augen. «Du hast einen unschuldigen Mann getötet. Einfach so?»

Marysa nahm sich zusammen. «Und ... das Feuer bei van Lyntzenich hast auch du gelegt, nicht wahr?» Allmählich ergab alles ein Bild. Marysa erkannte die Zusammenhänge und erinnerte sich nun auch daran, dass Leynhard zur betreffenden Zeit immer mal wieder ausgegangen war, ob nun auf ihren Auftrag hin oder eigenmächtig.

«Diese verdammten Dompfaffen haben ja keine Ruhe gegeben. Haben wohl einen Narren an Euch gefressen», knurrte er wütend. «Ihr habt die Männer ganz schön eingewickelt, Frau Marysa. Wie schafft Ihr das? Gebt Ihr Euch van Oenne auch hin, damit er Euch die ganzen Aufträge zuspielt?»

Entsetzt schnappte Marysa nach Luft. «Ich habe nicht ...»

«Das Feuer war der einzige Ausweg», unterbrach Leynhard sie. «Irgendwie musste doch verhindert werden, dass noch mehr rechtschaffene Männer in Eure Untaten verwickelt werden.»

Marysa schrie innerlich um Hilfe. Aber nach wie vor blieb alles ruhig. Wahrscheinlich hatten ihr ihre Sinne vorhin doch einen Streich gespielt. Sie wollte es nicht glauben, hielt eisern an der Hoffnung fest, dass jemand sie hier herausholen würde.

«Und Heyn?», fragte sie, um Leynhard weiter abzulenken. Jetzt zitterte ihre Stimme doch leicht. Kurz sah sie den Toten vor sich, wie er mit schwarzer, aufgequollener Zunge vom Dachbalken ihres Stalles herabhing. «Was hatte er damit zu tun, Leynhard?»

«Ihr meint, weil alle Welt glaubt, er habe die silbernen Zeichen vertauscht? Das war ganz leicht. Ich habe mich einfach als er ausgegeben, als ich die ersten Abzeichen verkauft habe. Dieser Höker hat mir natürlich alles geglaubt und es den Dompfaffen weitererzählt. Aber dann hat Heyn mich gesehen, in der Schenke in Burtscheid. Hätte mich verraten können. Ich glaube, das hatte er vor.»

«Also hast du ihn erwürgt und dann aufgehängt», folgerte Marysa. «Damit es aussieht, als hätte er sich das Leben genommen. Das ist abscheulich.»

«Vielleicht. Ich fand es passend», erwiderte Leynhard. «Wir waren Freunde. Und Freunde verrät man nicht. Heyn wollte zu Euch und erzählen, was er gesehen hatte, da bin ich sicher. Hätte er das Maul gehalten, wäre er jetzt vielleicht schon glücklich mit seiner Berte verheiratet.»

«Was? Was meinst du damit – verheiratet?»

Auf Leynhards Lippen erschien ein diabolisches Grinsen. «Das könnt Ihr ja nicht wissen. Ich weiß es auch nur, weil Heyn es mir kurz vor seinem Tod erzählt hat.» Das Grinsen wurde zu einer Grimasse. «Oder sollte ich besser sagen, er hat gewimmert und mich angefleht, ihn am Leben zu lassen, als ich ein bisschen mit ihm gespielt habe? Das hat er nämlich. Jämmerlich, was aus einem Menschen wird, wenn er dem Tod ins Auge blickt.» Er spuckte verächtlich auf den Boden. «Geheult hat er wie ein Kind. Da musste ich schnell machen, sonst hätte uns noch jemand gehört.» Er hielt einen Moment inne und schien sich an jenen Augenblick im Stall zu erinnern. Dann konzentrierte er sich jedoch sogleich wieder auf Marysa. «Der gute Heyn wollte Euch verlassen, Frau Marysa. In Kornelimünster lebt die Frau eines Sargbauers – oder sollte ich besser sagen, die Witwe, denn der Meister ist kürzlich gestorben –, und die hatte Heyn vor zu heiraten. Anscheinend wollte er sie schon vor Jahren haben, aber ihr Vater hat sie damals mit einem anderen verlobt. Jetzt, wo ihr Mann tot ist, konnte Heyn die Gelegenheit beim Schopf packen. Merkwürdig, dass sie Euch nicht schon die Tür eingerannt hat. Vielleicht weiß sie noch gar nicht, dass ihr Zukünftiger das Zeitliche gesegnet hat?»

«O Gott», wiederholte Marysa und konnte nur mit Mühe den Kloß hinunterwürgen, der ihre Kehle verengte. «Was hast du nur getan, Leynhard?»

Seine Miene wurde gleichgültig. «Meine Pflicht», antwortete er. «Nur meine Christenpflicht, Frau Marysa. Das ketzerische Geschmeiß muss ausgerottet werden. Der Inquisitor würde es Euch bestimmt bestätigen, wenn er hier wäre.»

Marysa zwang sich, nicht noch einmal zur Treppe zu blicken. «Du ... bist doch nach Frankfurt geritten, nicht wahr?», fragte sie stattdessen. «Hast du den Boten etwa auch umgebracht?»

«Natürlich.» Leynhard zuckte nur mit den Schultern.

«Und überfallen wurdest du auch nicht», schloss Marysa.

Leynhard lachte auf. «Nein, das habe ich nur gesagt, damit Ihr keinen Verdacht schöpft.» Unvermittelt trat er einen Schritt näher und hob den Dolch ein Stückchen an. «Das Kleid!»

Marysa wich einen Schritt zurück, die Augen wieder fest auf die Klinge des Dolches gerichtet. Unsicher, weil noch immer alles ruhig blieb – warum kam nur niemand, um ihr zu helfen? –, nestelte sie an der Verschnürung ihres Kleides herum.

«Wird's bald?», fuhr Leynhard sie wütend an. Sein Blick hing gierig an ihrem Ausschnitt.

Um ihn nicht weiter zu verärgern, zog Marysa das Kleid rasch über den Kopf und presste es dann schamhaft gegen ihren Leib. Sie trug jetzt nur noch ein dünnes, wadenlanges Leinenhemd. Ein schrecklicher Gedanke fuhr ihr durch den Kopf: Was würde geschehen, wenn Leynhard sie zwang, auch noch dieses letzte Kleidungsstück abzulegen? Er würde sofort erkennen, dass sie schwanger war. Wie würde er darauf reagieren?

«Fort damit!» Leynhard deutete auf das Kleid. Sein Blick war nun nicht mehr nur voller bösartiger Gier – er glich dem eines Wahnsinnigen.

Marysa ließ ihr Kleid zu Boden fallen. Ängstlich wich sie einen weiteren Schritt zurück. Leynhard folgte ihr, wollte nach ihrem Arm greifen. Im gleichen Moment sah Marysa aus den Augenwinkeln wieder eine Bewegung. Ein Schatten huschte lautlos die Treppe herab.

«Du gehörst mir», sagte Leynhard mit leicht schwankender Stimme. Seine Hand schloss sich um Marysas Arm.

Sie schrie auf und stieß ihn mit aller Kraft, die ihr die Angst verlieh, von sich. Leynhard brüllte vor Zorn auf wie ein Tier, wollte sich sogleich wieder auf sie stürzen. Im nächsten Moment schlug etwas mit einem dumpfen Geräusch gegen seinen Hinterkopf; Leynhard brach zusammen.

«Irrtum», sagte Jacobus und warf den schweren Stock, mit dem er Leynhard getroffen hatte, achtlos beiseite. «*Du* gehörst nun *uns*. Oder vielmehr dem Scharfrichter.» Auf seinen Wink hin stürmten zwei Stadtsoldaten in den Raum und trugen Leynhard wie einen nassen Sack davon.

«Hier, Frau Marysa, bedeckt Euch.» Zuvorkommend hob Jacobus das Kleid auf und reichte es ihr. Mit klopfendem Herzen nahm sie es und zog es umständlich über den Kopf.

«Lasst mich los, ihr verdammten Schweinehunde!», rief in diesem Moment Christoph. «Habt ihr nicht gehört, ihr sollt mich loslassen!»

«So lasst ihn doch endlich», sagte Jacobus in beinahe heiterem Ton. Die beiden Dominikaner, die Christoph bisher eisern zurückgehalten hatten, lockerten ihren Griff. Rüde stieß er sie beiseite und stürzte die Treppe hinab. Noch ehe Marysa wusste, wie ihr geschah, riss er sie in seine Arme und presste sie fest an sich.

36. Kapitel

*E*ure Vorgehensweise, Herr Inquisitor, entspricht nicht unbedingt unseren Vorstellungen von Sicherheit», grollte Wolter Volmer am späten Nachmittag. Die Schöffen hatten sich in der Acht versammelt, ebenso eine Abordnung des Marienstifts sowie Marysa mit ihren Eltern. Christoph saß seitlich von den Domherren auf der Bank, die bei Prozessen für den Angeklagten benutzt wurde. «Als Ihr Leynhard gefunden hattet», fuhr der Schöffe fort, «hätte Ihr ihn sogleich festnehmen müssen und nicht erst abwarten und noch dazu unseren Gefangenen aus dem Grashaus entführen. Das war nicht notwendig und dazu eine Frechheit, wenn man bedenkt, was ihm nach wie vor vorgeworfen wird. Was, wenn er Euch entkommen wäre?» Volmer blickte Christoph missbilligend an. «Wozu überhaupt diese Posse? Diente sie dazu, dem Rat Eure Macht zu demonstrieren? Ihr habt uns vor den Bürgern Aachens lächerlich gemacht, Jacobus von Moers.»

«Zunächst einmal», antwortete an Jacobus' Stelle Rochus van Oenne, «wurde die Anordnung zur Prozession nicht von Bruder Jacobus gegeben. Das wäre auch gar nicht möglich gewesen, denn er gehört unserem Stift ja nicht an. Vielmehr gab ich die Order, dem Asylrecht der Mutter Kirche durch den Bitt- und Opfergang Ausdruck zu verleihen.»

«Na gut, dann wart eben Ihr es, der uns der Lächerlichkeit preisgegeben hat.»

«Vielleicht ist dem so», sagte van Oenne ruhig. «Aber nicht wegen unserer Vorgehensweise, die jedem Bürger Aachens zur Genüge bekannt sein dürfte, sondern vielmehr weil durch unser Handeln Eure Engstirnigkeit zutage kam. Hätten wir den Meister Schreinemaker nicht in die Obhut des Marienstifts genommen, so hättet Ihr morgen den Prozess gegen ihn begonnen, ohne die äußeren Umstände zu berücksichtigen.»

«Das ist nicht wahr!», wetterte Volmer. «Wenn es Beweise für seine Unschuld gibt, hätten wir sie selbstverständlich geprüft. Für wen haltet Ihr uns eigentlich?»

Van Oenne schwieg einen Augenblick, bevor er antwortete: «Ohne unser Zutun, werte Schöffen, gäbe es vermutlich keine Beweise für seine Unschuld. Ihr habt deren Existenz von Beginn an nicht wahrhaben wollen. Die Aussagen des Meisters Hartwig Schrenger sowie einiger seiner Freunde reichten Euch vollkommen aus, weil Schrenger der oberste Greve der Schreinerzunft und somit ein hoher Amtmann ist. Die Urkunden, die nun zu einem Häuflein Asche verbrannt sind, wolltet Ihr nicht als Beweise akzeptieren. Ihr glaubtet, es gäbe sie gar nicht oder aber sie seien gefälscht.»

«War das nicht naheliegend?», mischte van Eupen sich ein. «Wie groß ist wohl die Wahrscheinlichkeit, dass der Schreinemaker die Geschichte des Diebstahls nur erfunden hat, um seiner Strafe zu entgehen? Doch wesentlich größer als die Annahme, ein übergeschnappter Geselle habe sie gestohlen, um damit seiner Meisterin eins auszuwischen.»

«Ich bitte Euch, Herr van Eupen!» Der Domherr stand auf und trat auf den Schöffenmeister zu. «Spielt diese Angelegenheit nicht herunter. Hier ging es nicht um den Streich eines dummen Jungen, sondern um Raub, Mord, Brandstiftung. Darum, dass ein offensichtlich irr gewordener Mann sowohl einer angesehenen Handwerkerfamilie Aachens als auch dem Marienstift erheblichen Schaden zufügen wollte und dazu vor nichts zurückgeschreckt ist.»

«Das konnten wir nun wirklich nicht wissen», versuchte van Eupen sich zu verteidigen.

Nun trat auch Jacobus vor. «Natürlich nicht. Ihr habt diese Möglichkeit ja von Anfang an nicht erwogen und sie bis zuletzt von Euch gewiesen.»

«Nur, weil die Ähnlichkeit zwischen dem Schreinemaker und diesem Ablasskrämer so auffällig ist», erwiderte Volmer. «Auch Ihr müsst zugeben, dass sie sich gleichen wie ein Ei dem anderen. Da war es nur natürlich, an dieser abstrusen Geschichte von einem Zwillingsbruder zu zweifeln.»

«Ja, weil Zwillinge sich ja so selten ähnlich sehen», gab Jacobus in ätzendem Ton zurück. «Aber lassen wir das. Worauf ich hinauswill, ist, dass Ihr Euch von den Hetzreden Meister Schrengers habt blenden lassen, obwohl Ihr genau wusstet, dass er nicht gut auf seine Cousine, die Witwe Markwardt, zu sprechen ist und es schon zu Lebzeiten ihres Vaters immer wieder zu Streitigkeiten wegen des Erbes kam. Ich bin froh, dass er hier und heute nicht anwesend ist, weil zu befürchten steht, dass selbiges erneut passieren würde. Ich habe mit der städtischen Zunftordnung nichts zu schaffen, aber meiner Meinung nach gehört ein Mann wie Hartwig Schrenger unverzüglich seines Amtes enthoben. Das gehört nicht hierher, ich weiß, deshalb werde ich nicht weiter darauf eingehen. Darüber haben schlussendlich andere Instanzen zu befinden.»

«Der Punkt ist», übernahm wieder van Oenne das Wort, «dass der Prozess gegen Meister Schreinemaker ohne das Zutun von Bruder Jacobus und seinen Männern gewiss unter schlechten Vorzeichen für den Angeklagten gestanden hätte. Möglicherweise wäre nämlich nicht nur seine Verlobte inzwischen tot, sondern auch für ihn jede Möglichkeit zunichtegemacht, seine Unschuld zu beweisen.»

«Womit wir wieder bei Eurer Beschwerde wären», ergänzte Jacobus, «dass unsere Vorgehensweise in dieser Sache ungewöhnlich war. Da stimme ich Euch sogar zu, Meister Volmer.»

«Ach ja?»

«Sie war sogar sehr ungewöhnlich», fuhr der Dominikaner fort. «Bei einem weniger gewitzten und hinterhältigen Mann als Leynhard hätte ich, da gebe ich Euch recht, nicht gezögert, sogleich zuzuschlagen, ihn festnehmen zu lassen und unverzüglich in die Folterkammer bringen zu lassen. Ist Euch nicht inzwischen bewusstgeworden, dass Leynhard Sauerborn dem Wahnsinn verfallen ist? Möglicherweise ist er auch von einem bösen Dämon besessen. Dies zu prüfen, dürfte unsere nächste Aufgabe sein. Gefängnis und Folter hätten möglicherweise nicht dazu geführt, dass er seine Untaten gesteht und uns verrät, wo er Frau Marysa versteckt hielt.»

«Einen Versuch wäre es allemal wert gewesen», grummelte Volmer verstimmt.

Jacobus schüttelte nachsichtig den Kopf. «Wie lange hättet Ihr es denn versucht, Volmer? Einen Tag, zwei? Uns lief die Zeit davon. Der Mann, von dem wir sprechen, sitzt in diesem Augenblick im Verlies des Marienstifts und heult wie ein kleines Kind, man hätte ihm die Frau gestohlen und überdies verkannt, welch großes Unrecht er von der Stadt Aachen abwenden wollte, indem er tat, was seiner Meinung nach nur rechtens gewesen sei.» Mit verschränkten Armen ging Jacobus vor den Schöffen auf und ab. «Dieser Mann denkt nicht mehr klar. Wahrscheinlich hättet Ihr ihn zu Tode gefoltert, ehe nur ein wahrer, zusammenhängender Satz über seine Lippen gekommen wäre. Er ist entweder besessen von teuflischen Mächten, oder er leidet an einer gefährlichen Verirrung des Geistes. Da, wo er Frau Marysa versteckt hielt, hätten wir sie mit ziemlicher Sicherheit nicht gefunden. Für sie wäre also wahrscheinlich jede Hilfe zu spät gekommen. Unser Glück war, dass Leynhard so sehr von sich eingenommen war, dass er nachlässig wurde. Vermutlich wähnte er sich in vollkommener Sicherheit, als er von seinem Botengang ins St. Adalbertstift zurückkam. Stellt Euch dies nur einmal vor! Vollkommen kaltblütig bringt er ein Reliquiar dorthin, spielt den Besorgten, bietet uns seine Hilfe an, während gleichzeitig sein unschuldiges Opfer gefesselt und ohne Wasser in einem Kellergewölbe auf sein Schicksal harrt. Er hat einen jeden von uns lange Zeit an der Nase herumgeführt; hat es trefflich verstanden, den Verdacht immer wieder auf jemand anderen zu lenken. Es blieb uns keine andere Wahl, als diese Posse, wie Ihr es nennt, aufzuführen. Es war riskant, das gebe ich zu. Aber auf diese Weise und durch die Geistesgegenwart Frau Marysas, die ihn so trefflich ausgefragt hat ...», er nickte ihr lächelnd zu, «... konnten wir ihm vor mehreren Zeugen ein vollständiges Geständnis entlocken.»

«Das ist ja alles schön und gut», befand van Eupen. «Doch sehe ich nicht, wie diese Sache nun zur Entlastung des Schreinemakers beitragen soll. Ihr selbst habt gesagt, dass Leynhard Frau Marysa gezwungen hat, die Urkunden aus Frankfurt zu verbrennen. Das bedeutet, dass sich Eure angeblichen Beweise, so es sich tatsächlich um jene Schriftstücke handelte, in Rauch aufgelöst haben. Abgesehen davon ist mir noch immer schleierhaft, weshalb Ihr ihn unbedingt zu diesem Kellergewölbe mitnehmen musstet.»

«Ich sehe ein», antwortete Jacobus gelassen, «dass dieser

Umstand auf den ersten Blick sonderbar wirkt. Sobald Ihr die Zusammenhänge seht, werdet Ihr begreifen, weshalb wir so gehandelt haben. Wenn man davon ausgeht – und das taten wir –, dass Meister Schreinemaker zu Unrecht inhaftiert worden war, er also unschuldig ist, konnte er als Zeuge fungieren. Ihr wisst selbst, dass ein Prozess gegen Leynhard nur aufgrund eines Geständnisses vor Zeugen geführt werden kann. Zwar müssen wir berücksichtigen, dass die Worte eines Wahnsinnigen, so belastend sie auch sein mögen, vor Gericht nicht viel zählen. Dennoch haben wir uns auf die Zeugen konzentriert. Gewiss hätten zwei städtische Soldaten, zwei Dominikaner sowie meine Wenigkeit hierzu vollkommen ausgereicht. Doch durch den Umstand, dass Meister Schreinemaker die Aussage des Leynhard mit angehört hat, wird er in die Lage versetzt, dies zu gegebener Zeit während des Prozesses öffentlich kundzutun. Auf diese Weise kann sein angeschlagener Ruf in Aachen zumindest teilweise wiederhergestellt werden. Bedenkt, dass er eine Aachener Bürgerin zu ehelichen gedenkt, ihre Werkstatt übernehmen soll und dazu Eintritt in die Zunft erhalten muss. Er kann nunmehr sogar selbst als Kläger gegen Leynhard auftreten, wenn er dies will, was zusätzlich zur Wiederherstellung seines Leumunds beitragen wird. Ob er in diesem Zusammenhang auch gegen Meister Schrenger vorgehen wird, der maßgeblich an seiner unrechtmäßigen Verhaftung beteiligt war, bleibt natürlich ihm überlassen.» Jacobus blickte fragend zu Christoph, der jedoch nur den Kopf schüttelte. «Nun gut, dann eben nicht. Dann also zu Eurer vorherigen Frage, Meister Volmer: Die Schriftstücke, die Leynhard Frau Marysa verbrennen ließ, waren, das konnten wir anhand der Überreste erkennen, tatsächlich Schriftstücke des Frankfurter Stadtrates. Leserlich waren sie allerdings nicht mehr, taugen also nicht als Beweisstücke. Allerdings ist dies auch nicht notwendig, denn glücklicherweise sind wir schon seit einiger Zeit im Besitz der Duplikate, die der Bote des Marienstifts aus Frankfurt holen sollte.»

«Wie bitte?» Bardolf fuhr von seinem Sitzplatz auf. «Ihr hattet die Beweise die ganze Zeit und habt sie uns vorenthalten?»

«Meister Goldschläger!» Mahnend hob van Eupen die Hand. «Es ist Euch nicht gestattet, die Sitzung des Schöffenkollegs zu unterbrechen.» Dann wandte er sich an Jacobus. «Allerdings interessiert mich dies ebenso. Ihr seid im Besitz der Urkunden und habt sie uns nicht vorgelegt, obgleich sie den Schreinemaker vollständig entlasten?»

«Dem ist so», gab Jacobus zu. «Es geschah jedoch allein aus dem Grund, dass wir jenen Schurken, der die ursprünglichen Schriftstücke entwendet hatte, überführen wollten. Überdies hat er nämlich, wie ich feststellen musste, den Boten des Stiftes ebenfalls getötet. Ich fand ihn zufällig in einem verlassenen Waldstück.»

«Ihr fandet ihn?»

«Ich war es, der die Abschriften der Urkunden in Frankfurt in Auftrag gab», erklärte Jacobus. «Mir war von Anfang an klar, wie unsicher die Entsendung eines einzelnen Boten war. Zu viele ungereimte Vorfälle hatten sich in kürzester Zeit ereignet. Auch war in mir schnell der Verdacht aufgekeimt, dass Meister Schreinemakers Verhaftung und die gefälschten Silberzeichen in einem Zusammenhang stehen mussten. Ich wollte herausfinden, in welchem.» Er drehte sich wieder zu Christoph um. «Ihr mögt es mir verzeihen, dass ich Euch länger als nötig der Haft im Grashaus ausgesetzt habe und Euch darüber hinaus auf derart ungewöhnliche Weise genötigt habe, dasselbe zu verlassen.»

Christoph runzelte die Stirn. Nach einem Moment des Schweigens trat van Eupen vor. «So legt uns denn nun endlich diese vermaledeiten Urkunden vor, Herr Inquisitor, damit wir sie prüfen können.»

«Nichts lieber als das.» Jacobus ging zu dem Platz, auf dem er vorher gesessen hatte, und nahm einen Stapel Schriftstücke auf, trug sie gemessenen Schrittes zu van Eupen und übergab sie ihm. «Bitte sehr.» Er gab einem der beiden jungen Dominikaner, die sich in der Nähe der Tür postiert hatten, ein Zeichen, woraufhin dieser rasch den Saal verließ. «Für den Fall, dass Euch diese Urkunden wider Erwarten als Beweise nicht ausreichen sollten, habe ich mir erlaubt, einen Mann nach Aachen zu holen, der auch die letzten Eurer Zweifel ausräumen wird.»

Van Eupen, der bereits aufmerksam den Wortlaut und das Siegel auf der ersten Urkunde betrachtete, hob überrascht den Kopf. «Sagt bloß, Ihr habt den Zwillingsbruder ausfindig gemacht!»

Jacobus schüttelte bedauernd den Kopf. «Das war leider auch mir nicht möglich, Herr van Eupen. Bruder Christophorus befindet sich auf einer Pilgerreise in ferne Länder und damit außerhalb unserer Reichweite. Aber es gibt einen Mann, der beide Brüder kennt, denn jedem von ihnen war er Lehrer, Beichtvater und Freund.» Er schwieg bedeutungsvoll, bis sich kurz darauf die Saaltür wieder öffnete. Der junge Dominikaner trat an der Seite eines alten Ordensmannes ein, dessen Haar beinahe so weiß war wie sein Habit. Buschige Augenbrauen überschatteten zwei muntere Augen; das Gesicht war von tiefen Runzeln durchzogen.

Jacobus lächelte ihm zu und wandte sich wieder an die Schöffen: «Ich möchte Euch den Prior des Frankfurter Dominikanerkonvents vorstellen ...»

Christoph sprang verblüfft von seiner Bank auf. «Vater Achatius!»

37. Kapitel

Also ich muss schon sagen, Frau Marysa, selten habe ich eine glücklichere Braut als Euch gesehen.» Mit einem herzlichen Lächeln hob Rochus van Oenne seinen Becher und prostete Marysa zu.

Nach der kurzen Zeremonie vor der Kirchenpforte St. Foillans durch Vater Achatius und der anschließenden Messe, die der Gemeindepfarrer, Vater Ignatius, zelebriert hatte, war die Hochzeitsgesellschaft in das Gasthaus *Zum goldenen Ochsen* gezogen, wo nun bei Wein und trotz der Einschränkungen durch die Fastenzeit mit üppigen Speisen ausgelassen gefeiert wurde. «Ein wenig wundere ich mich, dass Ihr ausgerechnet *ihn*», van Oenne warf einen kurzen Blick zu Hartwig hinüber, «eingeladen habt.»

Marysa zuckte mit den Schultern. «Wozu sollen wir uns mit einer Feindschaft innerhalb der Familie belasten? Es schien mir angemessen, ihm durch die Einladung ein Friedensangebot zukommen zu lassen. Eine Wiedergutmachung sozusagen, denn schließlich haben wir ihn lange Zeit fälschlicherweise verdächtigt. Außerdem ist Hartwig nach wie vor der oberste Zunftgreve ...»

«Aber nur aufgrund der Großherzigkeit Eures Gemahls, nicht wahr?»

«Hartwig ist ein Hitzkopf, und wir werden seine Gesellschaft so weit wie möglich meiden. Doch nachdem nun Christophs Herkunft zweifelsfrei bewiesen wurde, gibt es keinen Grund mehr für familiäre Zwistigkeiten.»

Der Domherr schmunzelte. «Ich denke, darauf wird sich Euer Cousin gar nicht einlassen wollen, jetzt, wo sich herausgestellt hat, mit wem er sich anlegen würde. Wie mir zu Ohren kam, ist Euer Gemahl nicht nur weit herumgekommen, sondern besitzt darüber hinaus ein erkleckliches Vermögen.» Er zwinkerte vielsagend.

«Das habt Ihr also gehört?»

«O ja, Gerüchte über eine unerhört großzügige Morgengabe machten bereits die Runde, noch bevor Vater Achatius den Segen über Euch gesprochen hatte.» Van Oenne lachte verhalten.

In diesem Moment trat Bruder Jacobus neben Marysa und verbeugte sich leicht. «Verzeiht, wenn ich Euch unterbreche, aber ich möchte mich nun verabschieden. Wichtige Geschäfte rufen mich an die Seite des Erzbischofs. Meine Männer haben die Pferde bereits gesattelt, wir brechen unverzüglich auf.»

«Jetzt schon?» Marysa stand eilig auf und strich ihr neues, mit bestem Waid blaugefärbtes und mit üppigen Falten versehenes Kleid glatt. «Wollt Ihr nicht erst etwas essen? Die Tafel wird noch lange nicht aufgehoben, und später wird es noch Gesang und Tanz geben.»

«Nein, leider können wir nicht bleiben», sagte Jacobus mit sichtlichem Bedauern.

«Ihr wollt schon fort?», fragte nun auch Christoph, der bis eben noch mit dem Wirt gesprochen hatte und jetzt an die Seite seiner Braut trat. «Das ist schade, denn gerne hätte ich mit Euch das eine oder andere Wort gesprochen.» Er blickte den Dominikaner vielsagend an, woraufhin dieser mit ernster Miene nickte.

«Ihr habt recht, eine Sache muss ich Euch noch erklären, Meister Schreinemaker, nicht hier jedoch, vor allen Leuten.»

Marysa und Christoph sahen einander vielsagend an, dann folgten sie Bruder Jacobus hinaus vor den Eingang des Gasthauses. Die beiden jungen Dominikaner hatten die Reittiere bereits herbeigeführt und waren selbst aufgestiegen.

Christoph warf einen kurzen Blick über die Schulter in die Gaststube, dann wandte er sich an den Inquisitor. «Nun denn, Jacobus von Moers, beantwortet mir endlich die einzige Frage, über die Ihr bislang geschwiegen habt: Warum?»

Jacobus erwiderte seinen Blick nachdenklich. «Lange Zeit habe ich mich gefragt, ob Ihr Euch nur verstellt oder Euch tatsächlich nicht an mich erinnert. Letzteres ist offensichtlich der Fall, vermutlich waren die Umstände damals zu verwirrend und belastend für einen Jungen von gerade einmal sechzehn Jahren.»

«Was meint Ihr damit?» Verwirrt sah Marysa zwischen Jacobus und Christoph hin und her.

Auch Christoph war die Verblüffung anzumerken. «Sprecht Ihr von jenen Ereignissen, die ...»

«... zum Tode Eurer Eltern führten», ergänzte Jacobus ernst. «Euer Vater war ein guter Mann, Meister Schreinemaker. Leider habe ich das erst viel zu spät begriffen.»

«Was soll das heißen?» Christophs Stimme wurde unvermittelt scharf.

Jacobus senkte für einen winzigen Moment den Blick, richtete ihn aber sogleich wieder auf sein Gegenüber. «Euer Vater war ein Freund der jüdischen Bewohner Frankfurts. Sicher wisst Ihr, dass dies vielen Leuten ein Dorn im Auge war.»

«Es gab Auseinandersetzungen mit dem Rat», antwortete Christoph vorsichtig.

«Die dazu führten, dass Euer Vater mehrfach das Opfer von Anfeindungen und Übergriffen wurde», ergänzte Jacobus. Seine Stimme klang nicht so fest wie sonst. Es fiel ihm offenbar nicht leicht, über jene vergangenen Tage zu sprechen. «Was Ihr nicht wisst – nicht wissen könnt –, ist, dass ich es bin, der die Schuld am Tode Eurer Eltern trägt.»

«Was?», fragte Christoph entsetzt.

Marysa griff nach seinem Arm und drückte ihn leicht.

Auf Jacobus' Gesicht trat nun ein Ausdruck tiefen Bedauerns. «Ich war sehr eifrig damals, noch nicht im Dienste der Inquisition, jedoch mit dem Ehrgeiz, in diese Position so bald wie möglich aufzusteigen.» Er schwieg kurz. «Fanatisch wäre vielleicht der passendere Ausdruck. Was mir fehlte, waren Menschenkenntnis und Erfahrung, Meister Schreinemaker. Die immer wiederkehrenden Ausschreitungen gegen die Juden gaben mir Grund und Anlass, mich mehr einzusetzen, als es aus heutiger Sicht klug war.» Wieder hielt er kurz inne, bevor er weitersprach. «Ich war es, der an jenem Tag die Menschen auf dem Marktplatz durch eine wortgewaltige Predigt aufhetzte. Mir könnt Ihr es zuschreiben, dass die Meute sich aufmachte, die Judenfreunde abzustrafen. Ich war es, der dafür sorgte, dass sich der Hass der Frankfurter Bürger gegen Euren Vater richtete. Die Ereignisse gerieten außer Kontrolle; jemand legte Feuer – wer, ist bis heute nicht bekannt. Dass Eure Eltern in diesem Feuer umkamen, ist die Schuld, die ich zeit meines Lebens mit mir herumtragen werde, Meister Schreinemaker.»

Christoph antwortete nicht darauf. Marysa erkannte den Schmerz, den die Erinnerungen in ihm hervorriefen, in seinen Augen und drückte seinen Arm erneut.

«Ihr.» Nun sprach Christoph doch. «Ihr wart es, der mich damals festhielt, nicht wahr? Der mich hinderte, in das brennende Haus zu gehen, um meine Eltern zu retten.»

«Ihr wärt ebenfalls in den Tod gegangen», antwortete

Jacobus, nun wieder etwas gefasster. «Das Feuer loderte zu heftig, als dass Ihr etwas hättet tun können. Ich kannte Euch nicht, aber das Grauen in Euren Augen, das Entsetzen und die Verzweiflung des Jungen, der durch meine Schuld alles verloren hatte, ließ mich seither nicht mehr los.»

«Ich habe Euch danach nicht mehr wiedergesehen.»

«Nein, denn was Euch Heim, Familie und Zukunft nahm, brachte mir den erhofften Posten. Man berief mich zum Erzbischof und schließlich sogar nach Rom, wo man mir anbot, der Heiligen Römischen Inquisition beizutreten. Für eine Weile konnte ich mit dem Stolz über diese Ehre meine Schuldgefühle betäuben. Lange Zeit kehrte ich nicht mehr in die Gegend um Frankfurt zurück. Ich wusste nicht, was aus Euch geworden war – wollte es gar nicht wissen.» Jacobus senkte die Stimme ein wenig. «Als ich Euch vergangenes Jahr wiedersah, erkannte ich Euch zunächst nicht. Aus dem Jungen von damals war inzwischen ein erwachsener Mann geworden. Als ich später aber begriff, wer Ihr seid, war es wie ein Schlag ins Gesicht für mich, noch dazu, als ich mir der Ironie bewusstwurde, mit der mich das Schicksal bedachte. Ausgerechnet in die Rolle eines Ablasskrämers wart Ihr geschlüpft!» Er schüttelte den Kopf, als sei dies ein Umstand, den er auch jetzt noch nicht ganz begreifen konnte. «Vergebung», fuhr er fort, «sosehr ich sie mir auch wünsche, kann ich nicht von Euch verlangen, das weiß ich. Doch da ich dabei helfen konnte, Euch Euer Leben zurückzugeben, hoffe ich, wenigstens Euren Zorn besänftigt zu haben. Euren Bruder kenne ich nicht, nie habe ich ihn getroffen. Vater Achatius spricht auch heute noch in den höchsten Tönen von ihm. Ganz gleich, wo er sich aufhalten mag, tut ihm den Gefallen und benutzt nie wieder seinen Namen für derartige Narreteien. Versprecht mir stattdessen, Christoph Schreinemaker, dass Ihr von nun an Ihr selbst bleibt.» Er nickte Christoph zu, schenkte Marysa noch ein herzliches Lächeln. Dann ging er zu seinem Pferd, schwang sich in den Sattel, gab seinen beiden Ordensbrüdern das Zeichen zum Aufbruch.

Aus der Gaststube drang der muntere Klang einer Fidel auf. Gleich darauf fiel eine Flöte in die fröhliche Melodie mit ein. Eine helle Frauenstimme begann zu singen:

> Frô Welt, ir sult dem wirte sagen,
> daz ich im gar vergolten habe,
> mîn grœste gülte ist abe geslagen,
> daz er mich von dem briefe schabe ...

Christoph legte Marysa einen Arm um die Schulter und zog sie fest an sich. Schweigend blickten sie dem Dominikaner nach. Er drehte sich nicht mehr zu ihnen um.

Epilog

4. Juli, Anno Domini 1416

«Hier ist es, Marysa!» Christoph deutete auf ein verwittertes Holzkreuz inmitten von vielen weiteren Kreuzen, die scheinbar willkürlich auf dem kleinen Dorffriedhof verteilt standen. Neue Grabhügel gab es auf dieser Seite nur sehr wenige. Wildblumen, Gräser und Schlingpflanzen hatten die Oberhand gewonnen. Bunte Blüten nickten in der leichten Sommerbrise, leuchteten in der wärmenden Mittagssonne.

Marysa trat langsam näher, immer darauf bedacht, sich den kleinen, gleichwohl jedoch durchaus kraftvollen Schritten ihres Sohnes Aldo anzupassen, den sie an der Hand führte. Vor dem verwilderten Grab blieb sie stehen. «Hier also», sagte sie.

Christoph legte ihr einen Arm um die Schultern. «Hier habe ich ihn begraben.» Lächelnd wich er der winzigen Hand aus, die in sein Haar greifen wollte. «Schau, Roberta», sagte er zu dem kleinen Mädchen, welches er auf seine Hüfte gehoben hatte. «Hier liegt dein Onkel begraben. Der, von dem du deinen Namen hast.»

Roberta gluckste vergnügt und patschte ihm erneut ins Gesicht.

Marysa lachte. «Vielleicht sollten wir mit dieser Geschichte noch ein wenig warten, bis die Zwillinge größer sind und sie verstehen können.»

«Wie recht du hast.» Christoph zog sie an sich und gab ihr einen Kuss.

Wieder lachte sie. «Außerdem sollten wir uns allmählich

auf den Weg machen. Es sind noch ein paar Stunden Fahrt bis Aachen. Der Besuch bei Vater Achatius war zwar sehr schön, aber ich fürchte, wir haben seine Gastfreundschaft viel zu lange in Anspruch genommen.»

«Er wollte es nicht anders.»

«Ich weiß, aber in wenigen Tagen beginnt die Kirmes in Aachen. Wir können nur hoffen, dass Hannes und Gerolf unsere Lager mit genügend Reliquiaren aufgefüllt haben. Außerdem muss der Reliquienschrank für die Chorhalle fertiggestellt werden, Vater Simeon von den Dominikanern wartet sicherlich auch schon auf den neuen Schrein und ...»

«Schon gut, schon gut!» Christoph lachte herzlich. «Die Arbeit wird uns schon nicht davonlaufen. Außerdem wird Milo den beiden Gesellen tatkräftig geholfen haben. Er stellt sich immer geschickter mit dem Schnitzmesser an. Wahrscheinlich hat er den neuen Verkaufsstand bereits fertig gebaut.» Er blickte zu dem Reisewagen, der in der Nähe der kleinen Kirche stand. Zwei bewaffnete Reiter warteten daneben auf ihre Anweisungen. Was die Sicherheit seiner Familie betraf, ging Christoph keinerlei Risiken ein.

Etwas abseits auf einer niedrigen Mauer saßen Jaromir und Geruscha nebeneinander. Christoph machte Marysa auf die beiden aufmerksam. «Vielleicht warten wir mit der Abfahrt doch noch ein Weilchen, bis unser Gesinde des Händchenhaltens überdrüssig geworden ist.»

«Darauf können wir wohl lange warten», befand Marysa, lächelte jedoch nachsichtig. «Ab morgen werden die Verkaufsplätze auf dem Parvisch vergeben. Ich will nicht, dass Hartwig uns den besten Standplatz vor der Nase wegschnappt.»

«Das wird er nicht.» Christoph zwinkerte ihr zu. «Das habe ich mit Rochus van Oenne längst abgemacht.»

Argwöhnisch hob Marysa den Kopf. «Du hast ihn doch nicht etwa ...»

«Bestochen? Gott bewahre!» Ein breites Grinsen erschien auf Christophs Gesicht. «Ich habe ihm lediglich eine saftige Spende für die neue Kapelle in Aussicht gestellt.»

«Ich bin mit einem Schurken verheiratet», seufzte Marysa, konnte sich ein Schmunzeln jedoch nicht verkneifen.

«Worauf du dich verlassen kannst», sagte Christoph und verschloss ihre Lippen mit einem innigen Kuss.

Historische Nachbemerkung

Bei der Vorbereitung eines historischen Romans stehe ich nicht selten vor der Frage, welche historische Begebenheit sich für einen Roman eignet, ob sie mit der Geschichte zusammenpasst, die mir vorschwebt. Zu «Das silberne Zeichen» gab nicht ein Ereignis den Ausschlag, sondern eine Besonderheit in der Aachener Rechtspraxis des späten Mittelalters, die mir schon bei der Recherche zu den ersten beiden Büchern der Reihe um die Reliquienhändlerin Marysa immer wieder begegnet ist.

In den mannigfaltigen Quellen und Aufsätzen über Aachen, die ich gelesen habe, tauchten immer wieder Hinweise auf die Spannungen zwischen der städtischen Gerichtsbarkeit und jener des Marienstifts auf. Offensichtlich gab es jahrhundertelang immer wieder Streitigkeiten über die Zuständigkeiten beider Gerichte. Diese spitzten sich immer dann zu, wenn das Marienstift sich das kirchliche Asylrecht zunutze machte, um seine Interessen durchzusetzen.

Grundsätzlich galt dieses Asylrecht in allen christlichen Einrichtungen, hauptsächlich in Kirchen und Kapellen. Flüchtete sich ein Delinquent in das kirchliche Asyl, durften weltliche Behörden ihn daraus nicht ohne weiteres herausführen. Zu erheblichen Auseinandersetzungen mit der Stadt Aachen kam es, als das Marienstift begann, den Anspruch auf das Asylrecht auf weltliche Straßen und Plätze auszuweiten. Wenn zu hohen Festtagen, wie z. B. Fronleichnam oder dem Ägidiustag, eine Prozession durch die Straßen Aachens führte, mussten nach einem alten Brauch sowohl die Tore der Gefängnisse als auch die Türen der Gefängniszellen geöffnet, den Gefangenen die Fesseln abgenommen werden. Wenn dann einer dieser Gefangenen es schaffte, das Gefängnis zu verlassen, die Prozession zu erreichen und dort entweder das Kreuz oder aber die Fahne des Marienstifts zu berühren, war er vor weiterer strafrechtlicher Verfolgung wenigstens vorläufig geschützt und durfte ungehindert mit der Prozession bis zum Dom ziehen.

Es ging nicht darum, Straftäter gänzlich vor ihrer Verurteilung zu schützen, sondern meistens um die Möglichkeit, während der Asylzeit eine Strafmilderung, einen privaten Sühnevertrag oder Ähnliches auszuhandeln. Allerdings kam es auch vor, dass das Marienstift dem Betreffenden half, durch Flucht aus der Stadt zu entkommen.

Da die Stadtobrigkeit diesen Asylbrauch natürlich nicht schätzte und zu unterbinden versuchte, kam es hin und wieder sogar zu Ausschreitungen, wenn beispielsweise das Marienstift gewaltsam in das Gefängnis einbrach, um einen bestimmten Gefangenen herauszuholen. Auch kam es – wie in der vorliegenden Geschichte – vor, dass der Vogtmeier versuchte, den Gefangenen rechtzeitig vor einer Prozession wegführen zu lassen. Nicht selten geschah es dann, dass die Prozession ihnen folgte, den Gefangenen regelrecht einkesselte und so der Gewalt des Vogtmeiers entzog.

Nicht immer stand dabei das Wohl oder Wehe des Gefangenen im Vordergrund, sondern es handelte sich oft schlicht und ergreifend um ein Machtspiel zwischen Marienstift und der Stadt. Genau dieser Punkt war es, der für mich so interessant wurde, dass ich ihn für meinen Roman einfach verwenden musste.

In historischen Romanen finden sich darüber hinaus immer eine Reihe von Begriffen und Namen, die möglicherweise der Erklärung bedürfen.

Glossar

Acht: Aachener Gerichtsgebäude

Heuke: ärmelloser, glockenförmig geschnittener Umhang für Männer und Frauen

Greve, Zunftgreve: In manchen deutschen Sprachgebieten die Amtsbezeichnung eines Dorfvorstands, Schultheißen oder Dorfrichters. Im Aachener Raum ist die Bezeichnung auch für das Amt des Zunftvorstehers belegt.

Inquisition: spätmittelalterliche und frühneuzeitliche Gerichtsverfahren, die sich unter der Mitwirkung oder im Auftrag von Geistlichen hauptsächlich der Verfolgung von Häretikern / Ketzern widmeten.

Kanoniker: Kleriker, die als Mitglieder eines Kapitels an einer Kathedrale, Basilika oder Ordenskirche an der gemeinsamen Liturgie, also der Feier der heiligen Messe und des Stundengebets, mitwirken. Kanoniker leben im Gegensatz zu anderen Priestern und Diakonen in Gemeinschaft. Der Vorsteher eines Kapitels ist in der Regel ein Propst oder auch Abt, manchmal ist die Leitung auch einem Dekan oder Prior übertragen.

Reliquiar / Reliquienschrein: künstlerisch und materiell sehr kostbar ausgeführtes Behältnis zur Aufbewahrung von Reliquien

Auch viele der Straßennamen Aachens haben sich über die Jahrhunderte verändert. Um Ihnen, liebe Leserin, lieber Leser, die Orientierung zu erleichtern, habe ich die in diesem Buch genannten Straßen und Plätze mit ihren heutigen Namen zusammengestellt:

Spätes Mittelalter:	Heute:
Auf dem Graben	Hirschgraben
Cymmergraben	Kapuzinergraben
Die Kreme	Krämerstraße
Kaxhof	Katschhof
Parvisch	Fischmarkt
Ryegasse	Reihstraße
St. Ailbretstraße	Adalbertstraße

Rezept

Zu guter Letzt möchte ich Ihnen natürlich auch nicht das Rezept für die köstlichen Krapfen mit Apfelfüllung vorenthalten, die Marysa als Fastenspeise ganz besonders schätzt:

Einen krapfen

So du aber wilt einen vasten krapfen machen von nu:ezzen mit ganzen kern, vnd nim als vil epfele dor under vnd snide sie wu:erfeleht, als der kern ist, vnd ro:est sie wol mit ein wenig honiges vnd mengez mit wu:ertzen vnd tu:o ez vf die bleter, die do gemaht sin zv:o krapfen. vnd loz ez backen vnd versaltz niht.

(aus: *Das buoch von guoter spîse*, 1345/52, und *Kuchenmeysterey*, um 1486)

Fastenkrapfen

Zutaten für den Teig:
3 EL Wein
2 EL Honig
300 g Mehl
6 Eigelb
70 g Butter
Salz
3 EL Sahne
1 Eiweiß

Zutaten für die Füllung:
200 g Haselnüsse
(oder Walnüsse)
2 säuerliche Äpfel
2 EL Honig
Zimt, Ingwer, Nelken, Safran
Kardamom nach Belieben
Schmalz zum Ausbacken

Zubereitung:

Die Haselnüsse fein hacken, die Äpfel schälen, vom Kerngehäuse befreien und ebenfalls fein hacken. Äpfel und

Nüsse vermengen und mit Honig, Zimt, Ingwer, Nelken, Safran und evtl. ein wenig Kardamom abschmecken.

Wein mit dem Honig aufkochen, sodass der Honig sich auflöst.

In einer Schüssel Mehl, Butter, Salz, die größte Menge des Wein-Honig-Gemischs und Sahne vermengen.

In einer kleinen Schüssel die Eidotter mit dem restlichen Honig-Wein-Gemisch verquirlen und zu dem Teig geben.

Alles gut kneten und den Teig sogleich dünn ausrollen.

Vierecke oder Kreise ausschneiden, mit Eiweiß bestreichen und in der Mitte mit der Füllung belegen, dann zuklappen und die Ränder fest andrücken.

In einer Pfanne mit sehr heißem Schmalz ausbacken.

Warm auftragen; nach Belieben mit Zucker oder mit Zucker und Zimt bestreuen.

Variante I:

Fastenkrapfen mit ganzen Nüssen. Man lässt die Nüsse ganz, röstet sie im Backofen auf dem Kuchenblech, bis die braunen Schalen abfallen, und schneidet die Äpfel in nussgroße Stückchen.

Variante II:

Fastenkrapfen mit Weinbeeren und Äpfeln: Statt der Nüsse werden Rosinen in die Füllung gemischt.

Das für dieses Buch verwendete FSC®-zertifizierte Papier *Pamo Super* liefert Arctic Paper Mochenwangen, Deutschland.